모래의 왕국

砂の王国

모래의 왕국

下

장세연 옮김

오기와라 히로시 지음

손안의책

상

제1장 기도를 바쳐야 할 곳은, 우리의 아래
제2장 우리의 이름을 모두, 대지라 부른다

하

제2장 우리의 이름을 모두, 대지라 부른다   - 7p
제3장 우리의 뒤로 시간은 이어진다   - 125p

17

46억의 여름이 가고, 46억의 겨울이 왔다.

6억 번째, 아마도 봄에, 우리는 태어났다.
수억 수천의 가을은 우리를 해치고, 때로는 축복했다.

우리의 앞에 유구한 시간이 있었고,
우리의 뒤로 시간은 이어진다.

우리의 이름을 모두, 대지라 부른다.
기도를 바쳐야 할 곳은, 우리의 아래.
모든 것은 대지에서 시작되었다.

18

아침, 평소와 똑같은 시간에 3층으로 올라가자, 거실에는 어쩐 일로 먼저 일어난 류사이가 있었다. 대형 쓰레기 틈에서 주어 온 간이테이블 앞에 앉아 등을 구부정하게 구부리고 원고를 쓰고 있다. 그 참에 불알도 긁고 있었다.

"일찍 일어났네."

"어어."

하품하는 김에 한 듯한 대답이 돌아왔다. 테이블 주위에는 산더미 같은 빈 발포주 캔들. 빈 컵라면 용기에는 담배꽁초가 산더미처럼 쌓여 있었다.

"밤새서 쓴 건가."

여기저기에 원고지가 다발로 묶여 있고 빈 캔이 문진 대신 위에 얹혀 있었다. 대답 대신에 충혈된 눈으로 끔뻑거리며 이쪽을 본다. 부스스한 머리카락을 쥐어뜯어 비듬은 잔뜩 날리고, 머리는 더욱 부스스하게 만들면서, 여기저기에 있는 원고 다발을 뒤집어 보기 시작했다.

"아아, 여기 있다. 이거야."

구겨진 원고지를 손바닥으로 펴고서 내민다.

"첫머리 문구를 바꿔 봤어. 당신, 불만인 것 같아서 말이지."

원고지 가득하게 칸을 무시하고 8줄의 문자가 늘어서 있었다. 맨

첫 행은 이렇다.

46억의 여름이 가고, 46억의 겨울이 왔다.

흐음. 처음 원고 '땅이 하늘을 만들고, 우리를 만들었다'보다 훨씬 낫다.

"좋은걸."

순순히 말한다.

"그렇지."

무뚝뚝하게 불알을 긁지만, 콧구멍은 만족스러운 듯이 벌름거린다.

"다만, 이 6번째 행의 '우리의 이름을 모두, 대지라 부른다' 앞에 조금 더 설명이 필요하지 않을까. 조금 갑작스러운 기분이 들어. 두세 줄이면 되겠는데."

담배꽁초 속에서 그나마 긴 한 개비를 집어 불을 붙이고, 이쪽으로 연기를 뿜었다.

"바보냐. 문외한은 금방 그런 소리를 한다니까. 문장이라는 건 말이야, 논리나 자기 자랑이 아니야. 선율이 중요하다고. 문자는 무한한 소리를 연주하는 음표야. 문장력이란, 행간의 상상력을 부풀리는 기술을 말하는 거고. 전부 논리를 따져서 써 봐. 가전제품 사용설명서처럼 돼버릴 거야."

문호(文豪)가 된 듯이 잘난 소리를 지껄인다. 머리카락은 산발한 채 기름으로 얼룩진 안경에 속옷 차림으로 원고지에 파묻혀 있는 모습은, 전쟁이 끝난 지 얼마 되지 않았을 무렵의 소설가 초상사진이 생각난다. 소설가의 이름은 잊어버렸지만.

"알았어. 그리고 한 가지만 더. 첫 행 모두 좋다고는 생각하는데, 계절을 거꾸로 해 보면 어떨까. '겨울이 가고'에 '여름이 왔다' 그편이 이미지가 밝아지지 않을까."

"이런 바보. 얘기가 안 통해. 당신하고는 문학 얘기 못 하겠어."

얼굴로 덮쳐오는 연기를 도로 뿜어 줄까도 생각했지만, 내가 이런 문장을 쓸 수 없다는 사실은 확실하다.

"그래서, 몇 장 나왔어?"

"지금, 130 정도인가. 당신이 준 고마우신 초고는, 한참 전에 쓸 거리가 떨어졌지만 말이야."

류사이에게 건네준 원안은 리포트 용지로 12, 3매 정도다. 가로쓰기로 빼곡하게 적혀 있기는 하지만, '이하, 참고자료 P○○참조' '이 부분을 좀 더 강조' 등의 단서만 엄청나게 많은 원고였다.

"나머지는 자료로 어떻게든 해 줘."

자료라는 건 원시종교나 지구환경문제에 관한 책 7, 8권과 뇌 트레이닝이나 자기계발 등의 각종 노하우책이 10권 정도. 반은 헌책방 100엔 균일가 코너에서 구입했다. 죄다 떠맡겼다고 비난받아도 불평은 할 수 없다.

"이제 쓸 말도 별로 없다고."

"조금만 더, 어떻게든 250매 정도까지 부탁해."

"어디가 조금만 더, 야."

"그걸 어떻게 좀. 선생님의 힘으로."

원고지로 환산해 250매 이상의 분량이 된다면, 큼직큼직한 문자로 분량을 늘려놨다는 인상을 주지 않고 그럭저럭 두께가 되는 책을 만들 수 있다.

처음에는 책 한 권이 어느 정도의 비용으로 만들어지는지 짐작도 되지 않았다. 한시라도 빨리 대지의 모임에 관한 출판물이 있었으면 하는 게 본심이지만, 옥션으로 얻은 돈을 전부 쏟아 부을 수는 없었다. 부족하면 조금 더 뒤로 미룰 작정으로, 자비출판회사를 하나하나 찾아보고 전화로 문의하고 혹은 인터넷으로 견적도 받았다.

너무 조잡하게 만들고 싶지는 않았다. 파격 할인이나 간편함만이 장점인 출판사는 피했다. 그렇다고 해서 남는 자금이 있는 건 아니다. 수집한 견적 중에서 '약간 싼 듯한' 정도에서 타결을 보기로 했다.

서점에 일정 기간 진열될 권리를 얻을 수 있는 '서점유통계약'을 선택하지 않으면 대폭으로 가격이 내려간다는 사실을 알고, 우선 그것을 깎았다. 진열할 곳이야 뻔하고, 일반 독자는 일단 기대하지 않는다. 지정된 워드프로세서 데이터로 넘기고, 교정이라 불리는 문자 체크도 이쪽에서 하면, 더욱 싸진다는 것도 알았다.

하드커버, 사륙판(일반 단행본 사이즈라고 한다), 2백 페이지에 부수 천 부, 78만 엔. 류사이는 자기가 공동출판으로 냈을 때의 반값이라며 화를 냈다. 보통은 원고를 맡기고 나서 두세 달은 걸린다고 하지만, 교정만 초특급으로 마치면 한 달 반 안에 납품할 수 있다고도 했다. 다만, 류사이에게 약속했던 한 장당 2천 엔의 원고료는 예산에는 들어가 있지 않다.

인스턴트 커피를 타서 류사이에게는 찻잔에 얹어 건넸다.

"원고료 지급 말인데."

아직 50매분인 10만밖에 넘겨주지 않았다.

"별로, 아무 때나 괜찮아."

안경을 이마로 밀어 올리고 손바닥으로 얼굴을 문지르면서 시원스레 말한다.

"당신이 100엔 동전 하나밖에 없던 시절부터 알던 사이야. 요즘 호주머니 사정이 어떤지는 안다고."

"미안하군."

커피를 맛없다는 듯이 홀짝이며 류사이가 말한다.

"나는 내 책이 갖고 싶어. 남의 이름으로 나오든, 장르가 뭐든, 사람들이 제대로 읽어 주는 책이. 지난번 책은 출판사 꼬드김에 넘어갔을 뿐이었으니까. 그 사람들이 기대한 건 내용이 아니라 효능뿐이야. 이번 건 달라. 내가 쓴 걸로 다른 사람이 뭔가를 생각하게 만들수 있을지도 몰라."

밤샘으로 작업을 한 류사이는 어울리지 않게 센티멘털했다. 내 눈을 보지 않고, 만년필을 손바닥 안에서 굴리면서 말을 이었다.

"자비출판을 업신여기는 녀석이 있는데, 그럼 네가 해 보라고 말하고 싶다고. 본업도 아닌데 책 한 권만큼 문장을 써내려면 얼마나 시간이 걸리는 줄 알아. 헛수고가 될지도 모른다는 기분을 달래면서 써내려가는 것도 엄청나게 힘들다고. 번듯한 모양으로 남기고 싶은 건 당연하잖아. 작가입니다 —— 하고 거만한 얼굴을 한 녀석들보다 자기 돈을 내서라도 책을 내고 싶다는 사람이 틀림없이 기합 쪽은 이길거야. 적어도 나는 능력적으로도, 이름이 알려진 걸 믿고 쓰레기를 갈겨쓰는 녀석들보다는 제대로 된 걸 쓸 자신이 있다고."

책상 위에 놓인 원고 몇 장을 손에 들어보았다. 아직 쓰는 도중이리라. 문진 대신 올려놓은 발포주 캔은 아직 다 마시지 않았다. '멋대로 읽지 마' 그런 소리를 예상했지만, 류사이의 표정은 완전히 반대다.

빨리 읽어보라고 얼굴에 적혀 있다. 첫 번째 장의 첫머리에는 원고지 다섯 줄에 걸쳐 『제4장』이라고 적혀 있었다.

제4장

우리들은 샤머니즘을 넘어서 애니미즘으로 돌아간다. 싸움과 확장의 역사에서 벗어나, 재생과 순환의 시대로. 안으로 향하는 회귀의 여행이 지금 시작된다——.

"무슨 뜻이야?"

애초 내가 구상했던 쉽게 읽히는 노하우 서적 종류의 느낌은 점점 깎여 가고 있다. 그만큼 관념적 요소가 강해지고 있는 듯했다.

"반은 자료를 도용한 거지만, 내 나름의 해석도 들어가 있어. 대지의 모임 본질이 어떤 것이어야 하는지를 생각해 봤거든."

류사이에게 건네준 자료는, 나도 읽어보긴 했지만 전부 주제만 훑어봤을 뿐이라 내용은 그다지 머리에 남아 있지 않았다. 하루 대부분을 집필과 슬롯머신에 소비하고 있는 류사이와 달리 나는 시간이 없었다.

나의 계획을 멋대로. 자신이 준비한 탈것에 혼자 뒤처져 타지 못하고 있는 기분이 들어, 그만 조바심 나는 목소리를 내고 말았다.

"본질? 됐어. 별로 그런 건."

눈꺼풀이 반쯤 감긴 류사이는, 깨달음을 얻은 스님처럼 조용한 어조로 말한다.

"되지 않았어. 우선 우리들 자신부터 믿으라고 한 건 당신이잖아.

무엇보다, 그거 없이 어떻게 책을 완성할 거야? 당신, 여기 교의를 어떻게 생각하고 있는 거야? 겉껍데기나 지엽적인 거 말고, 근본적인 부분 말이야. 리포트 용지를 읽어봐도 전혀 모르겠어.”

솔직하게 얘기하자면, 종교 조직을 만든 지 4개월이 지나가고 있음에도 나는 표면적일 뿐이라, 교의다운 교의는 확립하지 못했다. 모여든 신자들의 상황을 봐가면서 나중에 조금씩 만들어 간다, 나중에 내는 가위바위보보다 유리하다고 류사이에게는 말했지만, 반은 핑계다. 아무리 생각해봐도, 어떻게 머리 굴려 봐도, 진리를 이야기하는 말 따위는 떠오르지 않았다.

“한마디로 말하자면.”

“한마디로 말하자면?”

“신은 어디에도 존재하지 않아. 안 찾는 게 제일이다.”

짐짓 난폭하게 말했다. 교의를 단단히 굳히고 싶지 않은 이유가 또 한 가지 있다면, 그것은 허구에 나 자신이 삼켜질까 봐 불안하다는 점이다.

류사이는 어이없다는 얼굴로 말 대신 하품을 뱉었을 뿐이었다.

책상에 놓인 원고 중 마지막, 세 번째 종이는 아직 잉크가 덜 말랐다.

모든 생명은 대지를 뿌리로 삼으며 하나로 이어져, 덧없는 생(生)은 자그마한 씨앗이 되어 다시 대지로 돌아간다.

카이가 나카무라보다 먼저 일어나 먹이를 조르며 주방에서 소리 높여 울기 시작했다. 일어설 타이밍을 만들 생각으로 원고에 대한 감상을 말했다.

"열의는 고마워. 하지만 좀 너무 앞서 갔어."

화를 낼까 싶었지만, 류사이는 자기 원고에 시선을 떨어뜨리고, 자신에게 코웃음을 쳤다.

"밤샘은 이래서 안 돼. 묘하게 하이(high)해진다니까. 냉정한 판단이 안 된다고. 뭐든지 좋게 보여."

19

모리오카 타츠오는 『대지의 모임 · 도쿄 히어링 센터』라는 문패가 걸린 격자문을 거칠게 두드렸다. 오늘이야말로 말해야겠어──그렇게 생각하면서.

상점회의 회장으로서 말이다. 이 도쿄 히어링 센터인지 뭔지의 이웃집인 철물점에서도 바로 건너에 있는 담배 가게에서도 불평이 나오고 있다. 영문을 알 수 없는 사람들이 드나들고 있다. 향을 피우는 듯 이상한 냄새가 새어나온다. 귀를 기울여보면 묘한 음악이 흐르고 있는 게 들린다. 등등.

'컬트라는 그거 아냐?'하고 철물점 사장은 말한다. 그렇다면 이

상점가에서 쫓아내야지. 대형양판점에 밀리고 있는데다, 후계자 부족과 불황으로 상점회는 내리막길이다. 타츠오가 부친으로부터 가게를 물려받았을 때는 40점포 이상의 가게가 가맹했었지만, 편의점이네 이자카야 체인점이네 하는 곳에 대지를 팔아넘기는 녀석이 이어져서, 지금은 26점포. 이 이상의 마이너스 요인은 배제하고 싶었다.

자신이 운영하는 모리오카 주류점은 여기서 열 몇 채 떨어진 거리에 있어서, 자세한 사정도 모르고 실제 피해가 있는 것도 아니다. 한가함에 물려 남의 가게 손님만 쳐다보고 있는 담배 가게 할머니 말에 의하면, 드나드는 사람 중에는 품위 없어 보이는 젊은 무리도 있는 모양이다. 상복 같은 검은 양복을 입은 눈빛이 안 좋은 남자도 자주 보인다고 하니, 솔직히 건드리지 않는 게 상책이라고 말하고 싶지만, 그럴 수도 없었다.

오늘 저녁에는 상점회 유지들이 모이는 정기 모임이 있다. 최근에는 딱히 의제가 있는 것은 아니고, 사모님들 눈치 볼 필요 없이 가게를 내팽개치고 공공연하게 술을 마시기 위한 자리이지만, 이곳 이야기는 반드시 나오리라. 팔짱만 끼고 있었다는 얘기는 듣고 싶지 않았다. 그래서 아내 다에코에게 가게를 맡기고 쳐들어온 것이다. 부회장인 마스다 클리닝은 오늘 아침이 되자 감기에 걸렸다는 둥 시답잖은 소리나 지껄이기에, 단신으로.

아무도 나오지 않았지만, 안에 있는 건 알고 있다. 담배 가게 할머니 말로는, 여기에 사는 이들도 몇 명인가 있는데, 그 녀석들은 사람이 드나들 때 외에 거의 밖으로 나오는 일이 없어서 건물은 쥐죽은 듯 조용하다고 했다.

쥐죽은 듯 조용해? 그럼 문제없잖아. 담배 가게 할머니가 얘기를 멋대로 크게 만든 건 아닐 테지. 공중전화부스 천장이 뚫릴 만큼 몸집이 큰 남자도 살고 있다거나 하는 얼빠진 소리도 했는데.

"실례하네."

자물쇠가 잠겨 있지 않기에 멋대로 열었다. 바로 앞에 나타난 벽에 또 문이 있다. 그것도 열어버릴까 싶었지만, 품위 없는 젊은 무리, 눈빛이 안 좋은 검은 양복이라는 말이 떠올라 주저한다. 다시 한 번 불러보려 하는 찰나, 문이 열렸다.

안에서 나온 사람은 양복 차림의 남자다. 확실히 검은 양복이다. 하지만 머리 한구석을 스치며 주저하게 만들었던 야쿠자일 걱정은 없어 보였다. 지극히 평범한 샐러리맨처럼 보인다.

"오래 기다리셨습니다. 심신정화 메서드 수강을 희망하시는 분이십니까."

어조도 뭔가를 파는 세일즈맨 같다. 손에 들고 있던 빗자루를 황급히 기대어 세워 놓는 모습에 위압감은 전혀 없다. 남몰래 안도의 숨을 쉬고 단호하게 고개를 저었다.

"요 앞의, 모리오카 주류점이네."

남자가 당혹스러운 표정을 짓는 모습에 화가 났다. 우리 가게를 모르는 거냐. 창업 57년의 모리오카 주류점을. 어차피 이 녀석도 맥주를 슈퍼마켓에서 번들로 사는 녀석이겠지. 번지수를 덧붙이며 가게 이름을 되풀이해 말하자, 그제야 붙임성 좋은 미소를 지었다.

"아아, 네. 모리오카 주류점 사장님. 이따금 이용하고 있습니다."

매번 감사합니다――하고 평소의 장사꾼 기질이 발동해 그만 숙여버리려던 머리를 타츠오는 옆으로 흔든다.

"아니, 우리 가게는 됐고. 오늘은 상점회를 대표해 온 걸세. 당신들이 여기서 뭘 하고 있는지 알고 싶어서 말이야. 다들 불안해하고 있어."

"저런, 저런. 폐를 끼쳤다면 죄송합니다."

상점회 회장용으로 만든 명함을 내밀자, 남자도 명함을 내밀어 왔다.

대지의 모임　　사무국장
키지마 레이지

이름보다도 그쪽이 중요하다는 듯이, 『대지의 모임』이라는 문자가 무척 크게 들어가 있다. 타츠오는 짐짓 불퉁한 표정으로 명함을 바지 주머니에 찔러 넣는다. 하지만 키지마라는 남자가 타츠오의 명함을 두 손으로 공손히 받아 정중하게 카운터에 내려놓는 모습을 보고, 자기도 그러는 편이 좋을 것 같은 기분이 들어, 한 번 집어넣은 명함을 다시 손에 들었다. 헛기침하고, 상점회 회장답게 어깨를 거들먹거리며 말을 꺼냈다.

"댁들, 종교단체인가?"

"네, 그렇습니다."

김이 샐 정도로 선선히, 쾌활하다고 표현해도 좋을 만한 대답이 돌아왔다.

"다만, 이 시설에서 포교활동을 하는 것은 아닙니다. 아, 여기는 좀 뭣하니까, 안쪽으로 들어오시지요."

"됐네, 여기면."

"하지만 저희들 일로 상점회 회장님께서 일부러 발걸음을 해 주셨으니, 제대로 된 자리에서 말씀을 나누어야지요."

회장님 —— 이라는 남자의 목소리가 한결 높게 들렸다. 거절할 이유는 없었다.

문 너머는 휑뎅그렁한 방이다. 몇 년 전, 은퇴한 고등학교 교사가 학원을 열었을 때 꽤 개보수된 모양이지만, 원래 이곳은 전통과자점이었다. 자주 드나들어서 대충의 넓이는 알고 있다고 생각했지만, 기억보다도 제법 커다란 공간인 듯 보였다. 조명 때문인지, 창문이라는 창문은 다 덮고 있는 길고 흰 커튼 때문인지, 혹은 물건이 적기 때문인지.

바닥 여기저기에 매트가 깔려 있다. 한쪽 구석에는 등나무 바구니가 놓여있고 타월이 쌓여 있다. 개방적이라고는 하기 어렵지만, 딱히 수상쩍은 분위기도 아니다.

"오늘은 강습회 날이라서요."

키지마가 한쪽 구석에 밀어 놓아둔 의자를 가져온다. 책상까지 방한가운데로 가져오더니 신경질적으로 위치를 조정하고 나서, 고급스러운 시트를 씌운 쪽을 타츠오에게 권했다. 서서 얘기해도 된다고 더는 할 수 없게 되어 버렸다.

"강습회?"

"예에, 저희는 심신정화 메서드라고 부르고 있습니다. 멘탈과 피트니스 양방면의 가벼운 트레이닝을 하는 모임입니다. 이전에는 아직 날이 밝은 시간대에 열었으니, 그 때문에 근처 분들이 수상쩍게 생각하셨을 수도 있겠군요. 덕분에 참가하시는 분들이 조금씩 늘고 있어서, 시작시간을 퇴근길이라도 충분히 시간을 맞출 수 있는 시각으로 변경했습니다. 오늘은 서른 분 정도 오실 예정입니다. 매주 토요일에는 명상 강습회이지요. 절로 비유하자면 좌선(坐禪) 모임 같은 것이랄까요. 이쪽 참가자는 아직 스무 분 정도입니다만. 그 외 이곳의 활동으로는, 수시로 히어링이라 부르는 카운슬링을 하고 있는 정도이지요. 아, 정신을 놓고 있었군요, 바로 뭔가 마실 것을——."

키지마의 장광설에 안달이 나서 말했다.

"신경 쓰지 말게, 시간이 없거든."

실은 정기 모임이 시작되려면 아직 한참 남았지만, 타츠오는 한발 먼저 모임 장소인 '요릿집 사츠마'에 가서 미인 여주인과 마주 앉아 주거니 받거니 할 생각이었다. 오늘 이곳에 온 것도, 여주인 앞에서 잘 보이고 싶다는 것이 이유 중(커다란 이유 중) 하나다.

"그럴 수는 없지요. 모처럼 상점회 회장님이 오셨으니까요."

호감을 주는 웃음 띤 얼굴이 돌아와, 그만 끄덕여 버렸다. 장사꾼이란 다른 사람이 붙임성 있게 대해 주면 기쁜 법이다.

방을 나간 뒤로 키지마는 좀처럼 돌아오지 않았다. 타츠오는 시계만 쳐다보고 있었다. 단골 중에는 노인네들이 많아서 사츠마는 해가 높이 뜬 시간부터 포렴을 내걸고 문을 연다. 너무 뭉그적거리고 있으면 여주인 정면의 특등석을 다다미 가게 노인장한테 빼앗겨 버리게 된다.

일단 안은 살펴봤다. 의문이 없는 건 아니지만, 컬트라고 할 정도의 집단은 아닌 것 같다. 대접받을 엽차인지 뭐 그런 것을 얼른 마시고 돌아가서, 모두에게는 '조금 더 상황을 지켜보자'라고만 해 두자고 속으로 결심했을 무렵, 키지마가 웨이터 같은 발걸음으로 돌아왔다. 받쳐 든 쟁반에 얹혀 있는 것은 엽차가 아니었다. 유리잔과 우롱차 페트병. 유리잔이 컵받침 위에 놓여있고, 물수건까지 준비되어 있다.

"드시지요. 이것도 분명 모리오카 주류점에서 구입한 것입니다만."

"그거, 고맙소."

숙이려던 머리를 젖히며 타츠오는 다시 생각했다. 아니, 정기 모임에서는 '특별한 문제없음'이라고 보고해도 괜찮으려나.

"그렇군요. 혹시 괜찮으시다면 체험해 보시고 가지 않으시겠습니다. 우선 히어링이라도. 손님을 '자세히 뵙고' 나서, 고민이나 불안을 듣고 해결의 실마리를 제시하는 뭐, 일종의 인생 상담입니다. 단골분은 요금 5천 엔을 받고 있습니다만, 이 동네의 최고 높으신 분이 와 주셨으니, 폐를 끼친 대가라는 건 아닙니다만, 무료로 해드리도록 하겠습니다."

"고민 같은 거 없는데 ──."

거짓말이었다. 고민이 앞치마를 두르고 걸어 다니는 인간, 타츠오는 자신을 그렇게 평가하고 있었다.

"전혀요?"

키지마가 마음을 꿰뚫어 본 듯 시선을 마주해 온다. 헛기침을 한 번 하고 화제를 바꾸었다.

"그거, 점 같은 건가. 공교롭게도 나는 점을 믿지 않아. 미안하지만, 전혀."

"저희는 점을 치지 않습니다."

"그런가, 그럼 그건가? 수호령이 어떻다든가 하는 그건가."

"아니요, 스피릿추얼도 아닙니다."

"그럼, 뭐야."

"인간이 본래 가지고 있는 '기'를 보는 것입니다. 대지에서 부여받은 기를. 우리 강습회는 그런 대지의 기를 받아들이기 쉬운 체질로 만들어 온몸에 담는, 그러한 기술을 체득하는 것이 주된 목적이랍니다. 극히 심플한 생각입니다만. 그것만으로도 이곳에 오시는 분들로부터 인생이 바뀌었다는 평가를 듣고 있답니다."

심플은 무슨. 무슨 소리를 하는지 전혀 모르겠다. 타츠오는 자신이 이해할 수 있도록 판을 되돌리기 위해 질문한다.

"그럼 당신들, 뭘 믿는 거야?"

"대지(大地)입니다. 대지 그 자체. 모든 생명은 대지를 뿌리 삼아 하나로 이어져 있지요. 그것이 우리가 생각하는 기본입니다. 팸플릿을 보시면 오해를 푸실 수 있으시려나요——."

키지마가 책상 안을 뒤지기 시작했다. 동작이 느려 터졌다. 붙임성 있게 보이지만, 의외로 우둔한 남자일지도 모른다.

류사이는 아직 멀었나. 뭘 하는 거야. 있지도 않은 팸플릿을 찾으면서, 나는 위층을 향해 욕을 퍼붓고 있었다. 우롱차 페트병을(물론 슈퍼마켓에서 번들 제품을 산 것이다) 3층으로 가지러 가는 김에, 아침나절에 잠자리에 든 녀석을 두드려 깨웠는데.

모리오카가 다리를 떨기 시작했다. 우선 책보다 먼저 팸플릿이 필요할지도 모르겠다. 죄송합니다, 떨어진 모양입니다. 아무튼 회원분들이 점점 늘어나고 있어서요——라는 변명을 떠올렸을 즈음, 간신히 문이 열리고 류사이가 모습을 나타냈다.

검정 양복으로 갈아입기는 했지만, 넥타이는 매지 않았다. 시간이 없었으니 멋대로 자란 수염을 면도하지 않은 건 어쩔 수 없다 쳐도, 머리도 단정치 못한 모습 그대로다. 덤으로 안경도 잊었다. 충혈된 눈을 기분 나쁜 듯이 모리오카에게 던지고 있었다. 방문객은 상점회 회장이다. 얼굴만 내밀어도 되니 제대로 인사만 하라고 말해 두었는데. 부탁이니 실례됨이 없도록 행동해다오. 종교단체는 이웃들이 싫어하면 끝이다. 억지웃음을 지금보다 20프로 더 늘리며 류사이를 소개했다.

"사범대리인 오사나이입니다."

모리오카는 자랑스럽게 명함을 내밀었지만 류사이는 '아아, 네' 하고 낮게 신음했을 뿐이다. 잊고 왔는지 자기 명함은 내밀지 않고, 상점회 회장의 명함을 난폭하게 책상에 내동댕이친다. 모리오카의 안색이 변했다.

"당신 상사?"

류사이와는 눈을 마주치려 하지 않고 내게 묻는다. 류사이는 끄덕이려 했지만, 나는 부정했다.

"아니요, 상하 관계는 없습니다. 공통된 교의를 믿는 동료라고 할까요."

금방이라도 류사이의 코웃음이 들릴 것 같았기에, 바로 말을 이었다.

"방금 설명해 드린 히어링은 주로 오사나이 사범대리가 담당하고 있습니다. 어떠십니까, 시험해 보시는 것은."

"됐다니까. 이래봬도 바쁘거든. 말하지 않았나. 점은 믿지 않아. 그런 건 어떻게도 받아들일 수 있는 소리를 이것저것 늘어놓는 게 요령이라면서. 절대 틀리지 않을 소리밖에 하지 않는다고 하잖아. 요전에 술집에서 같이 마신 점쟁이가 그랬다고."

나는 유감스럽다는 표정을 지어 보인다. 실제로는 거절해주길 기대하고 있었다. 모리오카는 예순 정도. 이런 연배의 남자는 심리유도 테크닉에 잘 걸리지 않는다. 모든 것을 자신이 알고 있는 이치로 해석하려 하고, 자존심이 세서 남의 얘기는(특히 자기보다 나이 어린 사람의 이야기는) 전혀 들을 생각이 없다.

"그럼 ——."

심신정화 메서드에 참가하시겠습니까 —— 라고 물을 생각이었다. 어차피 그것도 거절하리라. 모리오카는 이곳에 왔을 때부터 엉거주춤하게 앉아 있다. 계속해서 권유하는 척하고 있으면 안달이 나서 돌아갈 것이 틀림없었다. 이렇게 내부도 들여다보게 해주고, 무난한 설명도 하고, 있는 힘껏 애교도 뿌렸다. 우리를 향한 불신감은 다소 엷어졌을 터다.

하지만 류사이는 모리오카를 돌려보낼 생각이 없는 것 같았다.

"어떻게도 받아들일 수 있는 소리?"

갑자기 끼어들어 왔다. 불쾌감을 숨기려고 하지도 않는다. 류사이가 안경을 끼지 않은 눈을 가늘게 떴다.

도대체 무슨 생각을 하는 거야.

"그럼, 콕 찍어 말할까요. 당신의 가게, 잘되지 않고 있군요."

모리오카의 얼굴이 노기를 띠었다. 모처럼 내가 저자세로 나가면서 자존심을 간질여 기분 좋게 만들어 놨는데. 류사이에게 눈짓을 했지만, 이쪽은 보지도 않는다. 모리오카를 위협하듯이 노려보고 있다.

타츠오는 오사나이라는 남자의 눈을 마주 보았지만, 금방 시선을 돌려 버렸다. 담배 가게 할머니가 말했던 눈빛이 안 좋은 검은 양복이라는 건 이쪽이었나. 핏발이 서서 눈이 진흙처럼 탁해져 있다. 살집 좋은 야무진 체격. 누군가가 이 사람을 야쿠자라고 하면, 그럴지도 모른다는 생각이 드는 풍채다.

"당신한테서 나오는 '기'를 보면 알 수 있어. 표정에서도, 목소리에서도, 태도에서도, 긍정적인 기가 전해져오지 않아. 정기(精氣)며 자신감도 느껴지지 않아."

"당신들, 무례하잖아."

키지마를 향해 그렇게 말하며 자리에서 일어나려 했지만, 오사나이의 말이 타츠오의 몸을 의자에 못 박히게 만들었다.

"이번 달에 맥주는 얼마나 팔렸습니까? 발포주는?"

생채기가 들쑤셔지는 듯한 질문이었다. 분하지만 분명 맥주와 발포주 매상은 참담했다. 초조한 마음에 폐점시간을 오후 10시까지 연장했음에도 불구하고. 지난달, 이웃한 상점가에 주류 전문 할인점이 오픈했기 때문이다.

"비교적 괜찮았던 소주 매상도 부진해지기 시작했다. 아닙니까?"

가게 장부라도 훔쳐본 것 같았다. 엉거주춤하게 일어서려던 엉덩이가 다시 의자에 딱 달라붙어 버렸다. 그랬다. 매상이 괜찮았던 이유는 슈퍼마켓에서 팔지 않는 상표를 갖춰 놓았기 때문이었다. 그랬는데 할인점 자식, 똑같은 걸 여기보다 싼 가격으로 팔기 시작했단 말이야.

오사나이가 타츠오의 얼굴을 들여다보았다.

"아드님이 계시는군요."

"아아, 있어."

끄덕이고 난 다음에 깨달았다.

"그런데 어떻게 알았지?"

"당신이 뿜어내는 '기'로부터 추측했을 뿐. 아직 학생이군요. 아드님은 혹시, 가게를 잇고 싶지 않다는 소리를 하고 있진 않을 테지요."

"그……러고 있……어."

키지마라는 남자의 은근한 태도에 안도한 것도 잠시, 타츠오는 다시 혼란과 불안 속에 휩싸이기 시작했다. 이 녀석들 대체, 정체가 뭐야.

"그만한 가게를 잇지 않겠다니 아까워요."

나는 바로 마음에도 없는 듣기 좋은 소리를 했다. 류사이가 뭘 하려는지 알았기 때문이다. '맨투투맨(man-to-2men) 방식'이다.

5월 들어 인생 상담을 바라며 찾아오는 손님이 늘기 시작했다. 히어링은 초기 권유용으론 괜찮지만, 그렇게 언제까지나 계속할 수 있는 수법은 아니다. 회원수가 늘기 시작하면 그들에게 횡적 연결이 생기게 되고, 간담에서 나누었던 이야기들이 언제 어느 순간 회원 사이의 대화에서 도마에 오를지 모르기 때문이다. 덕분에 요즘은 그렇게 노골적인 심리유도 테크닉을 이용하지 않고 있어, 손님의 반응이 순조롭지 않은 경우도 있다. 그럴 때는 최후의 수단으로, 맨 투 2맨 방식을 이용해 극복해 나가고 있었다. 점이 아니라, 증권 세일즈를 하던 시절에 익힌 테크닉 중 하나다.

영업사원 한 명이 몇 번이나 드나들어도 고객이 넘어오지 않을 때 사용한다. 둘이 팀을 짜서 상대를 찾아가 설득하는 방식이다.

한 명은 밀어붙이듯이 영업을 한다. 이럴 때 대부분, 그 한 명은 영업사원이 데려온 상사다. 손님이 눈살을 찌푸려도 상관하지 않는다. 일부러 완벽하게 악역을 맡아서, 비밀정보를 슬쩍 비추며 때로는 위협하는 듯한 소리도 한다.

또 다른 한 명, 손님과 아는 사이인 영업사원은 선인(善人) 역할이다. 친근한 아군이라는 입장을 관철한다. 손님을 대신해 '거기까지는 무리예요' '조금 더 안전책을' 같은 소리도 하고, 씩씩거리는 다른 한 명을 타이르면서 '이 정도 금액이라면 괜찮겠지요'라는 말로 종착점을 향해 고객을 유도해 간다.

딜링룸에 배속되기 전의 젊은 시절에는 선인 역할을, 지점영업으로 튕기고 나서는 악인 역할을 연기할 때가 많았다. 둘이서 나란히 저자세로 나가는 것보다 거래가 잘 성사될 확률이 높았다. 카운슬링은 다소 억지스러운 추측이나 논법이라도 상대가 납득하는 경우가 많다. 류사이는 여기서 그것을 할 생각이다.

안경을 쓰고 오지 않은 이유도 이해했다. 술을 좋아하는 류사이는 근처 주류점 사정에 밝았다. 멀리 떨어진 슈퍼마켓에 가는 게 귀찮아서, 할인점이 생기기 전까지 모리오카 주류점을 빈번하게 이용했었다. 이웃들 눈이 있으니 그만두라고 매번 잔소리하는데도, 밤에는 가게 앞에서 술을 마시기도 했던 모양이다. 아마 아들의 모습을 본 적이 있었고, 말싸움이나 불평을 하는 소리도 언뜻 들었던 것이리라. 장사꾼이란 손님의 얼굴을 세세하게 기억하는 법이지만, 안경이 없는 류사이는 완전히 딴사람이었다. 원래부터 좋지 않은 인상이 더욱 밉상이 된다.

아까 두들겨 깨울 때 잠에 취한 목소리로 '어떤 남자야'하고 물어오기에, '상점회 회장. 그런 것치고는 밀어붙이는 게 약해 보이는 남자'라고 대답했다. 그 말에 이 작전을 떠올린 것이 틀림없다. 어중간하게 돌려보내 분쟁의 씨앗을 뒤로 미루기보다 리스크를 각오하고 단숨에 끝장을 낸다. 과연 대박을 꿈꾸는 녀석이다.

회장이라고 해봤자 시대에 뒤처진 자그마한 상점가다. 등쌀에 못 이겨 찾아온 건지도 모른다. 아마 남이 세게 나오면 싫다고는 하지 못하는 성격이겠지. 증권영업을 하던 시절에도 이런 손님을 넘어오게 하는 건 어렵지 않았다. 심약하지만 자존심은 세기 때문에, 유리한 (물론 증권회사에) 거래를 해 줄 때가 많았다.

함께 일한 지 넉 달. 길거리 점술가 시절부터 세면 반년이다. 의도를 눈치챘다면, 남은 건 류사이로부터 온 패스를 골로 연결할 뿐. 나는 류사이와 시선을 맞추고서 모리오카에게 말을 건넸다. 증권맨 시절의 18번이다.

"함께 생각해봅시다. 좀 더 성공할 방법을."

이 녀석들은 무슨 소리를 지껄이는 거야. 남의 고생도 모르고.
타츠오의 얼굴은 뜨거워졌지만, 귀는 어째선지 냉정하게 키지마의 다음 말을 기다리고 있었다.

"그런 얘길 들을 이유는 없어."

솔직하게 말하자면, 함께 생각해 줄 사람이 있었으면 했다. 상점회의 녀석들은 이놈이고 저놈이고 자기 가게 일만으로 머리가 가득해서, 서로 돕기는커녕 상대의 속이나 떠 볼뿐. 무엇을 위한 상점회인지도 모른다.

이번 1월에 타츠오는 62세가 된다. 옛날 같았으면 은거(隱居)할 나이다. 위의 딸은 이미 시집을 갔다. 시스템 엔지니어인지 뭔지 하는 게 되고 싶다고 지껄이는 밑의 아들도 앞으로 2년 후면 대학을 졸업한다. 슬슬 가게를 접을까 반쯤 진심으로 생각하고 있다. 하지만 연금만으로 생활할 수 있을 만큼 저축해 놓은 돈도 없고, 창업 60주년까지 앞으로 3년이 남은 가게를 여기서 끝내고 싶지 않다는 마음도 반쯤은 사실이다.

"아, 알았어. 입회(入會)하라는 거잖아. 여기에 들어오면 내 운이 좋아지네 뭐네, 그런 소릴 하고 싶은 거지?"

"이해를 못 하는군. 운 같은 건 없다니까."

오사나이의 말에서 정중한 어조가 사라졌다. 정말로 실례되는 녀석이다. 자리에서 일어나 돌아가지 않은 건 키지마가 마음을 대변해 주었기 때문이다.

"사범대리, 실례잖아. 조금 입을 조심하게나."

키지마는 연상의 오사나이를 호된 어조로 타이르고 나서, 붙임성 좋은 얼굴을 이쪽으로 향했다.

"그는 이렇게 말하고 싶은 것입니다. 누군가로부터 부여받는 운 같은 것은 없다. 있다면, 그 사람이 스스로 플러스적인 사고를 하고 긍정적으로 행동한 결과, 얻게 되는 것이라고. 세속적으로 표현하자면, 배트를 휘두르지 않으면, 아니 애초에 타자석에 서려 하지 않으면 볼은 칠 수 없는 법이랄까요."

그 말이 끝나기 전에 다시 오사나이가 말하기 시작했다.

"할 수 있는 일이 여러 가지 있을 텐데. 가게를 좀 더 특화한다든가. 일단 품목을 확 바꿔 본다든가 말이야——."

"그런가? 상품 교환이라면 금방 할 수 있겠군요."

간발의 차도 없이 키지마가 바로 맞장구를 친다. 머리가 혼란스러워지기 시작했다. 왜 내가 이런 소리를 듣고 있어야 하는 거야?

"아아, 마니아 대상의 와인이 주르륵 늘어선 가게라는 방법도 있겠군."

문외한이 무슨 소리를 하는 거야. 잠자코 듣고 있을 수 없었다.

"저기 말이지, 당신들 쉽게 말하지 말라고. 주류점의 매입이라는 건 그렇게 쉬운 게 아니란 말이야. 메이커며 오래 알고 지낸 도매상 같은 거래처와의 관계도 있으니까——."

자신의 장사에 관해서라면 떠들어댈 말은 얼마든지 있다. 하나부터 가르쳐 줄 생각으로 타츠오가 얘기를 하기 시작하자, 오사나이가 즉시 입을 다물었다. 잘난 척 지껄였지만 실은 업계에 대해서는 아무것도 모를 테니 당연하다.

얕보지 마. 나는 이 바닥에서 44년 됐어.

얘기 도중에 키지마가 가슴을 더듬으며 휴대전화를 꺼냈다. 눈인사를 하고 방 밖으로 나가려 한다.

어이, 얘기를 들어야지. 이제부터가 중요한 부분이야.

내가 볼일을 끝마치고 1층으로 돌아왔을 때, 모리오카는 아직도 주류점 매입 시스템에 관해 청산유수처럼 떠들고 있었다. 어떤 인간이든 할 얘기는 있다. 책 한 권을 쓸 수 있을 만큼. 류사이는 얌전한 얼굴로 입은 다물고 귀를 기울이고 있었다. 시간을 벌기 위해 무례를 사과하며 다시 한 번 들려 달라고 하자, 그다지 싫은 내색도 하지 않고 또 얘기하기 시작했다.

제대로 듣지는 않았다. 모리오카 등 뒤에 있는 단상만 쳐다보았다. 나카무라에게는 간략하게 절차를 설명했지만, 어디까지 이해했을지 걱정된다.

모리오카의 이야기는 점점 불평으로 옮겨졌다. 소매점은 어디나 힘들 것이다. 대형 브랜드의 상품은 할인점에 가면 똑같은 상품을 더 싸게 구입할 수 있다. 위하는 척만 하는 게 아니라, 이 남자의 가게는 정말 방향전환이 필요하다는 생각이 든다. 이 남자도 알고는 있을 터라 나름 노력은 하고 있을 테지만, 어디까지나 그가 생각할 수 있는 한의 일밖에 하지 않았으리라. 원래부터 방식을 바꾸는 게 두려운 성품, 게다가 두려울 나이이다.

"──그러니까 말이야, 이 이상 소매점을 괴롭히지 말라고 지금 진정(陳情)하고 있는 참이란 말이지. 법률을 바꾸지 않으면 안 된다는 소리야."

좋아, 왔다.

"과연, 가볍게 참견할 수는 없는 일이로군요──."

맞장구를 치고서, 시선을 모리오카에게서 단상으로 돌렸다.

"아아, 선생님께서 오셨네요."

내 목소리에 이끌려 모리오카가 돌아본다. 단상 위에서 나카무라가 책상다리를 하고 명상하는 모습에 눈을 희번덕거렸다. 나카무라는 늘 그러듯이 뒷문으로 들어왔지만, 사각(死角)에 있던 모리오카의 눈에는 홀연히 나타났다고밖에 보이지 않았으리라.

"선생님?"

"예에, 오오시로 선생님. 우리들의 스승이십니다."

나카무라가 일어서서 가벼운 동작으로 단상을 내려왔다. 모리오카는 그의 젊은 얼굴과 풍모에 놀라고, 이어서 체격에 놀란 모양이다. 불의의 기습을 당한 자그마한 모리오카의 눈에, 천천히 이쪽으로 다가오는 나카무라의 모습은, 원근법이 잘못된 장면처럼 보이고 있을 것이 틀림없다.

오오시로 선생이라 불린 커다란 남자가 타츠오의 앞에 섰다.
"잘 부탁합니다."

그 목소리는 높은 하늘에서 내려오기라도 한 것 같았다. 그 정도로
키가 컸다. 전화 부스가 얼마나 높은지는 모르겠지만, 천장이 뚫려도
이상하지 않을 만큼 확실히 크다. 고개를 들어 올려다본 얼굴은 언제
어디에선가 본 초상화 같았다. 예술 쪽에 어두운 타츠오는 그것이
어디서 본 그림이었는지 전혀 떠올릴 수 없었지만. 한 손을 내밀어
오니 일어서지 않을 수 없었다. 오오시로의 손을 마주 쥐며 그다지
크지 않은 몸을 똑바로 편다. 그래도 시선은 커다란 남자의 머리 아래
였다.

"아아, 안녕하시오."

자세히 보면 나이가 타츠오의 반밖에 안 될지도 모르는 남자이지
만, 그만 고개를 깊숙이 숙여 버렸다.

"선생님에게도 모리오카 씨에 대해서 말씀드렸습니다. 마음이 쓰
여서 내려오신 듯합니다."

키지마의 말에도 생색을 낸다는 모습은 보이지 않는데, 어째선지
몸 둘 바를 모르겠다.

커다란 남자는 빈 술병을 손에 들고 있었다. 그것을 타츠오에게
내민다. 양주는 모리오카 주류점이 약한 분야이지만, 오랫동안 주류
점을 해온 눈은 있어 그것이 와인이 아니라 샴페인 병이라는 사실은
금방 알 수 있었다. 하지만 라벨은 본 적도 없다.

"선생님, 이것은?"

타츠오 대신 키지마가 놀랐다. 어리둥절한 사이에, 커다란 남자는 끄덕이듯이 인사를 하고 방을 나가 버렸다. 타츠오의 손에 빈 병만을 남기고.

"뭔가, 이건?"

키지마에게 물었다.

"앙드레 보포르. 오오시로 선생님께서 좋아하시는 샴페인 상표입니다만······."

"그것을 팔아 보라고 하신 거 아닐까?"

오사나이가 말한다. 뭔가 높임말을 쓰는데 익숙하지 않은 말투다.

"아아, 그런가. 분명 그런 거야."

키지마가 흥분한 어조로 말했다.

"모리오카 씨, 이거예요, 이거."

"이거라니······. 이거?"

"그렇습니다."

"뭔가 주술 같은 건가."

"아니요, 주술도, 예언도 아닙니다. 이건 종교적인 말씀이라기보다, 평범한 비즈니스의 조언이라고 들어 주세요. 선생님께서 습득하신 강한 '기'에는, 시대를 꿰뚫어보는 후각 같은 힘이 있답니다. 이걸 들이면 반드시 팔릴 거라고 말씀하고 싶으셨던 것 같아요."

갑자기 나타났다 사라진 커다란 남자에게 정신을 빼앗겨서일까. 냉정 그 자체로 보였던 키지마가 이렇게나 흥분하니 믿어도 되는 거겠지. 타츠오는 그런 마음이 슬쩍 들었다. 대수롭지 않게 넘기려 했는데, 어째선지 변명 같은 말만이 입을 뚫고 나온다.

"우리는 와인도 그다지 들이지 않는다고. 하물며 샴페인 같은 건 말이야."

강경해 보이던 오사나이가 처음으로 웃는 얼굴을 보인다.

"음, 근처에서는 입수하기 어려운 술을 파는 가게라, 꽤 돈이 벌릴 거 같은데. 당신이 들이지 않겠다면, 내가 팔아 볼까?"

과연, 류사이. 상품을 반쯤 끌어당겨 손님으로 하여금 아까운 물건을 놓칠지도 모른다고 생각하게 만드는, 길거리 장사꾼 같은 흥정이다. 나는 바로 보조했다.

"안돼요, 사범대리. 우리들이 그러는 건 금기잖아요. 하고 싶은 마음은 굴뚝같지만요. 선생님께선 그런 걸 싫어하시니까. 혼날 거예요."

생각에 잠긴 듯한 모리오카를 한 번 더 밀어준다.

"새로운 매입 루트를 개척해 보라는 말씀인지도 모르겠군요. 가령 인터넷으로 배달하거나, 그런 일이라면 할 수 있지 않겠습니까."

인터넷이라는 말을 들은 순간, 모리오카가 아득한 눈빛을 했다. 이런, 조금 물러나자.

"아드님과 의논하시면 돼요. 모리오카 씨의 일을 좀 더 이해하게 될 좋은 계기가 될지도 모르지요."

모리오카의 표정이 또 움직였다. 좋아, 앞으로 조금 더.

"우리 선생님의 후각은 날카롭답니다. 얼마 전에, 평소에는 안 드시는 바나나를 어느 날 갑자기 매일같이 드시게 되었거든요. 바나나가 품절 소동이 일어날 만큼 팔리기 시작한 건, 그로부터 두 달 후였습니다."

"정말인가?."

"네."

거짓말입니다.

"그 샴페인 이름, 기억해 두어도 손해는 나지 않을 겁니다. 한 품목만으로는 좀 그럴 테니까, 나중에 선생님에게 여러 가지 들어 두겠습니다. 앞으로 팔릴 술은 어느 어느 것일까요, 하고 은근하게."

모리오카는 눈앞에서 일어난 일을 어떻게 설명하면 좋을지 모르겠다는 표정이었다. 이치만 따지려 드는 중장년 남자는, 이치를 넘어선 사태에 내던져지면 더듬이가 비틀어 뜯긴 것이나 마찬가지라, 순식간에 방향감각을 잃는다. 모리오카의 머리에 냉정한 판단력이 돌아오기 전에 앙드레 보포르와 그 외 몇 가지, 나카무라가 좋아하는 샴페인이며 와인 상표를 메모로 적어 건넸다. 나카무라 본인은 전혀 모르는 것 같지만, '다른 술과 다르게 이상한 냄새가 나지 않아'라고 그가 말하는 술은 전부 비올로지끄[1]. 정말로 나쁜 아이디어는 아닐지도 모른다. 대지의 모임에서 팔고 싶을 정도다.

모리오카에게 새로운 촉각이 돋아나기 전에, 재빨리 내쫓는다.

"죄송합니다. 오랫동안 붙들어서, 급하신 일이 있으신 듯했는데. 오늘은 정말로 감사했습니다. 조금이라도 오해가 풀렸다면 다행이겠습니다."

요즘 서른 명이 넘은 심신정화 메서드 강습회의 참가자들은 여전히 대부분 중장년 여성들로, 나카무라의 사적인 부분에 관해 꼬치꼬치 듣고 싶어 한다. 그럴 때마다 오늘의 서비스라는 듯이 있는 일 없는 일을 조금씩 흘려주고 있는데, 오늘은 이 얘기로 가야겠다.

"선생님께선 그다지 술을 드시지 않습니다만, 앙드레 보포르 만은

---

[1] biologique : 자연식품, 무공해.

예외이지요. 무화학농약재배 포도로 만들어지는 샴페인이라고 해서요. 뭐, 우리 같은 빈곤 단체는 교조라고 해도 입에 댈 수 있는 건 정말로 극히 가끔이지만요. 이 부근에서는, 그렇지, 모리오카라는 주류점에서 한두 번, 산 적이 있는 정도일까요."

강습회가 끝난 후, 나카무라에게 바칠 공물을 찾아 누군가는 반드시 모리오카 주류점에 발걸음을 향하리라.

모리오카가 고개를 갸웃거리면서 돌아간 순간, 류사이가 크게 하품을 했다.

"오늘 강습회, 나는 나가지 않을 거야. 잠을 좀 자야겠어."

평소에도 제대로 참가하지 않지만, 물론 불평도 하지 않았다.

"덕분에 살았어, 고마워."

"아아, 나는 늘 저기서 술을 사니까 말이야. 맥주나 발포주가 안 팔리는 건, 요즘 소매점이라면 어디든 마찬가지일 테지만."

갑자기 정곡을 찔려 동요한 모리오카는 그렇게 생각하지는 않았으리라.

"아들이 가게를 잇고 싶지 않는다는 건 어떻게 알았어? 엿들었나."

"아니, 아들이 학생인 건 알고 있었지만, 나머지는 허풍이야."

"헤?"

"장사꾼 아들이라는 건 말이야, 대개 가게를 잇고 싶지 않은 법이라고. 유행하지 않는 가게라면 더욱더."

한 번 더 하품하더니 류사이는 불쑥 덧붙였다.

"우리 집도 그랬지."

우리 집? 집을 이어야 할 아들이었다는 소린가? 아니, 류사이 나이라면 반대로 아들에게 냉대를 받는 아버지 쪽이었을 가능성도 있다. 어느 쪽인지 본인은 그 이상 아무 말도 하지 않았다. 아마 물어봐도 대답하지 않을 테지.

휴대전화를 손에 들고 '청년부' 리스트 중의 한 명을 불러낸다. KAZZ, 시미즈 카즈야의 번호다. 대학 휴학 중이라 한가하다는 KAZZ 는, 매주 토요일의 메디테이션 프로그램만으로는 만족하지 못해서 오늘 심신정화 메서드에도 참가하겠다고 했었다.

신호음 3번 만에 받았다.

——아, 안녕하세요. 저예요. 갑니다. 지금 집을 나온 참이에요.

"부탁이 있거든. 오는 도중에 샴페인을 사와 주지 않겠나. 선생님 께서 갑자기 마시고 싶다고 하셔서……. 응, 별일도 다 있지……. 상표는, 어 그러니까, 앙드레 보포르……. 그래, 나도 잘 모르거든. 비올로지끄로 만든, 대지를 더럽히지 않은 샴페인이라는 모양이야. 물론 비용은 줄 테니까. 쉽게 볼 수 없는 상품이라는데, 이 근처의 모리오카 주류점이라는 곳에는 들어와 있는 모양이야——."

그날 밤 타츠오가 '사츠마'에서 돌아온 시각은, 아직 가게가 열려 있는 오후 10시가 되기 전이었다. 술을 마시는데도 취기가 오르지 않아, 노래방을 가자는 권유도 거절하고 일찌감치 돌아온 것이다. 도쿄 히어링 센터에 대해서는 '뭐, 걱정할 필요는 없을 것 같아'라고 만 모호하게 말하고, 나눴던 대화에 관해서는 입을 다물었다. 시간이 지남에 따라 그곳에서 보고 들은 일들이 바보 같고 비현실적으로 생각되기 시작했지만, 마음 어딘가에서 '혹시'하고 매달리려는 기분 도 들어서, 남에게는 가르쳐주고 싶지 않았던 것이다.

가게를 지키던 다에코가, 타츠오의 얼굴을 보자마자 말을 건네 왔다.

"있잖아요, 여보. 와인인지 샴페인인지 하는 이름인데……알아요?."

메모를 한 손에 들고 다에코가 읽어 내리는 이름에 놀랐다.

"으음 그러니까, 앙드레……보포르."

"……그게 어쨌는데."

"당신이 없는 사이에, 이 앙드레 어쩌고를 찾는다고 손님이 왔거든요. 3명이나. 우리 가게에는 없어서 돌려보냈지만. 뭘까요, 이거. 미노 씨 방송에서 소개라도 된 걸까."

어중간했던 취기가 완전히 깨버렸다.

20

대문에 안내문을 붙이기 위해 밖으로 나오자, 왼쪽 이웃 가게인 철물점 주인이 붙임성 좋은 목소리로 말을 건네 왔다. 이쪽도 인사를 건넨다.

최근에는 필요한 일용품은 전부 이 상점가에서 사고 있다. 그것만으로도 주변의 시선이 따뜻해졌다. 장사꾼에게 '좋은 모습'을 보여주는 방법은 어떤 애교보다 그 가게에서 물건을 사는 것이다. 회원들에게도 상점가에서 장보기를 자연스럽게 권하고 있다. 철물점 주인이 갑자기 붙임성이 좋아진 것은, 요전에 회원들 앞에서 이렇게 말했기 때문이리라.

"오오시로 선생님께선, 이웃한 철물점을 좋아하신답니다. 지난주에도 몸소 요리하기 위한 부엌칼을 사셨다니까요. 잘 모르겠지만, 그곳의 제품은 고야를 잘랐을 때 잘린 단면에 이상한 맛이 배지 않는다나."

그날의 메서드 종료 후, 철물점에서는 2만 엔짜리 부엌칼 세트가 대여섯 개 팔린 모양이다. 이웃한 채소가게에서는 고야도.

여전히 회원들에게는 나카무라의 거처를 숨기고 있지만, 메서드 참가자 중에는 이웃 주민들도 섞이기 시작해서, 부자연스럽게 여겨지기 전에 '선생님은 이 마을이 마음에 드신 모양이라, 히어링 센터에 눌어붙어 계신다'고 설명했다. '고야를 사용한 요리가 특기여서, 만들었을 때는 우리에게 대접해 주신다' 같은 인간미 넘치는 에피소드와 함께. 그 이래 틈만 있으면 2층, 3층으로 올라가려는 여성회원이 끊이지 않아서, 계단 위의 방화문을 단단히 잠그고 자물쇠를 채우고 있다. 나카무라가 고야볶음을 좋아하는 건 사실이지만, 만드는 건 언제나 나다. 고야를 싫어하는 류사이는 얼굴을 찌푸린다. '고야하고 낫토는 좀 봐달라고 했잖아. 나한테는 먹을 게 아니라 벌칙 게임이야.'

그 김에 정면에 있는 담배 가게에도 인사를 해 두자. 자동판매기에 묻힌 창문 너머에는 언제나 노파의 얼굴이 달라붙어 있어서, 수조

속의 거북이처럼 밖을 엿보고 있다.

인사를 하는 순간, 창문을 탁 닫아 버렸다. 뭐, 갑자기 모두와 허물 없는 사이가 되려는 건 무리인가. 나는 고개를 움츠리고 히어링 센터의 대문을 향해 크게 하품을 한다.

요즘 수면부족이 이어지고 있다. 밤에 좀처럼 잠들지 못한다. 그런 주제에 이른 아침에는 일찍 잠이 깨 버린다.

잠들지 못하는 밤이나, 터무니없이 이른 아침에 일어났을 때는, 시간을 죽일 겸 류사이가 손으로 쓴 원고를 컴퓨터로 정리한다. 원고는 이미 250장이 넘어가고 있었다. 이미 매수는 충분해져 하루라도 빨리 원고를 넘기고 싶지만, 류사이는 좀처럼 원고를 손에서 놓으려 하지 않는다.

'아직 멀었어. 전부해서 7장이 필요하다고. 퇴고도 해야 하고'라면서 머리에 타월을 동여매고 계속 책상 앞에 앉아 있다. 알코올이 없으면 쓸 수 없는 모양이라, 발포주를 연거푸 들이켜면서. 『대지 천년의 미래』 제7장의 타이틀이다. 술주정뱅이의 망언이 아니면 좋겠는데.

그렇게 말은 했지만, 본인은 잘난 듯이 지껄일 만하다. 지금까지의 250장은 의미를 알 수 없는 부분이 군데군데 있긴 해도, 그럴듯한 문장으로 정리되어 있다. 류사이의 메시지에는 종교 계열 개발서에 나올 법한 사랑이네, 꿈이네, 축복이네 하는 어휘는 거의 나오지 않는다. 심플하다. 그리고 시니컬하다.

자연을 사랑한다고 인간은 말하지만, 과연 자연은 인간을 사랑할까.
(제2장 대지로의 귀환)

우주는 두 곳에 존재한다. 하나는 지상에서 10만 미터 위, 대기권 너머 저 멀리에. 또 하나는 우리들로부터 1센티미터도 1밀리미터도 떨어지지 않은, 우리들의 몸속에.

(제5장 내부의 우주로부터)

안내문을 양면테이프로 고정시키고 있으려니 안주머니에서 전화기가 진동했다. KAZZ였다. 귀에 댄 순간, 랩처럼 혀를 굴리는 빠른 말투가 귀에 꽂혀온다.

── 안녕하세요, 카즙니다. 예의 그 건, 얘기가 거의 다 됐는데요, 선생님 쪽, 오케이라고 생각해도, 되나요?

"아아, 허락받아서긴 했지만. 장소는 어디?"

── 하코네예요. 줏코쿠토게[十国峠]라는 데 근처.

"하코네? 줏코쿠토게라면, 산속이잖아."

그런 데서도 사람들이 모이나?

── 야외 레이브는, 그런 데서 할 때가, 많거든요. 산속이라든가 해안이라든가. 특히 이번에는, 에코 레이브니까, 역시 대자연 속에서지, 라고 얘기가 돼서.

"에코 레이브?"

── 어라, 얘기 안 했던가요.

"미안 들었을지도 몰라. 요즘 건망증이 심해져서 말이야."

조금 지친 건지, 할 일이 너무 많아서인지.

── 캐치프레이즈는, 올라타자 지구호(地球號), 이 몸의 ECO이즘. 이벤트 테마는, 웨이브를 무브먼트로. 이걸로 결정됐대요. 여자애들은 이 몸을 우리들로 바꾸라고 하고 있지만요.

건망증이 심한 것도, 아침 일찍 잠에서 깨어나는 것도, 나이 탓일까. 스스로는 아직 젊다고 생각하지만, 내 나이의 반밖에 안 되는 사람과 얘기를 하고 있으니 그런 생각이 들기도 한다. 에코 레이브. 그러고 보니 들었던 것 같기도 하다. 그래서 오오시로 선생님을 부르고 싶은 거라고 했던가. 전원은 태양전지시스템, 쓰레기는 철저히 가지고 돌아가기, 이런 말도 분명히 들었다.

KAZZ나 그에게 차례차례 이끌려 와서 가벼운 마음으로 회원이 되어가는 그의 동료들 겉모습만 보면, 쓰레기봉투를 들고 빈 캔이며 컵라면 용기를 주워 담는 모습은 상상도 되지 않지만, 패션이든 음악이든 한 가지 장르에 깊이 경도되어 에너지를 쏟아 붓는 타입은, 약간의 계기만 있으면 다른 뭔가에, 혹은 누군가에 쉽게 푹 빠져버리는지도 모른다. 사상이나 특수한 논리나 카리스마, 혹은 종교에.

——레이브란 게 평판이 별로 좋지 않잖아요. 조인트 같은 걸 들고 왔다가 잡혀가는 녀석들도 아직 가끔 있지만요. 실은 그런 게 아니라는 걸 보여주고 싶어요. 지금 우리들이 할 수 있는 걸 해 보자, 뭐 그런 생각이거든요. 그거 괜찮다고 하는 사람들도 늘고 있고요. 백업해준다는 NPO도 나와서…….

"NPO?"

——네에, 아주르 스카이라는 환경보호단체인데요. 태양전지시스템의 비용 일부를 부담해 준대요. 쓰레기봉투도 거기서 무료제공하고.

"흐음, 그럼, 우리도 조금이라도 내야겠는걸."

——괜찮아요, 그런 건. 오오시로 선생님께서 게스트로 와 주시면, 그것만으로도. 안 그래도 우리, 돈 없잖아요.

재정상황을 회원들이 걱정하는 청빈한 종교단체. 대지의 모임은 현재 그런 노선으로 가고 있다. 그런 노선이고 뭐고 실제로 돈이 없지만, 힘든 호주머니 사정을 회원들에게 숨기지는 않았다. 어떤 종교라도 처음부터 두려움의 대상이 되고 존경받았던 건 아니리라. 오래전부터 존재했던 종교는 그 탄생이 미화되어 전해지곤 하지만, 초기에는 분명, 얼마 없는 신자들이 '내가 없으면 안 된다, 내가 도와주지 않으면', 그렇게 생각하는 보호 욕구를 기반으로 삼았을 것이다.

"간이화장실 같은 건 어떨까."

농담이라고 생각한 모양이다. KAZZ가 레코드를 긁는 듯한 목소리로 웃는다. 농담이 아니라 진심이었다. 돈을 내지 않으면 참견도 할 수 없다. 잠이 모자라 멍한 머리로 나는 간이화장실 대여료가 얼마나 될지를 가늠하고 있었다.

개최일은 7월 초순이라고만 들었다. 메서드나 프로그램 참가자는 회를 거듭할수록 늘어나고 있지만, 문호를 넓히기 위해 회비는 여전히 특별요금으로 낮추고 있다. 그래서 매달의 수지가 아슬아슬해서 남는 돈이 없다. 개최일까지는 어떻게든 책을 내야 한다.

── 개최일? 예에, 최종 결정됐습니다. 7월 4일. 토요일이에요.

"알았네. 오오시로 선생님께 전해 두지. 당일은 레인보우 컬러의 니트 모자를 써 주십시오 ── 하고."

이쪽은 농담이었지만, KAZZ는 진심으로 받아들였는지, '오오, 좋은데요'하고 휘파람을 부는 듯한 목소리로 말했다.

전화를 끊고 안내문 붙이기 작업으로 돌아간다. 네 귀퉁이를 모두 고정하고 다시 한 번 크게 하품을. 종이는 B3 사이즈로 이런 글자가 적혀 있다.

비즈니스 인스피레이션 개발 세미나

이번 '대지의 모임'에서, 지역 경영자 여러분을 대상으로 비즈니스를 성공으로 이끌기 위한 도움을 드리고자, 실천적인 노하우에서부터 멘탈적인 면에 이르기까지 폭넓은 커리큘럼을 준비한 연구회를 개최하게 되었습니다. 인재활용, 정보교환의 장으로서도 도움이 되었으면 합니다. 부디 적극적인 참가 바랍니다.

6월 2일 (화) 오후 8시부터
장소 도쿄 히어링 센터 회당 (1F)
제1회 / 비즈니스 컴퓨터 기초 지식
강사 이이무라 타쿠토

21

6월이 되자, 심신정화 메서드 참가자가 한 번에는 끝낼 수 없을 정도로 늘어났다. 그래서 개최 날짜를 수요일과 일요일, 주 2회로 나누기로 했다.

오늘은 일요일 메서드 제2회. 참가자는 28명. 수요일과 맞먹는 인원수다. 여성이 많은 건 여전하지만, 평균 연령은 약간 낮을지도 모른다. 청년부에는 학생이 많아서 시간을 잔뜩 쏟아 부으며 이쪽에도 참가하러 온다.

"키지마 사무국장니임. 우리, 그거 수요일에도 했는데요오."

츠보이 가즈코를 비롯한 단골들도 마찬가지다. 츠보이는 파트타임 일자리의 주 2회 휴일을 메서드 개최 날짜에 맞추고 있다.

중장년 남성의 모습도 드문드문 있다. 그중 3명은 상점회 사장들이다. 지지난 주부터 시작된 '비즈니스 인스피레이션 개발 세미나'에 모인 얼굴들이다.

BI 개발 세미나는, 현재로선 실질적으로 컴퓨터 강습회다. 강사는 청년부의 회원이 된 이이무라 타쿠토. 참가자들은 처음엔 애송이 강사에 불만스러운 표정을 지었지만, 그가 자판을 보지 않고 고속으로 키보드 치기를 보여준 순간, 보는 눈이 달라졌다. 가게 홈페이지를 개발하는 일이 얼마나 매상에 직결되는지를 절절히 호소하며, 그 홈페이지를 검색 클릭 순위 상위로 올리기 위한 비밀기술들을 전수하기 시작하자, 참가자들은 메모하기 시작했다. 오늘 참가한 사람들의 홈페이지를 무료로 만들어주겠다, 그렇게 타쿠토가 선언한 다음부터는 '선생님'이라고 부르기 시작했다.

약간의 불안이 없는 건 아니지만, 존댓말을 제대로 하지 못하고 어른을 어른이라 생각지 않는, 자신의 특기분야에만 웅변적인 이이무라는, 여럿이 모인 중장년들의 지도를 맡기에 딱 알맞은 인재였다.

BI 개발 세미나의 첫 회 참가자는 3명. 2회째는 5명. 아직 성황이라고는 하기 어렵지만, 조금씩 늘어갈 것이라는 예감이 든다. 메서드에 참가하는 가게 주인들도, 모두 모리오카를 따라 하고 싶어 한다. 모리오카가 도쿄 히어링 센터를 방문한 날부터 주류점의 매상은 갑자기 올라가기 시작했기 때문이다.

모리오카 자신은 그 이후 한 번도 이곳을 찾지 않고 있지만, 대지의 모임에는 호의적일 것이다. 그날 이후로 급히 들여온 앙드레 보포르, 한 병 1만 2천 엔을 시작으로, 다수의 무화학농약재배 와인을 최근 몇 주 동안 4, 5병이나 팔아치웠을 터다. 3층에는 회원들로부터 받은 샴페인이며 와인이 즐비해 있다.

메디테이션 프로그램에 스포츠음료를 지참하고 찾아오는 청년부 회원들에게도, 대지의 모임과 친밀한 가게이니 음료는 꼭 거기서 사주게——하는 당부를 해 두었다.

내가 얼굴을 내밀면 겸연쩍은 얼굴을 하니 이야기는 나누지 않고 물건만 사서 나오지만, 상품 진열을 확 바꾸고 젊은이를 겨냥해 유행하는 음료를 갖춘 가게는, 분위기가 사뭇 달라졌다. 그 이미지 체인지가 회원들 이외의 손님도 불러 모으고 있다. 모리오카 주류점을 위해서 한 일은 아니었지만, 어쨌든 완전한 자선사업이었다.

일요일 메서드는 오전 10시에 시작해 11시 반에 종료. 청년부 여자아이들의 짧은 팬츠와 맨다리를 구경해서인지, 처음 참가한 가게 주인들도 그다지 싫지는 않은 듯했다. 종료 후에 아이스 재스민차를 대접하고, 담소를 나누는 김에 생각났다는 듯이 말을 꺼냈다.

"이전에 말씀을 드렸을지도 모르겠습니다만, 이번에 오오시로 선생님께서 책을 내게 되었는데요."

"어머, 언제요, 언제."

바로 츠보이가 달려들었다. 금방이라도 지갑을 꺼내려는 기세다.

옥션에서 사이토 마유미며 사사키 하루미에게 뒤처진 이후이긴 하지만, 대지의 모임에 얼마큼 돈을 쏟아 붓는가가 그녀의 아이덴티티가 되어가고 있었다. 다음 옥션은 언제 여냐고 어찌나 물어오는지.

"어디서요? 매거진 하우스?"

"카탈로그 하우스?"

"아, 아니요, 자비출판입니다."

"서점에는 언제 들어와요?"

이 말은 노브라 탱크톱 차림으로 가게 주인들로부터 청년부 여자 이상으로 뜨거운 시선을 받고 있는 사이토.

"그게, 서점에는 들어가지 않는답니다. 판매 루트를 무리해서 잡지 말라고, 오오시로 선생님께서 말씀하셔서……."

교주의 지나치게 무구한 어리광에 기가 막힌다는 듯이 한숨을 쉬어 보였다.

"파는 것이 아니라 글을 쓰는 것에 의미가 있었다, 그렇게 말씀하시고……."

나카무라는 오늘도 조금 구경시켜 주었다. 11시 즈음 한 번 얼굴을 내밀고 10분 정도 만에 퇴실했다.

"저래 봬도 아이 같은 구석이 있는 분이라서, 대형 출판사에서 내지 못했다고 억지를 부리시는 건지도 모르겠습니다만."

드물게도 풀로 참가하고 있던(짧은 팬츠에 맨다리와 탱크톱이 목적임이 틀림없는) 류사이가 기분 나쁜 얼굴을 하고 있기에, 한마디 덧붙여 두었다.

"집필에는 오사나이 사범대리도 손을 빌려주었습니다. 그는 문장에 재능이 있답니다."

가게 주인들만이 호오—— 하고 반응했다. 뭐가 목적이든 오늘은 류사이가 있어줘서 다행이었다. 중장년 남자들은 연하인 나보다 나이가 비슷한 류사이에게 공감대를 느끼는 모양이라, 메서드 중에도 류사이의 말에는 순순히 따르고 있었다.

"어떤 책이에요?"

"실은 어제 표지 샘플이 도착했거든요. 그래서 그만, 여러분께 말씀을 드리고 싶어졌던 것이라서요."

"보여줘요, 보여줘."

"으음 그게, 어디 있더라."

어디 있는지는 처음부터 알고 있지만, 책상 서랍을 뒤지는 척을 하고 나서 꺼내 보인다.

"아아, 이겁니다."

컴퓨터로 보내온 데이터를 프린트한 것이다. 표지는 나카무라의 초상. 포스터로도 사용했던, 나카무라가 비에 젖어 양손을 펼치고 하늘을 우러러보고 있는 사진이다. 위쪽에 가로로 타이틀이 들어가 있다.

『대지의 목소리』

중장년의 여성회원들 사이에서 한숨이 흘러나왔다.

"아아, 멋져라."

"나, 살래요."

"나도. 두 권 사야지."

사이토가 말한다. 그녀는 밤일을 하고 있다. 평일 늦은 시간으로 변경한 것은 그녀에게는 오히려 좋지 않았던 모양이다. 중요 고객인 그녀로부터 강한 요청이 있었다는 사실이, 일요일 오전에 또 한 차례의 메서드를 개설한 이유 중 하나다.

"아, 그럼, 나, 다섯 권."

이건 츠보이.

"아니, 아니, 잠시만요. 몇 권을 사셔도 적혀있는 내용은 똑같습니다. 사주신다면, 한 권으로 충분――."

말을 흐리며 그래도 살래요――라는 목소리가 일기를 기대했다. 츠보이가 금방 입을 열었지만, 내가 기대했던 말과는 달랐다.

"그렇네요, 표지가 오오시로 선생님이라면, 우리가 사지 않아도 팔릴 텐데요."

아니아니아니, 그렇게 쉽지는 않다. 얼굴을 찌푸리며 탄식해 보였다.

"아니, 아무리 선생님께서 강한 체하셔도 서점에 진열되지 않는다는 게, 책으로서 어떤 의미가 있을까 싶어요. 집필한 이상 사람에게 읽혀야 비로소 책이라고 저는 생각한답니다. 내용도 자화자찬이 아니라 많은 사람이 꼭 읽어주었으면 하는 내용이니까요. 그렇죠, 사범대리?"

"아아, 물론이죠. 하지만 우리가 장사하려 하면 선생님께서 잔소리하시니까 말이죠. 누가 대신 팔아 준다면……그런 생각을 하고 만다니까."

류사이의 대답은 미리 의논을 마친 대사다. 녀석은 이런 연극이 서툴러서 책을 읽는 듯한 어조였지만, 히어링 외에는 회원들 앞에서 그다지 말을 많이 하지 않으니, 그것을 눈치채는 사람은 없었다.

"팔도록 합시다. 확실히 그렇게 되면 굉장히 고마운 일인걸."

바로 츠보이 가즈코에게 시선을 보내자, 이끌리듯 목소리를 높여

주었다.

"팔아요?"

"네에, 방금 사범대리의 말에 생각났습니다. 몇 권이나 똑같은 책을 사시게 할 수는 없지만, 솔직한 마음으론 여러분에게 팔 수 있다면 정말로 감사하겠습니다. 아무튼, 선생님은 돈에 대해선 전혀 모르시거든요. 책을 내는 이상, 적어도 출판 비용만큼은 팔려주지 않으면 우리는 점점 힘들어지겠죠. 가령——."

잠시 생각하는 듯이 가장하고서 준비했던 아이디어를 꺼낸다.

"이런 건 어떨까요. 만약 정말로 2, 3권 원하신다면, 2권 이후부터는 정가의 70프로로 양도하는 거죠. 실제 서점 매입가도 그 정도 비율이라고 들은 적이 있거든요. 정가 1,600엔이니까요, 으음 그러니까……."

처음부터 내 머리에 떠올라 있는 숫자를, 누군가가 의기양양하게 대답했다.

"1,120엔."

정답.

"이제 모르는 사이가 아니니 나도 한 권 사지."

가게 주인 중 한 명, 늘 고야를 사러 가는 채소가게 주인이 입을 열었다. 고맙구려. 다음의 '자선사업'은 그의 가게로 할까.

"하지만 말이야, 여기하고 인연도 연고도 없는 사람이, 책을 살까?"

지극히 타당한 의견이다. 예상 범위 내의 반론이었다. 바로 긍정해 준다.

"쉽게는 팔리지 않을 테지요. 대지의 모임을 지지해 주시는 분이 아니면 어려울지도 모르겠습니다. 거꾸로 지지해주시는 분은 사 주시리라는 자신이 있습니다만……."

또 고민하는 연기.

팔짱을 끼고 발치를 내려다보며 열까지 세고 나서, 얼굴을 든다.

"이렇게 하는 건 어떨까요. 만약, 우리 중 어떤 분이 누군가 다른 분을 권유하셨을 경우, 혹은 소개해 주시기만 해도 그분에게 책을 팔 권리는 여러분 자신의 것으로 한다. 70프로로 산 책을 정가로 파셔도 괜찮습니다. 즉 판매 대리점이 되어 주시는 것이죠. 이번 책뿐만이 아닙니다. 앞으로도 여러 가지 출판물을 내고 싶다는 생각을 하고 있으니, 그쪽 서적을 판매하는 권리도."

"그런 귀찮은 일 하지 않아도, 내가 전부 사줄게요."

츠보이 가즈코가 가슴을 폈다.

"아니요, 아니요. 가즈코 씨를 필두로 열정적이신 지지자 분들이 그렇게 말씀해 주시는 마음, 실은 잘 알고 있습니다. 하지만 그 마음에 어리광을 부리면 안 된다고 생각합니다. 그러니 제대로 된 룰을 만들어 두는 것이 어떨까 싶습니다만."

그렇다. 룰을 만드는 것은 중요하다. 현재만을 생각하자면 별로 의미는 없다. 오히려 수익적으로는 마이너스일지도 모른다. 하지만 앞으로 대지의 모임이 순조롭게 성장해간다면, 얘기는 다르다. 이것은 한참 뒤의 커다란 수확을 위한 씨 뿌리기다.

가게 주인 중 다른 한 명인 자전거가게 주인이 불쑥 중얼거렸다.

"뭔가 다단계 같은데."

정곡을 찔려 뺨이 꿈틀거렸다. 이 녀석에게는 천벌이 필요한가. 판매한 자전거에 클레임 속출이라든가.

"아아, 물론, 농담이오."

한 손을 저어 보이는 자전거가게 주인에게 붙임성 있는 미소로 말했다.

"뭐, 다단계라고 한마디로 말해도, 소위 네트워크비즈니스 자체는 법률로 인정되는 행위입니다만, 분명 말씀이 맞습니다. 그냥 문외한의 생각이니, 확실하게 법률관계를 살펴본 후에 다시 제안을 드리는 편이 좋을지도 모르겠습니다. 불법 다단계라고 불리지 않도록 조심해야지요."

충분히.

22

『대지의 목소리』가 출판된 건 6월 27일이었다.

사륙판 하드커버. 240페이지. 초판 천 부. 정가 1,600엔.

토요일 메디테이션 프로그램 날부터 히어링 센터 카운터에 진열해서, 일요일 그리고 오늘, 수요일 심신정화 메서드 개최일까지 사흘간, 합계 3백 부 이상을 팔았다. 지금 현재 대지의 모임 회원과 비회원 참가자는 합해서 7, 80명 정도이니, 1인당 평균 4권은 샀다는 계산이다.

"있죠, 키지마 사무국장님, 저도 에이전트 하고 싶은데요."

카운터에서 판매를 도와주던 청년부 회원 중 한 명이 그렇게 물어왔다. 에이전트라는 건 '대지의 목소리'를 여러 권, 70프로의 가격으로 매입하는 사람을 부르는 이름이다. 에이전트에게는 수행복을 선물한다는 약속을 해 두었다. 나카무라가 입고 있는 옷과 같은 간소한 것이지만, 대지의 모임 안에서는 상급자라는 증표가 될 터인 의상.

"안 돼, 안 돼. 자네는 아직 학생이잖아."

이이무라 타쿠토의 블로그에서 촉발되어 이곳을 찾아온 그녀는, 전문대 2학년이다. 시즈오카 현 거주. 매번 신칸센을 타고 이곳으로 찾아온다. 미성년자를 끌어들이면 갑자기 악덕 다단계 딱지가 붙어버릴 것 같았다.

"그럼, 정가라도 되니까, 저한테도 다섯 권 주세요."

"괜찮아, 그렇게 무리 안 해도."

그녀는 단호히 고개를 옆으로 저었다.

"학교에 서클을 만들었거든요. 『대지의 아이』라는 이름으로. 아직 다섯 명밖에 없지만 거기 멤버들에게 사게 할까 해서요. 그러니까 괜찮아요. 맞다, 여름방학이 되면 전부 데려오고 싶은데요, 괜찮나요."

"아아, 물론. 그리고 약속하는 거다. 학교를 쉬면서까지 이곳에 오지는 않는 거야."

조금씩이지만 무엇인가가 움직이기 시작하고 있다.

그 사실을 나는 분명히 감지하고 있었다.

23

구불구불한 여름 산길은, 꺾을 때마다 녹음이 짙어져 간다.

우리들은 오다하라에서 턴파이크²⁾ 도로를 타고 하코네로 향하고
있다. 토요일이라고는 해도 해 질 녘이 가까워진 고갯길은 한산했다.

아무리 빈곤한 단체라도 교주가 타는 차 정도는 넉넉한 왜건으로
하고 싶었지만, 에코 레이브에 참가한다는 점을 고려해 렌터카는 하
이브리드 세단으로 했다. 할리우드 스타들이 아카데미상 시상식장에
타고 온다는 차다. 자랑거리인 저연비 때문인지, 사이즈는 상상 이상
으로 작았고 천장도 낮다. 뒷좌석에 탄 나카무라는 머리가 완전히
받히고 있다.

익숙한 길이었다. 도쿄에서 하코네나 이즈로 향하는 루트는 몇 가
지 있지만, 나는 턴파이크를 좋아해서 골프장이나 온천, 리조트에
갈 때는 대개 이 길을 이용하곤 했다.

턴파이크에서 아타미하코네 상선으로 접어들기 직전, 일부러 거칠
게 핸들을 꺾는다. 조수석에서 졸고 있는 류사이를 깨우기 위해서다.
류사이는 후아——하고 코를 울리며 눈을 뜨더니 턱에 흘린 침을
닦으며 잠에 취한 목소리로 말했다.

"여기 어디야."

---

²⁾ turn pike : 유료도로, 고속 자동차 도로.

"이제 곧 도착해."

오늘도 아침까지 원고를 썼다고 한다. 2번째 책의 원고에 착수 중이다.

'대지의 목소리' 판매 부수는 금요일 현재 421권. 사사키 하루미가 50권을 샀다는 정보를 입수한 츠보이 가즈코로부터, 어제 전화로 30권 추가 주문이 있었다. 대부분이 70프로 구매라 아직 적자지만, 700권을 팔면 수지가 역전할 터다. 증쇄하면 그때부터는 계속 흑자 행진.

"난 별로 필요 없잖아. 차 안에서 자고 있을게."

"그러지 말고 셋이서 나란히 가자고. 우리들에게 있어선 첫 원정이야. 도장 습격 같은 거랄까. 기합을 넣자고. 나카무라 군, 대사는 괜찮겠나. 다시 한 번 연습해두겠어?"

레이브 도중에 나카무라를 무대로 올리는 스페셜 게스트 타임을 만들었다고 KAZZ는 말했다. 수행복을 입은 나카무라는 천장에 받히는 머리를 비좁은 듯이 옆으로 젓는다. 괜찮을 거다. 연설 원고는 류사이의 감수 하에 꽤 전에 완성되었고, 단상으로 오르는 발걸음이며 중간에 섞는 제스처까지 포함해 리허설을 반복했다. 대사를 잘 외우는 나카무라에게, 3분 정도의 원고를 통째로 암기하는 건 딱히 어려운 일은 아니었다.

목적지가 다가오고 있음은 눈보다 먼저 귀로 알았다. 고갯길 커브 너머에서 트랜스 선율이 들려오기 시작한 것이다. 귓속에 금속조각을 쏟아 붓는 듯한 전자음. 심장박동을 연상시키는 퍼커션. 커다란 소리를 싫어하는 나카무라가 얼굴을 찌푸리며 귀에 손가락을 찔러 넣는다.

"누구야, 이런 산속에서. 괴상한 놈들일세."

"괴상하다니, 우리도 거기에 가는 건데."

"난 역시, 차에서 자고 있을래."

커브를 다 돌자 행사장이 보이기 시작했다. 정말로 산속이다.

고개로 이어지는 길 한쪽, 그곳만 산림이 뚝 끊어지고 완만하게 경사진 공터가 있다. 야구를 정식 스케일로 할 수 있을 듯한 넓이다. 마치 그 장소를 사람들의 눈으로부터 은폐하기라도 하듯이, 길을 따라 관목이 자라고 있었다.

관목 바로 앞에 차가 주르륵 늘어서 있다. 왜건이나 대형 4WD뿐인 차 열 뒤에, 겁 많은 빨판상어처럼 하이브리드 소형 세단을 세운다.

"자아, 도착했다."

뒷좌석을 돌아보며 '나카무라 군' 하고 부르려다가 생각을 고치며 입을 다문다. 머리를 대지의 모임 사무국장으로 전환해야——.

"도착했습니다, 선생님."

귀에 티슈를 채워 넣고 있던 나카무라가 점잖게 끄덕였다.

차에서 내리자 여름의 열기와 커다란 음향이 몸을 덮쳤다. 트랜스 볼륨은 차 안에서 들었던 때와 비교도 되지 않는다. 땅을 진동시키며 등골을 뒤흔드는 음량이다. 나뭇가지들이 흔들리고 있는 것도 그 때문이 아닐까 싶을 정도로. 귀로 쏟아져 들어온 금속조각이 머릿속에서 셰이킹하고 있는 것 같았다.

류사이가 찌푸린 얼굴을 옆으로 젓는다.

"시끄럽구먼. 설마 이걸 계속 틀어놓고 있을 건 아니겠지."

아마, 계속이 맞을 거다. KAZZ는 밤새워 새벽까지 계속한다고 했었다. 귀마개를 하고 있어도 소용없는 것 같다. 나카무라의 얼굴은 파래졌다.

담장 대신 늘어선 울창한 관목 한쪽으로 차 한 대가 간신히 지나갈 정도의 틈이 나 있었다. 가지 중 하나에는, 가까이 가지 않으면 알아챌 수 없을 정도로 자그마한 간판이 매달려 있다. 무지개색 소용돌이 속에 메탈실버 화살표가 그려져 있을 뿐인, 글자가 전혀 없는 간판이다.

관목이 만든 짧은 터널을 통과하니, 그 앞은 별세계였다.

경사면 앞쪽으로 파이프를 묶어 만든 무대가 설치되어 있다. 아직 해가 완전히 지지 않아 고원의 하늘은 밝았지만, 무대를 향해 몇 줄기의 빛이 발사되고 있었다. 조명이라기보다 심야 공사용 불빛처럼 번쩍이는 엷은 노란색 라이트다.

무대 양쪽 날개에서부터 광장을 빙 둘러싸듯이 몇 개의 텐트가 늘어서 있다. 크기도 색깔도 형태도 가지각색. 극채색의 버섯 군생 같다.

스테이지를 중심으로 공터 전체에 걸쳐 몇 백 명이나 되는 사람들이 흩어져 일제히 춤추고 있었다.

춤이라는 건 너무 안이한 표현일지도 모르겠다. 어느 누구고 간에 마구 뛰어 오르면서 몸을 흔들고 있을 뿐이다.

무대 한쪽 구석에는 믹서가 놓여 있고 DJ인 듯한 남자가 그 앞에 있지만, 특별한 조작은 하지 않는다. 이 남자도 그저 춤추고 있을 뿐. 그 말고도 몇 명이 더 무대 위로 올라와 있고, 밑에 있는 그 밖의 많은 사람들보다 한층 더 격렬하게 뛰어오르고 있었다. 그렇게 해야 할 의무가 있다는 듯이.

여기저기에 덩어리로 묶인 풍선들이 떠 있다. 이곳저곳엔 천과 알루미늄 막대기만으로 만들어진 오브제가 설치되어 있다. 장대인지 깃발인지, 천이며 장식을 화려하게 감은 막대기를 마구 휘두르고 있는 사람도 있었다.

참가자는 언뜻 보기에 남자는 7, 여자가 3의 비율. 누구나 비슷한 차림이다.

드레드 헤어, 장발, 중머리, 털모자, 선글라스, 화려한 액세서리, 여기까지 반짝이는 귀고리. 여자는 터번을 감고 있거나 화려하게 올려 묶은 머리. 남자는 상반신을 벌거벗은 녀석도 많았다. 배색은 무시무시하게 화려한 사이키델릭 컬러이거나 거꾸로 그렇게 해서 눈에 띄려는 듯이 수수한 내추럴 컬러, 둘 중 하나로 중간이 별로 없다. KAZZ가 오히려 평범해 보인다. 신주쿠나 시부야를 돌아다닐 때 몇십 명 중에 한 명꼴로 만나는 기발한 젊은이들이 한자리에 모였다는 느낌이다.

무대 근처에 있는 텐트는 매점이었다. 파는 상품은 음료나 간단한 음식, 옷, 잡화. 진열된 옷은 참가자들의 일률적인 취향을 반영한 원색 티셔츠나 민속의상 스타일, 털실이나 마를 손으로 짠 것들뿐. 가게의 반은 텅 비어 있다. 가게 담당이 있다 해도 그들도 똑같은 복장을 하고 트랜스에 맞춰 몸을 흔들고 있을 뿐이다.

짙은 양복을 껴입은 우리 쪽으로 대부분은 눈길도 주지 않았지만, 때때로 이쪽을 향하는 시선은 붉으레하게 날카로워진 듯 느껴졌다. 완전히 이물질 취급이다.

"아, 안녕하세요, 안녕하세요, 수고하십니다."

인파를 가르고 상반신을 벌거벗은 KAZZ가 달려왔다. 모르는 나라에서 가이드를 만난 기분이었다.

"굉장한걸. 놀랐어. 텐션이, 높군."

여기서 이러고 있는 변명을 하는 듯, 묘하게 젊은 척하는 말투가되어 버렸다.

"그런가요. 방금 시작돼서 그런가."

"아침까지 계속 이런 상태로 가는 건가."

"네?"

곡이 바뀌었다. 전자음에 SF영화 같은 새된 효과음이 더해진 곡이다. 덕분에 목소리를 높이지 않으면 말이 전해지지 않는다.

"아, 아아, 쉬엄쉬엄 하는 녀석도 있고, 죽치는 녀석도 있고. 그건각자 망가지는 방법에 따라 다르달까요."

젊음은 부럽다. KAZZ는 본래 죽치는 파인 것이리라. 나와 얘기하는 동안에도 몸이 흔들흔들 거리고 있다. 연하이긴 해도 그와는 속마음을 알고 지내고 있다고 생각했지만, 오늘은 모르는 젊은이처럼 보였다.

"아, 대지의 모임 부스는, 저기에요."

오래 얘기하고 싶지는 않다──그렇게 호소하듯이 성급하게 KAZZ가 텐트 무리 중 하나를 가리킨다.

부스라는 건 대지의 모임을 PR하기 위한 코너다. 그는 '맡겨주세요, 엄청나게 눈에 띄는 걸로 만들 테니까요'하고 자신만만했었지만, 다른 매점보다 다소 공간은 크긴 해도 여기서는 오히려 수수하게 보인다. 소품을 사용해 꾸미기는 했지만, 텐트 자체는 초등학교 운동회 내빈석처럼 간소한 모양새다.

텐트 안의 간이테이블에는 '대지의 목소리'가 쌓여 있었다. 그 옆에는 나카무라의 얼굴 사진이 들어간 티셔츠. 참가자 다수는 춤추느라 정신이 없어, 음료도 음식도 없는 이곳은 쳐다보지도 않았다. 가게 당번인 청년부의 여자아이 두 명은 지루해 보였다. 류사이가 유명 작가의 도서행사 급으로 산더미처럼 쌓여있는 책더미를 보더니, 눈을 흐뭇하게 뜨고 책으로 만든 산의 모양새를 바로 했다.

대화가 끊기는 것이 어쩐지 불안해서, 매달리듯이 KAZZ에게 말을 건다.

"전부해서 몇 명 정도 있는 걸까."

"글쎄요. 입소문을 타고 자연히 모이는 패턴이 많아서, 정확한 건 모르겠네요. 8백? 9백? 이제부터 오는 녀석도 있을 테니까, 최종적으로는 천이 넘을지도."

"청년부들은 모두 와 있나?"

KAZZ가 의례적으로 얼굴을 찌푸려 보였다.

"전원 집합으로 가고 싶었지만요, 레이브는 조금 그렇다는 애도 많아서. 이이무라 씨는 어딘가에 있을 텐데요."

"아니, 별로, 전혀 상관없어. 우리는 자주성을 중시하는 단체니까."

좀 너무 느슨했나. 정식으로 청년부에 회원등록을 한 18명 중, 오늘 이곳에 와 있는 건 10명 정도라고 한다.

"주최 측 사람은? 인사하지 않아도 될까."

"슈퍼 오거나이저 말인가요. 아아, 그런 딱딱한 일은 신경 안 써도 돼요. 지금 무대로 올라가 버렸고요."

그렇게 말하며 가리킨 사람은, KAZZ와 다르지 않을 연령대에

KAZZ보다 배는 길어 보이는 드레드 헤어를 파인애플같이 묶어 올리고 있는 DJ였다.

대지의 모임 부스에서 하나만큼 떨어진 곳에는, 이쪽의 배는 될 듯한 커다란 텐트가 설치되어 있었다. 선명한 파란색도 한층 눈에 띈다. 푸른 지붕에 하얀색으로 'AZURE SKY'라는 문자가 그려져 있다.

여기에는 사람이 많다. 하지만 손님다운 사람은 드문드문한 정도. 하늘색 티셔츠를 맞춰 입은 스태프가 부산하게 출입하고 있으니까 실제 이상으로 붐비고 있는 듯이 보인다.

스태프는 참가자들과 동년배지만, 겉모양은 춤추고 있는 사람들에 비하면 얌전하다. 티셔츠에는 'ECO'라는 글자가 크게 디자인되어 있다. 'O'라는 부분에는 지구 일러스트.

나의 시선이 파란색 텐트로 향한 것을 본 KAZZ가 손뼉을 친다.

"아, 맞다. 저기, 소개해 줄게요."

우리들을 선도해 파란색 텐트 앞까지 걸어가 안쪽에 말을 걸었다.

"파코 씨, 잠깐 괜찮을까요."

하늘색 티셔츠 중 한 명과 의논 중이던, 위아래로 블루진을 입은 여자가 접이식의자에서 일어선다. 적당히 색이 바랜 재킷 밑으로 당연한 듯이 'ECO' 티셔츠. 머리에도 만주 같은 블루진 모자를 쓰고 그 밑으로 까맣고 긴 스트레이트 머리가 가슴 근처까지 늘어뜨려져 있다. 나이는 삼십 대 초반인가. 나 정도는 아니지만, 이 행사장에서는 조금 튀어 보인다.

"소개하겠습니다. 이쪽은 아주르 스카이의 대표인 파코 씨."

양복 차림인 내 모습에 여자는 의아하다는 눈길을 보냈지만, 돌아보았을 때부터 띠고 있던 미소는 1밀리미터도 무너뜨리지 않는다.

"파코입니다."

본명을 대는 습관은 없는 모양이다. 미인이라면 미인이지만, 남자인 내가 봐도 화장 센스가 이상하다. 여자라면 부러워할 만한 지나칠 정도로 가는 몸에서는 '색기'라고 부를만한 것이 감탄스러울 만큼 느껴지지 않았다. 어색한 공기를 중재하듯이 KAZZ가 말한다.

"파코 씨는 뮤지션이기도 하거든요. 이다음의 게스트 타임에서 일단 한 스테이지 부탁할 예정이에요. 오오시로 선생님도 그때 함께 하는 걸로 생각하고 있는데요."

함께? 처음 듣는 얘기다.

여자가 고개를 갸웃거리며 KAZZ에게 시선을 보낸다. '이 사람들은?'이라는 뜻이리라.

"아아, 그런가. 이쪽도 소개해야죠. 우리 오오시로 선생님이에요."

우리들 뒤에 선 나카무라를 한 손으로 가리킨다. 파코는 대지의 모임 여성회원들의 마음을 술렁이게 하는 나카무라의 모습을 보고도, 딱히 감개를 품은 듯 보이지는 않았다.

"어어, 그리고 이쪽은 키지마 사무국장님과 오사나이 사범대리님. 대지의 모임 간부분들이십니다."

파코의 눈이 스윽 가늘어진다.

"아아."

어미가 내려가고 코를 통과하는 한 음절. 알기 쉬운 퍼포먼스. 우리를 비웃은 것이다.

"들었습니다. 종교단체라고요?"

자신의 역할은 끝, 잘됐다는 듯이 KAZZ는 춤추는 무리로 돌아가

버렸다. KAZZ가 사라진 순간, 여자로부터 지나칠 정도의 스마일이 사라졌다.

"이쪽도 나중에 참가하게 된 것이니 쓸데없는 참견은 하지 않기로 했지만. 나, 분명히 말해 버리는 사람이니까, 말할게요. 사실은 반대 했어요. 당신들이 오는 거."

분명히 할 말을 하는 사람을 연기하는 걸 좋아하는 사람인 것이리라. 말투 한구석에 류사이와 조금 다른 서쪽 억양이 있었다.

"요새 젊은 아이들은 스폰서라는 것에 반감이 없는 모양이라서, 속셈 같은 건 생각 안 하고 어디하고도 붙어버리는 모양이지만. 하지만 분명히 말해도 되려나. 신흥종교가 이런 이벤트에 참가하다니, 잘못된 게 아닌가 생각해요, 난."

이쪽을 올려다보며 내 안색이 변하기도 전에 먼저 해죽 미소 짓는다. 분명하게 할 말은 해버리지만 '난 악의는 없는 천진한 사람이에요.' 그렇게 보이려는 모양인데, 나는 더욱 열을 받았을 뿐이었다.

아주르 스카이의 텐트 앞에 놓인 몇 개나 되는 테이블에는 각종 물품이 진열되어 있었다. 건강음료, 티셔츠, 액세서리, CD, 책…….

'녹아가는 얼음산의 불쌍한 곰돌이들'이라는 그림책이 눈길을 끌려는 목적으로 진열되어 있다. '희망의 하늘~아주르 스카이'라는 타이틀의 소책자에는 Vol.12라는 숫자가 붙여져 있었다. CD 재킷에는 파코라는 이 여자가 소프트포커스를 구사한 사진으로 실물보다 5살은 더 젊게, 20프로 더 미녀로 찍혀 있었다.

나도 미소로 답한다. 관자놀이가 꿈틀거리느라 잘 웃을 수 있는지 어떤지 자신이 없다.

"환경문제는, 모든 인간의 숙제이니까요. 종교도 정치도 사상도 관계없이, 우려하는 마음은 우리도 마찬가지입니다. 대지라는 이름은 그저 멋이 아니에요. 우리는 지구의 환경문제를 최고라고 해도 좋을 테마로 삼고 있답니다. 오늘은 그 생각을 공유하는 젊은 회원들의 마음에 조금이라도 응하고 싶어서, 이곳에 온 것입니다."

긴대답에 돌아온 반응은, 이것이었다.

"훗."

쓰레기를 불어 날리듯이 웃는다. 여유작작이다.

회장 여기저기에서 ECO 티셔츠의 하늘색이 눈에 띄었다. 춤추는 무리 여기저기에서도 익숙지 않은 모습으로 어색하게 몸을 움직이고 있는, 뭔가 사명을 띠고 있기라도 한 듯한 하늘색 셔츠의 젊은이들이 있었다.

거기에 비해, 이쪽은?

나카무라가 회장으로 발걸음을 옮기기만 해도, 그의 존재감이 젊은이들의 주목을 모으리라. 그런 확신과 함께 뛰어들었지만, 나카무라에게 눈길을 멈추는 인간은 그다지 없었다. 검은 양복 차림인 나와 류사이 쪽이 오히려 안 좋은 의미로 튀고 있을 정도다.

해가 지기 시작하면서 나카무라의 이상할 정도로 단정한 얼굴이 눈에 잘 띄지 않고 있다. 아니, 커다란 음향에 떨며 주변에 침착하지 않은 시선을 던지고 있는 나카무라의 지금 같은 얼빠진 얼굴은, 보이지 않는 게 다행일지도 모르겠다. 장발에 수염, 수행복이라는 차림새도 특이한 차림이 당연한 이곳에서는 평범하게 보이고 만다.

중장년 남녀들에게는 이상하게 보일 남다르게 큰 키도 통하지 않는다. 젊은 무리가 이렇게나 많이 모여 있으니, 그다지 키 차이가 나지 않는 녀석들이 여기저기에 있다. 애초에 자신들의 춤에 도취해 있는 참가자들은 자신 외에 주변의 그 어떤 것에도 흥미가 없는 듯 보였다.

해 질 녘의 고원은 평지보다 꽤 시원하지만, 그렇다 해도 양복은 어울리는 복장이 아니었던 모양이다. 내 이마에는 땀이 흐르기 시작하고 있었다.

나는 겨우 깨달았다. 이곳이 어웨이라는 사실을.

대형 냉장고만큼 커다란 스피커가 무대 위에, 회장 여기저기에 폐기물처럼 아무렇게나 쌓아 올려져 있고, 그 모두가 고동치는 심장처럼 소리를 토해내고 있다. 자주 들어 익숙해졌을 터인 트랜스 음악이 오늘은 무척 귀에 거슬렸다. 언제 곡이 바뀌었는지도 알 수 없는 매우 비슷한 리듬의 커다란 음향에 맞춰, 춤춘다기보다 무턱대고 튀어 오르는 것으로밖에 보이지 않는 참가자들이 다른 세계 사람처럼 보였다.

난무하는 인파를 누비며 이쪽으로 다가오는 사람이 이이무라 타쿠토라는 사실을, 처음에는 깨닫지 못했다. 고글 타입의 투박한 선글라스를 끼고, 검은 재킷에 검은 티셔츠, 양손에는 손가락 없는 가죽 장갑. 그 나름대로 힘을 준 패션일 테지만, 자신의 캐릭터를 돌아보지 않은 뒤죽박죽 코디가 주변에서 완전히 튀고 있었다.

나카무라 앞에 서더니 선글라스를 벗고, 오른손 바닥을 가슴에 대며 깊숙이 고개를 숙였다. 그가 멋대로 만들어 실천하고 있는 나카무라를 향한 인사다.

"인사가 늦어서, 죄송합니다."

시선은 나를 향하고 있지만 익숙하지 않은 묘한 존댓말로 미루어, 이건 나카무라를 향한 말이다. 나카무라에 경도된 타쿠토의 모습은 보는 이쪽이 안쓰러워질 정도이지만, 어째선지 나카무라 본인에게는 말을 걸려 하지도 않고, 얼굴도 제대로 보지 못한다. 나카무라가 직접 이야기를 들어주었으면 할 때는, 나카무라의 귀에 들릴 만한 목소리로 내게 말을 걸어온다. 송구스럽다는 뜻인 모양이다.

"수고가 많아."

나의 이 말에는 한 손을 들어 대꾸한다.

"아, 네."

송구스럽고 뭐고 없다는 얘기다.

"오오시로 선생님의 아우라는 멀리서도 보이니까, 왔다는 건 금방 알았지만요, 권유 활동을 하던 참이었어요."

오오시로 선생님의 아우라. 타쿠토는 그것이 육안으로 보인다고 공언하고 있다. 오늘은 어떨까. 눈에 보이는지 어떤지는 어쨌든, 지금의 나카무라에게는 도쿄 히어링 센터에서의 주위를 압도하는 존재감이 완전히 사라지고 없었다.

"그건 그렇고, 화장실은?"

대지의 모임이 이 이벤트에 제공한 간이화장실 얘기다. 수가 부족하다고 KAZZ가 말하기에 두 대 준비하겠다고 약속했다. 언뜻 보기에 행사장의 화장실은 구석에 한군데 있을 뿐. 간이화장실 대여업자와의 교섭은 타쿠토에게 맡겼다.

"어라? 우리 거, 아직 안 왔네."

어라——가 아니잖아.

시간을 제대로 지정했는지를 물었더니, 대여업자의 험담을 늘어놓기 시작한다.

"장소가 하코네 산 쪽이라고 했더니, 갑자기 투덜거리기 시작해서. 특별요금이 필요하다나. 간토우 지역은 1엔에 오케이라고 했다고요.

여기는 아슬하게 가나가와일 텐데."

"지정했나."

"아──, 그러니까, 직전까지 되지 않으면 반입 시간을 알 수 없다, 멀어서 시간을 예측할 수 없다고 해서, 대강."

"대강해선 안 되잖아."

왜 대지의 모임이 변소 수배 따위를──이라고 말하고 싶은 불만스러운 얼굴이다. 태양전지시스템이며 쓰레기봉투처럼 에코 활동을 어필할 수 있을만한 물건은, 아주르 스카이에 선수를 빼앗겼으니 하는 수 없다. 협찬금으로 돈을 건네기보다 현물로 존재를 드러내는 편이 효과적이라고 생각했었다.

나카무라가 바라보는 시선을 깨닫자, 불만을 담아 부풀리고 있던 뺨을 황급히 오므리고 사과했다.

"죄송합니다."

나카무라에게.

사정을 파악하지 못한 나카무라가 점잖게 한 손을 흔들자, 독자적인 사고 회로로 '사소한 일은 신경 쓰지 말게'라고 위로한 것이라 해석한 모양이다. 나를 향해 '이거 봐──'라는 표정을 짓는다.

초조함을 억누르며 말했다.

"업자 전화번호를 가르쳐 줘. 내가 연락을 하지."

류사이는 간이테이블에 쌓여있던 책을 청년부 여자에게 휴대전화 카메라로 찍으라고 시키고는, 얼른 차로 돌아가 버렸다. 정말이지 이 녀석이고 저 녀석이고. 뭐든 나 혼자서 처리하려는 건 슬슬 한계라는 생각이 들어서 KAZZ나 타쿠토에게 일을 나눠준 것인데. 실무를 처리할만한 우수한 인재가 필요했다.

연일 이어진 수면부족 탓인지 머리가 아프기 시작했다. 뇌수가 팽창해 두개골을 비벼대는 듯한 아픔. 관자놀이를 문지르면서 자신에게 들려준다. 신경 쓰지 마, 초조해하지 마, 뭐든 완벽하게 해내려고 생각하지 마. 2년 전과 똑같아진다고. 의사에게 의지하는 게 싫어서 심리 테라피 클리닉을 다니던 시절을 회상했다. 불면과 두통은 좋지 않은 징조다.

여름의 늦은 해가 지고, 행사장에 거대한 어둠이 내렸다. 하지만 그림자 인형이 된 인파는 시간이 지남에 따라 더욱 증식하고 있었다. 천 명은 넘을 거라던 KAZZ의 예측은 아마 맞은 것 같다. 밤이 되어 기온이 내려가기 시작했지만, 거꾸로 상반신을 벌거벗은 남자들이 늘기 시작했다. 브래지어 차림의 여자도 사방에 있다.

나카무라는 부스 안쪽, 커튼으로 구분된 대기실에 틀어박혀 있다. 티슈 귀마개로는 효과가 별로인 모양이라, 청년부 중 한 명에게 '명상용'이라고 변명하며 빌린 헤드폰으로 귀를 막고 웅크리고 있다. 이이상 남의 눈에 띄게 하고 싶지 않았다. 커다란 음향에 파랗게 질려있는 교주의 모습 따위를──.

욱신거리는 머리를 안고 나는 부스 옆에 우두커니 서 있었다. 예습을 해오지 않은 벌로 교실 밖으로 쫓겨난 아이처럼. 다가오는 인간은 전무에 가까우니 우두커니 서 있을 수밖에 없다. 간이화장실도 아직 도착하지 않았다.

대여업자는 전화기 너머에서 똑같은 변명을 되풀이했다. '벌써 출발했다' '늦어진다는 건 사전에 전달했다' 젊은 타쿠토를 얕본 것이리라. 약속 시간까지 댈 수 없다는 걸 알면서 의뢰를 받은 것이 틀림없었다. '음식 배달을 기다리는 게 아니라고, 이 이상 늦어진다면 돈은 내지 않겠어'라고 협박했더니, 순식간에 태도가 변했다. '서두르겠습니다. 2시간, 아니, 앞으로 1시간 정도 기다려주십시오' '특별요금? 아뇨아뇨아뇨, 당치도 않아요' '예에, 정말, 거치식이니 도착하면 금방 쓸 수 있습니다'라고는 했지만, '앞으로 1시간'이라는 시각은 벌써 지났다.

다소 긴장한 얼굴로 KAZZ가 다가왔다.

"슬슬 스탠바이 부탁합니다."

좋아. 나는 관자놀이를 문지르던 양손에 주먹을 쥐었다. 어웨이든 인재 부족이든, 스테이지 위에서, 천 명이 넘는 군중 앞에서 결과를 내면 된다. 주먹 쥔 손을 살짝 흔들었다가 내리고서, 부스 안쪽의 커튼으로 들어갔다.

"선생님, 시간 됐습니다."

말을 걸고 나서, 속삭이는 목소리로 말한다.

"괜찮은가."

나카무라가 일어서 머뭇머뭇 헤드폰을 벗더니, '이제 괜찮아'라는 듯이 엷게 미소를 건네 왔다. 머리카락을 쓸어 올리며 한쪽 귀를 이쪽에 보여준다. 물에 적신 티슈가 꽂혀 있다.

"본방에서는 빼 줘."

그렇게 속삭이고서, 바깥에 들리도록 목소리를 높인다.

"그럼, 부탁합니다."

부스 앞에는 KAZZ가 집합시킨 청년부 회원들이 모여 있었다. 9명. 이게 전부다. 타쿠토가 주먹을 왼쪽 가슴에 댄다.

"선생님, 좋은 얘기 부탁합니다. 레이버들에게 대지의 퍼텐셜을 보여주십시오. 불초한 저희들도, 이곳에서 파워를 보내드리겠습니다."

그건 됐으니까.

"여기에 없어도 돼. 자네들도 스테이지 앞으로 가서 선생님께 성원을 보내드리게."

"그건, 좀."

내게만 말을 거는 목소리로 돌아와 입술을 삐죽인다.

"앞쪽이라면, 코어한 녀석들뿐이라 뭔가 느낌이 안 좋아서. 우리들이 가면 노려보는 걸요."

"KAZZ에게 인솔해달라고 해."

이목을 피하고자 부스 뒤쪽에서 일단 행사장 바깥으로 나가, 차도를 걸어 스테이지로 향한다. 저 정도의 군중이 있는데도, 길 위에는 인기척이 없었다. 새카만 길은 끝없는 터널처럼 보였다.

"저기."

뒤쪽에서 들려온 목소리가 지나치게 커다란 트랜스 음악 때문에 생긴 귀울림 같은 게 아니라 나카무라 입에서 나왔다는 사실을 깨달을 때까지, 조금 시간이 걸렸다. 무시무시하게 말이 없는 이 남자가, 먼저 말을 걸어오는 일은 좀처럼 없었다.

뒤돌아본 내 바로 뒤에, 길 앞의 어둠을 바라보고 있는 나카무라의 얼굴이 있었다. 어둠 속에서 커다란 눈동자만이 빛나고 있다.

"우리, 잘 되는 걸까."

중압감과는 인연이 없는 듯 보이지만, 나카무라도 역시 사람이었다. 평소의 무대 배우 같은 목소리가 불안하게 들렸다. 나카무라가 말을 걸어온 것이 뭔가 기뻐서, 나는 들뜬 목소리를 낸다.

"물론이고말고요."

나카무라가 한쪽 귀에 손을 댄다.

귓가를 향해 고개를 빼서 똑같은 소리로 고함쳤더니, 눈을 실처럼 뜨고 웃었다.

"자아, 쇼 타임이다."

나는 외친다. 잘못된 발음을 교정하듯이 유창하게, 나카무라가 대꾸한다.

"오케이, 잇츠 쇼 타임."

무대 날개 쪽, 향을 팔고 있는 텐트 옆에 몸을 숨기듯이 서 있자, 여기에 도착한 이후 처음으로 음악이 그쳤다.

갑작스러운 정적이 어둠을 더욱더 짙게 만든 것 같았다. 다만 조용함은 아주 잠시 있었을 뿐, 소리의 공백은 금세 술렁거림이 메웠다.

장내에서 유일하게 희끄무레한 무대 위로 조금 전까지 DJ를 하던 주최자가 뛰어 올라갔다. 아직 젊은 남자지만, 튀어나온 아랫배가 티셔츠에 그려진 붓다의 배도 불룩하게 만들고 있다. 커다랗고 둥근 얼굴을 쓸데없이 강조하는 드레드 헤어는, 폐기 도시락을 너무 먹어 비만해진 노숙자 같다.

남자가 마이크에 달라붙어 비스듬하게 위쪽으로 그립을 향하고, 기이한 소리를 질렀다.

"풔──오."

여기서는 유명인인 모양이다. 행사장이 끓어오르며 휘파람이 날아든다.

"잘 지냈어요──옷."

무대 바로 앞쪽을 제외하고는 무수한 실루엣을 그리는 관중들을 향해 남자가 소리치며 한 손을 치켜들었다. 트랜스 전자음 같은 새된 목소리. 아무렇게나 내뱉는 인사 레퍼토리에, 앞줄에 있는 얼굴들이 똑같은 포즈로 마주 소리친다.

"오——옷."

"슈퍼 오거나이저 몬타로다——!"

"오——옷."

스테이지 앞에는 이벤트 단골인 듯, 옷도 헤어스타일도 한층 눈에 띄는 이들이 진을 치고 있었다. 대부분이 상반신을 벌거벗은 남자들이다. 청년부 회원들은 조명이 닿는 곳에서는 모습이 보이지 않았다. KAZZ는 무대 날개 쪽, 이벤트 스태프 무리들 속에 있다.

"우리, 또다시 해버렸어. 야외 파티, TOKYO이비자에 온 걸, 환영한다! 오늘의 파티는 지금까지와는 조금 다르거든. 테마는 '에코'다. 네코3)가 아니야옹."

내가 말했다면 빈축을 샀을 농담에도 웃음이 인다.

"평소대로 맘껏 신 나게 놀면 되지만, 처음 참가하는 레이버도 많은 모양이니까, 룰을 설명할게. 싸움은 노. 외부인은 붙임성 좋게 커트. 추행은 합의하에. 섹스는 행사장 밖에서. 노상방뇨는 원칙 금지. 야외 대변은 엄금. 약은 참아 줘. 천식약은…… 뭐 괜찮으려나."

천식약이라는 건 본래와는 다른 용도로 쓰는 물건인 모양이다. 이것도 행사장 전방 쪽에서는 호응을 얻었다.

"그리고 이번에는 특히, 이걸 잘 기억해줘. 쓰레기는 반드시 가지고 돌아갈 것. 알겠지, 이해했냐——아."

"오——옷."

---

3) ねこ : 고양이.

성실한 건지 불량한 건지 잘 알 수 없는 집회다.

"목소리가 작잖아. 알겠냐——아."

몬타로는 한쪽 귀에 손을 대고 프로뮤지션인 듯이 굴며 마이크를 군중에게 들이민다. 이 모습은 좀 웃겼지만, 나 외에는 아무도 웃지 않았다.

"어——, 이번에는 에코 레이브라는 거라서, 전원은 일부 태양에 너지. 이 태양에너지 렌탈료와 쓰레기봉투는 이번에, 협찬해 준 아주르 스카이에서 무상으로 제공해 주셨습니다. 고마워, 아주——르 스카이."

은근하게 스폰서를 어필한다. 언뜻 보기에는 거슬리고 건방져 보이지만, 이 정도 되는 이벤트를 주최하는 만큼, 비즈니스맨처럼 빈틈이 없다. 이 이벤트는 무료가 아니라 4천 엔의 참가비를 받고 있다.

"그런 사정이라서 오늘 밤은 에코 레이브, 에코 나이트. 올라타자 지구호, 모두의 ECO이즘. 이벤트 테마는 이거, 그루브를 무브먼트로."

그루브를 무브먼트로. 같은 캐치프레이즈를 아주르 스카이의 파란 텐트에서도 봤었다. 그들 자신의 이벤트를 알리는 팸플릿이며 포스터 속에서.

"그럼, 아침까지 달려보자고!"

객석의 반응이 좋아 몬타로는 기분이 좋다. 술이 들어갔는지 몸이 휘청거리고 있다.

"에코가 있으면 뭐든 할 수 있어. 하나, 둘, 셋."

다——하고 소리가 끊어오른 것은 군중의 후방뿐이다. 몬타로가 '어라어라'하는 표정을 지으며 어깨를 움츠려 보이자, 앞줄에서 노골적인 우월감이 담긴 숨죽인 웃음소리가 흘러나왔다. 몬타로가 얼굴 앞에 세우고 있던 손가락을 원래대로 접기 시작한다.

"셋, 둘, 하나, 제로, 다——아."

이 부분이 되어야 팔을 치켜드는 것이 룰인 모양이다. 단골들이 한목소리를 모았다.

"다——아."

타쿠토의 말대로, 확실히 기분 나쁘다.

"그럼 여기서, 오늘의 스페셜 게스트를 소개합니다. 첫 번째는 종교가 오오시로 타케토 씨. 오오시로 씨, 스테이지로."

나갈 차례다. 나카무라를 선도해 무대로 이어지는 계단까지 걸어간다. 뒤돌아 나카무라밖에 보이지 않는 위치에서 주먹을 쥐었다.

나카무라는 똑바로 정면을 바라본 채로, 수행복의 넓은 소매 밑으로 주먹을 쥐고, 나의 주먹과 마주 댔다.

계단을 오르는 나카무라의 모습은 자신감에 가득 차 있었다. KAZZ로부터 오늘의 무대에 사용될 계단의 단수까지 알아내, 몇 번이나 리허설을 한 발걸음이다. 같은 자세를 계속 유지하면(특히 걸을 때에) 몸이 흔들리는 버릇도 꽤 교정되었다.

스테이지에 나카무라가 나타나자 장내가 술렁였다. 종교가라는 단어에 노인이나 학자풍의 고지식한 남자를 상상했는데, 그것이 깨끗하게 배신당했기 때문이리라. 나는 인간 벽 속으로 몸을 비집고 들어가, 단골들이 북적거리는 앞줄 정면을 향해 나아갔다.

조명은 어스름하고 게다가 여전히 몬타로에게 스포트라이트를 비추고 있어서, 군중의 전방 쪽에서도 나카무라의 얼굴은 선명히 보이지 않았다. 그래도 음영이 뚜렷한 얼굴에 깃든 그늘은 충분히 인상적이었다. MC가 자그마하고 뚱뚱한 몬타로라는 점도 다행이었다. 두 사람이 나란히 선 모습은, 대조적인 샘플 같았다. [A. 유전자의 혜택을 받은 인류의 예. B. 유전자적으로 유감스러운 결과가 나온 인류의 예] 예를 들자면 그런 느낌의.

나카무라에게 마이크가 넘어갔다. 침착하다. 받아드는 몸짓도 자연스럽다. 스위치 부분을 헤매지 않고 찾아내 한 손에 들었다. 응, 좋아. 나는 치맛바람이 센 엄마 매니저처럼 혼자서 끄덕이며 드레드에 대머리에 반다나 스카프 머리가 늘어선 인간 벽을 헤치고 나간다. 내가 만든 작품을 가능한 가까이에서 보고 싶다 —— 그런 기분이었다.

나카무라가 발치로 시선을 떨어뜨렸다가 군중으로 시선을 향한다. 시선 끝이 분명하지 않은, 아무도 보지 않는 듯하고 눈앞의 모든 인간을 응시하고 있는 듯하기도 한 평소의 시선이다. 나카무라를 품평하는 여자들의 속삭임이 들려왔다. 남자들 중 몇 명인가가 재촉하는 휘파람을 분다. 갑자기 말을 꺼내지 않는 것은 리허설대로다. 마이크를 손에 들고 나서 5초 지나서 눈을 들고, 또 5초 정도 사이를 두고 나서 첫마디. 첫 대사는 친근한 어조로. '초대해주어 고맙군. 분위기를 흐리지 않으면 좋겠지만.'

하나, 둘, 셋, 넷, 좋아.

"맞아, 맞아, 모두 들어 줘."

나카무라가 입을 열기 직전에 몬타로가 떠들기 시작했다.

이봐 ——.

"오오시로 씨는 우리에게 간이화장실을 선물해 줬다고. 땡큐."

웃음소리. 그게 끝나기 전에 나카무라가 말하기 시작했다.

"초대해주어 고맙군. 분위기를 흐리지 않으면 좋겠지만."

나카무라도 인간이었다. 목소리에는 평소의 구심력이 없었다. 멈추지 않는 웃음의 파도에, 목소리가 높아져 버렸다.

"레이브는 처음?"

질문은 관둬.

애드립이 될 리가 없다. 아니나 다를까, 물음에 아이처럼 끄덕일 뿐이다. 비교당하는 게 싫은지 몬타로가 서 있는 위치를 나카무라에게서 떨어진 곳으로 옮기자, 라이트도 그것을 쫓아가 나카무라의 모습은 어둠 속에 반쯤 숨겨져 버렸다.

"인상은 어때요?"

그만두라고 하잖아.

그래 봤자 어떻게 할 수도 없지만, 나는 무턱대고 무대로 다가간다. 좁은 틈으로 파고들려 하자, 혀 차는 소리와 동시에 옆구리로 팔꿈치가 날아왔다. 참지 못하고 허리를 꺾은 나는 등 뒤로 나카무라의 목소리를 들었다.

"나쁘지 않군."

나카무라의 입버릇이다. 그로서는 최대한의 애드립.

여기저기서 또 쿡쿡 웃음소리가 들린다. 얼굴을 무대로 돌리자 나카무라가 음악 없이 몸을 흔들고 있었다.

"오오시로 씨의 댄스도, 나쁘진 않아요."

"오늘은 여러분에게 하고 싶은 이야기가 있어 찾아왔습니다."

나카무라가 다음 대사를 입에 담은 순간, 또다시 찬물을 끼얹었다.

"아아, 꼭 듣고 싶은데요. 오오시로 씨는, 에코와 종교의 융합을 생각하고 있다나. 우리는, 머리가 나빠서 잘 모르겠는데요, 무슨 얘긴가요? 네코와 종교의 융합이라니. 모르겠다——응."

왜 이 녀석이 떠드는 거야?

아무리 그래도 두 번째의 농담은 너무 시시해서 단골 쪽에서도 실소밖에 흘러나오지 않았다. 그것이 녀석에게 오기를 부리게 한 모양이다.

"에콜로지란 이미 종교나 마찬가지라는 의견도 있잖아요. 좋은 의미가 아닌. 그런 것에 노라고 들이미는 게 이런 에코 레이브라고, 나 같은 건 생각하거든요. 어떤 의미로 기존의 에코를 향한 안티테제[4]라고 할까. 오오시로 씨가 하고자 하는 것은 그런 것과 모순된다는 기분이 들지 않는 것도 아니고."

머리가 나쁘다고 한 말은 어디까지나 겸손이고 진짜 나는 똑똑하다, 그렇게 말하고 싶은 듯 아는 체하는 소리를 늘어놓는다.

그만 입 다물어.

샘플B 몬타로는, 샘플A 나카무라에게 반감을 느낀 모양이다. 대지의 모임을 찾아왔다가 결국 입회하지 않고 돌아가는 남자들 중에서는 드물지 않은 반응이었다. 아니면 아주르 스카이와 한통속인가? 몬타로의 입에서는, 대지의 모임이라는 단어가 한 마디도 나오지 않는다.

나카무라가 무대 날개 쪽으로 얼굴을 돌린다. 내 모습을 찾고 있는 것이다. 몬타로는 여전히 떠들고 있다. 뉴스쇼의 캐스터 흉내를 내고 싶은 모양이다. 그것도 혼자서 떠들며 상대의 말을 빼앗는, 서툰 캐스터. 한바탕 지껄여 어휘가 바닥을 드러내자, 나카무라에게 억지로 이야기를 돌린다.

"뭐 나는 그렇게 생각하는데요, 어떤가요."

---

[4] Antithese : 반정립, 반대 명제.

나카무라가 고개를 갸웃거렸다. 당연하다. 나카무라가 아니어도 대답하기 곤란하리라. 잠시 생각하는 듯한 시간이 지나고, 불쑥 중얼거렸다.

"나쁘지 않군."

장내에는 웃음소리. 몬타로가 기분 나쁜 표정이 됐다. 갑자기 시계로 시선을 떨어뜨리고, 무뚝뚝한 목소리를 냈다.

"아아, 죄송합니다. 나만 떠들어버려서. 이제 시간이 없군. 앞으로 30초. 서둘러서 부탁합니다. 마지막으로 한마디 해주세요. 어필 타임이라는 걸로."

시간이 없어?

소리치고 싶은 걸 애써 억눌렀다. 주최자 측에 전달한 소요시간 3분은 나카무라가 스피치를 하는 시간이라는 얘기다. 이 녀석이 떠드는 시간까지 계산하지 마.

나카무라가 어깨를 움츠리고, 리허설에서 남은 시간 30초 부분의 대사를 소리 내어 말했다.

"얘기하게 해 줘 고맙군. 마지막으로 한마디만 더 ——."

"3, 2, 1, 때 —— 앵. 죄송합니다. 끝이 안 좋아서. 시간 다 됐어요."

화를 내긴커녕 나카무라는 몬타로에게 미소를 던지고 있다. 두 사람 중 어느 쪽을 향한 것인지 분명하지 않은 환성과 웃음이 여기저기에서 일었다.

무대 가장자리에서 KAZZ를 붙잡았다.

"뭐야, 저 녀석은."

몬타로를 턱으로 가리킨다. 무대를 내려가고 나서도 스태프를 상대로 자기만 명랑하게 지껄이고 있다. KAZZ가 목소리를 죽여 대답했다.

"죄송합니다, 혼다 씨의 MC는 늘 저런 식이라서. 시작하기 전부터 술이 들어가 있었고, 자기보다 눈에 띄는 녀석은 뭉개려 드는 사람이고. 하지만 그만큼 선생님께서 눈에 띄었다는 소리예요. 내 주위 여자애들은 '저 사람 누구야' 하고 꺄꺄거렸는 걸요. 남자들도 캐릭터 세다고. 이런 말 외부인에게는 좀처럼 쓰지 않는 칭찬이에요."

그건 군중의 앞쪽에 있던 일부뿐이다. 대부분은 어스름한 가운데 우두커니 서 있는 커다란 체구와 멍청한 대답밖에 인상에 남지 않았으리라. 무엇보다 대지의 모임이라는 이름은, 결국 한 번도 나오지 않았다.

하늘색 ECO 티셔츠 일당이 무대로 키보드를 올리기 시작했다. 한 대, 두 대, 세 대.

군중이 웅성거리기 시작한다. 전부해서 4대. 신시사이저가 2대. 전자오르간이 1대. 사무용 복사기와 비슷한, 악기라기보다 건반이 달린 기계 같은 물건이 1대. 널찍하다고는 할 수 없는 간소한 무대에 어울리지 않는 듯 보이는 거창한 세팅이었다.

다시 몬타로가 등장해 거슬리는 목소리를 높인다.

"호──옷. 자 그럼, 오늘 밤 파티의, 스페셜한 게스트의 무대야."

분명하게 나카무라 때와는 텐션이 다르다. 아주르 스카이가 돈을 낸 것은, 태양전지시스템과 쓰레기봉투만이 아닌지도 모른다.

앞쪽에 있는 계단이 아니라 무대 안쪽에서 파코가 등장했다. 이쪽에서 볼 때 왼쪽에 있는 신시사이저 앞에 선다. 아까와는 복장이 달라졌다. 내추럴한 색깔의 민속의상 스타일인 넉넉한 긴 소매 옷, 판탈롱이라는 옛날 이름밖에 떠오르지 않는 바지. 머리에는 반다나. 60년대로 타임슬립한 모습이었다.

무대 뒤쪽 중앙, 스피커를 받치는 칸막이라고 생각했던 곳이 빛나기 시작한다. 대형 스크린이다. 지구를 클로즈업한 화상이 나타났다.

나카무라에게는 비춰주지 않았던 스포트라이트가 파코를 포착한 순간, 연주가 시작됐다. 힐링뮤직이라 불리는 종류의 곡이다.

모두가 멍하게 우두커니 서 있다. 춤을 추려야 출 수 없는 곡이었다. 그러는 사이에 부잉이 여기저기에서 일었지만, 군중 쪽으로 보이는 파코의 옆모습은 꿈적도 하지 않는다.

파코는 파코대로 이 이벤트의 이물질처럼 보였다. 아무리 비슷해 보이려 해도 울음소리에 들켜버리는, 공작새의 날개를 단 까마귀.

레이브를 하러 모인 이들은 60년대의 사이키델릭 문화에 동경은 품고 있는지 몰라도, 진짜에는 흥미가 없다. 그들에게 진짜는 모조품에 불과한 것이다.

첫 번째 곡이 끝나자 환성을 보낸 것은 ECO 티셔츠 군단뿐이었다. 최소 서른 명쯤 되는 인원이 모두 필사적으로 손뼉을 쳤지만, 천 명이 넘는 군중 속에서는 듬성듬성한 목소리와 박수로밖에 들리지 않는다.

"여러분, 오늘은 고마워——."

파코가 관중을 향해 발성 연습처럼 크게 입을 벌려 이야기하기 시작한다.

"굉장한 인원이네. 이렇게 많은 이들이 이런 산속에 모여, 이렇게 뜨거워져 있는 걸 보고, 난, 확신했다. 다 함께 에코——하면 된다."

아까는 거의 표준어였던 말이 간사이 말투로 변했다. 전국구적으로 개찬된 알기 쉬운 간사이 사투리다.

관중은 나 몰라라 혼자 신이나 떠드는가 싶던 파코가 갑자기 고개를 숙이고는 또다시 갑자기, 뭔가에 이끌리듯이 머리를 든다. 돌변한 분위기로 헤드셋 마이크에 조용히 속삭였다.

"두 번째 곡은, 미드나잇 드림 인 앰비지어."

곡명이 소개된 순간, 놀라움의 목소리가 파도가 되어 군중 속으로 달려갔다.

어느새 DJ 부스에는 누군가의 실루엣이 서 있었다. 파코가 키보드를 한 음만 두드린다.

키잉.

그 그림자에 스포트라이트가 비춰진다. 스킨헤드에 선글라스, 삼십 대 후반으로 보이는 남자다. 떠들썩한 소리가 격렬해졌다. 내 바로 근처에 있던 상반신 벌거숭이들이 흥분한 목소리를 높였다.

"저거, 럼프피시의 쇼야냐?"

"이런 데 있을 리 없잖아."

"하지만 틀림없는데."

"왜 여기에 있는 거야."

"럼프피시, 해산한 후에 독일로 가버렸잖아, 분명."

갑자기 두 번째 곡이 시작된다. 그 순간, 목소리의 파도가 땅울림이 되었다.

이번에는 트랜스. DJ가 소리 대부분을 맡는 것이리라. 파코가 치는 전자오르간은 파트 중 하나로 억제되고 있다. 전자음을 그렇게 많이 넣지 않고, 몇 종류나 되는 악기 소리를 샘플링 했다. 일 때문이기는 하지만 다소 트랜스에 밝아진 나는, 그것이 90년대 스타일이라는 것을 알 수 있었다.

지금까지 중에 가장 미친 듯이, 시끄러운 광경이 시작되었다. 제어 장치가 튕겨 나간 것처럼 미친 듯이 춤추는 녀석. 양손을 들고 만세 포즈로 튀어 오르는 여자. 뮤지션이라기보다 기술자 같은 DJ의 손놀림에 그저 넋을 잃고 있는 남자.

그들에게 이 곡은 명곡이고 DJ는 이 세계에서 유명한 남자인 모양이다. 연주가 끝나도 소동은 가라앉지 않았다.

파코가 절규했다.

"고마워. 여러분, 고마워. 서프라이즈 게스트, 쇼 씨. 장르를 초월한 나의 친구. 오늘은 나를 위해서 와 줬어."

쇼라는 남자가 어깨를 으쓱이는 걸 보니 아마 거짓말일 테지. 하지만 세상은 망설임 없이 거짓말을 할 수 있는 녀석이 승리한다. DJ를 향한 환성을 파코는 자신을 향한 환성으로 바꾸어 버렸다.

"춤추자. 그루브를 무브먼트로. 춤추자, 춤추자."

세 번째 곡은, 시타르[5] 선율이 들어간 민속음악 풍의 트랜스다. 이 곡에도 광희의 환성이 일었다. 파코는 2대의 키보드를 동시에 조작했다. 한 사람이 무대로 뛰어올라 춤추기 시작하자, 금세 몇 명이나 뒤를 따랐다. ECO 티셔츠 군단이 파코와 DJ 주위만을 가드한다. 무대가 사람들의 파도에 파묻혔다. 전방의 흥분이 후방으로도 전해져, 모두가 몸을 상하좌우로 흔든다. 그대로 집단 최면에 걸린 것처럼.

마지막 곡이 끝나고, 땀 때문에 머리카락이 뺨에 달라붙은 파코가 소리쳤다.

"모두, 고마워. 산도, 고마워. 하늘도, 고마워. 춤추는 것도 좋지만,

---

[5] sitār : 네 줄을 가진, 자루가 좁다랗고 길며 공명통이 작은 옛 페르시아의 기타.

손바닥에서만 춤을 추면 안 돼. 세상에는 벼락치기 에코, 돈 벌려는 에코, 패션 에코, 그런 것들뿐이지만, 그런 걸 신경 쓰면 아무것도 안 돼. 우리는, 지지 않을 거야. 아주르 스카이는, 7년 전부터 활동하고 있으니까. 우리가 할 수 있는 걸, 하자. 모두 함께, 에코를, 해보자."

몬타로가 소리쳤다.

"하나, 둘, 셋. 셋, 둘, 하나, 제로, 다——아."

빙산이 붕괴해 바닷속으로 떨어지는 장면이 비치고 있던 스크린에, 다시 지구의 우주 화상이 돌아왔다. 이번에는 영어문자도 뿌려져 있다.

『AZURE SKY』

완패.

대지의 모임 대외 데뷔 성적은 좋지 못했다.

아니, 솔직히 말하지.

실패다.

24

하이브리드 차량으로 돌아오자, 시트를 젖힌 채 볼륨을 한껏 올리고 AM라디오를 듣고 있던 류사이가 몸을 일으켰다.

"자아 끝났다, 끝났어. 돌아가자."

나카무라도 이미 뒷좌석에 있었다. 멍청해진 얼굴로 낮은 천장에 머리를 받히고 있다. 만담 연예인이 장난치는, 이건 이것대로 시끄러운 라디오를 끄자 류사이가 위로하는 어조로 말한다.

"뭐, 어쩔 수 없어. 내가 본 바로는 제대로 말은 못했어도 선생의 호감도는 그렇게 나쁘지 않았어. 조금 멍한, 사람 좋은 교주라는 이미지가 싫지 않으면 말이지."

"보고 있었나."

"아아, 오오시로 선생님의 데뷔 무대니까 말이야."

빈정거림은 아닌 것 같았다.

"저 여자도 중간까지 봤어. 역시 일은 전문가한테 맡겨야 해. 손님을 부채질하는 법을 잘 알고 있잖아. 이 녀석이고 저 녀석이고, 나중에 고개를 갸우뚱할걸. 왜 그렇게 호응하게 됐을까 하고. 하지만 들은 말은 뇌리에 남지."

확실히. 본래는 대지의 모임이 하고 싶었던 바다. 따뜻한 박수로 맞아주지 않는 라이브를 수없이 넘어왔을 테지. 파코는 상상 이상으로 호된 상대였다.

"나머지는 젊은 것들한테 맡기면 되잖아."

스피치가 끝나면 돌아간다. 처음부터 그럴 예정이었다. 회원들에게도 그렇게 알려두었다. 하지만 나는 자동차 열쇠를 꽂아 넣고 있는 스스로가 굉장히 잘못된 행동을 저지르고 있다는 기분이 들어 견딜 수 없었다. 차를 출발시키고 핸들을 쥐어도, 헤드라이트가 비춰주는 전방으로 마음이 향하지 않았다.

"굉장하네, 하코네의 내리막은. 이런 데서 브레이크가 안 들게 되면 끝장이겠어."

류사이의 명랑함을 가장한 목소리가 다시 도진 두통을 자극한다.

"뭐, 다른 일은 순조롭게 되고 있고, 오늘 일은 잊고 어디서 확 퍼지자. 그래, 가끔은 셋이서 증기탕이라도 갈까. 누마즈에 좋은 가게가 있거든."

뭐야, 이 분위기는. 완전히 출장에서 돌아오는 증권맨이잖아. 순조로워? 고작해야 4백 몇 십 권 팔린 자비출판이? 회원으로부터 받은 강습비로 제대로 집세를 낼 수 있게 된 것이?

내리막길 도중에 급브레이크를 밟았다.

"아타미에도 좋은 가게가 있어……. 어잇, 위험하잖아."

류사이가 비난하는 시선을 던진다. 나도 똑같은 눈으로 마주 노려보았다.

"어중간한 채로 살아도 괜찮다는 건가."

"……무슨 소리야, 그거. 내 얘기야?"

아니, 내 얘기이기도 하다.

"늘 어중간했잖아."

"네가 뭘 아는데, 내 뭐를, 아?"

류사이가 미간에 험악한 주름을 지으며 얼굴을 가까이 대왔다. 입이 '아' 모양으로 벌려져 있다. 몇 십 년도 전부터 자주 해서 익숙해진 표정처럼 보였다. 안전벨트를 하지 않았다면 가슴팍이 움켜쥐어졌을지도 모른다.

"내가 고교 중퇴인 건 아버지가 주식에 손을 대서, 가게를 말아먹고 혼자 튀어 버렸기 때문이야. 어머니도 파친코에 미쳤기 때문이고. 제대로 일하고 싶어도 어디든 중졸이라는 이유만으로 써주려고 하지 않아. 그걸 알고 하는 소리냐, 아아?"

알고 있다. 언젠가 모리오카 주류점 사장이 찾아왔던 날 밤에 들었던 이야기다. 류사이가 태어난 집은 나름 규모가 큰 문구점이었다고 한다. 꽤 취했었으니, 본인이 이야기했다는 사실을 완전히 잊고 있는 것이리라. 과거는 어쨌든 성실하게 점술가 일을 했다면 성공했을 터인 천재적인 인물관찰력, 어지간한 프로에게는 지지 않는다는 호언이 거짓말로 들리지 않는 글재주. 이 남자는 남에게는 없는, 내가 손에 넣으려 해도 손에 넣을 수 없는 재능을 가지고 있다. 왜 그것을 좀 더 살리려 하지 않는 거야. 어째서 눈앞의 쾌락만을 쫓는 거지.

류사이는 노여움을 토해내고 있다. 번번이 토해 익숙해진 매끄러운 어조로.

"넥타이를 매는 일 따윈 나한테 돌아오지 않았어. 길거리 점술 정도야. 중졸이니까 말이지. 소설 대상도 그래. 두 번 내보고 잘 알았지. 출판사 녀석들은 내 원고가 아니라, 이력을 읽고 떨어뜨린 거야."

"옛날이야기는 이제 됐어."

"뭐라고."

"지금 이야기를 하자고. 내일부터의 이야기를 하는 거야. 당신도 이대로는 안 된다고 생각하고 있잖아. 생각하고 있을 뿐인가, 앞으로의 일도."

이번에야말로 움켜쥐고 덤벼 올까 싶었지만, 류사이는 콧방귀를 뀔 뿐이다. 여러 가지 과거에 어깨가 밀쳐지듯이 시트로 가라앉았다.

"그만두자고, 그런 묘한 화풀이는."

나카무라가 자기와는 상관없다는 듯 크게 하품을 한다.

"나카무라 군도 그래."

나는 백미러 너머로 나카무라를 노려보았다.

"잘 될까, 가 아니라 잘하는 거야, 누구보다도 자네가. 좀 더 자기 머리로 생각해 줘. 생각하는 말을 입 밖으로 내 줘. 뇌가 제대로 있다면, 뭐든 남이 하라는 대로 하지 마."

나카무라는 평범하지 않다. 극도로 내향적이라는 말은 너무 무르다. 선천적인 건지, 일시적인 건지, 기억 상실도 그 일환인지 어떤지는 모르겠지만, 마음인지 뇌인지에 뭔가 장해를 안고 있다. 하지만 결코 지성에 문제가 있는 건 아니다. 7개월간 함께 생활하다 보니 그 점은 알 수 있었다. 타인과 커뮤니케이션을 취하지 않는 뇌수 속에는, 나나 류사이 이상의 지능을 감추고 있다는 기분이 들었다.

"마음은 제대로 있잖아."

나카무라의 눈썹이 치켜 올라갔다. 류사이와 카이 일로 다투는 시간 외에는 본 적이 없는 표정이다. 화를 내는 건가. 그래, 화내. 좀 더 감정을 드러내 봐.

"지쳐있는 거야, 우리. 그래, 내일부터 말이지. 무리하지 말고, 힘내자고."

어깨를 허물없이 두드리는 목소리로 말한다. 이쪽이 먼저 분노로

부딪치면 회유하려 든다. 의외로 심약한 남자다.

"무리하자고. 지금은."

"지금은? ……어떻게 할 건데."

"쇼 타임은 아직 끝나지 않았어. 다시 한 번, 나카무라 군을 무대에 올리자."

뒷좌석에서 둔탁한 소리가 났다. 나카무라가 천장에 머리를 부딪친 소리다. 류사이가 고개를 흔들었다.

"또 창피를 당할 뿐이라고. 모처럼 모은 젊은 녀석들마저 떠나 버릴지도 몰라."

이미 떠났을지도 모른다. 열광적인 오오시로 신자인 타쿠토나 KAZZ는 어쨌든, 입회한 지 한두 달 된 여자아이들은 꿈에서 깨어났다는 표정을 짓고 있었다.

"다시 한 번, 한다. 싫으면 문 열고 차에서 내려."

여기까지 와서 내리겠다는 소리 같은 건 하게 두지 않을 테다. 나는 내리막길에서 억지로 차를 유턴시켜, 고갯길을 달려 올라갔다.

돌아와서 처음으로 한 일은, 아직 도착하지 않았던 간이화장실 대여업자에게 전화를 거는 것이다. 재촉이 아니다. '도로가 막혀 빠져나오지 못하고 있다, 이제 곧 도착한다'는 변명을 되풀이하는 상대에게 이렇게 말했다.

"그럼 반대로 시간을 늦춰 주시오. 캔슬이 아니라. 근처에서 대기해 줬으면 좋겠소. 못한다고? 작작 좀 해. 이렇게 늦었으니 조금은 이쪽 상황에도 맞추라고. 시각은 나중에 연락하겠소."

이어서 KAZZ를 동반하고 몬타로에게 직접 교섭했다. '다시 한 번 무대에 세워줬으면 한다'고.

주최자 몬타로는 댄스 자체에는 그다지 열성적이지 않은 듯, VIP 룸이라고 적힌 텐트에서 술을 마시고 있었다. 춤추는 것보다 추게 만드는 쪽을 좋아하는 것이리라.

"아——. 그건, 조금 의논하지 않으면 정할 수 없는데."

"어째서? 슈퍼 오거나이저잖아요. 넘버원인데 누구에게 의논할 필요가 있나요."

뚱뚱한 몸에 지방뿐만 아니라 프라이드도 잔뜩 채워 넣은 듯한 몬타로에게, 금방 오케이를 받았다. 법인 상대로 영업하던 때와 똑같은 설득법이다. 인간의 체질이라는 건 의외로 바뀌지 않는다. 머리를 7대3으로 하고 넥타이를 매고 있어도. 드레드 헤어를 묶어 올리고 형광색 티셔츠를 입고 있어도.

그러고 나서 부스 안쪽 대기실에 틀어박혀 두 번째 무대의 시나리오를 짰다.

애초 예상했던 스피치는 중후하고 메시지 성이 풍부했었다. 하지만 이 자리에는 어울리지 않는다. 생각해보면 몬타로에게 방해를 받지 않았더라도, 저 분위기 속에서 참가자의 귀에 얼마나 들어갔을지도 의문이다. 아무튼, 한창 춤을 추고 있는 중에는 미국 대통령이 연설을 시작해도 돌아보지 않을 이들이다. 전면적으로 바꿔 쓰자고 마음먹는다.

첫머리 몇 줄이 완성되었을 즈음, 류사이에게 수정을 부탁한다.

"집필? 여기서 말이야?"

집필도구 구비에 조금 까다로운 녀석이다. 불평이 날아오리라 생각했지만, 원고용지 대신 건네준 전단을 순순히 받아들더니 회원 중

한 명을 불렀다. 필기도구 중 하나인 술을 사러 보내기 위해서다.

헤드폰으로 소리를 방어한 나카무라는 랜턴 불빛 아래에서 '대지의 목소리'를 읽고 있다. 교주가 자신의 저서를 처음으로 읽는다. 회원들이 알면 경악할 일이지만, 평소에는 만화 잡지조차 펼치지 않는 나카무라가 책을 읽고 있다는 사실만으로도 나는 경악스러웠다. 내가 보고 있는 걸 깨닫자, 어쩐 일로 시선을 맞추며 히죽 하고 웃음을 건넸다.

흐음. 아까의 꾸짖음이 조금은 효과가 있었나.

자정이 지나도 레이브의 열광적인 분위기는 잦아들지 않았다. 잦아들기는커녕 점점 열기를 더해가고 있었다. 시간이 지남에 따라 모두가, 말 그대로 황홀(트랜스)상태에 빠지고 있는 것 같았다.

아주르 스카이 가게는 순조로웠다. 한밤중이 되자, 처음에는 팔지 않던 알코올을 판매하기 시작했다. 아마 장난꾸러기 같은 무리들이 모여 있는 곳이니 '우린 딱딱한 단체하고는 달라', 그렇게 어필하고 싶은 것이리라.

대지의 모임 부스는 여전히 파리를 날리고 있었지만, 신경 쓸 여유 따위는 없었다. 스피치 원고가 아직 반도 완성되지 않았기 때문이다. 아무리 나카무라에게 경이적인 암기력이 있다고 해도 외울 시간은 필요하고, 몸짓에 관한 리허설도 해야 한다. 뇌수가 시곗바늘에 쫓기고 있었다.

경마신문용 빨간 펜을 들고 초고가 완성되길 기다리는 류사이는 산기슭까지 사러 보낸 술을 기다리지 못하고, 아주르 스카이의 맥주를 손에 들고 있었다.

"이거 어디 맥주야, 빌어먹게 맛없네."

펜을 쥔 채 대답해 주었다.

"북유럽 에코 맥주라더군."

1잔 5백 엔. 파코는 상혼(商魂)도 억척스럽다.

"항, 진짜 에코는 맥주 따윈 팔지 않는 거야. 어차피 소변이 될 뿐이니까."

불평하는 것치고는 이번 잔이 3잔째다. 종이컵에는 꼼꼼하게 아주 르 스카이의 로고마크 스티커가 붙어 있다.

"잠깐 소변 누고 올게."

류사이가 일어서자 나카무라도 엉덩이를 들었다.

"아, 그럼 내가 차를 내올 테니 기다려줘."

"차? 저기 근처에서 볼 거니까 괜찮아."

"그럴 수는 없어."

교주가 소변을 보면 안 되는 건 아니다. 도쿄 히어링 센터에서의 나카무라는 강습 도중에 '화장실'이라고 말하곤 갑자기 사라져서 회원들의 웃음을 사는 일도 있었다. 하지만 지금은 안 된다. '이상한 교주' '저 사람, 누구야?' 레벨인 나카무라의 이미지를, 노상방뇨 같은 걸로 훼손하고 싶지 않았다. 몸을 떨며 화장실을 기다리는 줄에 서는 것은, 말할 것도 없고.

원고에 쫓기면서 교주에게 소변을 보게 한다. 몸이 몇 개가 있어도 부족하다. 아드레날린이 아픔을 몰아내 줬는지, 두통은 어느새 가라앉아 있었다.

류사이와 나카무라, 그 김에 나도 소변을 보기 위해 밖으로 나오다가, 또 한 가지 할 일이 생각났다.

행사장 유일한 화장실 앞에 터무니없이 긴 줄이 만들어져 있다. '노상방뇨 금지'라고 해봤자 남자들은 모두 근처에서 적당히 해치울 테지만, 여자들은 그렇게도 할 수 없으리라. 회장 주변 덤불 여기저기에서 남녀의 실루엣이 겹쳐져 있는 이 시간대라면 더욱더.

　새벽 1시, 간이화장실이 도착했다. 설치장소는 대지의 모임 부스 바로 옆이다. 업자가 세팅하는 사이에, 문이며 벽 여기저기에 다 못 팔아 대량으로 남은 대지의 모임 스티커를 붙였다. 구호물자에 붙은 적십자 마크처럼.

　건전지식 랜턴을 잔뜩 매단 로프를 화장실과 부스 사이에 쳐서 주위를 밝힌다. 류사이의 술심부름이 늦어진 것은, 그 김에 이것을 찾아달라고 했기 때문이다.

　"아아, 이이무라 군. 스티커, 안에도 붙여두렴."

　"뭔가, 쪼잔하네."

　타쿠토가 혼잣말처럼 불만을 입에 담는다. 밤이 되어도 벗지 않는 선글라스 앞에 손가락을 들이밀어 주었다.

　"이런 게 서서히 효과를 보는 거야. 서브리미널 효과[6]라는 거지." 아닌가.

　화려한 차림을 하고 있어도 나올 건 나온다. 화장실을 설치한 순간, 대지의 모임 부스 앞에 고원의 밤을 얕본 화려한 패션의 여자들이 줄을 이루었다.

　그저 단순히 도착이 늦어졌을 뿐이지만, 모타로가 어필해 준 덕분

---

[6] subliminal effect : 인간이 쉽게 인지할 수 없는 음향을 삽입해 잠재의식에 영향을 미치는 기법.

에, 아무것도 모르는 참가자들 눈에는 곤란해 하는 모습을 차마 볼 수 없었던 오오시로 타케토가 급히 추가 주문을 한 것처럼 보이리라.

새롭게 생긴 행렬에 ECO 티셔츠들이 하이에나처럼 몰려들어 아주르 스카이의 입회안내 전단을 돌리기 시작했다. 바보 같은 녀석들. 다급해진 상대에게 그런 짓을 해봤자 오히려 반감을 살 뿐이다. 재난 지역에 낡은 인형을 보내는 거나 마찬가지지. 대지의 모임 스태프들에게, '부스에서 바라봐주기만 하면 된다, 말은 걸지 마라'라고 일러두었다. 발을 동동 구르며 줄을 서고 있는 그녀들에겐, 소변의 원인이 된 아주르 맥주조차 짜증이 날 테지. 전단을 받아든 순간 구겨서 내던지는 여자도 있었다.

두 번째 공연이 시작될 때까지 앞으로 두 시간이 남았을 무렵, 간신히 스피치 원고가 완성되었다. 그렇게 길지는 않지만, 관중의 반응에 따라 중간에 대사가 몇 갈래의 패턴으로 나뉜다. 복잡한 암호가 필요했다. 나카무라에게 원고를 건네고 부하의 말투로 돌아와서 물었다.

"어떤가요, 선생님. 이 정도 양은, 어떻게든 되겠습니까."

나카무라는 전단 4장짜리 원고를 재빨리 들추며, 소리는 내지 않고 입술만을 움직여 모두(冒頭) 부분을 연습하고 나서, 문제없다는 듯이 끄덕였다.

"포즈 쪽 연습에는 그다지 시간을 들일 수 없을지도 모릅니다."

다시 말없이 끄덕인 나카무라가, 문득 생각났다는 듯이 자신의 입으로 이야기했다. 고작 두 마디였지만.

"괜찮아. 생각할게."

노크 대신 커튼을 흔드는 신호에 이어, KAZZ가 얼굴을 내밀었다.

"변경, 오케이입니다."

원래라면 이제부터 1시간이 KAZZ의 순서였지만, 변경할 수 없을지 교섭해달라고 부탁했다. KAZZ에게는 대지의 모임 세컨드 스테이지의 DJ(KAZZ의 용어에 따르면, 실렉터)를 부탁해야만 한다.

"파코, 아직 있는 모양이네."

아까 밖으로 나갔을 때, 텐트 뒤에서 몰래 담배 피우고 있는 모습을 보았다.

"예에, 쇼 씨는 벌써 돌아가 버렸지만, 그녀도 원 스테이지 추가한 모양이에요. 이쪽이 또 나온다는 말을 듣고 그런 게 아닐까요."

"그렇다면, 이번에는 저쪽이 앞, 우리가 뒤다. 몬타로에게 그렇게 말해 주게. 이건 양보할 수 없다고."

"아아, 아마 괜찮을걸요. 혼다 씨 지금 기분 좋으니까요. 테킬라를 혼자서 2병째라, 무슨 소리를 해도 오케이, 오케이라는 느낌이에요."

"KAZZ에게 MC도 부탁할 수 없을까."

"글쎄요 그건. 내 출연에는 엄격하니까. 기본적으로 이 레이브에서 DJ가 MC를 보는 건 금지라서요. 혼다 씨만 예외."

4잔째의 아주르 맥주 종이컵을 구깃 뭉개고, '자! 드디어'라는 얼굴로 위스키 병마개에 손을 대려는 류사이에게서 병을 빼앗아 KAZZ에게 건넸다.

"그럼 이거, 그에게 주는 선물. 몬타로 군, 고주망태로 만들어 주지 않겠나."

25

오전 4시 이후. 한나절 내내 춤추고 있는 레이버들 앞에, 다시 나카무라가 섰다.

군중은 마치 하나의 생물 같다. 바로 옆에서 한참을 보고 있으려니 그런 생각이 든다. 한 사람 한 사람의 목소리는 구분해 들을 수 없어도, 하나하나의 표정은 구별할 수 없어도, 덩어리가 되어 귀에 들려오는 웅성거림이며 속삭임, 되풀이되는 확산이며 집합, 거대한 연체동물 같은 변형과 움직임을 보면 전체의 의지를 금세 알 수 있었다.

나카무라가 무대 구석에서 등장했을 때 모두의 반응은, 아마도 이럴 것이다.

또냐.

조금 전에 끝난 파코의 두 번째 무대가 평이 좋지 않아 더욱더 그러리라. 일본의 트랜스계에서 전설적인 DJ라는 쇼의 플레이도, 취해서 뻗은 몬타로의 MC도 없는 파코의 두 번째는, 공작의 날개가 뜯겨진 까마귀였다. 오리지널 곡 중에서 얼마 없는 댄스 뮤직을 찾아내어 연주한 모양인데, 그들의 광적인 귀는 다른 장르의 소리를 허락해주지 않았다.

처음에 군중은 귀찮다는 듯이 몸부림을 치고, 점점 활동이 정체되더니, 마지막에는 다수의 야유와 함께 확산되었다.

아무리 그들이라도 조금 지치기 시작한 듯 보였다. KAZZ가 마지막

DJ로 등장해 트랜스 스탠다드를 틀기 시작해도, 움직임은 이전보다 더 나른해 보였다. 밤의 어둠이 조금씩 엷어지고, 검은 실루엣이 되었던 한 사람 한 사람의 모습이 어렴풋이 보이기 시작하니, 그것이 더욱 눈에 띈다.

나카무라가 무대 중앙으로 느긋하게 걸어간다. 수행복 위로 밤사이에 준비한 후드 달린 로브를 두르고, 숙인 얼굴은 커다란 후드에 푹 둘러싸여 있다. 몸은 흔들흔들 가늘게 흔들리고 있었다. 모두의 마음을 대변하기라도 하듯이, KAZZ는 음악을 멈추지 않는다.

우두커니 서서 관중을 돌아본다. 무시가 이어졌을 뿐이었다.

DJ 부스의 KAZZ조차 얼굴을 들려고 하지 않는다. KAZZ는 끊어지는 부분을 알 수 없을 정도로 부드럽게 곡을 바꾸었다. 피로를 느끼는 레이버들에게 맞춘 듯한, 트랜스치고는 느긋한 발리의 민속음악을 모티브로 한 곡이다. 가믈란7) 풍의 단조로운 리듬에 때때로 갑작스럽게 케체크8)의 성급한 남성합창을 본뜬 전자음이 끼어든다.

챠챠챠챠챠챠.

밀림에서 야생원숭이 무리가 일제히 포효하는 듯한 소리다.

"아무리 그래도, 꼭 이런 시간에 하지 않아도."

어느새 내 옆에 류사이가 서 있었다. 짝퉁 롤렉스에 잠이 부족한 눈길을 흘깃 던지고, 맥주 냄새나는 숨을 토한다.

"최악의 타이밍이야."

"지금 몇 시야?"

"4시 7분."

---

7) gamelan : 인도네시아의 전통 음악.
8) ketjak : 발리 섬의 노래와 춤의 일종.

7월 초순의 하늘에서 밤이 물러나기 시작하며 잉크에 물을 더한 듯 어둠이 녹아내리기 시작한다. 무대에는 조명이 없어서, 나카무라가 입은 흰색 로브와 수행복만이 뚜렷하게 두드러져 보인다. 군중의 시선보다 높은 장소에 우두커니 선 그 장신의 몸은, 평소 이상으로 커다랗게 보였다. 너무 높은 후드의 위치가, 익숙한 내 눈에조차 공중에 떠있는 게 아닐까 하는 착각을 하게 만든다.

곡이 케체크의 합창 파트 부분이 되었다.

챠챠챠챠챠챠.

나카무라가 얼굴을 숙인 채 오른손을 옆으로 뻗었다. 수평까지 올렸을 즈음 정지한다. 몇 안 되는 청중에게 아무렇게나 인사를 한 것 같기도 하고, 의식 등에서 하는 소행의 일환처럼 보이기도 하는 몸짓이다.

문득, 흐르고 있던 소리가 씻은 듯 사라졌다. 갑작스러운 정적이 산속의 회장에, 어떤 음악보다도 무겁게 내려앉는다.

KAZZ가 당황한 듯이 DJ 테이블에 달려들었다. 스위치를 난폭하게 움직이고, 초조한 듯이 버튼을 두드린다. 춤추고 있던 남자도 여자도 전원이 나간 것처럼 우두커니 선다.

나카무라가 얼굴을 들었다. 무슨 일인가 의아해하며 무대로 시선을 돌린 군중을 마주 본 것이 아니다. 후드로 반쯤 가린 얼굴을 정면으로 향하나 싶더니, 그대로 위를 향한다. 공원에서 처음 알게 되었던 무렵, 빗물에 샤워하듯이 얼굴에 맞았을 때와 똑같은, 둔해 보이기도 하고 우아해 보이기도 한 움직임이다.

지면과 수평이 될 정도로 고개를 젖히자, 얼굴을 덮고 있던 후드가 미끄러져 떨어지고 긴 머리카락이 공중에서 흔들려 어깨로 떨어졌다.

스태프가 기자재 상황을 조정하기 위해 뛰어 올라온 순간, 소리가 돌아온다. 전자음의 가믈란이 재개되었다. 다만 음량은 조금 전의 파괴적인 크기는 아니다. 덕분에 스테이지 근처에서 목소리가 파도처럼 일어났다는 것을 알 수 있었다. 음역이 높은 웅성거림. 여자들이 나카무라의 얼굴에 관해 속삭이는 목소리다.

나카무라가 정면으로 다시 얼굴을 돌리자, 새된 웅성거림이 더욱 커진다. 엷은 베일로 가려진 듯한 반투명한 시야가, 완벽하게 좌우대칭인 단정한 얼굴을 더욱 부드럽게, 보다 비현실적으로 보이게 만들었다. 뭔가 말을 건네는 표정으로 미소 지었지만, 나카무라의 입술은 열리지 않는다.

"역시 진짜 영험하구면, 녀석의 얼굴은. 캬바쿠라[9] 갈 때만 좀 빌려줬으면 좋겠다니까."

맥주 냄새나는 속삭임을 무시하고, 나는 손목시계의 초침을 쫓았다. 1초, 2초, 3초, 4초, 5초, 좋아, 여기다.

크게 하품을 하고 양손을 치켜들며 기지개를 켠다. 나카무라에게 보내는 신호다.

"들리나."

나카무라가 입을 열었다. 여기서 또 3.5초의 간격.

"어젯밤에는, 환영해 주어, 고마웠어."

음량이 억제된 트랜스 음악에 지지 않고, 방해도 하지 않는 목소리. KAZZ가 여전히 계속되는 기자재 이상을 수복하는 척하며, 곡과 목소리를 절묘한 밸런스로 조정하고 있었다. 수행복 옷깃 안쪽에는 와이어리스 핀 마이크를 설치해 두었다. 헤드셋 마이크가 무대 복장의

---

[9] キャバ・クラ : (일본 조어) 카바레식 클럽

일부가 된 파코나, 연예인인 척 묘한 손길로 핸드 마이크를 조작하던 몬타로에게 질려있던 군중은, 육성으로 말을 걸어오고 있는 듯한 인상을 받을 것이다.

"다시 한 번, 소개하도록 하지. 오오시로다. 대지의 모임 대표, 오오시로 타케토."

그렇다고 해서, 환성도 박수도 일지는 않았다. 여자들의 반응에 화를 내던 남자들의 야유가 날아왔을 뿐이다. 관중의 80프로는 여전히 나카무라를 무시하고, 댄스를 추고 있다.

"어제는 시간이 부족했기에, 조금 더 여러분과 이야기를 하고 싶다. 괜찮을까."

시나리오를 읽어 외운 대사를 말로 하는 나카무라의 목소리는 자신에 가득 차있고, 어미가 희미하게 바이브레이션 하는, 지나치게 낮지 않은 저음을 유지하고 있다. 파코의 두 번째 무대만큼 반발이 심하지 않은 것은, 모두가 지쳐있는 탓만은 아닐 터다. 계속해서 춤추는 무리의 몸 움직임이, 내 눈에는 나카무라의 목소리 리듬에 맞추고 있는 듯이 보였다.

카리스마 면에선, 나카무라의 최대 자질은 이 목소리인지도 모른다. 요즘 나는 그런 생각을 하고 있다. 비현실적으로 생각될 만큼 단정한 얼굴에도 한계는 있다. 외모는 누구나 취향이라는 것이 있고, 동성의 질투도 부른다. 하지만 목소리에는 그런 불확정 요소가 적다. 나카무라의 목소리를 거슬린다고 생각하는 사람은 별로 없으리라. 숲의 나무들이 수런거리고 강물이 졸졸 흐르는 소리를 연상시키는 깊고 조용한 목소리. 주파수인지, 음계인지, 듣는 이의 귀와 마음을 한번 붙잡으면 놓지 않는, 공감하게 만들면서 압도하는 목소리다.

"들어 주게."

KAZZ가 또 약간 볼륨을 줄인다. 야유가 사라지고, 춤을 멈추며 우뚝 서는 사람이 30프로로 늘어났다.

"어제는 하지 못했던 말이다."

25프로로 돌아와 버렸다. '또 하는 거냐?'라는 소리 없는 목소리가 들리는 기분이 들었다. 그저 계속해 춤을 출 뿐인 이 무리에게, 이물질 같은 공연물을 올리는 주최자 몬타로, 스폰서인 아주르 스카이와 대지의 모임에, 단골 레이버들은 어이없어하며 적잖이 화를 내고 있다.

"시간도 없었고, 용기도 없었다. 지금 말을 하려고 한다."

여기서 잠시 멈춤. 5초.

청중을 끌어들이는 요령은, 일단 밀쳐내는 것이다. 30프로로 복귀. 성원하는 손가락 휘파람이 울린다. 아마 이이무라일 테지. 이어지는 말을 기대하기 시작한 10분의 3을 향해, 나카무라는 갑자기 말을 꺼냈다.

"나는, 과거에, 노숙자였다."

이이무라의 손가락 휘파람이 멈춘다. 웅성웅성 군중이 동요한다. 반수 가까이 발을 멈추고, 반수 이상이 무대로 얼굴을 향한다. 나카무라의 낮은 목소리가 약간 높아졌다.

"얼마 전까지, 나는, 길거리생활을 했었다."

의도적으로 나카무라를 무시하는 몸짓을 하던 KAZZ가, 멍하니 입을 벌리고 수행복 뒷모습으로 시선을 보냈다. 이건 연기가 아니다. 교주의 고백에 정말로 놀라고 있었다.

다시 케체크의 합창.

챠챠챠챠챠챠챠챠.

듣는 이의 마음을 휘젓고 불안하게 만들며 산산조각이 난 뇌수를 현실이 아닌 어딘가로 옮겨가려는, 선율이라고도 할 수 없는 선율.

회장의 절반 이상의 다리가 멈추자, 순식간에 춤추는 사람의 모습이 줄어들어 간다. 무의식중에 다수에 가담하려 하는 군중심리다. 거의 모든 이들의 눈과 귀를 손에 넣은 나카무라는, 오른쪽에서 왼쪽으로 시선을 옮기며 어깨를 으쓱였다.

"말해 버렸군. 잠자코 있는 편이 좋았을까."

나카무라가 미소 짓자, 굳어져 있던 대지의 모임 여성회원들 일원쪽에서 눈물 어린 비명이 일었다. 처음 한 사람에 이어, 또 한 사람. 그리고 또 한 사람. 울음소리가 연쇄한다. 통곡인지 감격의 눈물인지 알 수 없는 목소리였다. 나카무라가 조용한 어조로 말을 잇는다.

"지면에 주저앉아, 땅바닥에서 거리와 사람을 바라보고 있으면, 생각하는 방식이 바뀌지. 모든 것이 바뀐다고는 하지 않겠지만, 마음속에는 확실히, 변화가 일어나지."

어깻죽지에 한 손을 걸치고서, 미소 지은 표정 그대로 가볍게 눈을 감고, 손바닥을 펼쳐 왼쪽 가슴에 댄다. 하나하나의 동작에 주목하게 만드는 방식도, 간격을 두는 방식도, 절묘하다. 뒤에서 바라보는 내 눈에도 몇 명이나 그 몸짓을 따라 하는 모습이 보였다. 어째선지 남자가 많다. 나도 몇 번이나 경험한 적이 있다. 나카무라의 동작은 무의식중에 따라 하고 싶어지는 것이다. 보스 원숭이에게 하위의 수컷이 공손한 포즈를 취하듯이.

"자신의 그 변화를, 나는 환영했다."

약간의 움직임만으로 로브를 젖혀 몸에서 미끄러뜨리듯 떨어뜨린다. 조각상의 제막식처럼 보였다.

"모든 것을 버리고 길거리생활을 시작한 것인데, 무엇인가를 얻었다는 기분이 들었다. 힘을 잃었을 터인 이 몸에, 힘이 넘쳐흐르는 것이 느껴졌다. 누구보다도 가난해진 자신이, 누구와도 비교할 수 없게 풍요로워졌다고 생각했다. 사람과 거리가 아무리 거칠어지고 소란스러움에 가득 차 있어도, 나 한 사람은 고요하고 평화로워질 수 있었다."

나카무라의 음성과 말의 리듬은 어느새 트랜스 특유의 뇌수에 주입당하는 듯한 전자음이며, 고동이며 맥박을 떠올리게 하는 퍼커션과 싱크로하고 있었다.

"나는 믿고 있다. 대지 바로 위에서 보냈던 나날들 덕분에, 인간이 어떻게 살아야 하는지, 이 세계가 어떻게 존재해야 하는지, 정답 같은 것은 없을지도 모르는 그 답의, 자그마한 꼬리를 붙잡았다고."

얼굴 옆에서 손을 펼쳤다가 그것을 쥐는 몸짓을 하며, 말을 끊었다. 여유만만하게 보이는 표정으로 군중을 향해 한 곳을 응시한다.

나의 다음 지시를 기다리고 있었다.

나는 양팔을 머리 위로 추어올리고 X 표시를 그린다. 조급하게 몇 번이나 그것을 되풀이한다. '쓸데없는 소리는 이제 그만해주세요' 하고 힘껏 제지하듯이, 교주의 고백에 당황해 허둥거리는 조무래기 간부 연기. 하지만 실제로는 나카무라에게 보내는 지시다. 여기서 일단 침묵. 손을 내린 순간 대사를 재개.

그 순간 상황을 파악한 류사이가 척하면 척인 호흡으로 함께 손을 마구 흔든다. 흔들면서 어이없다는 목소리로 말한다.

"뭐야, 오오시로 선생님. 무척 원숙해졌다 싶었더니 당신이 전부지도하고 있었던 거야?"

아니, 전부는 아니다. 아무튼, 급조한 추가 공연이다.

대략적인 의논을 할 시간밖에 없었다. 세세한 리듬도, 각각의 대사에 억양을 주는 법도 나카무라가 스스로 생각해 연기하고 있었다. 나는 요소요소의 타이밍에 큐를 내리고 있을 뿐. 움직이는 인형이나 마찬가지였던 도쿄 히어링 센터에서의 교주 모습을 생각하면, 커다란 성장이다. 뭔가 자신이 정말로 허둥대고 있는 나카무라의 부하처럼 생각되어 버린다.

한순간만 내게 시선을 멈추고서, 나카무라는 군중에게 시선을 돌린다. 박력과 애교가 동거하는 쌍꺼풀진 커다란 눈을 가늘게 뜨고, 왼쪽에서 오른쪽으로 회장을 천천히 둘러본다. 무대를 우러러보는 모든 인간들로 하여금 자신을 바라본 게 아닐까 하고 착각하게 만드는 시선이다.

대사 기억력도 그렇고, 날카로운 감도 그렇고, 나카무라는 배우로서의 재능이 넘쳐흐른다. 지금까지의 인생에서 그에게 그러한 길을 향한 권유나 선택지는 없었던 걸까. 어쩌면 세상과 동떨어진 단정함이 오히려 그런 가능성을 방해했는지도 모른다.

나의 안목에 실수는 없었다. 나는 확신한다. 나카무라에게 어울리는 것은 배우도 모델도 아닌, 교주다. 태어나면서부터 교주의 그릇이다. 안타깝게도, 그 그릇은 텅 비어있다. 그렇다면 그것을 채워 주면 된다. 나와 류사이가.

나의 연기에 어울려 어색하게 양손을 치켜들고 있는 류사이도, 예상을 넘어선 나카무라의 성장에 놀란 듯했다. 예시장에서 가능성 있는 말을 찾아냈다는 얼굴을 하고 있었다.

이쪽이 팔을 내리자, 계속 담고 있던 나카무라의 미소가 아주 조금 짙어진다. 이곳에서는 확인할 도리가 없지만, 리허설대로 입가를 3밀리미터 정도 끌어올렸으리라. 여성회원들이 또 목소리를 흘린다. 통곡처럼 들리기도 했던 조금 전과는 달리, 이번에는 환성. 적어도 회원들에게 오오시로 교주의 고백은 호의적으로 받아들여진 모양이다. 회원들에 이끌려 가장 앞줄의 여자들도 목소리를 높이고 있었다.

나카무라가 양손을 어깨너비로 들었다가, 다시 내린다. 가믈란의 선율에 맞춘 느긋한 동작이다.

"괜찮다면, 앉지 않겠나."

이이무라의 손가락 휘파람이 울리고, 인파 군데군데에 구멍이 생겼다. 여기저기 회원들이 섞여 있는 곳이다.

"나도 앉지. 앉아서, 이야기하자. 무리하지 말고. 사실은 조금 지쳐 있는 것이 아닐까."

나카무라가 수행복을 훌쩍 펄럭이며 책상다리를 하고 앉자, 무대 앞에 늘어선 머리도 가라앉았다. 대부분은 여자. 어느새 무대 주위에는 여자의 비율이 높아졌다. 밤의 색깔은 더욱 엷어지고, 시야는 멀리 트여가고 있었다. 그녀들을 괴롭혔던 화장실 문제를 해결해 준 구원자가 백마 탄 기사 같은 용모의 남자라는 사실을, 이제 행사장 어디에 있어도 알 수 있게 되었다.

앞줄에서 새어나오는 단골 남자들의 불만 섞인 목소리가 여기까지 들려왔다.

"농담하지 말라고."

"아침까지 새는 게 룰이잖아. 레이브, 계속하자고."

"소리가 너무 작잖아."

자신에게 화살이 돌려진 KAZZ가 CD 턴테이블에 시선을 떨어뜨린다. 물론 KAZZ에게 시나리오는 보여줄 수 없지만, 대략적인 진행은 이야기해 두었다. '선생님의 이야기를 앉아서 듣게 하고 싶다'고 말했을 때는 고개를 갸웃거렸다. '그건, 글쎄요. 늘 아침까지 철야거든요. 아무리 선생님이라도 무리일지 몰라요.'

"레이브, 속행."

가장 앞줄에서 춤추고 있던 아프로(Apro) 헤어가 양손을 휘두르며 '레이브, 속행'이라고 연호하며 주위를 선동하기 시작했다. '시끄러워' '짜증 나' 그것을 힐책하는 여자들의 목소리가 연호에 겹쳐진다. 큰 소동으로 번지지 않은 건, 단골들이 데려온 여자들이 이미 주저앉아 있기 때문이리라. 여자에게 미움 받고 싶지 않은 건 남자의 본능이다.

요가의 명상 포즈를 취하고 있던 나카무라가, 반쯤 뜬 눈으로 관중의 소동을 바라보았다.

"춤출 시간은 아직 있다네. 잠깐이면 돼. 앉아서, 이야기하지."

일부러 틈을 두지 않고, 바로 아무렇지도 않은 어조로 말을 덧붙인다.

"진짜 야외 파티란 그런 것이지."

그 말을 들은 순간, 레이브 속행이라고 외치던 남자들이 우두커니 멈춰 섰다.

진짜 야외 파티?

어디의 어떤 이벤트를 가리키는 건지, 이곳에 모인 이들 누구도 모를 것이다. 아무튼, 이 대사를 시나리오에 덧붙인 나부터가 모르겠으니까. 하지만 다른 사람이라면 몰라도, 자신들보다 연장자에 그들이 동경하는 60년대 히피를 떠올리는 풍채와 모든 것을 버리고 노숙자가 된 경험도 있는, 어디를 어떻게 봐도 평범한 인생처럼 보이지 않는 남자의 입에서 나온 말이다. 참가자들은 제각기 멋대로 상상을 하는 모양이다. 회장 위에 떠오른 무수한 말풍선이 보이는 듯하다.

——분명 외국의 원조 레이브에 참가했던 거야. 이런 곳에서 폼을 잡고 있는 우리들은, 바보인가?

——전 세계를 유랑했을 거 같아 보이잖아. 노숙자라는 건 그때의 체험을 말하는 건가?

——천식약이 합법 드럭이라는 소리나 하는 몬타로는 그냥 애송이지. 이 사람은 진짜야. 확실히 '진짜' 드럭도 했을 거야.

——모든 것을 '버리고' 노숙자가 됐다고? 생활을 버리기 전에는 뭔가 굉장한 일을 했던 사람인가?

아직 젊은 그들에겐, 실체 따윈 없는 '진짜'라는 말이 특효약이다.

철야 레이브는 쉼 없이 춤추는 게 멋진 거다. 모두 다 같이 주저앉다니 꼴사나워. 자리를 지배하고 있던 그 도식이, 단 한마디에 역전되었다.

레이브와 함께 아침까지 쉼 없이 춤추다니, 혹시 꼴사나운 건가? 멋진지, 꼴사나운지가 중요한 이곳의 규범에, 의심병이 가득 찬다.

갑자기 음악이 멈추었다. KAZZ가 부스에서 떨어진다. 이번에는 기자재가 고장 난 척하지 않았다. 자신의 의지라는 것을 표명하며, DJ 테이블 옆에 웅크리고 앉는다.

그들 사이에 알려진 얼굴인 듯한 KAZZ가 그렇게 나오자, 계기를 찾고 있을 뿐이었던 남자들의 적지 않은 숫자가 동조했다. 그 숫자가 반을 넘은 순간 또 정직한 군중심리가 발동해, 소리가 멈췄는데도 우두커니 서 있던 남자들이 도미노가 쓰러지듯이 앉기 시작한다. 레이브 속행이라고 외치던 아프로 헤어는, 완전히 혼자 벌서는 아이다.

나카무라는 자신의 한마디가 가져온 회장의 변화에 놀라지도 기뻐하지도 않았다. 처음부터 이렇게 될 줄 알고 있었다는 얼굴이다. 그야 그럴 테지. 시나리오에 적어둔 그대로이니까. 그러나 나 자신은 놀라고 있었다. 어느 정도 효과는 기대했지만, 이 정도 규모의 집단을 이렇게까지 극적으로 심리 유도할 수 있을 줄은 생각지도 못했다. KAZZ에게 음악을 끄라고 한 것은 도박이었다. 과반수를 앞히면 성공. 설사 실패해도 시나리오는 속행. 그런 엉성한 계산을 하고 있었을 뿐이었다.

막상 해 보면 생각보다 쉬운 법이다. 대중 선동은 생각했던 것만큼 어려운 일은 아니었다.

"의외로 고분고분한 걸, 젊은 녀석들도."

류사이가 감탄 어린 목소리를 높인다. 나는 단언하며 말했다.

"나이는 상관없어. 사람의 마음이란 그렇게 다르지 않거든."

천 명에게 성공한 일은 만 명도 성공할지 모른다. 만 명이 성공하면──.

"어때? 땅바닥은 차가운가."

자신을 바라보는 천 명의 청중에게, 나카무라의 특별하고 뛰어난 바리톤을 들려주었다.

"차가워──."

무대 앞의 여자들이 어리광부리듯이 소리친다.

"아니면, 따뜻한가?"

"따뜻해──."

남자들 사이에서 빈정거리는 듯한 실소가 새어나왔다. 나카무라는 여자들, 남자들, 어느 쪽을 향한 것인지 분명치 않은 따뜻한 미소를 지어 보인다.

　"땅바닥은 상상 이상으로 차갑지. 겨울에는 특히. 종이상자 없이 자는 건, 꽤 힘들어."

　나카무라가 고개를 움츠리며 옆으로 흔들자, 빈정거림과는 상관없는 순순한 웃음이 일었다.

　"하지만 말이야, 그러는 사이에 따뜻해지기 시작하거든. 여름에는 반대지. 따뜻하다기보다, 뜨거워. 하지만 이것도, 잠시 그러고 있으면 시원해지거든. 대지는 사람의 몸과 공명하는 거야. 신기한 체험이었지. 귀중한 체험이었어. 에어컨이 켜진 침실에서 자는 생활을 했다면, 분명 맛볼 수 없었을 것이라 생각하네."

　회장에서 웅성거림이 사라졌다. 오오시로 타케토의 다음 말을 기다리고 있는 것이다.

　"땅바닥에 앉을 때마다, 잠들 때마다, 나는 뭔가 대지로부터 보호를 받고 있다는 생각이 들었지. 모든 것을 버렸다고 생각했는데, 실은 그렇지 않았던 거야. 손에 움켜쥔 것이 없어도, 가슴에 껴안은 것이 없어도, 발치에 이렇게 주저앉으면 바로 아래에, 돌아갈 지붕도 없이 땅바닥에 누운 등뼈 바로 밑에, 아직 대지가 있었다."

　평소보다 많은 청중을 얻은 나카무라의 연설은, 평소보다 더욱 뛰어났다. 늘 류사이가 바보 취급하던 '숭숭 뚫린 머리'에 무엇인가가 깃들기라도 한 듯하다. '가슴에 껴안은 것이 없어도'라는 대사는 초고에 류사이가 덧붙인 것으로 좀 너무 노골적이라는 기분이 들었지만, 나카무라의 얼굴과 목소리가 말하니 완전히 다른 대사가 되어 버렸다. 무대 전방으로 가지 못한 우리 근처에 있는 소녀들은, 자신이 껴 안기기라도 한 얼굴을 하고 있었다.

"종교가. 어젯밤에 그런 소개를 받았지만, 나 스스로는 그렇게 생각하지 않아. 나는 내가 느낀 것, 알게 된 것을, 다른 이에게 전하고 싶을 뿐이다. 자신의 경험이나 생각을 다른 이에게 전하고, 그것을 그가 또 다른 이에게 전달한다. 그 순환을 종교라 부르고 싶다면, 그렇게 불러주어도 물론 상관없다. 호칭 같은 건 아무래도 좋아. 직함 같은 건 필요 없어. 중요한 것은 느끼고, 깨닫고, 전달한 그다음이야. 즉, 행동하는 것. 나와 나의 생각을 전달해 준 사람들과 전달받은 사람들이, 지금 무엇을 해야 하는가 하는 사실이 중요한 것이다."

심플한 어휘를 사용해 반복하고 강조한다. 역대의 미 대통령 연설에서 배운 방법이다. 알기 쉽고, 강하고, 공감을 불러일으키기 쉬운, 그러면서 귀를 자극하는 멜로디에 지나지 않는, 언어의 종착점에 있는 본질은 다음 문제인 호소.

"무엇인가 행동하려 하지 않으면, 아무것도 바뀌지 않아. 우선 자신을 바꾸는 것만이라도 좋아. 나는 이대로도 괜찮다, 지금의 나를 둘러싼 모든 것이 이대로라도 괜찮다, 미래가 지금처럼 계속되어도 괜찮다, 누구도 그렇게 생각하지는 않을 것이다."

지표가 밝아오기 시작한다. 실루엣을 이루던 산등성이에 하나하나 나무들이 보인다. 행사장을 뒤덮은 나무들 하나하나의 잎이 보인다. 참가자들은 처음으로 깨달았다는 듯이, 자기 주변 사람들의 얼굴을 보고, 자신의 두 손과 두 다리를 바라본다.

"시작하자. 아직 늦지 않았어. 기다리기만 해서는 시작되지 않아. 생각은 말로 했을 때 비로소 닿게 되지. 한 걸음을 내딛으면 다른 풍경이 보일 터. 지금 시작하자. 작은 일부터라도 좋아."

"잠깐 기다려."

일단 입을 다문 나카무라가 다음 대사를 말하기 전에, 무대 밑에서 목소리가 날아왔다. 파코다. 계단을 달려 올라와 무대 가장자리에서 다시 소리친다.

"당신, 무슨 생각이야. 이건 레이브라고."

류사이가 혀를 찬다.

"틀렸어. 앞으로 얼마 안 남았는데. 녀석한테 애드립은 안 된다고."

시나리오가 없는 것은 아니다. 저 여자나 몬타로가 나설 경우를, 일단은 상정했다. 하지만 어디까지나 '일단'이다. 무엇보다, 커다란 소리가 거북한 나카무라는 지금도 귀마개를 하고 있다. 파코의 목소리는 제대로 귀에 들어오지 않으리라.

타고난 둔중함과 종이 한 장 차이인 의젓한 동작으로, 나카무라가 파코에게 얼굴을 돌렸다.

"앉아서, 이야기하지."

큰일 났다. 역시 혼란스러워하고 있다. 만약 제3자에게 방해를 받았을 경우를 대비한 예비 대사는, 어떤 식으로도 쓸 수 있는 '당신의 이야기는 나중에 들려주시오. 나의 이야기가 끝나고 나서'다. 무대로 다가가고 싶었지만, 이미 나는 어떻게도 할 수 없었다. 섣불리 허둥지둥하면, 나카무라가 교주 역을 연기하고 있을 뿐이라는 사실이 들켜 버린다.

"오늘은 소리의 파티야. 대체 무슨 소리를 하는 거야. 모두 어이없어하잖아. 묘한 연설은 당신이 깨달음을 얻었는지 어쨌는지 하는, 길거리에서나 하라고."

과연 인디라고는 해도 프로 뮤지션이다. 파코의 목소리는 마이크 없이도 잘 울린다. '나중에'라는 대사를 상대가 납득하지 않는 거 같으면, '미안하지만, 지금은 조용히 해 주시오'라고만 말하고, 억지로 진행을 계속한다는 작정이었는데, 완전히 준비 부족이다. 그 말에 저 여자가 잠자코 물러날 리 없다. 나카무라도 이 상황에서의 대사까지는 외우지 못한 듯하다. 입 밖에 낸 말은, 이 말이었다.

"나쁘지 않군."

어제, 의외로 호응이 있었다는 사실을 떠올린 것이리라. 나카무라로서는 한껏 생각한 애드립. 회장에서는 웃음소리가 새어나왔다.

해버렸다. 어제와 똑같이, 멍청한 교주로 돌아갔다.

류사이가 불쑥 중얼거린다.

"제법인 걸, 오오시로 선생님."

뭐?

무대 가장자리에서 파코가 ECO 티셔츠들에게 뭔가 지시를 보내고 있었다. 멀리서 봐도 화를 내고 있다는 것을 알 수 있었다.

"바보 개그에 재능이 있는 걸."

끓어오른 웃음은 나카무라를 향한 것이 아니었다. 파코를 향한 조소다. 청중이 파코의 독설을 나카무라가 여유롭게 흘려냈다고 착각한 것이다.

ECO 티셔츠 군단이 무대 밑에서 허둥지둥 움직이고 있다. 얼마 지나지 않아 무대 안쪽의 대형 스크린이 반짝이기 시작하더니, 전면에 지구 화상이 비쳤다.

파코가 무대 중앙으로 쳐들어온다.

"나도 아직 할 얘기가 남아 있어. 일어서라고, 방해되니까."

나카무라가 동요하리라 생각한 모양인데, 공교롭게도 나카무라는 책상다리를 한 채 미동도 하지 않는다. 애초에 남의 분노나 적의에 둔감한 남자다. 귀마개를 한 지금은 더욱더.

상대해 주지 않자 파코는 왼쪽 DJ 부스의 KAZZ에게 덤벼들었다.

"마이크! 빨리 빌려 줘."

겉모습과는 반대로 순하고 고분고분한 남자다. 박력에 압도당했는지 KAZZ는 일어서서 핸드 마이크를 집으러 간다. 당면한 라이벌에게 무슨 짓을. 이이무라였으면 마이크를 무대 밖으로 내던졌을 거다.

아니, 멀리 떨어진 이곳에서는 드레드 헤어에 묻힌 그의 자세한 표정까진 보이지 않았을 뿐이었다. 순수한 KAZZ는 경애하는 교주의 말씀이 방해를 당했다는 노여움에 불타고 있었다. 마이크를 파코에게 넘겨주지 않고 자신에게 대고는, 날카로운 언어 공격을 가했다.

"영업용 간사이 사투리, 잊으셨는데요."

또 웃음소리. 파코의 빨개진 얼굴이 여기서도 보이는 것 같았다. ECO 티셔츠 중 한 명이 헤드셋 마이크를 쥐고 무대로 달려 올라왔다. 장착을 서두르는 탓에 손이 헛나가 마이크가 머리카락에 엉켜버린다. 웃음이 커졌다. 류사이도 소리 높여 웃는다.

"저 여자도, 바보 개그 쪽이 좋을지도 모르겠어."

간신히 헤드셋 마이크를 장착한 파코의 목소리는, 제1무대 때의 여유는 사라지고, 분명하게 흥분하고 있었다.

"여러분 들어봐, 이런 건 아니잖아. 그렇잖아. 감언이설에 넘어가면 안 돼. 춤추자. 레이브를 계속하자."

음량이 커다란 파코의 고음은, 무대 사이의 MC에게는 어울릴 테지만 새벽 4시가 넘은 나른함 속에서 들으니, 더욱 귀에 거슬렸다.

"가짜 에코, 벼락치기 에코는 이제 지긋지긋해. 아주르 스카이는 활동한 지 7년. 어제오늘 돈을 벌려고 에코를 시작한 단체와는 다르다고."

별것 아니었다, 자기도 연설을 시작한 것이다. 분위기를 파악 못하는 여자다. 모처럼 나카무라의 말에 귀를 기울이기 시작했던 단골 레이버들이 일어서며, 다시 소란스러워지기 시작했다. 파코를 향한 동조라기보다, 자신들의 성역을 더럽히려는 외부인들의 촌극에 혐오감을 드러내면서.

일어선 단골들의 흥분을 자신을 향한 칭찬이라고 생각한 파코가 한 손을 치켜들고, 묘하게 활기찬 목소리를 높이 외친다.

"고작해야 7년, 하지만 7년. 7년간의 실적은 무겁다고——."

ECO 티셔츠 군단의 박수와 이어진 파코의 말을, 나카무라의 갑작스러운 목소리가 가로막는다.

"46억의 여름이 가고, 46억의 겨울이 왔다."

"하?"

파코가 콧구멍으로 소리를 냈다.

『대지의 목소리』 첫머리 부분 첫 행이다. 시나리오상, 라스트 부근에서 암기할 예정이었던 대사다. 파코의 출현으로 동요해서 중간 과정을 날려버린 모양이다.

"6억 번째의, 아마도 봄에 우리는 태어났다."

나카무라의 목소리는 멈추지 않는다. 중요한 세부기기가 파손된 정밀기계 같았다.

"……대체 뭐야, 이 사람? 이봐, 사실은, 그냥 바보?"

파코가 무대에 익숙한 사람이 잘하는 오버액션으로 손바닥을 위로 들고, 나카무라가 자리와 어울리지 않는 엉뚱한 대사의 3번째 행을 당당하게 말하려던 순간, KAZZ가 끼어들었다.

"그래 맞아, 지구의 역사는 46억 년이다. 7년 따위, 너무 쪼잔하잖아."

오오. 찬동의 술렁임이 인다. KAZZ가 몬타로 외는 금기일 터인, 규정 위반인 MC를 시작했다.

"잠자코 듣고 있으니 말이야, 에코, 에코, 학교 선생같이. 우리도 안다고. 뭘 하면 좋을지 모를 뿐이야. 에코는 당신의 뭐야. 남자 친구? 애완동물? 액세서리? 광고 도구? 7년 따위, 짧아——. 이봐, 파코? 진짜로 에코? 사실은 에고?"

멋지게 랩 풍으로 운율을 탄다. 다시 회장이 끓어올랐다. 이 자리의 분위기에 아무런 두려움도 야심도 없이. 나카무라가 다시 목소리를 높인다.

"수억 수천의 가을은 우리를 해치고, 때로는 축복했다."

회원이 아닌 청중에게는, 산문시를 낭독하는 듯이 들렸으리라. 본인은 혼란스러워하고 있을 뿐이지만, 그 말은 고작 7년을 자랑하는 파코를 향한 무엇보다 큰 반론처럼 들렸다. 그들이 준비한 지구의 화상이, 얄궂게도 그 효과를 높여 주었다.

나카무라가 돌아보며 처음으로 깨달았다는 듯이 대형 모니터로 시선을 준다. 나는 그를 과소평가했는지도 모른다. 고개를 갸웃거리면서 내놓은 다음 말은 애드립이었다.

"그것은 정말로 필요한 것일까."

정확히 말하자면, 메디테이션 프로그램의 마지막에 시행하는 짧은 강연의 한 구절, '생각해 보자. 지금 손에 들고 있는 것. 그것은 정말로 필요한 것일까. 필요가 없다면, 버리자' 중의 일부분이다. 나카무라는 순간적으로 그것을 기억 속에서 끄집어냈다. 아마도 자신의 힘으로 이 자리를 어떻게든 극복하기 위해서.

"필요가 없다면, 버리자."

확실히 그렇다. 대지의 모임 성공과 아주르 스카이를 향한 대항책만 생각했던 나는 깨닫지 못했지만, 나카무라는 저 망망한 시선으로 분명히 꿰뚫어보고 있었던 것이다. 흐릿해지지 않은 눈으로 보면 일목요연한, 지극히 당연한 사실을.

오늘의 이벤트를 위해 태양전지시스템으로 전원을 공급하고 있다고는 해도, 그것은 아주 일부일 뿐이다. 아주르 스카이가 들고 온 파코의 무대를 위한 과도한 세트와 영상장치도, 설사 에너지절약을 노래한다 해도, 에코 레이브를 표방하는 이벤트와는 모순된다. 태양전지시스템 차량조차, 없는 게 훨씬 에코다.

참가자들도 그것을 깨달은 듯 저마다 입을 모아 장단을 맞추기 시작했다.

"맞아, 에코라면, 그거 끄란 말이야."

"당신이잖아, 가짜 에코는."

"돌아가, 돈벌이 에코!"

지구가 소멸했다.

KAZZ가 스크린 전원을 껐다. 하는 김에 파코의 마이크 전원도.

"이봐, 당신이 환경보호 활동의 뭘를 알아? 문외한이잖아. 그런 단순한 논리론 아무것도 해결되지 않는다고 ──."

마이크가 오프가 된 상황을 깨닫지 못하고 파코가 소리친다. 그럴지도 모른다. 그녀도 나름 신념을 가지고 활동을 하는 것이리라. 안됐다는 기분도 들지만, 그녀가 하고자 하는 일도 일종의 종교가 아닐까. 그렇다면 이건 자그마한 종교전쟁이다.

파코의 히스테릭한 외침에, 나카무라가 온화한 목소리로 대답한다.

"앉아서, 이야기하지. 무리하지 말고."

이 이상 없을 정도로 자비로운 표정이다.

"사실은 조금 지쳐있는 것은 아닐까."

회장에서 웃음소리. 그리고 박수. 앉아라, 앉아라──하는 합창. 일어서있던 단골 레이버들도, 다시 대지에 엉덩이를 붙인다. 전쟁은, 이쪽의 승리다.

"들리는가."

우두커니 선 파코를 내버려두고, 나카무라가 청중을 불렀다.

"나의 목소리가, 들리는가."

들려──. 여자들의 목소리가 터져 나왔다.

"그럼, 시작하자. 할 수 있는 일부터."

오──. 이번에는 남자들의 목소리도 섞였다.

"거기에서 보이는 풍경은, 아름다운가."

아름다워──. 나카무라의 등 뒤에 있는 산들은 녹색을 되찾아가기 시작한다.

"그럼, 함께 생각하자. 10년 후에도, 50년 후에도, 100년 후에도 여전히 아름다운 풍경을 보기 위해서."

어느새 파코의 모습은 사라지고 없었다. 화가 나서 무대를 내려가버린 모양이다. 자신이 있어야 할 곳으로 돌아갈 테지. 행사장의 일등지 주차 공간에 세워둔 엄청난 배기량의 하늘색 투어용 왜건으로,

"너희는, 어른에게는 없는 것을, 분명 한 가지 갖고 있다. 그것은
——."

나카무라가 중단한 부분부터, 정확하게 시나리오를 더듬어가기 시
작했다. 하지만 파코의 난입으로 구성이 흐트러져 버린 상황이라 시
나리오를 충실히 수행하기엔 시간이 부족했다. 나는 중간을 생략하
고, 최종단계로 진행하라는 신호를 보내기 위해 한 손을 크게 치켜든
다. 묘한 연기는 필요 없었다. 아무도 나 따윈 보고 있지 않았다.
모두가 나카무라를 바라보고 있었다.

"——그것은 자네들이, 50년 후에도 60년 후에도 이 세계에서 살
고 있다는 사실이다. 50년 후를 자신들의 현실로서 진지하게 생각할
수 있는 것은, 나이 든 정치가도, 지식인도, 종교가도 아니다. 우리들
이다. 60년 후를 정말로 생각할 수 있는 것은, 내가 아니다. 바로
너희들이다."

지금까지 중 최고의 환성이 끓어올랐다. 나는 한 손을 치켜들면서
타이밍을 쟀다. 이제 시계는 필요 없다. 무대 왼쪽에 있는 산등성이를
응시했다.

"생각하자. 전달하자. 행동하자. 우리들이라면, 할 수 있다. 너희들
은, 할 수 있다."

산봉우리가 빛나기 시작했다. 고원의 늦은 새벽이, 이제 곧 시작된
다.

한 손을 휘둘러 내리자 나카무라가 일단 입을 닫았다. 몇 초 동안
시간을 두고 다시 말하기 시작했을 때는, 고양되어 있던 어조가 조용
한 목소리로 바뀌어 있었다.

"이제 날이 밝아 올 테지. 오랜 시간 미안했다. 오늘은 여기까지

하지. 또 너희들과 이야기할 기회가 있다면, 기쁘겠다. 이야기뿐만 아니라 함께 행동할 기회가 있다면, 더욱 기쁘겠다. 이야기를 들어 주어 고맙다. 이제는, 자, 춤추어 주십시오."

나카무라가 일어서자, 회장의 관중도 똑같은 실에 이어진 인형처럼 한 박자 늦게 일어섰다.

시간이 맞은 모양이다. 산등성이 중간 정도에, 태양이 금색의 가는 띠가 되어 모습을 드러냈다. 빛나는 띠가 조금씩 커진다. 무대에, 그리고 행사장 전체에 빛이 내리쬐었다.

나카무라는 무대에 섰을 때와 마찬가지로 하늘을 올려다보는 포즈를 취한다. 하지만 그것은 미명에 섰을 때와는 다른 모습을 이루고 있었다. 나카무라의 머리카락도 하얀 수행복도, 얼굴도 엷은 빛의 색깔로 윤곽이 빛나고 있다. 쓸데없는 연출은 필요 없었다. 떠오르는 태양 빛이 나카무라를 현실과 동떨어진, 격이 다른 존재로 보이게 만들었다.

KAZZ가 부스로 돌아가 새로운 곡을 걸었다. 댄스에 어울리는 격렬한 트랜스다. 고대하고 있었다는 듯이 군중이 율동을 재개했다.

나카무라는 소리에 주눅 들지 않고 무대에 서 있었다. 하늘을 향해 얼굴을 들고, 아침빛을 받아내고 있다. 행사장 안의 어느 누구도 이제 그 모습을 기이하다고 생각하지 않는다. 트랜스의 뜻 그대로 도취해 있는 남자도 여자도, 반짝이며 빛나는 무대로 시선을 향하고, 얼굴을 향하고, 몸을 향한 채 춤추고 있다. 이제 나카무라는 이 회장의 성스러운 아이콘이 되었다.

"일부러 노린 건가, 이 시간대를."

아침 햇빛에 눈을 가늘게 뜬 류사이가 묻는다. 대답 대신 물었다.

"당신, 당신이 한 말 기억해?"

"어?"

"밤새워서 '대지의 목소리' 권두 문구를 완성했을 때 했던 말."

"기억 안 나, 그런 거. 밤새고 난 다음이면 더더욱."

"분명 이렇게 말했었지. 밤샘은 이래서 안 돼. 묘하게 하이해진다니까. 냉정한 판단이 안 된다고. 뭐든지 좋게 보여——라고 말이야."

그것이 힌트였다. 철야 후. 하물며 이곳에 있는 무리들은 밤새도록 쉼 없이 춤을 췄다. 평소 같은 정신 상태일 리가 없다. 밤이 이성과 억제력을 빼앗고, 아침 햇빛이 고양감과 망아(忘我)를 불어넣는다.

바로 근처에서 춤추고 있는 여자아이들은 나카무라의 모습을 바라보며 눈물을 흘리고 있다. 아마 자기가 왜 나카무라를 보고 있고, 울고 있는지도 모르는 채로. 그 옆에 있는 남자들은 나카무라를 향해 의미를 알 수 없는 소리를 우렁차게 외치고 있었다.

아침 해가 행사장을 가득 채우며 나카무라의 온몸을 빛으로 감싸기 시작했다.

26

"네, 대지의 모임 사무국입니다……입회를 희망하신다구요…….
예에, 체험입문 코스가 있사오니, 우선은 그쪽으로……. 첫 회 요금
은 무료입니다……. 주소와 성함을 알려 주십시오……."

전화를 끊고 살짝 숨을 토한 뒤, 긴장된 등을 의자에 기댄다. 전용
용지에 기재된 이름을 세어 본다. 입회 문의전화는 오늘 하루 동안
23건. 지금까지의 경험으로 미루어 7, 8명은 입회하리라. 이름과 연
락처를 반드시 묻는 것은, 망설이는 상대가 뒷걸음질 치지 못하게
하기 위해서다. 만약 이곳으로 방문하겠다는 약속을 취소한다 해도,
다이렉트 메일을 보낸다. 장소에 따라서는 정회원이 권유하러 간다.

이번 여름 한 계절 만에, 대지의 모임 회원수는 기하급수적인 기세
로 늘고 있었다.

6월 말 시점에서는 비회원을 포함해 70여 명이었지만, 7월 한 달
만에 정회원만으로 150명을 넘었다. 비약적으로 숫자가 늘어난 것은
청년부. 야외 레이브의 성과다. 새로운 회원이 된, 그날의 참가자만
30여 명. 그들의 친구, 지인이 20명 정도. 입소문이나 인터넷에서
소문을 들었다는 사람이 40명 이상.

여름방학에 돌입한 젊은이들이 시간과 자신의 인생관을 만지작거
리는 8월에는, 280명이 되었다.

9월에 들어서자 부인부 입회 희망자가 급증했다. 젊은이들의 집회

장이 되어가는 도쿄 히어링 센터를 원래대로 자신들의 아성으로 되찾고자, 선임 여성회원들이 콧김을 뿜으며 권유활동을 시작했기 때문이다.

종교단체를 만들겠다는 생각이 떠올랐을 때에는, 만 단위의 신자를 모으는 것은 목표라기보다 몽상이었다. 꿈보다 더한 꿈.

하지만 생각했던 것보다 꿈은 가까이 있는 모양이다. 아니, 꿈이 아니라 현실적인 추이다.

어느 정도 키우고 나면, 종교단체가 커다란 조직으로 성장하는 건 어떠한 행운도, 특별한 노력의 결과도 아니다. 분명 필연이다. 열렬한 신자가 어떤 세일즈맨보다 정열적이고 정력적으로 다른 이들에게 권유하기 때문이다.

타인의 집에 몰려가, 그 100명 중 99명이 얼굴을 찌푸려도 그들은 두려워하지 않는다. 인간관계를 망가트리든, 그때까지의 생활이 손상되든, 자신이 믿는 바를 남에게 이해받고 싶고 인정받고 싶다는 욕망을 바탕으로, 어디까지고 돌진해 간다. 100명 중 한 명이 신자가 되면, 그 한 명이 또다시 확률 백 분의 일인 권유에 과감하게 도전을 시작한다.

이때의 나는 주모자가 분명함에도 불구하고 방관자가 된 기분이었다.

앞으로 며칠 있으면 9월도 끝나는 지금, 대지의 모임 회원은 4백명을 넘으려 하고 있었다.

메디테이션 프로그램, 심신정화 메서드 강습회(특별하지 않게 되었으니, 특별이라는 글자는 뺐다), 비즈니스 인스피레이션 개발 세미나라는 각 커리큘럼은 월요일부터 일요일까지 매일 개최하고 있다.

주말은 하루에 2회다.

한 사람이 10권, 20권씩 사가는 '대지의 목소리'는 3회 증쇄해 발행 부수 3천 부를 넘겼다. 서툰 소설가의 책보다, 훨씬 잘 팔리자 류사이의 콧대는 날이면 날마다 높아지고 있다.

8월 말에 2번째 옥션을 열었다. 출품된 그릇은 나카무라의 개인적인 제작물로, 예술적 가치는 불명, 종교적 기능이 있는 것도 아니다. 지탄을 피하고자 미리 그렇게 양해를 구했음에도 불구하고, 자그마한 잔에 3만, 풍로가 아닌 마시코의 비밀 가마터에서 구운 항아리에는 110만의 가격이 매겨졌다.

실무를 혼자서 맡는 것은 7월 시점에 이미 어려워져서, 자원봉사로 몇 명의 회원들에게 도움을 받고 있다. 그래도 오후 7시에 가까워진 지금, 히어링 센터에 있는 사람은 나 혼자다.

좋은 집필을 하기 위해서는 제대로 된 작업장이 필요하다는 소리를 지껄이며 류사이는 3층 공동생활에서 나가, 이웃 동네의 원룸 맨션에서 생활하고 있다. 나카무라에게도 약속했던 주거를 제공했다. 이쪽은 동물 사육이 가능한 셋집. 회원들에게 주소지가 알려지지 않도록 조금 떨어진 장소를 고른 탓인지, 나카무라는 귀찮아하면서 지금도 일주일의 반은 이곳에서 묵고 간다. 바구니에 넣어 데리고 오는 카이와 함께. 나는 영업용으로 간소한 중고차를 구입했다.

슬슬 다음 단계로 나아가야 할 때였다.

우선 장소. 이제 이곳은 버겁다. 이대로 회원이 늘면, 평일 2회제로도 쫓아가지 못하리라. 새로운 시설이 필요했다. 대지의 모임을 종교 법인화하기 위해서도. 종교법인의 인가를 받기 위해서는, 임대가 아닌 부동산 예배시설이 필요하다.

서랍을 열어 한 장의 종이를 꺼낸다. 스케치북을 뜯은 그 두꺼운 종이에는, 2B 연필로 그려진 그림이 그려져 있다. 몇 번이나 다시 그리고, 지우고, 또다시 그리길 되풀이하는, 대지의 모임 예배당 입면도이다.

얼굴을 숙이자 곧 묵직한 두통에 휩싸였다. 요즘 매일 이렇다. 여전히 밤에 잠들지 못하는 탓일까.

내가 그린 예배당에는 높은 탑이 있다.

지붕인지, 차양인지, 우산 형태의 돌기가 무수하게 있는 탑이다. 그리고 있다고는 하지만, 예전에 본 적이 있는 정경을 더듬어서 그리고 있을 뿐이다.

그것이 무엇을 의미하는 것인지, 나 스스로도 알 수 없었다.

하지만 그것을 어디에서 본 것인지는 알고 있다. 일찍이 심리 테라피 클리닉에서 상자 정원 요법을 받던 시절에 몇 번이고 만들었던, 모래 위의 탑이다.

아니, 사실은 훨씬 전부터 알고 있었다. 잊으려 하고 있을 뿐이다. 그것은, 종교단체의 사당에서 좀처럼 나오지 않는 어머니를 기다리다 지쳐서, 모래사장에서 소원을 빌 듯이 쌓아 올렸던, 돌과 조개 무더기다.

뇌수와 두개골이 비벼져 삐걱삐걱 소리 내는 머리를 감싸 안고, 나는 일심불란히 예상 완성도를 그려갔다.

3장

우리의 뒤로 시간은 이어진다

1

눈 밑으로 무수한 별들이 빛나고 있다. 가로등 불빛이다.

밤이 깊어지며, 오피스빌딩이 만드는 빛의 크로스워드는 한 칸씩 어둠에 묻혀간다. 대신에 네온의 거리는 물장사 여자의 반짝이는 장신구 같은 화려함을 더해가고 있었다.

와인 잔을 눈높이까지 들어 올리자 눈앞의 가득한 야경이 손안에 들어왔다.

유리잔을 흔드니 그것은 만화경이 된다.

나는 빛의 소용돌이를 녹여 잔 속에 담은 화이트 와인을 들이켰다.

고층빌딩의 꼭대기 층에 있는 라운지 바, 몇 안 되는 개인실을 예약했다. 나카무라와 류사이 셋이서 의논을 해야 할 일이 몇 가지 있어서였다.

공동생활을 해산한 이후론 세 사람이 얼굴을 맞댈 기회가 적어졌다. 최근에는 나카무라가 일주일에 이삼일 히어링 센터를 찾아온다. 회원들에게 모습을 보이는 것은 몇 분. 짧은 한순간만 얼굴을 내밀고 끝나는 날도 있다. 일부러 노출을 자제해 고마움을 늘리기 위해서다. 희소성으로 갈망을 부채질한다. 브랜드 전략의 상투수단이다. 체험 입문자가 모이는 매주 토요일 오후만은 특별해서, 명상하는 모습을 30분 정도 보여준 뒤 극히 짧은 강연을 시행한다.

집필활동으로 바쁘다는 핑계로 류사이 역시 일주일의 반도 오지 않는다. 류사이의 경우는 노출을 자제하고 있는 건 아니다. 길거리 점술가의 수상쩍은 냄새가 사라지지 않는 녀석의 카운슬링은 양날의 검이라는 생각에, 클라이언트를 신중하게 고르고 있을 뿐이다. 류사이의 '모임도 본인도 초능력이라고 인정하지 않는 초능력'은 극히 가끔 기적을 보여주는 양념 정도면 된다. 사실은 일손이 아무리 있어도 모자란 뒷일을 좀 더 도와주었으면 하지만.

함께 모일 기회가 줄어든 것은, 나카무라가 류사이를 좋게 생각하지 않는 탓도 있다. 류사이가 카운슬링을 하는 날은 나카무라는 대개 무단결근이다.

테이블 너머에서는 4일 만에 만나는 류사이가 스카치위스키를 들이켜고 있다. 약속 시간보다 10분 늦게, 조금 전 도착했을 뿐인데, 벌써 두 잔째다. 나카무라는 아직 모습을 보이지 않는다. 휴대전화가 없고 자택에 있어도 내키지 않으면 전화를 받지 않는 나카무라와의 연락은, 자동응답전화기에 메시지를 남기든가 팩스를 보낸다. 오늘 회합도 그랬지만 대답이 돌아오는 일은 좀처럼 없다.

의논해야 할 사항 중 하나는 새로운 시설로의 이전 문제다. 예배당은 아직 현실적이지 않다고 해도, 비좁아진 도쿄 히어링 센터를 대신할 보다 수용 능력이 있는 시설은 지금 당장에라도 필요했다. 각 커리큘럼은 평일에도 거의 만원이었고, 주말은 희망자를 전부 받지 못해 예약제로 하고 있다. 초기부터 알고 있는, 고작 입회한 지 반년 정도 만에 선임 행세를 하는 회원들로부터 불만의 목소리가 나오기 시작하고 있었다. 새로운 장소를 '도장(道場)'으로 삼고, 도쿄 히어링 센터는 당분간 예배소 겸 사무소로 남길 생각이다. 토지와 건물을 사고, 자기 자본으로 마련한 예배시설로서 종교법인 허가에 필요한 실적을 만들기 위해서다.

"좀처럼 좋은 장소가 없어. 여기는 어떨까."

물건의 데이터를 프린트한 용지를 테이블 건너편으로 미끄러뜨린다.

사진을 보자마자 류사이가 내뱉었다.

"마을 공장이잖아."

"정확히 말하자면, 정밀기기 제작소의 옛 작업장 겸 창고다. 작년에 도산한 모양이야."

"재수 참 좋은 데구먼."

비즈니스 인스피레이션 개발 세미나에 와 있는 상점가의 어느 사장에게 소개를 받은, 부동산사무소에서 보여 준 물건이다. 히어링 센터와는 도보로도 오갈 수 있는 거리. 일단 2층 건물이지만, 전체 면적의 대부분은 창이 적고 천장이 높은 1층 부분이다. 남은 공간은 1층에 증설된 휴게실이나 탈의실이었던 작은 방, 2층 중간과 한쪽 구석에 있는 사무실. 1층의 넓이는 히어링 센터의 배는 된다.

건축된 지 30년 된 건물로 미적 센스는 전무. 그냥 '상자'다. 개장허가는 받았으니, 청년부를 동원해 외벽을 칠하고 내장을 다듬을 수는 있으리라.

"가끔 좋은 물건이 나와도 사용 목적을 경계한다고. 요가 및 그

외의 문화교실이라고 주장하고 있지만."

이 물건도 개인 슈퍼마켓 사장의 주선이 없었다면, 이야기가 진행되지 못했을지도 모른다.

"역에서 도보 9분? 그렇다는 건 실제 12, 3분이로군."

뭐, 그건 문제없다. 지금보다 다소 낫다. 일단 입회하고 나면 회원에게는 교통비 따위는 상관없다. 한적한 장소인 편이 오히려 존재감이 높아진다.

"임대료 월 52만이라니, 뭐야. 이렇게 낡은 주제에, 바가지야. 지금의 배 이상이잖아."

확실히 평당 단가는 지금보다 높아진다. 현재의 수익을 생각하면 매달 부담하는 건 문제없지만, 각각 석 달 치 보증금과 사례금이 조금 빡빡하다. 들어오는 돈은 필요경비나 부동산 구입을 위해 저축하고 있지만, 윤택한 자본금이 있는 건 아니었다.

특별요금이나 기간 한정이라 칭하며 애매하게 받아온 수강료는 고액인 쪽이 중장년 아저씨들의 프라이드와 특권 의식을 자극하는 BI 개발 세미나를 1회 4천 엔으로, 수요가 많은 심신정화 메서드와 젊은이들이 모이는 메디테이션 프로그램은, 회원을 폭넓게 모으는 것을 제일로 생각해 애초 주장했던 정규요금보다 저렴하게 각각 2천 5백 엔, 천5백 엔으로 고정했다.

"공장이라든가 창고용 건물은 비싸다고. 요즘 도내에서 이 정도 면적의 부지는, 사치라는 모양이야."

"좋은 장소가 없다고 투덜거리는 것치고는 의욕적이잖아. 하지만 모처럼 이미지 향상을 꾀하려는 시기에 동네 공장이라니, 좀 그런데. 다른 것도 보여 줘."

"없어. 그것뿐이야."

이미지상 그렇게 나쁜 곳은 아니라고 나는 생각하고 있었다. '자신들이 돕지 않으면 꾸려나갈 수 없는 빈곤 교단'이라는 회원들의 생각을 계속 유지하려면, 오히려 딱 좋다.

"뭐야, 그럼, 여기로 결정할 생각이냐."

"달리 선택지가 없어. 넓은 시설은 내일 당장에라도 필요하고, 근처는 전부 찾아봤어. 갑자기 먼 곳으로 이전할 수도 없잖아. 초기 회원 중에는 이 지역 사람이 많고."

"녀석들은 이제 됐어."

선임 회원들 사이에서 류사이는 인기가 없다. 얼굴을 내미는 일이 적어진 지금은, 오히려 신입 회원들로부터 '수수께끼의 넘버 2'라는 묘한 존재감으로 존경을 받고 있다.

"그럼, 여기라는 걸로 해도 될까. 아직 창립 1년이야. 넓은 장소로 이전할 수 있는 것만으로도 대성공이라고. 이곳 수용 능력으로도 부족해지면, 또 다음을 찾으면 돼."

류사이는 불만을 토하고 싶은 듯한 입에, 빈 유리잔의 얼음을 던져 넣고 깨물어 부순다. 나는 변명을 대신해 말을 덧붙였다.

"보증금과 사례금은 조금 더 교섭의 여지가——."

웨이터가 3번째 위스키 잔을 가져왔다. 입을 다물고 프린트를 뒤집는다.

"병째 주문하는 게 어때. 어차피 한참 마실 거잖아."

"아아, 그러지. 당신은?"

"나는 됐어."

아직 남은 와인 잔을 들어 보인다. 지금 자신은 그다지 마시지 않는 편이 좋은 상태라는 것을 알고 있었다.

저녁은 스테이크하우스에서 먹고 왔다던 류사이가 웨이터에게 추가 안주를 주문한다. 이미 테이블에 놓여 있는 것들과 같은, 기름기 많아 보이는 메뉴다. 부러운 위장이다. 나는 저녁은커녕 점심도 편의점 주먹밥 하나였지만, 식욕은 전혀 없었다.

요즘 선임 여성회원들로부터 인사 대신에 이런 말을 듣는다. '조금 마르지 않았어요?' '요즘 수척해졌어요!' 원래부터도 마른 편인데, 폐기 도시락을 실컷 먹었던 노숙자 시절보다, 2, 3킬로그램 체중이 더 빠졌다.

"그래서, 다음은 뭐야. 빨리, 보여줘 봐."

의자에 거만하게 몸을 젖힌 류사이가 한 손을 펄럭였다.

제대로 일도 하지 않는 주제에 '내 일은 결단이다'고 잘난 척 지껄이던 지점영업 시절의 부장을 떠올리게 하는 몸짓이다. 어쩐지 초조해져서 서류가방에서 새로운 서류를 꺼내 테이블에 던지듯이 내려놓았다. 의논해야 할 사항 중 다른 한 가지는, 12월로 예정하고 있는 오오시로 타케토의 제1회 강론회에 관해서다. 행사장은 이미 잡아두었다. 지역 내의 대여 홀이다. 서류는 그 개요를 기재한 것이다.

감자튀김을 집는 것과 똑같은 손길로, 내가 만든 서류를 넘겨보던 류사이는, 점점 부장하고 똑같이 거만하게 말한다.

"참가자 3백 명? 여기밖에 없어? 조금 더 큰 데를 빌리자고."

"아니, 이번에는 3백 명이야. 2백5십 명도 괜찮다고 생각하고 있어."

"어이어이, 그건 너무 심약하잖아. 이쪽에서 아무 소리 안 해도, 전원 참가에 가깝게 올 거 아냐."

서류를 내동댕이치고 대신에 감자튀김을 집었다. 손가락을 핥으면서 내게 설교조로 말을 건넨다.

"기세가 붙은 시기야. 쭉쭉 나가야지. 지금 안 하고 언제 할 거야. 권유 중인 초면인 사람을 데리고 오는 사람도 있을 테지. 지금 페이스로 가면 4백 정도가 아니라 6백, 7백도 갈 수 있어."

10월 중순인 현재, 대지의 모임 회원은 513명. 8월부터 한 달에 백 명이 넘는 페이스로 증가하고 있다. 이대로 순조롭게 늘어난다면 강론회가 개최될 무렵에는 지금의 1.5배는 되어 있으리라.

"회비도 그래. 입식(立食) 파티까지 하는데 1만 엔이라니, 당신, 얼마나 심약한 거야. 이 녀석이고 저 녀석이고 3만이라고 하면, 3만은 낸다고."

"입식 파티라고 해봤자 케이터링10)이야. 비올로지끄 식품전문 가게에서 주문할 거야."

"그래도 1인당 천 엔이나 2천 엔은 들잖아⋯⋯."

견적 페이지를 바라보는 안경 속의 가는 눈이 타원형이 된다.

"3천8백? 1인분에? 이래서야 벌이가 되겠어? 금액을 바꾸지 않을 거면, 적어도 인원수는 5백으로 가자."

안 된다. 이미 정한 일이다. 이곳으로 부른 건 새삼스레 그런 의논을 하기 위해서가 아니다. 강론회에서 나카무라가 전달할 스피치 시나리오를 의논하기 위해서다. 와인을 아주 약간 신중히 마시며 대답했다.

"아니, 3백으로 간다. 일부러 3백 명으로 한정한 거야. 내가 모두에

---

10) Catering : 파티나 음식서비스를 위하여 식료, 테이블, 의자, 기물 등을 고객의 가정이나 특정 장소로 출장서비스.

게 '참가자는 오오시로 선생의 강연을 깊이 이해할 수 있는 회원으로 우선한다'고 얘기해 두지. 여기가 이번 포인트야."

"어디가?"

이해 못 하는 건가, 나의 전략을. 나는 와인 잔을 옮기려던 손을 멈추고 대신에 잔 속에 거친 한숨을 떨구었다. 설명하는 목소리가 그만 곤두서 버린다.

"모두 자기가 뽑히고 싶을 거야. 이쪽 조건은 추상적이지만, 그래서 회원들은 더욱 알기 쉽게, 더욱 눈에 보이게 실적을 올리려 할 거야. 분명 구체적인 행동으로 나서겠지. 책이며 상품을 앞다퉈 살 거고, 권유하는데 열중해 신규 회원을 몇 명이나 데려오겠지. 오오시로 교주의 가르침을 깊이 이해하고 있다는 걸 어필하기 위해서 말이야."

선택되는 인간이 되기 위해서, 모두 필사적으로 움직일 터다. 표본은 다단계 회사, 휴먼 헬스 아카데미의 셀러브리티 멤버 시스템.

"과연."

류사이가 목뼈를 울리며 목덜미를 두드린다. 대단하게 감탄하고 있는 것처럼 보이지는 않는다.

"행사장에서 오오시로 선생의 그릇도 판매하지. 그거면 됐나."

목덜미를 두드리던 손으로 이번에는 목을 긁었다.

"뭐가, 쪼잔해. 요즘 당신이 하는 일은, 너무 자잘하고 점점 쪼잔해졌어. 수고를 들여봤자, 그래서야 벌리는 건 푼돈뿐이잖아. 모처럼 흐름을 탔다고. 크게 하자고. 회비를 징수한다든가 말이야."

몇 번이나 되풀이되고 있는 얘기다. 무슨 말만 하면 류사이는 회비 징수 얘기를 들고 나온다. 회비를 월 만 엔씩 받으면, 아무것도 안

해도 편안히 살 수 있다. 요술방망이라는 것이 녀석의 주장이다.

"처음에 정했잖아. 회비는 없어. 그게 우리 방침이야."

"당신, 우리 모임을 진심으로 세상을 위하고 사람을 위한 것, 그런 식으로 생각하게 된 건 아닐 테지."

'우리 모임'이라는 말에 어중간하게 술이 들어간 몸이 술렁거렸다. '우리'가 아니라 '나'라고, 하는 말을 목구멍 안쪽으로 밀어 넣는다.

"설마."

회비를 받지 않는 이유는 '영리를 목적으로 하는 단체가 아니다'는 이미지를 구축하기 위해서다. 몇 번이나 설명했지만, 이 남자는 들으려 하지 않고 눈앞의 돈 버는 일만 고집한다. 회비는 요술방망이가 아니라, 만들어진 조직을 두드려 부수는 해머가 될 수도 있다. 노골적인 돈벌이로 나서면, 미묘한 심리유도로 성립하는 지금의 집단이 머지않아 파탄하게 될 것이다.

류사이는 녀석이 마권을 사는 방식 그대로, 대지의 모임으로 한 건 올리려 한다. 나는 중간을 건너뛰어 버린, 지금까지 인생의 전철을 다시 밟지 않도록 먼 미래를 생각하고 있다. 고작 5백 명에게 만 엔을 징수하기보다, 만 명에게 천 엔씩 모으는 쪽이 더 벌린다. 게다가 천 엔으로 끝나지 않을 테고, 만 명에 머물 생각도 없다.

어색한 침묵이 이어졌다. 요즘은 얼굴을 마주할 때마다 이렇게 된다. 류사이는 내 시선을 피하며 창밖의 야경을 바라보기 시작했다. 나도 그렇게 한다. 같은 광경을 보고 있어도, 아마 똑같은 것은 보고 있지 않으리라. 평행선이다. 눈 밑에 흐르고 있는 간선도로의 붉은색과 황백색, 두 줄기 빛의 강 같은.

"뭐, 좋아. 그보다, 읽었어?"

빈 잔을 흔들며 물어온다. 두 번째 책 원고 얘기다. 반 정도 완성된 시점부터 초고를 전혀 보여주지 않더니, 3일 전, '무사, 탈고'라는 메모를 첨부해 갑자기 원고지 3백 장을 보내왔다.

"아아."

타이틀은 『대지의 바람(風)』 안이하다. 바꿔줬으면 싶다.

레이브에서 있었던 오오시로의 스피치에 맞춰 이미 썼던 원고 50 장을 버렸다고 생색내듯이 말했었다. 전직 노숙자라는 사실을 고백한 교주 오오시로의 노숙생활 체험담, 만났던 사람과 사건, 그러한 나날 속에서 터득한 정신세계가 시기와 장소를 애매하게 둔 채 나열되어 있다. 물론 전부 류사이의 창작이다.

"모두의 교의, 그것만은 뺄 수 없다고 생각해서 말이야. 고작 원고지 다섯 장에, 1주일이나 걸렸다고."

"뭐, 상당하다고는 생각해."

"어라. 그런 말투는 아니잖아. 베스트셀러 작가한테."

'대지의 목소리'의 판매 부수는 합계 3천7백 부. 최근 2주 만에 5백 권. 회원들 다수에게는 정가의 70프로인 1,120엔에 팔고 있으니, 아직 대단한 수익은 되지 않았지만.

"교의는 필요 없어. 삭제해 줘."

류사이가 눈을 희번덕거렸다.

"무슨 소리야. 교의 없는 종교단체가 어디 있어."

"종교 법인화할 때 명목이 서는 게 있으면 충분하다고. 교의라는 건, 본래는 이쪽에서 밀어붙이는 게 아니야. 오오시로 교주의 저술, 오오시로 교주의 말, 그걸 접한 인간들이 멋대로 해석을 덧붙이고, 의논해서, 가지며 꼬리며 붙이고 굳혀가는 거야."

"오오시로, 오오시로, 오오시로. 툭하면 오오시로냐. 어디의 누구냐고. 나는 만난 적도 없거든. 그런 느긋한 결과를 기다릴 여유는 나한텐 없어. 그리고 말해 두겠는데. 정확히 말하자면, 내 문장이야. 나카무라가 녹음기처럼 떠드는 소리도 나하고 당신의 공동 제작이라고."

노여움을 억누르고 있는 목소리에, 나도 노여움을 억누른 목소리로 대꾸한다.

"슬슬 익숙해지는 게 좋아. 당신이 쓰고 있는 건 오오시로의 문장이야. 내가 말하고 있는 건 오오시로의 말이다. 일주일을 자랑해서 어쩔 거야. 단 일주일 만에 쓴 교의 따윈, 금방 바닥이 드러난다고. 우리들의 일은 나카무라의 몸을 빌려, 오오시로 교주라는 캐릭터를 만들어 내는 거다. 우리가 바깥 무대에 서는 게 아니야."

유리잔을 테이블에 거칠게 내려놓으며 고개를 홱 돌려 버렸다. 류사이는 '새로운 책의 원고료는 필요 없다. 그 대신 인세계약으로 해달라'고 주장하고 있다. 류사이의 비범한 문재(文才)는 인정한다. 그런 남자와 만나게 된 것은 행운이라고 생각하고 있다. 하지만 소설가 놀이에 언제까지나 어울리고 있을 수는 없다.

"내용은, 조금 더 알기 쉽게 만들어 줘. 어려운 말만 쓰면, 바보라고 생각돼버려."

예상대로 뾰족한 목소리가 돌아왔다.

"그렇게 간단히 고쳐 쓸 수는 없어. 문장이라는 건, 그런 게 아니야. 하나가 흐트러지면, 전부 다시 이어야 해. 고치게 되면 강론회에 맞추지 못한다고. 거기서 신간 발표를 할 거잖아."

"뭐, 하는 수 없지. 그 전에 기관지를 낸다. 그걸 발표할 거야."

"기관지? 그런 것까지 쓰고 있을 여유는 없다고."

"괜찮아, 당신 수고는 들이지 않아도 돼."

레이브에서 나카무라의 모습에 촉발되어 7월에 입회한 회원 중, 프리라이터가 있다. 이미 그 남자에게 일을 의뢰했다. 디자인을 담당하는 그래픽디자이너는 현재, 그가 대지의 모임으로 권유 중이다.

『어스 워즈』. 기관지 타이틀이다. 내용에 상관없이 구입할 부인부의 중장년층이 아니라, 젊은이들을 의식한 내용으로 만든다. 잡지라고 해도, 예정한 페이지 수는 역에서 나눠주는 무가지보다 약간 나은 정도다. 지금 단계에서는 최저한 잡지로서의 체재를 정돈할 수 있으면 된다.

대지의 모임 홈페이지는 이미 완성되었다. 이쪽도 레이브가 계기가 되어 입회한 웹디자이너 손에 만들어졌다. 레이브에 모인 무리들과 그들 주변에는 그쪽 업계 사람들이 많았다. 젊은이들 검색어를 철저히 분석해 온갖 각도에서 접속을 유도하는 우수한 완성도. 이이무라 타쿠토는 IT 정보팀의 치프를 자칭하고 있지만, 사실상 그의 어시스턴트다.

한번 궤도에 오른 종교단체의 조직이 확대되어 가는 필연적인 이유 중 하나는 신자들이 어떤 노력도 아끼지 않고 누구보다도 정열적인 세일즈맨이 된다는 점인데, 두 번째의 필연을 든다면, 이것이다.

무료로 쓸 수 있는 인재를 모을 수 있다는 점.

5백 명의 회원 중에는 공인회계사에 전직 자위대 간부도 있다. 분명 영상 쪽 일을 하는 사람도 있었을 터. 인재는 유용하게 활용해야겠지.

"DVD도 만들까 생각하고 있어. 시미즈(KAZZ) 군 얘기로는, 7월

레이브를 기록한 영상이 남아 있다고 해. 그걸 입수해 히어링 센터에서 추가 촬영을 하고 편집한다. 기자재를 대여하면 제작비는 크게 들지 않아. 인건비도 수제 도시락으로 끝나. 어때."

"어때고 뭐고, 어차피 그것도 이미 결정된 얘기잖아. 마음대로 하면 될 거 아냐. 나는 몰라."

류사이는 병을 낚아채 텀블러 사이즈의 잔에 위스키를 가득 따르고, 단숨에 3분의 1을 들이켰다. 눈을 마주치지 않으려고 고개를 돌린 얼굴을 향해 나는 말한다.

"별로 하고 싶은 말은 아니지만, 지금은 내 지시에 따라 줘."

얼마 전이었다면 싸움이 일어났으리라. 하지만 류사이도 이미 이해했을 터다. 지금은 나의 비전을 따를 수밖에 없다는 것을. 류사이뿐만 아니다. 나 스스로, 나 자신이 그린 계획에 따라 달려가는 수밖에 없다는 것을. 달려간 종착점이 어디가 될지, 그곳에 무엇이 있을지도 모르는 채.

"이야기를 멋대로 진행하는 건 미안하다고 생각해. 하지만 의논하고 있을 여유는 없어. 지금이 중요한 시기라는 건, 진짜야. 당신이 해 주었으면 하는 일이, 그 밖에도 잔뜩 있어."

정말로 있는 걸까. 마음 없는 말에 마음 없는 대답밖에 돌아오지 않았다.

"문제없습니다요."

창문 너머에서 또 하나의 빛이 사라졌다.

문이 열리고 웨이터의 안내를 받으며 나카무라가 들어왔다. 내 지시대로 코트를 걸치고, 챙 없는 모자를 깊숙이 쓰고 있다. 재빨리 일어나 깊숙이 인사했다. 웨이터의 눈을 의식한, 교주를 맞이하는 문하생 연기다.

수상쩍은 일행 3명에게 붙임성 있는 웃음 하나 건네지 않는 이 웨이터가, 언젠가 대지의 모임에 관해 알게 될 날이 올지도 모른다. 회원이 될 수도 있다. 테이블 밑에서 발끝을 찔러 류사이도 일으켜 세웠다.

"선생님, 나오시라고 해서 죄송합니다."

이 가게로 정한 이유는 와인리스트에 앙드레 보포르가 있었기 때문이다. 바로 주문하고, 한 마디를 덧붙였다.

"가끔은 사치도 부려 주세요."

마지못해 일어선 류사이가, 매우 능숙해진 나의 연극에 몰래 콧방귀를 꼈다.

2

벌레 소리에 눈을 떴다.

꿈을 꾸고 있었다. 눈꺼풀을 들어 이곳이 3층 자신의 방이라는 것을 이해한 순간 꿈의 기억은 머릿속에서 날아가 버렸지만, 좋은 꿈이 아니었다는 건 확실하다. 식은땀을 흘리고 있었다.

아마 늘 꾸는 꿈이었을 거다. 내가 아직 길바닥에서 생활하고 있는 꿈. 공무원의 손에 공원에서 쫓겨나, 진눈깨비 같은 차가운 비를 맞고 있다. 혹은 배가 고파 떨리는 손가락으로 음식물 쓰레기 용기를 열어 물에 폭삭 젖은 포테이토에 절망적인 시선을 보낸다. 예를 들자면, 그런 꿈이다.

위쪽을 가만히 바라본다. 형광등 코드스위치가 바로 위에 매달려 있었다.

괜찮아. 천장이 제대로 있어.

고개를 돌려 방에 놓여 있을 컴퓨터나 워드프로세서, CD 오디오가 바로 거기에 있는지 확인했다. 오케이. 제대로 있다.

이쪽이 꿈은 아니겠지. 자신에게 그렇게 물었다.

벌레는 집요하게 귓가를 날아다니고 있다. 파리 날갯소리 같기도, 모기가 윙윙거리는 소리 같기도 했다. 아무튼 도쿄 도심지에서, 그것도 늦가을에 가까운 계절인데 별일도 다 있다.

얼굴의 땀을 닦으며 코드스위치를 당겼다. 밝아진 방을 둘러보기 전에 깨달았다. 벌레 따위 어디에도 날아다니고 있지 않다는 사실을. 날갯소리는 자신의 머릿속에서 들려오고 있었다.

머리를 크게 흔들어 본다. 역효과였다. 날개 달린 벌레는 두 마리가 되었다.

단순한 귀울림과는 다른, 기묘한 억양을 동반한 불쾌한 소리다. 듣고 있는 사이에 누군가의 속삭임 소리로 바뀔 것 같은 기분이 들기 시작한다. 황급히 오디오의 스위치를 눌렀다. 메디테이션 프로그램 시간에 틀 트랜스나 민속음악을 선곡하기 위해서, 늘 뭔가 CD가 들어 있다.

디지털시계가 표시하고 있는 시각은 3:48. 두 시간도 자지 않았다.

수면부족인데도 잠이 잘 들지 못하고, 게다가 금방 눈이 떠지는 상황은 요즘 늘 있는 일이었다.

조용한 음악을 고르고 이불에 누워봤지만, 금방 단념하고 다시 일어났다. 서랍에서, 몇 번이나 고쳐 그리고 있는 예배당의 스케치를 꺼냈다.

의사에게 처방받은 수면유도제는 전혀 듣지 않는다. 처음 있는 일은 아니었다. 2년 전에 클리닉에 다니게 된 변조(變調)도 불면증부터 시작되었다. 괜찮아. 나는 익숙해. 그때도 결국, 해결했잖아.

술을 마시고 억지로 잘까. 류사이가 두고 간 주방 수납장의 한 되짜리 술병이 머리에 떠올랐다.

아니. 고개를 젓는다. 술에 기대봤자 좋은 일은 하나도 없었다. 처음에는 괜찮아지지만, 금방 더욱 심한 불면증에 빠진다. 그 깨어 있는 정신을 억누르려고 더욱 술을 먹는 신세가 되었다.

류사이는 주량이 자랑인 모양이지만, 말 만큼 세진 않다. 요전에 호텔 바에서 마셨을 때도 위스키 반병에 꾸벅꾸벅 졸기 시작했다. 나라면 겨우 시동이 걸릴 양이다.

다행인지 불행인지, 마시려 작정하면 술은 얼마든지 마실 수 있다. 하지만 마시는 동안 뭐가 뭔지 알 수 없게 된다. 감정의 기복이 격렬해진다. 물건에 화풀이한다. 아니, 그뿐이면 다행이다.

미나코가 나간 이유를, 나는 짐작하지 못하는 것이 아니라 짐작가는 일들뿐이라 어느 것이 이유인지 알 수 없는 게 아닐까, 문득 그렇게 생각했다.

벽에 예배당 스케치를 붙인다. 몇 번이나 그러다 보니 벽도 도화지네 귀퉁이도 압정 구멍투성이다.

불면은 환영해야 할 일인지도 모른다. 일하자. 매상 계산을 할까. 새로운 상품 선별인가. 강론회 프로그램 작성도 시작해야지. 아무튼 최근의 분주함은 증권회사 시절, 한 달 잔업 2백 시간의 나날이 목가적으로 느껴질 정도이다.

장부를 넘기고 있는 사이에 숫자가 꿈틀거리는 개미처럼 보이기 시작했다. 눈가를 문지르고 예배당의 높은 탑을 바라본다. 이제 벽을 볼 것까지도 없었다. 어디로 눈을 움직여도, 그 기묘한 형태의 탑이 보인다.

손에는 어느새 컵을 쥐고 있었다. 옆에는 류사이가 반쯤 마시다 두고 간 한 되짜리 술병. 도저히 잠이 찾아올 양이 아니다.

아침까지 깨어 있기로 하고, 나는 술을 들이켠다.

날개 달린 벌레의 숫자가, 다시 늘었다.

3

"키지마 사무국장님, 손님이 왔어요."

화요일 낮, 외출했다 돌아오니 스태프 중 하나가 안내대 앞에 멍하니 서 있었다. 2층은 마음대로 써도 된다고 말해뒀는데.

"입회 희망자? 자네가 처리해도 상관없어."

고개를 옆으로 젓는다. 부기 자격증을 갖고 있다기에 대외적인 장부를 맡기고 있는 여대생이다. 얼굴이 굳어 있었다. 2층으로 이어지는 계단을 향해 겁먹은 시선을 흘리고, 소곤거리는 목소리로 말한다.

"아뇨, 그게 아니거든요. 갑자기 2층으로 올라와서, '야마자키는 있나?' 그랬어요. '여기에 있을 텐데'라고."

심장이 덜컥하고 울렸다. 야마자키. 나의 본명을 아는 사람. 지금의 내게 있어 제대로 된 사람이 아니라는 사실은 확실하다.

"야마자키라니 누굴까요?"

"아아, 나야. 입회하기 전 이름. 지금 이름은 오오시로 선생님에게서 받은 종교 이름이라고, 전에 얘기했잖아."

고개를 갸웃거렸다. 그야 그렇다. 누구에게도 얘기한 적은 없다. 알려진 이상, 조금씩 어필해가야만 하겠지. 키지마가 본명이 아니라는 점과 별로 숨기려고 한 것은 아니라는 점을.

"오늘은 그만 됐어. 고마워. 손님은 내가 응대하지."

대체 누구지? 마른 입술을 핥으면서 계단을 올라간다. 한 계단마다 마음은 뒷걸음질치고 있었다.

2층 사무실의 가장 안쪽, 내가 사용하는 책상 의자에 등을 기댄 그림자가 있었다. 문이 열리는 소리를 듣자, 넓은 어깨에 얹은 목이 천천히 뒤돌아본다.

"오오, 오랜만."

아는 사이는 아니었다. 이름도 모른다. 하지만 잘 아는 얼굴이다. 꿈에 나와 가위에 눌렸던 적도 있는 얼굴.

"1년만인가."

이마에 주름을 지으며 이를 드러낸다. 협박하고 있다고밖에 생각할 수 없는 웃음이다. 파충류 피부 같은 광택을 뿜고 있는 양복도 위협용이리라.

"벌써 그렇게 되었나."

시치미를 떼 본다. 극히 냉정한 목소리를 낼 수 있었다. 전에는 수화기에서 이 녀석의 목소리가 흘러나오기만 해도 머리가 새하얘졌는데.

정확히 말하자면, 1년하고 한 달 만이다. 추심업자다. 집을 버리고 인터넷 카페에서 살게 된 이유도, 이 녀석에게 쫓겨났기 때문이나 마찬가지다.

"잘도 여기를 알아냈군."

"뱀의 길은 뱀이 안다고 하잖아. 나한테서 1년이나 도망치다니, 반대로 어떤 의미론 굉장하다니, 당신."

고개 운동을 하듯이 방을 둘러보며 말한다.

"무슨 장사를 하는 거야? 종업원까지 두고 말이야."

종업원이 아니라 자원봉사지만, 물론 쓸데없는 설명은 하지 않는다.

"뭐, 덕분에."

"그럼, 슬슬, 내 주실까."

"얼마였더라."

의자를 회전시켜 이쪽으로 몸을 돌리고, 천장으로 눈알을 돌리며 대답했다.

"83만."

"어떻게 나온 계산이야?"

빌린 돈은 30만 엔이다. 사채 금리라고 쳐도 너무 높다.

"이자 플러스, 사죄비. 당신 도망쳤잖아. 당신을 찾기 위한 필요경비. 뭐, 내가 특별히 쳐주지. 즉납으로 전액 내주면, 80이면 돼."

이 녀석은 사채회사 종업원이 아니라, 추심만 하는 프로업자다. 금융회사가 원금만 돌려주면 감지덕지하며 고용하는 최종수단인 녀석들.

"말해두지만 변호사에게 울며 매달리거나 하는 건, 안 하는 편이 좋아. 바가지 쓸 뿐이니까. 내버리는 게 편해. 나중에 불쾌한 일은 겪고 싶지 않잖아?"

보란 듯이 하품을 하고 크게 기지개를 켠다. 그러자 소매에서 파란색과 붉은색의 독살스러운 그림이 드러난다. 이 문신도 1년 만이다. 무슨 무늬의 일부인지는 여전히 모르겠다.

안 그래도 이쪽도 일을 귀찮게 만들고 싶지 않다. 책상으로 가서 탁상금고의 다이얼을 돌린다. 며칠 분의 강습료로 치를 수 있는 액수다.

십만 엔씩 묶여있는 지폐 다발을 8개, 책상 위에 쌓아 올리자 놀란 표정을 지었다.

"오우, 이거이거. 씀씀이가 좋아졌구먼, 당신. 여기는 대체 뭘 하는 데야."

남자의 말에는 대답하지 않고, 내밀어 온 영수증을 받아든다.

"어떻게 이곳을 찾아낸 거야."

이런 일도 있을까 싶어 주소는 옮기지 않았었는데. 이번에는 상대가 들리지 않는 척을 할 차례였다. 남자는 새끼손가락으로 귀를 후비며 얼굴을 돌린다.

"참고삼아 듣고 싶은데."

3만 엔을 책상에 내던진다. 그 소리는 들린 것 같다.

"사실은 기업 비밀이지만, 기분 좋게 지급해 주셨으니, 뭐 좋아."

목뼈를 울리고 나서 위협에 가까운 웃음을 지어 온다.

"수도국에 전화하게 시켰거든, 이거한테."

귀에서 뽑아낸 새끼손가락을 치켜든다.

"당신 이름으로, 여자한테 이렇게 말하게 하지. 요금청구서가 오지 않았다. 주소변경신고를 했는데 대체 어디로 보내는 거야, 라고 말이지."

3만 엔 효과인지, 새끼손가락에 이어 엄지손가락을 펴서 '전화'하는 흉내까지 인심 좋게 덧붙였다.

"여자인 편이 상대가 경계하지 않아. 수도요금이잖아. 마누라가 거는 게 자연스러우니까. 수도가 틀렸으면 전기회사. 전기가 안 돼도 가스회사에 문의하면 돼. 뭐, 동사무소가 제일 허술하지."

확실히 어디로 행방을 감추려 해도 가스나 수도, 전기는 새로운 주소에선 반드시 필요하다.

"저쪽도 당황해서 조사하지. 미회수 민원인가 싶어서 말이야. 당신 이름을 컴퓨터에 치면 금방 나와. 지금 사는 곳이. '어쩌고저쩌고 구의 여기여기로 보냈습니다만'하고 대답이 오면, 바로 메모하고서 '어라, 이상하네, 그거 맞는데' 뭐 그렇게 얼버무리고 전화를 끊지."

어떤 일에도 독자적인 노하우가 있는 법이다.

"당신 경우는 그 방법을 써도 한참은 알 수 없었어. 뒈졌나 생각했다고. 처음에는 우체국에 문의했지. 도망쳐 다니는 녀석이라도, 대개 주소변경은 해놓으니까 말이야. 그런데 그 신고도 당신은 안 했어."

필요가 없었다. 연락을 받아야 할 상대도 연락해야 할 상대도 없다.

"한때는 단념했지. 이쪽도 바빠서 말이야. 2년 이상 찾을 수 없는 경우에 나는 '고객 리스트'에서 빼놓고 있거든. 마지막으로 한 번이라는 생각으로 걸어 봤더니, 여기에 도달한 거야."

"과연."

"차도 안 나오는데 너무 떠들었군. 그럼."

일어서서 이쪽에 등을 돌린 파충류 피부에 말을 걸었다.

"당신, 추심 외의 일도 하나?"

"수금 전문인 건 아니라서. 뭐든 해, 조건만 맞으면."

남자는 '조건'이라는 부분에서 손가락으로 원을 만들어 보인다. 나는 책상에 십만 엔짜리 다발을 쑥 내밀었다. 고객 리스트가 어느 정도의 숫자인지는 모르겠지만, 야쿠자치고는 어중간한 일이리라. 큰돈을 벌고 있는 것처럼 보이지는 않았다.

"귀찮은 수고를 들게 해 미안했군, 팁이다."

"이거, 고맙구먼."

뱀처럼 재빨리 돈을 문다.

"혹시 괜찮으면, 연락처를 가르쳐 주지 않겠나."

남자가 품을 뒤적인다. 권총을 뽑을 듯이 꺼낸 것은, 악어가죽으로 만든 명함케이스다. 몇 번 봐도 위협당하고 있다고밖에 생각되지 않는 웃음을 띤 얼굴로 남자는 말했다.

"미츠오카다. 분부가 있으시면, 뭐든지."

4

토요일 오후의 초급자강습에는, 매번 정원 만석인 50명이 모인다. 이 중 반수가 체험입문자. 참가는 그들이 우선이다. 남은 반수는 일주일 중에 가장 배율이 높은 예약을 쟁취한 회원들.

내용은 심신정화 메서드와 메디테이션 프로그램을 조합한 것이다. 힐링 체조와 호흡법강습 30분에, 명상의 시간 45분, 명상 도중에 나타나 그대로 메디테이션으로 이어가는 나카무라를 대신해 내가 '오오시로 교주의 메서드'를 10분 정도 강의하고, 마지막으로 나카무라가 짧게 이야기한다. 조금 더 그다음 얘기를 듣고 싶게끔 하는, 고작해야 2분 정도의 강연이다. 휴식을 포함해 약 1시간 반의 스케줄.

한 사람 한 사람의 공간은 다다미 한 장만큼도 되지 않아, 고작해야 요가 매트 한 장 크기다. 정원 50명이란, 요가 매트를 서로 겹치듯이 깔고, 스태프가 어떻게든 걸어 다닐 수 있는 공간을 남길 수 있도록 아슬아슬한 넓이로 산출한 것이다.

정식으로 임대계약서를 교환하고, 다음 주부터 개장 작업을 시작하는 '대지도장'이 개설될 때까지, 조금만 더 참으면 된다. 다만 넓이가 배는 되는 새로운 도장에, 백 명을 집어넣을 생각은 없다. 당장은 매회 커리큘럼의 정원을 75명 정도로 유지할 생각이다.

사람이 갖고 싶어 하는 건, 뻗으면 언제든 손이 닿는 것이 아니라, 쉽사리 손에 들어오지 않는 것인 법이다. 그래서 주말은 예약 없이는 참가할 수 없는 상태를 유지한다. 행렬이 있기 때문에 행렬이 길게 늘어서는 것이다.

요가 매트 사용은 강제는 아니다. 하지만 기존 회원은 이것 없이는 공간 확보가 잘되지 않는다는 것을 알고 모두가 지참한다. 이것도 강제는 아니지만, 사용하는 건 대지의 모임에서 판매하고 있는 '공식 상품'이다. 흙으로 돌아가는 소재라는, 일반적으로 그다지 유통되지 않는 마이너한 물건을 잡화점에서 싸게 대량 구매했다. 수수료 외에 대지의 모임에 약간의 기부를 받고 있다고 회원들에게 양해를 구하고, 본래 가격의 1.3배인 5천 엔에 판매한다.

잡화점에는 25프로 할인을 받아냈으니 한 장당 이익은 2천 엔 정도이지만, 입문이 결정된 사람은 문화센터의 교재처럼 반드시 이것을 구입하기 때문에, 무시할 수 없는 수익이 된다.

요가 매트 중에는 이것과는 별도로 한층 크고 두께가 있는 1만 엔짜리 공식상품도 있다. '이제 막 들어오신 분들에게 큰 지출을 하게 만들고 싶지 않다. 선생님께서 그렇게 말씀하셨기 때문에'라고 설명하며, 이쪽의 고급 공식상품 구입은 '첫 참가 이후로 6개월 이상이 지나신 분들만'이라는 규칙을 만들었다. 그래서 초급자용 백색과는 일목요연한 이 하늘색 매트를 가진 회원은, 지금 현재 츠보이 가즈코를 비롯한 극히 초기부터 있던 회원들뿐이다.

"회원들에게 상하 구별은 없다."

오오시로 교주에게는 그렇게 말하게끔 시키고 있지만, 요가 매트 색깔은 계급제도 그 자체다. 콧대 높은 츠보이 가즈코나 사사키 하루미 등을 아니꼽게 생각하면서, 선망의 시선을 향하는 6개월 미만의 회원들도 반년이 지난 순간 앞다투어 사들일 것은 틀림없었다.

각종 상품도 판매하고 있다. 샘플만 구비하고 한 사람씩 주문해서 공급하는 시스템이라고 회원들은 알고 있지만, 실제로는 이쪽 상품들도 대량 구매로 싸게 매입하고 있다.

요가 매트용 캐리어 백이나 의상의 매출이 좋을 거라고 예상하긴 했지만, 그저 상품을 갖춰놓기만 할 생각으로 견본품에 더해 두었던 자세용 벨트나 블록 같은 요가 보조용품도 인기가 있는 것을 보고 실은 나도 깜짝 놀랐다. 본토 요가가 아닌 힐링 체조강습에는 본래 필요가 없는 용품이다. 하지만 부인부의 회원들은, 무조건 '물건'을 갖고 싶어 했다. 오오시로 교주와 사소한 물건까지도 이어지고 싶은 욕구가 있어서였다.

티셔츠와 타월은 오리지널프린트다. 티셔츠는 대지의 모임 심벌 컬러인 오렌지색으로 나카무라의 얼굴 사진이 들어가 있다. 등에는 크게 '대지'라는 글자. 이것을 입고 다니는 회원들은, 걸어 다니는 광고판이다. 대지(大地)의 '대(大)'이기도 하고, 오오시로(大城)의 '대(大)'이기도 한, '대(大)'라는 글자를 모티브로 한 펜던트도 있고, 나카무라가 이따금 손목에 감는 미산가[11]도 판매하기 시작했다. 대지의 모임이 공인한 비올로지끄 식품도 이것저것 주문할 수 있다.

가게나 인터넷 등으로 가격이 알려지기 쉬운 상품은 추가금액을 아주 약간, 때로는 원가 그대로 판매하며 양심적인 면을 보이고, 원가가 발각되지 않을 만한 상품은 30프로, 40프로 이익을 붙여 판매하고 있다.

류사이의 말이 맞다. 확실히 '쪼잔하다'고 자신도 생각한다. 하지

---

11) misanga : 자수 실이나 리본으로 만든 팔찌. 닳아서 저절로 끊어지면 소원이 이루어진다 하여 목욕할 때에도 풀지 않고 팔에 감아 두는 일종의 부적.

만 비즈니스란 그런 것이다. 단가 백 엔짜리 상품이나 순이익 몇 엔짜리 제품을 파는 대형 브랜드를 아무도 '쪼잔하다'고는 하지 않으리라.

돈이 얽힌 일은 류사이와 둘이서(류사이는 내켜 하지 않으니 실질적으론 거의 나 혼자서) 담당하고 있다. 실무뿐만이 아니라, 슬슬 돈 계산이나 자금관리에도 스태프가 필요한 참이다. 대지의 모임 실체를 어디까지 알리지 않고 쓸 수 있을지, 혹은 실체를 알고도 협력을 아끼지 않을 사람을 만들어야 할지. 이것이 문제인데——.

힐링 체조의 참가자가 늘어남에 따라, 제대로 시범을 보이지 못하는 나의 얄팍한 지식 위의 지도로는 더 이상 얼버무릴 수 없게 되었다. 지금은 회원 중에 소질이 있는 사람들을 인스트럭터로 삼고 있다. 한 사람은 전직 남자 체조선수인 프리터[12]. 평일은 대개 편의점 아르바이트 시간표를 강습 스케줄에 맞추고 있는 그가 맡고 있다.

또 한 명은 요가 경험이 있는 30대의 주부. 요가 경력 10년. 실제로 인스트럭터도 해봤다고 한다.

회원이 30명을 넘었을 무렵, 그녀가 처음 이곳을 방문했을 때는 식은땀을 흘렸다. '기존의 요가에 질려서'라며 요가용 의상과 매트를 껴안고 찾아왔었다. 실제로 요가 따윈 해 본 적도 없는 나 나카무라의 요가 비슷한 몸짓이, 언제 가짜라고 규탄을 당할지 몰라 정신이 하나도 없었다.

그녀는 나카무라의 '바카아사나'를 한번 보고 이런 말을 흘렸다.

"처음으로 진짜 요가를 배웠습니다."

나카무라의 용모와 나의 연출, 선입관으로 흐려진 그녀의 눈 덕분

---

12) フリーター : (일본 조어) 구속을 싫어해, 정직으로 일하지 않고 아르바이트로만 생활해 가는 젊은 사람.

이었다. 보증을 얻은 나카무라의 바카아사나는 이후, 회원들의 한층 높은 칭송을 모으게 되었다.

입회한 지 얼마 되지 않은 사람이 지도를 맡는다는 사실에 의심이나 불만을 품을 것을 우려해, 어느 날 초기부터 있는 회원들을 모아, 나카무라의 입으로 이런 말을 하게 시켰다.

"모두가 서로 전달하고, 서로 가르치고, 서로 보충한다. 이것이 우리들의 모임입니다. 어떤 한 가지 일에 우수한 분이 있다면 그분은 그 지혜와 지식이며 지능을 남에게 전해줄 의무가 있다고 생각합니다."

선임들이 고분고분하게 그 말을 들었다고는 하기 어려웠다.

나카무라는 '정직히 말해, 우리가 사람이 부족하다는 사정도 있습니다. 키지마의 마른 모습을 보십시오. 무엇보다 두 분은 내게는 없는 유연성이 있어요'라고 덧붙여 회원들을 웃게 하고서, 진지한 얼굴로 돌아와 이야기를 이어갔다.

"여러분 한 분 한 분, 모두가 남들에게는 없는 무언가를 가지고 계시다고 생각합니다. 그것은 뭔가의 기술일지도 모르고, 캐리어일지도 모르고, 남에게는 전하기 어렵지만 확실히 존재할 터인 정직함이나 깨끗한 마음일지도 모릅니다."

여기서 십팔번인 가슴에 한 손을 대는 포즈. 그리고 저마다 자신을 봤다고 믿게 만드는, 한쪽 끝에서 다른 쪽 끝까지 움직이는 시선의 흐름.

깨끗한 마음은 누구나가 자신이 있는 모양이다. 기술이나 캐리어라는 단어에 고개를 갸웃거리고 있던 츠보이를 비롯한 부인부의 목소리 높으신 분들이 순간 납득한다는 표정을 짓는다.

"어쩌다 보니 두 분에게 개별 지도를 부탁했습니다만, 심신정화는 우리들이 해야 할 일의 아주 일부입니다. 다른 기회가 온다면 또 다른 분의 힘을 빌리게 될 것으로 생각합니다. 그때는 부디 잘 부탁합니다. 당신의 힘을, 우리들에게 빌려 주십시오."

마지막에는 나카무라에게 고개를 숙이게 시켰다. 교주가 슈퍼맨일 필요는 없다. 솔직함도 카리스마 중 하나다.

당사자인 인스트럭터들에게도 당혹감과 불신이 있었으리라. 그들은 개인면담을 통해 나카무라의 뜻을 알려 설득했다.

"수행이란 시간의 길이가 중요한 것이 아닙니다. 당신이 지도원이 되어 주실 분야에 관해, 내가 가르칠 수 있는 것은 아무것도 없습니다. 이쪽이 배우고 싶을 정도예요. 저분들을 지도하는 일도 수행이라고 생각해 주십시오."

불신감을 품기는커녕, '당신의 젊음이 부럽군요. 나도 이제 늙었네' '당신 자신은 깨닫지 못했을지도 모르지만, 당신의 자세는 한숨이 나올 정도로 아름다워요' 교주에게 직접 추켜세워진 인스트럭터들은, 내가 창작한 텍스트에 기초해 희희낙락하며 지도를 담당하고 있다.

인스트럭터는 회원 중에서 '교주로부터 특별한 힘이 있다고 인정받은 자'. 한 번 이 규칙을 놓으면 나머지 일은 간단하다. 커리큘럼 참가자가 늘고 더욱 많은 인재가 필요해지면, '특별한 힘'을 가진 사람을 내부에서 스카우트하면 된다. 물론 인스트럭터들은 강습료가 면제지만, 보수도 없다. 그들에게 주어지는 건, 하늘색 요가 매트 소유자보다 더욱 높은 존재라고 다른 회원들에게 평가받는다는, 표면적으로는 존재하지 않을 터인 모임 내의 상류 지위다.

실패도 있었다. 토요일 담당을 사이토 마유미로 정한 것이다. 그녀의 경우는 자기 추천이다. 사이토도 요가 경험자로, 초기 회원 중에서는 자세가 가장 뛰어났다. 주말 인원수가 부족하다는 사정도 있었고, 옥션을 열 때마다 최고액을 지출해주는 '단골 고객님'을 매정하게 대하지도 못해, 주부 인스트럭터가 사정으로 오지 못하는 날에 대행을 허가한 것이 잘못이었다.

이것에 반발해 몇 명의 선임 여성회원이 탈퇴해 버렸다. 그 후에는 얼마 안 있어 그녀도 조금씩 인스트럭터 중 한 명으로 받아들여졌다.

돈 씀씀이가 좋은 것도 당연했던 이유는, 그녀는 긴자의 유명한 가게 호스티스였다. '토요일은 가게가 쉬는 날이라 한가해서'라는 것이 자기 추천의 이유였지만, 진짜 목적은 이날만은 오랫동안 얼굴을 내미는 나카무라이었으리라.

졸린 걸 참으며 강습을 지켜보고 있으려니 KAZZ가 등을 두드렸다.

"괜찮으세요. 피곤한 거 같은데."

"아아, 선 채로 메디테이션하고 있었을 뿐이야."

아저씨의 시시한 농담에도 사교적인 웃음을 지어 준다. 보기와 달리 순수한 호청년인 KAZZ도 메디테이션 프로그램 인스트럭터다. 누구보다도 '수행'에 불타고 있던 그는 '나 같은 걸 쓰면 안 된다니까요'하고 진심으로 고민했던 모양이라, 승낙 답변을 받는데 2주가 걸렸다. 입회한 지 몇 달 만에 인스트럭터나 내부 스태프로서 일하는 것에 의문을 품지 않으며 특권 의식에 남몰래 가슴을 젖히고 있는 무리들보다도, KAZZ 같은 순수한 반응 쪽이 반대로 무섭다.

KAZZ를 필두로 하는 열렬한 신자, 특히 청년부 무리들은 아이처럼 눈을 빛내며 여러 가지 일들을 듣고 싶어 한다. 특히 대지의 모임

창설에 대해서.

무심코 모순된 말이 튀어나오지 않도록, 대지의 모임 전사(前史)에 관해서는 류사이와 꼼꼼히 의논해 두었다. 간추리면 이런 스토리다.

오오시로 타케토는, 원래 유타로서의 자질이 있었다. 고향인 타라마 섬에서, 불의 신 히누칸의 목소리를 듣고, 종교가로서 살아갈 결의를 한다.

각지를 유랑한 끝에, 노숙자나 마찬가지인 고고한 길 위의 종교가가 되었다. 오오시로 타케토에게 감명을 받은 오사나이와 키지마가 그를 위해 빌린 맨션의 한 방이, 예배소 겸 최초의 본부. 지금은 이미 그곳에서 퇴거했다. 도쿄 히어링 센터는 문하생을 두는 것에 극히 소극적인 오오시로를 어떻게든 세상에 내보내고 싶다고 두 사람이 의논한 끝에, 빈곤한 재산을 털어 개설한 시설이다.

이 비즈니스를 계획했을 무렵, 그 자리를 모면하기 위해 되는대로 얼버무려 왔던 부분들이, 점점 자신들의 족쇄가 되기 시작하고 있다.

회원들을 일단 납득시키기는 했지만, 오오시로가 유랑했던 시기와 장소, 키지마와 오사나이가 만나게 된 시기는 여전히 유야무야한 채로 있다. 나카무라 본인에게 노숙자가 되기 전에 무엇을 했었나 하는 기억이 없기 때문이다.

나카무라의 얼마 안 되는 말을 주워 모아, '고등학교를 나와 몇 년간 자동차 공장에서 일했다'는 것까지는 알았다. 하지만 본인이 '그 이후의 일은 생각나지 않는다'고 하는 이상, 그다음은 나도 알 수 없었다. 공장의 장소와 이름도. '공장에서 머리를 부딪치는 사고를 당한 거 아닌가, 그래서 일할 곳이 없게 된 걸 테지'하고 류사이는 말한다. '신경 쓰이면, 흥신소를 써볼래?'라고도. 당치도 않다. 이것은 대지의 모임 일급비밀이다. 순간 미츠오카의 얼굴이 떠올랐지만, 그만두기로 했다. 협박거리가 될지도 모른다.

나카무라는 지금 서른셋. 10년의 공백이 대지의 모임의 토대를 위태로운 동굴로 만들고 있다는 건 알고 있다. 언젠가 누군가가 교주 오오시로를 가리켜, '저 녀석은 ○○다'라고 소리 높여 외치는 날이 올까 봐 나는 두려워하고 있었다. 대지의 모임이 커지면 커질수록 그 위험성은 부풀어간다.

하지만 나도 류사이도 그 사실을 잊은 듯이 굴고 있다. 회원들의 호기심이나 종교적 향상심에 응하기 위해서는 좀 더 면밀한 거짓이 필요하지만, '우리도 선생님의 경력은 확실히 모른다. 한심하지만, 아직 수행이 부족해 100프로 신뢰를 얻지 못하고 있는 것이라 생각한다. 언젠가 선생님 본인의 입으로 설명이 있기를 우리도 기다리고 있다' 같은 대답을 하고 있다.

어쩌면 모르는 편이 나을 수도 있다. 모르는 것이 면죄부가 되는 것이다. 허구를 지나치게 구축하면, 만약 나카무라의 진짜 경력이 폭로되었을 때 더욱더 곤란해질 것이다. 교주로서의 지금과 너무나 동떨어진 경력이 있었을 경우, 남들이 눈살을 찌푸릴만한 과거가 있었을 경우에. 노숙자까지 된 인간이다. 범죄 이력이 있어도 놀라지는 않을 것이다.

서로 입 밖에 내지는 않지만, 나도 류사이도 그 순간이 오면 '우리도 몰랐다, 완전히 속았다'고 책임을 모면하며 나카무라를 잘라버릴 생각이다. 지독한 얘기라는 건 알고 있지만, 만약 그렇게 되어도 나카무라는 우리를 비난하지 않고 담담히 자신의 운명을 받아들일 듯한 기분이 들었다. 제멋대로의 상상이지만.

사이토 마유미가 수강자 중 한 명을 향해 부루퉁한 목소리를 냈다.

"당신, 그 안경 벗어요."

손가락을 들이밀고 있는 건, 앞줄 부근의 체험입문 여성이었다. 수수한 남색 운동복 상하의에 긴 머리카락을 간소한 포니테일로 묶고 있다. 자그마한 얼굴 반을 덮은 옅은 색이 들어간 패션 안경만이 튀어 보였다.

"그거 근시용 아니잖아요. 당신 강습을 얕보는 거예요?"

가느다란 변명의 목소리가 들렸다.

"……죄송합니다, 사정이 있어서."

"사정이라니 뭐요? 화장하는 걸 있었다든가, 그런 사정? 돌아가요. 돌아가든가, 벗든가. 둘 중 하나를 해요."

하는 수 없다는 듯이 여자가 패션 안경을 벗는다. 금세 얼굴을 숙여 버렸다.

"저기요, 저기요, 키지마 사무국장님, 저 사람 혹시──."

KAZZ가 어깨를 찔러 온다.

"저거, 요시에 카야 아닌가요."

"누구?"

"누구냐니, 요시에 카야라니까요. 진짜, 확실해요."

"뭐하는 사람이야?"

"설마, 몰라요? 유명하다고요. 요즘은 버라이어티 같은데도 나오잖아요. 그 왜요, 그 영화의 주연──."

아는 게 당연하다는 말투로 영화 타이틀을 말하지만, 이것도 들은 기억이 없었다.

"과연 종교가. 세간에 어두우시네요."

묘한 데서 진짜 취급을 당해 버렸다. 다만 텔레비전은 그다지 보지 않는 편이고, 미나코가 떠나고 회사를 잘리게 되었을 즈음에는, 어쩌다 틀어봐도 내용 따윈 머리에 들어오지 않았다. 브라운관의 불빛이나 바라보고 있었지.

노숙자가 되고 나서는 당연한 일이고. 분주한 지금도 그것은 바뀌지 않았다. 3층에 둔 19인치 텔레비전도 류사이가 갖고 싶어 해서 산 것이고, 나갈 때 '나는 LED로 경마 중계를 볼 거니까, 당신한테 주지' 그렇게 말하며 가지고 가지 않았기에 두고 있을 뿐이다.

"저 사람, 분명 DJ하고 사귀고 있다니까요. 게스트 쇼 쪽 안면으로 요전 레이브에 왔었는지도. 위험해. 굉장하잖아. 우리한테도 드디어 유명인이 오게 된 건가."

서른이 될 듯 말 듯한 나이의 여자다. 여기서는 고개 숙인 옆모습밖에 보이지 않았지만, 이것저것 세공을 들일 수 있는 정면에 비하면 미추(美醜)를 얼버무릴 도리가 없는 옆얼굴은, 과연 단정하다. 인공적이지 않은 아름다움이었다.

사이토는 그것이 마음에 들지 않는 모양이었다. 다시 뺨을 때리는 듯한 목소리를 날린다.

"거기, 앞을 제대로 봐요."

여자가 각오를 굳힌 듯이 얼굴을 똑바로 향한 순간, 사이토가 모래화장실 냄새를 맡는 고양이 같은 표정이 되더니, 교성을 질렀다.

"……어라? 혹시, 카야 씨? 요시에 카야죠? 꺄――앗."

장내가 술렁였다. 자세를 멈추고 고개를 뺀는 이, 옆 사람과 속삭이는 이, 일어서서 얼굴을 보러 가는 이. 강습할 분위기가 아니다.

"아, 알아, 저 사람."

"어? 요시에 카야?"

"진짜다."

나는 두 손을 마주치며 소란을 진정시킨다.

"여러분, 조용히. 강습 중이랍니다. 얘기는 휴식시간에 부탁합니다."

웅성거림은 좀처럼 잦아들지 않는다. 다들 어쩐지 자랑스러운 모양이었다.

종교단체의 추진력 중 하나인 '자신의 신앙을 남에게도 인정받고 싶다'는 욕구가, 한 유명인의 방문으로 채워졌기 때문이다. 누구나 머릿속에 이런 말이 떠오르고 있을 터. '저 사람도 주목할 만한 단체에, 내가 소속되어 있어'. 선임 회원에게는 여기에 또 한 마디가 덧붙여진다. 훨씬 전부터.

사이토도 상대가 연예인임을 안 순간 경쟁하려는 마음이 사라진 모양이라, 강습도 잊고 와이드 쇼 최고의 가십을 쳐다보는 듯한 시선을 여자한테 향하고 있었다.

사이토와 시선이 마주치자, 헛기침을 하고 나무라는 척하면서 나는 생각하고 있었다.

인재활용에 관한 새로운 아이디어를.

다른 회원에게 거드름 피우는 듯 보이지 않으면서 요시에 카야와 얘기를 할 수 없을지 나는 계속 궁리했지만, 예상했던 대로 쉽지 않았다.

휴식시간이 되자 그녀를 둘러싸고 멀찍이 원이 생겼다. 부인부 중장년은 넉살 좋게 말을 건다. 요시오카 마사에는 색종이 대신 입회안내 팸플릿을 내밀고 있었다.

청년부 무리는 '이럴 때는 내버려 두는 게 매너'라는 듯이 평정을 가장하고 있었지만, 다들 동료가 보지 않는 틈을 노려 시선을 던지고 있었다. 과연 패션 안경을 쓰고 싶어질 만하다. 메디테이션 프로그램이 시작되기 직전, 그녀는 가장 뒷줄로 자리를 옮겼다.

찬스는 마지막의 마지막 순간에 찾아왔다. 몇 분 남은 종료시간을 기다리지 않고 그녀가 자리에서 일어선 것이다. 소동이 일어나기 전에 돌아갈 생각인 모양이었다.

뒤를 쫓아 교실에서 나간다. 어디까지나 '일일 체험입문자'를 전송하기 위해서.

대기실 공간의 반은 현재, 커튼으로 구분한 여성용 탈의실로 되어 있다. 그녀는 멍하니 멈춰 서 있었다. 운동복을 갈아입어야 할지, 이대로 나가야 할지 망설이고 있는 듯 보였다.

"어떠셨습니까, 체험입문은?"

조용하게 목소리를 건넬 생각이었는데, 그만 놀라게 한 모양이었다. 호리호리한 등이 움찔하고 펴졌다. 이쪽을 향해 돌린 커다란 눈동자는, 외적(外敵)의 출현에 겁을 먹은 작은 동물처럼 흔들리고 있었다.

"꼭, 다시 와 주십시오."

입술만으로 미소를 지을 뿐이었다. 만드는 데 익숙해진, 하지만 그다지 감정이 담겨 있지 않은 웃음 띤 얼굴. 대답 대신인지 안내대에 쌓인 '대지의 목소리'를 가리키며 처음으로 목소리를 낸다.

"책, 살 수 있을까요."

여배우라고는 생각되지 않는 불안한 목소리였다.

"몇 권이십니까."

평소 회원들에게 하듯이 건넨 말은, 그만 고개를 갸웃거리게 만들었다.

"……아, 네. 한 권."

아직 입회를 망설이는 단계인가. 요가 매트도 사지 않았다. 처음부터 입회를 마음속으로 결심하고 있는 체험입문자는 강습 전에 매트를 산다.

극히 평범한 체험입문자를 대하듯이 돈을 받고 책을 건넨다. 잔돈을 돌려주면서 처음으로 그녀의 얼굴에 눈을 돌리고 말해 보았다.

"뭔가 고민하고 계시지는 않으십니까."

어떻게 알았지 —— 라는 얼굴이 되었다. 저는 안답니다. 이 말을 듣고 '아니요'라고 하는 사람은 보통 없다는 사실을. 내 마음속을 들여다본 건가 —— 하고 놀란다는 사실을.

"오오시로 선생님께서, 그렇게 말씀하셨습니다. 도움을 드려야 할 사람이 오늘도 몇 분인가 와 계시다고. 그중 한 명이 당신이었습니다. 부디, 꼭 이곳에 와 주십시오."

"저 같은 게 오면 폐가 되는 게 아닌지?"

당치도 않다고 하는 대신에 고개를 저어 보였다.

"혼자서 고민하지 마십시오. 당신의 고민을 우리들의 고민처럼 생각해봅시다."

자신을 모르는 인간처럼 행동하는 나의 언동에, 그녀는 마음이 편안해진 모양이었다. 이번 웃음에는 감정 같은 것이 싹트고 있었다. 그야 그렇지. 정말로 모르니까.

웃는 얼굴이 사라지기 전에 다그친다.

"한 번, 카운슬링을 받아보시는 건 어떠실까요."

"저분의?"

닫힌 문 너머로 흘깃 시선을 준다. 메디테이션 도중에 나타난 나카무라를 말하는 모양이다. 아까부터 눈치채고 있었다. 그녀가 나카라의 용모나 존재감에 특별한 흥미를 품지 않고 있다는 사실을.

고개를 옆으로 젓고서 대답했다.

"아니요, 카운슬링을 담당하는 분은 선생님이 아니십니다. 오사나이 사범대리라는 사람입니다."

류사이도 꽤 기뻐하리라.

여배우를 상대로 하는 일인극을.

5

"이이무라 군, 잠깐 괜찮을까."

인파 속에 말을 건네자, 실제 나이보다 몇 살이나 위로 보이는 둥근 얼굴이 돌아보았다.

도쿄 히어링 센터의 좁은 로비와 그 앞에 뻗은 복도에는 사람들이 흘러넘치고 있었다. 일요일 오후의 메디테이션 프로그램이 방금 끝난 것이다. 담소하거나, 뜨겁게 이야기를 나누거나, 안내대 안의 상품

을 품평하거나, 아까 단 5분만 등장했던 교주 오오시로가 나오지는
않을까 하고(오늘은 3층에 들르지 않고 돌아가 버렸으니 헛수고지만)
계속 기다리거나 하면서.

　메디테이션 프로그램 참가자 중에는 젊은 사람들이 많았고, 그 중
적지 않은 수가 레이브를 계기로 입회한 무리들이다. 그 모습은 마치
악한 밴드 라이브가 끝난 직후 같다. 금색 사리를 몸에 걸친 이이무라
타쿠토는 싫어도 눈에 띈다.

　"하?"

　안내대 안에 서 있는 타쿠토는 판매원을 자청하며 나와 있었다.
오늘은 강습 예약을 하지 못했을 터이지만, 그에게는 그런 건 상관없
었다. 사흘이 멀다 하고 찾아온다. 수강료를 다 내기 어려운지, 최근
에는 커리큘럼에 참가하지 않고 2층 스태프 룸에서 컴퓨터를 만지작
거리거나 안내대에서 멋대로 가게 당번만 하다 돌아가는 일도 많았
다. 아무튼, 청년부 회원 제1호. 개관 중인 시간이라면 묵인하고 있었
다.

　"할 얘기가 있는데."

　참가자들의 시선이 타쿠토에게 모인다. 모두의 주목을 받으며 타
쿠토는 번쩍이는 가슴을 뒤로 젖혔다.

　"뭔가요."

　"여기선 뭣하니까, 2층으로 와 주지 않겠나."

　뚱뚱한 몸이 점점 젖혀졌다.

　2층의 사무실에는 스태프들이 있을 때가 많지만, 일요일은 나만
사용하고 있다. 회원들에게는 보여줄 수 없는 장부 정리를 하기 위해
서다.

회원수가 2백을 넘었을 무렵에 세무서에 개업신고서를 냈다. 사업 내용은 '문화 살롱'. 절세를 위해서 회사를 조직화하는 것도 생각하고 있다. 하지만 어느 쪽이든 종교법인이라면 내지 않아도 될 돈을 잔뜩 물릴 것 같다. 종교법인으로서 허가받으려면, 조건이 갖춰진다 해도 2, 3년은 걸린다. 어떻게든 그것을 단축할 지름길을 찾고 싶은 참이다.

권할 것까지도 없이 타쿠토는 멋대로 의자 중 하나를 골라 주저앉는다. 캔 커피를 대접하고 말을 꺼냈다.

"자네의 의견을 들려주었으면 하네."

타쿠토의 콧구멍이 커진다. 방금 말을 다른 사람이 듣지 못하는 것이 아쉬운 모양이다.

"의견? 의견이라니 뭐에 대해서, 요."

존댓말과 공손한 말을 잘 쓰지 못하는 말투는 여전하다.

"요시에 카야 씨의 얘기는 들었나."

"요시에? ……아아, 그 사람."

흥미가 없다는 듯한 말투지만, 아직 한참 인생 수행이 부족하다. 비스듬하게 위쪽으로 시선을 띄우고 있는 얼굴에는 신경 쓰여 어쩔 줄 모르겠다고 적혀 있다.

"뭐, 일단."

"그 사람, 입회를 희망하고 있는데, 어떻게 된 걸까."

"어……뭐? ……어떻게 된 거고 뭐고 들어와 주면……아니, 들어오게 해 주면 되잖아요."

"유명인이잖아. 어떤 사람이야? 자네라면 나보다 조금은 더 알 테지?"

사실 대략적인 사항은 어젯밤에 조사를 끝냈지만, 속세 사정에 어두운 종교가인 체하며 물었다. 그와는 해온 거짓말의 가짓수가 다르다. 타쿠토는 간단히 걸려들어, 요시에 카야도 모르냐며 어이없다는 표정을 짓는다.

"나도 그렇게 많이 아는 건 아니지만."

하고 어색한 양해를 구하면서, 상세한 데이터를 설명해 주신다.

32세. 후쿠오카 현 출신. 18세에 여배우 데뷔. 22세에 주연한 영화 '하얀 까마귀'가 히트. 영화상 신인상을 휩쓸었다. 단정한 외모와 현실세계와 유리된 존재감이 기예(技藝)의 감독들 마음에 들어, 텔레비전 드라마가 아닌 영화를 중심으로 활동하고 있다. 다만 최근 1, 2년 사이에는 출연작이 없고, 드라마나 버라이어티 프로, 광고에 등장하고 있다.

타쿠토는 그녀의 나이에 '아마도'라는 단서를 붙였지만, 정확한 숫자다. 생년월일이나 공식 사이트에는 비공개로 되어 있는 쓰리 사이즈를 알고 있어도 이상하지 않을 만한 달변이었다.

"우리 색깔과 맞으려나. 유명한 사람이 들어오는 건 양날의 검이라고 생각하는데."

양날의 검이라는 말에 눈썹을 모은다. 뜻을 이해하지 못한 모양이지만, 타쿠토는 지당하다는 얼굴로 끄덕인다. 자신이 모르는 정보는 무시 혹은 아는 체하는 것이 그의 방식이다.

"유명한 사람이 입회하면 모임은 주목을 받을 테지. 사무국장으로서는 환영해야 할 일일지도 모르지만, 묘한 사정 때문에 소란스러워지는 것은 피하고 싶거든. 그 사람은 스캔들 같은 건 없나?"

"남자관계라는 뜻이에요? 글쎄……."

시치미를 떼고서, 생각났다는 척하며 말하기 시작한다.

"아마, 뮤지션과 사귀지 않았던가. 그다지 유명한 녀석은 아니에요. 믹스처(mixture) 계통의 록밴드 DJ. 모르죠? 매시 너츠라는 밴드. 얼마 전에 주간지에 '파국'이라고 실렸으니까, 이미 헤어졌을 테지만."

일단 말하기 시작하니 이번에는 축적된 정보를 토해내지 않고는 견딜 수 없는 모양이다. 뇌수 속의 데이터를 검색하고 있는 듯한 얼굴에게 물었다.

"저기, 요시에 카야를 조사해 주지 않겠나. 가능한 자세하게."

의아한 표정에 기선을 제압한다.

"그녀가 문제를 일으키거나 묘한 스캔들로 소동을 일으키면, 이쪽에 불똥이 튀잖아. 종교조직은 악당 취급을 당하기 쉬우니까 말이지. 유명인을 매도할 때면, 상관없는 곳이라도 세상은 금방 소곤소곤 소문을 만들잖아, 그 사람이 들어가 있는 종교단체에 문제가 있는 게 아닐까 하고. 오오시로 선생님께선 누구든지 똑같은 회원이라는 느긋한 소리를 하시지만, 나는 거절할까 하는 생각도 하고 있네."

타쿠토가 눈알을 크게 떴다.

"그런 아까운."

"물론 아직 결정된 것은 아니야. 그러니 자네가 정보를 모아 주었으면 해. 그녀가 어떤 사람인지. 숨겨진 얼굴은 없는지. 조사하기에 기분 좋은 일은 아니지만, 어떤 내력이 있는지. 지금까지 그리고 현재, 세간에선 어떤 소문이 일고 있는지. 그런 걸 상세하게. 인터넷이라는 것에는 매스컴이 보도하지 않는 정보가 여러 가지 흘러 다니고 있잖아."

"아아, 뭐, 텔레비전이네 신문이네 하는 뉴스 같은 건 사실의 아주 일부뿐이니까. 인터넷에는 몇 천만 명이나 되는 기자며 리포터며 패널들이 있거든. 아니, 몇 천만 정도가 아니지, 일본 연예인은 다른 아시아 나라에서도 정보가 들어오고. 하지만 그렇게까지 할 필요가 있는 걸까."

"응."

있다. 핫 리딩을 위해서.

류사이가 평소 사용하는 화술과 관찰력으로 타인을 조종하는 테크닉, 심리유도술 중의 '콜드 리딩'이라 불리는 수법이다(본인은 이 용어를 전혀 모르지만). 예비지식 없이 초대면한 상대일 경우, 이것에 의지하지 않을 수 없다. 하지만 이번 같은 경우는 상대를 사전에 알고 있다. 게다가 수많은 정보를 입수할 수 있는 사람이다.

이번에 사용할 방법은, 사전에 꼼꼼하게 준비를 하고 그 정보를 구사하여 심리유도를 행하는 '핫 리딩'이라 불리는 수법이다. 아마 텔레비전에 출연하는 '영매사' 같은 이들도 이걸 이용하고 있을 터다. 문제는 요시에 카야가 '자신이 남에게 알려져 있다는 사실을 그녀 스스로도 알고 있다'는 점이다. 어중간한 정보로는 성공하지 못하리라.

타쿠토는 아직 납득이 가지 않는다는 얼굴이었다.

"오는 이는 거절하지 않는다는 게 우리 모토 아닌가?"

"대지의 모임을 위해서야. 자네는 그 일익을 담당하는 존재라고 나는 평가하고 있는데."

의자에 기대어 있던 타쿠토의 등줄기가 펴지며 사리를 걸친 가슴을 편다. 눈부실 정도의 황금색이다. 어디서 찾아낸 건지, 색은 어쨌든

디자인은 나카무라가 입고 있던 옷과 똑같다.

"해 줄 텐가."

순간, 망설였다. 그에게 사실을 말하는 편이 좋을까 하고. 나는 정말로 피폐해져 있었다. 겉과 속, 정신적으로도 이중장부를 적으며 스태프에게 지시를 내리는 행동에. 이 청년이라면 대지의 모임 이면의 얼굴을 보여주어도, 어쩌면 따라와 주지 않을까——.

"응."

가슴에 손을 댄다. 스스로 만들어낸, 그 외의 사람은 전혀 하지 않는 독자적인 인사.

"아니, 네. 알겠습니다."

타쿠토의 빛나는 눈도 내게는 눈부셨다. 나이 들어 보이지만 시선은 어리다. 실제 나이인 스물셋으로조차 보이지 않는다. 근처에 보내는 심부름을 중요한 임무라고 착각하는 아이의 눈이다.

그 눈을 보니, 역시 말할 수 없었다.

6

"잠깐잠깐, 키지마 사무국장님."

레오타드 차림의 사이토 마유미가, 마네키네코[13] 인형처럼 한 손을 흔들어 보인다. 오늘은 운동복 팬츠를 입고 있지 않아, 눈을 어디다 둬야 할지 곤란했다. 36세라는 나이에 상응하게 보기 좋게 지방이 붙은 허벅지는, 마흔의 남자에게는 눈에 독이다.

"카야 씨, 들어온대요?"

눈을 빛내며 물어온다. 요시에 카야가 이곳을 찾아온 이래 마유미는 어쩐지 화장이 짙어졌다. 팬 비슷한 기분으로 그녀가 입회하길 기다리는 마음은 진심인 모양인데, 무의식중에 라이벌 의식도 불태우는 듯하다.

"아마도. 다만 우리들은 망설이고 있답니다."

지난주는 나타나지 않았다. 하지만 그저께 전화가 왔었다. 카운슬링을 받고 싶다. 그녀는 그렇게 말했다.

"좀처럼 시간이 나지 않아서, 혹시 다음 주라도 괜찮으실까요."

"물론입니다. 언제든 기다리고 있겠습니다."

이쪽도 시간을 가질 필요가 있다. 당장에라도 오겠다고 했으면 류 사이의 스케줄을 이유로 늦출 생각이었다.

"아직도 우물쭈물 생각하고 있어요? 우리들 색깔은 이렇다든가, 불똥이 튄다든가 어떻다든가. 시끌시끌하게 생각지 말고, 빨리 결정해 버리라고요. 우물쭈물하고 있으면 상대도 망설일 거예요. 여심을 빼앗으려면 속공이 최고라니까요."

"하아, 한 번 면접을 겸해 카운슬링이라도 —— 라는 생각은 하고 있습니다만."

"나도 이곳 회원이라는 거, 카야 씨 덕분에 겨우 가게에 커밍아웃할 수 있었어요. 요시에 카야도 들어오는 단체라고 하니, 모두 관심을

---

13) 招き描 : 한쪽 앞발로 사람을 부르는 시늉을 한 고양이 장식물.

두고, 의외로 제대로 된 곳이구나 생각도 해주고……."

거기까지 얘기하고는 나의 안색을 살피며 부르르 고개를 저었다. 핑크색 레오타드 밑에서 유방도 부르르 떨린다.

"아, 대지의 모임이 제대로 된 곳이 아니다는 얘긴 아니에요. 하지만 그렇잖아요, 종교단체란 모르는 사람은 편견을 가지잖아요. 우리 장사는 그쪽 얘기는 입 밖에 내지 않는 편이 영리하게 처신하는 거라니까요."

별로 기분이 상한 것은 아니었다. 오히려 그녀의 객관성에 감탄하고 있었다. 회원도 가지각색. 금색 사리 차림으로 이곳을 찾아오는 타쿠토보다는 훨씬 건전한 사고방식이다. 사이토는 종교에 매달리고 싶다기보다, 오오시로나 아직 조촐한 이 모임의 후원자가 되고 싶은 생각인 듯 보인다. 남자에게 원조를 받는(원조하고 있다고 생각하게 만드는) 직업이기 때문일까. 가끔은 원조하는 쪽에 있고 싶은지도 모른다.

"하지만 카야 씨도 들어와 있는 곳이라면, 얘기하기 쉽잖아요. 가게에서도 그런 거면 한번 와보고 싶다는 말을 하는 애들도 있고, 손님 중에는 거기 간다고 하면 작은 마담이 같이 가줄 건가, 같은 소리를 하는 사람도 나왔고."

"여기는 레스토랑이 아니니까요."

자아자아──사이토가 다시 손짓하더니 요시에 카야를 향한 대항심에 불타는 눈으로 말했다.

"우리 가게는 긴자에서는 그럭저럭 유명한, 전통이 있는 가게라서 꽤 유명한 사람들이 오거든요. 다음에 누군가 데리고 올게요. 탤런트라든가 프로야구선수라든가, 정치가 선생님이라든가."

"좋아요, 어느 분이시든, 이제 전혀 상관없습니다."

자포자기를 가장하며 대꾸한다.

"이쪽은 이런저런 걱정을 하고 있는데, 오오시로 선생님께선 누구든 똑같은 회원이다——라는 말씀만 하시니까요. 배우든, 스포츠선수든, 정치가든……."

7

수요일 밤, 인기척이 사라진 히어링 센터를 요시에 카야는 홀로 찾아왔다.

회당은 사방을 하얀 천으로 덮어 두었다. 천장에도 천을 치고 형광등은 일부러 반 정도는 켜지 않아, 실내는 어스름하다. 그 중앙에 놓인 테이블로 요시에를 안내했다. 방에는 느껴질 듯 말 듯할 정도로 향을 피웠다.

나는 상복처럼 검은색에 가까운 어두운 양복 차림이다. 비올로지끄 홍차가 든 컵을 가져와 그녀 앞에 내려놓았다.

"먼저 말씀드리겠습니다. 이제부터 실시할 것은 영감, 심령 같은 종류는 아닙니다."

요시에 카야가 커다란 눈동자로 올려다본다. 뭔가 묻고 싶은 듯이 입술이 움직이려 한다. '그럼, 뭐?'라고 묻고 싶었던 걸까. 대지의 모임에 흥미를 느끼고 있다. 스피릿추얼적인 것을 기대했는지도 모른다. 어떤 텔레비전 인터뷰에서, 그녀는 현지촬영지에서 만났던 미국 원주민의 정신세계에 흥미가 있다고 했었다.

그녀의 마음을 읽은 듯 대답했다.

"심리 카운슬링입니다. 다만 보통 카운슬링과는 다를 수도 있겠습니다. 당신의 표정이나 자세, 몸이며 얼굴에서 발산되는 시그널을 모아 데이터화하는 카운슬링입니다."

또 입술이 움직이려 했지만 바로 굳게 다물어진다.

요 2주일 남짓, 그녀가 나온 영화며 텔레비전 영상을 모을 수 있는 한 최대한 모아, 살펴보았다. 버라이어티 방송에 출연해도 사회자가 곤란할 만큼 말수가 적은 듯하지만, 오늘은 방송에서 보여주던 얼마 안 되는 립서비스마저 없었다. 평판 이상으로 말이 없는 여성이다.

"저는 무리입니다만, 오오시로 선생님이나 오사나이 사범대리에게는 그런 시그널이 영상처럼 보이는 모양입니다."

"초능력, 인가요?"

요시에의 미간이 조금 좁혀졌다. 세상의 많은 여성들은 스피릿추얼이나 점을 좋아하지만, 어째선지 초능력이라는 단어는 여성에게 인기가 별로 없었다.

"글쎄요, 어떨까요. 안이한 단어는 쓰고 싶지 않군요. 이 세상에서 초능력이라 불리는 능력은 99프로가 가짜라고 하니까요. 하지만 부정은 할 수 없을 듯합니다. 대지의 모임에서 수행을 해온 사람, 오오시로 선생님과 오랫동안 관여해온 사람은 아무래도 보통과는 다른 능력을 몸에 익히게 되는 모양이거든요. 몸에 익힌다고 할까, 어떤 인간이라도 많든 적든 자신이 가지고 있는 잠재능력을 끌어낸다고 할까요. 우리는 그것을 '인력(人力)'이라고 부르고 있습니다. 당신이 발산하는 시그널도 인력이고, 그 시그널을 읽는 선생님과 오사나이 사범대리의 능력 또한 인력."

나의 장광설에 불만스러운 표정 없이 가만히 듣고 있다. 부인부의 일반회원보다 훨씬 참을성이 많다. 아니 참고 있다기보다, 남에게 이의를 제기하거나 항의하는 일에 익숙하지 않은 듯하다. 민낯의 그녀는 영화에서의 심지 굳은 역할과는 달리, 덧없고 심약하게 보였다.

"당신이 뭔가를 고민하고 계시다는 사실을 오오시로 선생님께서 깨달으신 것도 인력에 의한 시그널입니다. 저도 그날 어쩐지 느껴졌습니다만, 그다음까지는 모릅니다. 그다음을 감지할 수 있는 분은 선생님, 그리고 오사나이 사범대리뿐입니다. 타인의 인력을 자신의 심상 풍경으로 상을 맺을 수 있는, 우리는 마음의 화상, '심화(心畫)'라고 부르고 있습니다만, 이 능력에 선생님 이상으로 뛰어난 분이 오늘, 당신의 카운슬링을 담당할 오사나이 사범대리입니다."

류사이는 아직 3층에 있다. 정신 통일을 한다는 소리를 지껄이기에, 혹시 몰라서 술은 숨겨 두었다. 나를 마주 바라보는 커다란 눈동자를 향해 다그친다.

"클로와젯 씨를 아십니까."

"아니요."

"제럴드 클로와젯이라는 남성이 네덜란드에 있었습니다. 그는 자신이 가진 특수한 능력으로 유럽 각국의 경찰로부터 요청을 받아 미궁에 빠진 수많은 사건을 해결한, 전설적인 인물입니다. 그의 특수한 능력이란, 투시였습니다."

오늘 요시에는 머리를 묶고 있지 않았다. 이쪽을 바라보는 자세로 고개를 약간 갸웃거리자, 긴 머리카락이 스르륵 흘렀다.

"오사나이 사범대리의 능력은 이것에 가까울 것이라고 저는 생각합니다. 당신 나이에는 모르실 테지만, 30년쯤 전에 클로와젯 씨가 일본을 방문한 적이 있습니다."

나는 기억하고 있다. 초등학교 시절이었다.

"그를 초대한 방송국은, 당시 행방불명된 7살짜리 소녀가 어디에 있는지를 그에게 물었습니다. 클로와젯 씨에게 제시된 건, 사진뿐."

요시에는 열심히 귀를 기울인다. 열심히 듣는 연기를 하고 있을 뿐인지도 모른다. 눈은 계속 나의 얼굴에 고정된 채다. 뭔가를 찾는 듯한 시선이다.

"그는 한 번 사진을 보기만 하고, 어느 지형을 그리기 시작했습니다. 커다란 연못이었지요. 주위의 풍경도 상세히 구술했습니다. 방송국의 스태프가 그것을 토대로 특징이 매우 비슷한 장소의 지도를 보여주었습니다. 그에게는 이국의 지도임에도 불구하고, 클로와젯 씨는 그 자리에서 바로 대답했습니다. 거기다. 그녀는 거기에 있다. 텔레비전 방송국의 촬영 팀이 그 장소에 가 보니——."

긴 머리카락이 또 약간 흔들렸다.

"여자아이가 있었습니다. 경찰이 대대적으로 수색해도 찾지 못했던 소녀가. 유감이지만 물에 빠져 죽어 있었습니다. 연못에 떠 있던 익사체가 텔레비전 카메라로 촬영되어, 전국에 중계도 되었지요. 당연히 화제가 되었습니다만, 천지를 뒤흔들 정도의 소동은 일어나지 않았습니다. 그의 투시력을 믿으려 하지 않는 사람이 많았기 때문입니다. 그저 우연일 뿐이라는 의견. 트릭이라고 결론짓는 의견. 일의 본질과는 상관없는 사체를 촬영한 방송국에 대한 비난이 무척 높아지기도 했습니다. 틀림없는 사실로부터 시선을 돌리고, 화제를 바꾸려는 듯이. 사람이란 그런 겁니다. 많은 사람들은──."

당신은 달라.

언외(言外)로 그런 의미를 담아 요시에를 마주 바라보았다. 클로와 젯의 에피소드는 전부 사실이다. 1976년의 일이다. 그의 초능력을 부정하는 사람은 그가 핫 리딩의 달인이었다고 비난했지만.

"자신이 배운 이해나 상식의 범주를 벗어난 일은, 머리에서부터 부정하려 듭니다. 그것에 관해 이야기하려고도 하지 않죠. 알지 못함을 두려워하고 상식이나 기존의 이치로 설명할 수 있음에 매달리려 합니다. 우리 모임은 그러한 미지로부터 눈을 돌리지 않고, 규명하려 합니다. 하지만 세간의 몰이해도 충분히 알고 있지요. 그래서 오사나이 사범대리나 오오시로 선생님의 능력에 대해서는 그다지 공개하지 않습니다. 컬트 취급당하는 건 이제 지긋지긋해요."

시곗바늘을 확인하고 이야기를 마쳤다.

"실례, 서두가 길어져 버렸습니다. 슬슬 오사나이 사범대리를 부르도록 하지요."

긴 서두는 그녀를 현실세계에서 비현실로 유도하기 위해서다. 내 이야기에 안달이 나고 질려서 류사이의 말에 기대하게 만들기 위해서다. 하지만 안달하게 만든다는 의미로는 성공하지 못한 듯하다. 요시에는 처음 이곳에 왔을 때와 마찬가지로, 서른이 넘었다고는 생각할 수 없는 맑은 눈빛을 하고 있었다. 이이무라 타쿠토와 마찬가지로 마음을 배신하는 일을 당한다면, 그냥은 넘어가지 않을 눈처럼 보였다.

"잘 부탁합니다. 해 주세요."

솜씨 좀 구경하겠습니다 —— 라는 차가운 어조였지만, 그 눈은 뭔가에 매달리려 하고 있다.

"기다려 주십시오."

3층으로 올라가 거실에서 기다리고 있는 류사이를 불렀다.

"오우."

불을 끈 어두운 방 안에서 류사이는 눈을 감고 가부좌를 틀고 있었다. 진짜 초능력자처럼. 술을 감출 필요도 없었다. 류사이는 진지하다. 이 핫 리딩이 대지의 모임 장래를 좌우할 커다란 연극이라는 사실을 충분히 이해하고 있다.

불을 켜자, 크게 숨을 토하더니 신흥종교 간부가 할 행동은 아니지만, 신전에 배례하듯 손바닥을 마주친다. 그리고는 내게 주먹을 내민다. 새벽까지 집필할 때 자주 본다는 메이저리그 중계에 영향을 받은 게 틀림없었다.

류사이의 주먹에 내 주먹을 마주 댔다.

"부탁해. 아니, 부탁합니다. 오사나이 사범대리."

류사이와 초대면인 요시에는 여전히 무표정했지만, 딱 몇 밀리미터 움직인 눈썹은 적지 않은 실망감을 나타내는 듯했다. 나와 똑같은 어두운색 양복을 입은 평범한 중년 남자에게.

류사이가 테이블 위의 글라스 캔들에 성냥으로 불을 붙인다. 길거리 점을 치던 시절의 소도구다. 허세는 그만뒀으면 했지만, 없으면 진정되지 않는다며 이것만은 양보하려 들지 않았다.

"요시에 카야 씨, 이지요."

조용한 어조로 말하며 본 적도 없는 여자라는 눈길을 보낸다. 나와 달리 류사이는 요시에 카야를 알고 있었다. '몰라? 당신, 스님이냐. 괜찮은 여자야. 한번 부탁하고 싶은 리스트 중의 한 명이라고'라며 천박한 웃음을 지었던 일 같은 건, 내색도 하지 않는다.

"네."

요시에가 고분고분 끄덕인다. 입가는 느슨해져 있었다. 남에게 특별취급을 받지 않는다는 점이 그녀는 기쁜 모양이다. 류사이는 그녀의 시선을 뿌리치고(아마도 욕망을 억제하려는 상당한 노력을 들이며), 이마 근처를 응시한다.

"당신의 고민은 한 가지가 아닐, 테지요. 가령 일에 관해서 고민하고 계신, 듯이 보이는군요."

타쿠토는 요시에 카야에 관한 방대한 데이터를 건네주었다. 그래봤자 USB 메모리 하나였지만. 프린트했더니 두께 10센티미터의 매수가 되었다.

그 정보에 의하면, 작년 봄에 공개된 영화를 마지막으로 본래의 직업인 영화배우로서의 활동은 하지 않고 있다. 데뷔작이었던 그늘 있는 소녀 역할의 이미지에서 탈피하지 못해, 서른이 넘자 그녀를 총애하던 감독들이 캐스팅하기 어려워졌다는 풍문이 돌고 있는 모양이다. 여배우로서 분기점에 달해 있다고 해야 할까.

타쿠토의 정보 대부분은 게시판의 글과 수많은 팬 사이트, 그녀를 도마 위에 올려놓은 개인 블로그와 그곳의 코멘트다.

요시에 카야 이미 끝나지 않았어? 서른 넘어 신비 소녀라니 무서워. ggg
'무지개와 뱀' 특별출연은 실패였던 게 아닌지? 그녀의 특성은, 역시 폭신폭

신한 투명감에 있다고 생각해.

　카야 님은 영원한 소녀면 충분하다고요. 나는 '하얀 까마귀'의 모습을 안고 살아갈 거야, 하고 선언해 본다.

　'손바닥에 태양과 가슴'의 세미누드 전력투구 연기는 충격적. '흰까'보다 위라고 생각해. 저 노선은 그대로 가면 될 것 같은데. 그녀라면 멋진 성숙한 여배우가 될 수 있을 터.

　이번 핫 리딩 시나리오는 내가 만들었다. 약간 대사를 고치긴 했지만, 오늘의 류사이는 그것에 충실하다.

　"전환기를 맞이하고 있는 듯해. 지금의 당신 눈앞에는 벽이 있군요. 하지만 괜찮아. 그 벽은 그렇게 높지 않고, 두껍지도 않아."

　그녀가 2주일 이상의 기간을 두고 이곳을 찾아온 이유는, 망설였기 때문이 아니라 바빴기 때문이다. 지난주까지 연극 무대에 올랐었다. 중간 규모 극장에서의 공연이었지만, 인기 연출가와 짝을 지은 이 무대는 상당히 평판이 좋았다.

　카야 님이 노마 코우키와 호흡을 맞춘 건 정답. 엄청 좋았다.

　'돌격 바라쿠다 유격대' 최고였습니다. 소극장 팬으로서 가능하면 요시에 카야는 앞으로도 쭉 무대에 서 주었으면 해.

　노마 코우키 연출, 요시에 카야 주연 '돌격 바라쿠다 유격대' ☆☆☆☆☆

　류사이 말에 요시에는 눈썹 하나 움직이지 않는다. 많은 사람들에게서 실컷 들었던 이야기일 터. 길거리 점술과 별 차이 없는 카운슬링에 실망한 듯이 보이기도 한다.

　"일 뿐만 아니라, 뭔가 그 의미 이상의, 연애로 고민하고 계신다,

제게는 그렇게도 보이는군요."

류사이가 의미심장하게 요시에의 입술 부근을 바라보며 말을 이었다.

매시 너츠의 DJ 후쿠오카 타카시는, 여러 가지로 문제가 많은 인물로 보인다.

매시 너츠의 타카시가 롯폰기 Club에서 M을 끌쩍끌쩍했습니다. (M은 드럭 종류의 은어) 조만간 잡힐 거야.

M이 아니어도 S잖아. 센터 가에서 이란 사람한테 사는 거 봤어.

후쿠오카 타카시, 정말로 카야와 사귀고 있는 건가? 영화 프로모션 아냐? 열애 보도 일주일 만에 다른 여자와 시시덕거리면서 걸어가던데.

내 친구들, 타카시한테 먹힌 적 있대. 자기만 아는 SEX라 최악이라고 했어.

물론 어디까지 진짜 정보인지는 모른다. 하지만 아니 땐 굴뚝에 연기는 나지 않는 법이다.

"사귀시고 있는 분을 잘 이해하지 못하고 계신, 것은 아니신가요. 상대분은 여러 가지 문제가 있는 사람으로 보입니다."

나는 요시에의 표정을 엿보았지만, 딱히 뭔가 움직이는 기척은 없었다. 이것이 콜드 리딩이었다면, 너무 정보가 적어 류사이는 백기를 들었을 게 틀림없다.

"약물에 관해서는 좋지 않은 소문이 있어. 여자관계도……이렇게 말하는 건 뭣하지만, 화려한 분인 모양이고."

'약물'이라는 한마디에도 반응하지 않았던 요시에가 '여자관계'라는 단어에 처음으로 동요를 보였다. 눈썹이 몇 밀리미터 올라간다.

매시 너츠의 라이브 갔다 왔어. (중략) 타카시는 요시에 카야와 헤어지지
않았대. 선물로 받은 목걸이를 자랑했었어. (10월 8일=한 달 전 날짜)
　요시에 카야와 매시 너츠의 후쿠오카 아무개는 헤어지지 않았어. 아직 사귀
고 있대. 나카메구로 편의점에 둘이서 들어가는 걸 봤어. (10월 24일=2주일
전 날짜)

　"하지만 헤어지기 힘들어. 그의 매력에는 저항하기 힘들어. 그렇게
생각하고도 계신 모양이군요."
　단정한 얼굴이 그늘진다. 류사이 옆에서 회진을 따라다니는 인턴
처럼 조심스럽게 서 있던 나는, 그녀의 변화를 눈치채지 못한 척하며
목소리를 높였다.
　"아, 오오시로 선생님."
　회당 안쪽 단상에서는 어느새 나카무라가 명상하고 있었다. 초기
에 사용했던 단순한 수법이었지만, 계속 류사이에게 얼굴을 향하고
있던 그녀의 눈에는 하늘에서 홀연히 나타난 것처럼 보였으리라. 짐
짓 무심한 척 가장하며 요시에에게 설명을 했다.
　"오늘은 여기서 간부회가 있답니다. 카운슬링이 끝나고 난 후의
예정입니다만, 당신이 염려되어 서둘러 도착하셨는지도 모르지요."
　류사이는 나카무라에게 눈도 돌리지 않고 말을 잇는다.
　"상대분과의 일을 어떻게 할지는 당신 자신의 문제요. 우리가 끼어
들 일이 아니야."
　책상에 얹은 양손을 합장하듯이 마주 대어 턱을 위에 얹고 요시에
를 노려보았다.
　"일, 연애. 한창때의 여성이라면 어느 분이나 크든 작든 품을 법한
고민이야. 특별한 건 없어."

거기서 류사이는 말을 끊고 요시에의 눈을 더욱 깊이 들여다본다.

"하지만 당신의 진짜 고민은, 좀 더 다른 것이 아닌가요. 내게 보이는 심화(心畵)는 어슴푸레한 것밖에 없지만, 어떻게 봐도 일이나 연애와는 상관없어."

요시에의 눈동자가 흔들렸다. 처음 내가 말을 걸었을 때의 작은 동물 같은 눈이 되었다.

"당신의 얼굴을 보고 있으면, 아까부터 계속, 당신에게 오버랩 되는 또 하나의 얼굴이 보이거든."

류사이가 합장한 손을 얼굴 중앙으로 가져간다.

"일 관계자는 아닌 것 같고, 사귀는 남성도 아니야. 중년 여성이다. 호리호리하게 마른 분. 긴 머리카락을 묶고 계시는군."

흔들리는 눈이 크게 떠졌다.

"여기에, 점이 있어."

류사이가 한쪽 뺨을 어루만진다. 요시에의 커다란 눈은 금방이라도 떨어질 것 같았다.

"몇이나 되셨으려나. 오십 대 후반인가."

요시에가 꾸벅하고 끄덕인다. 스스로 의식도 하지 못한 사이에.

"그 얼굴은, 뭐랄까——."

요시에의 얼굴이라기보다 그 앞에 투명하게 비치는 다른 무엇이 보인다는, 그런 시선으로 류사이가 말을 이었다.

"당신을 닮았군요. 친척분인가. 혹시 어머님, 이십니까."

카야 님이 그늘진 역할을 잘하는 건 당연해. 정말로 인생에 그늘이 있어서라고. 어렸을 때 부모가 이혼해서, 지금 엄마는(전에 텔레비전에 나왔던 화려한

사람) 아버지의 재혼 상대라는 거 알고 있어?

　이혼이 아니라 애인이 낳은 아이. ←이게 진상.

　요시에 카야의 친모에 관한 건, 후쿠오카에선 상식이야! K거리에서 이자카야
를 했었어. 2년 전에 가게가 없어졌지만.

　요시에가 류사이 앞에서 처음으로 입을 열었다. 쉰 목소리였다.

　"그건, 아마, 어머니일 거예요. 제 어머니요."

　요시에 카야의 친모, 이노우에 토시코 57세. 재작년 말에, 오랫동
안 경영했던 소규모 요리점 '카나'를 접고, 지금은 후쿠오카 시내의
병원에 입원해 있다. '카나'는 카야의 본명. 이것은 인터넷 정보가
아니다. 미츠오카를 고용해 조사한 내용이다.

　"역시, 어머님이신가. 몸 상태가 좋지 않으신지요. 입고 있는 옷이
환자복처럼 보이는군요."

　이노우에 토시코는 재작년부터 입원과 퇴원을 되풀이하고 있다.

　"상태는……그다지 좋지 않으신 거 같군요. 가슴에 손을 대고 계
시는군. 기관, 혹은 폐의 병, 일까요."

　폐암이다. 위에서 전이했다. 앞으로 얼마 남았다고 선고를 받은
건 아닌 모양이지만, 이번 증상은 지난번보다도 심각하다.

　아마 그녀가 텔레비전이나 광고에 나오게 된 이유는, 벽에 부딪혔
다는 것만이 원인은 아닐 터이다. 영화만 출연해서는 장기 입원 중인
모친에게 자신의 모습을 보여줄 수가 없다. 드라마나 버라이어티에
나오기 시작한 시기는, 모친의 증상이 악화되고 난 이후다. 지금의
모습을 친어머니에게 보여주고 싶었던 것이리라.

　류사이가 미소 지어 보였다. 글라스 캔들 불빛이 밑에서 비추는
그 얼굴은, 자비심 많은 불상처럼 보이기도 한다.

"어머님과는 오랫동안 만나지 않은 건 아닙니까."

어째서 거기까지 알고 있는 거지. 요시에는 이상하다는 의문도 잊은 채, 눈을 크게 뜨고 류사이를 바라보며, 가늘게 끄덕인다.

"어머님에게 다가서는 당신의 심화가 좀처럼 보이지 않아. 어느 분에게 만류당하고 있나? 당신의 입장이 그렇게 만들고 있나? 하지만 당신은 만나고 싶은 마음일 테지요. 그렇다면 자신의 마음에 충실해지는 것이 좋아요. 만나는 게 좋아."

마치 누군가 대본 읽기를 시키는 듯, 요시에가 류사이의 마지막 말을 앵무새처럼 따라 했다.

"어머니를, 만나는 게 좋아?"

류사이가 자애에 가득 찬 불상 같은 얼굴로 말했다.

"물론, 부모 자식이라면."

요시에 카나의 뺨에 눈물이 흘렀다.

8

오오시로 타케토의 제1회 강론회가 열린 날은, 12월 중순의 일요일이었다.

이날을 고른 이유는, 어쩌다 보니 대여 홀이 이날 비었기 때문이라고 류사이나 스태프에겐 설명했지만, 실은 개인적인 생각 때문이었다. 딱 1년 전 오늘, 나는 인터넷 카페에 묵을 돈조차 없어, 노숙생활을 시작했었다.

추운 날이었다. 1년 전의 어느 날과 똑같이 잰걸음으로 거리를 통과하는 바람은 차가웠고 점심이 지나서는 비도 내리기 시작했다. 하지만 이벤트 홀 앞에는 도착한 순서가 교주 오오시로를 향한 충성심을 가리키는 수치라고 생각하는지, 몇 시간 전부터 긴 줄이 늘어서 있었다.

오후 3시. 개회까지 앞으로 1시간 남았을 무렵, 나는 홀 위층으로 올라가, 입구 쪽 통로 창문을 통해 아래쪽에 핀 색색의 우산 꽃을 세어보고 있었다. 그리고 생각했다. 이 1년이 얼마나 짧았는지. 그리고 얼마나 길었는지를.

대지의 모임을 만들어낸 이후, 집단의 머릿수를 세는 것이 특기가 되었다. 그래서 강론회 참가 정원이 사무국에서 초대장을 보낸 3백 명임에도 불구하고, 그것을 웃도는 사람들이 모여 있다는 것을 금방 알았다. 적어도 5백은 되리라. 취소된 자리가 있을까 하는 가능성을 기대하며 몰려든 이들과 들어가지 못할 걸 알면서도 이곳에 함께 있고 싶은 이들이 세를 불리게 만들고 있었다.

대지의 모임 회원은, 나나 류사이의 예상을 넘어서는 기세로 늘어나고 있다. 지난달, 요시에 카야가 정식으로 입회한 지 한 달 남짓한 사이에 3백 명 이상이 새로 더해져, 현재 960명. 연내에 천 명이 넘을 것은 확실하다.

요시에 카야가 입회했다는 뉴스가 입소문과 회원들에게서 퍼진 인터넷 정보를 통해 세간에 전해졌다. 그녀의 열렬한 팬들이 연일 문의전화를 울리고, 도쿄 히어링 센터 문을 두드리고 있다.

　일단 체험입문만 시키면 입회로 끌어들이는 건 그렇게 어려운 일은 아니었다. 지금 대지의 모임의 모든 프로그램은 평일도 예약 없이는 수강할 수 없는 상태여서, 체험입문자들에게는 '다시 커리큘럼을 수강하기 위해서는 예약이 필요'하고, '예약은 회원이 우선'이라고 설명하고 있기 때문이다.

　입회금을 받지 않는 시스템이라 대개는 놀이공원의 무료티켓이라도 얻는 기분으로 명부에 이름을 기재한다. 다수는 반장난이라 해도 그 중 10프로라도 남으면 만만세다. 애초에 금전적인 입회와 퇴회 규약이 없으므로 한 번이라도 이름과 개인정보를 입수하면, 사실상의 탈퇴자도 회원으로서 셀 수 있다. 종교단체의 회원수는 곧 힘이다.

　1층으로 내려가 대기실 문을 노크한다. 거울 앞에서 화장하고 있던 요시에 카야에게 말을 건넸다.

　"급한 부탁을 들어주셔서 덕분에 살았습니다."

　그녀를 어떻게 해서든 강론회에 참가시키고 싶었다. 하지만 초대권을 보내는 기준을 '지금까지 강습회 등의 참가 실적 및 오오시로의 가르침에 대한 이해도'라고 공언한 체면상, 입회한 지 얼마 되지 않은 그녀를 부를 수는 없었다. 그래서 강습회의 사회자라는 꼼수를 쓰기로 한 것이다. 흔쾌히 승낙했다.

　"바쁘실 텐데. 괜찮으신가요."

　요시에가 고개를 옆으로 젓자, 어깨까지 내려오는 머리카락이 살랑 흔들렸다. 평소 일 할 때는 전문가에게 메이크업을 받을 테지. 화장도구는 극히 간소하고, 그녀의 손길도 여배우라는 직업에서 상상되는 공들인 정성은 느껴지지 않았다.

"에에, 배우 일이란 게, 실은 꽤 한가하거든요."

그렇지도 않은 것 같다. 옆에 붙어 있는 중년 여성 매니저가 나를 노려보고 있다. 사실은 다른 일을 취소하고 이곳에 온 건지도 모른다.

"당분간은 영화와 무대에 전념하고 싶다."

얼마 전 발매된 여성지 인터뷰에서 그녀는 그렇게 대답했다.

"제의를 해주셔서 기뻤어요. 강론회, 꼭 들어보고 싶었거든요."

요시에가 거울 너머로 시선을 맞춰 온다. 지금까지는 좀처럼 보이지 않았던 미소 띤 얼굴이다. 그녀는 만날 때마다 밝아져 갔다. 영화 속의 어떤 연기에서도 볼 수 없었던, 편안해 보이는 소녀다운 웃음이었다.

"어머님과는 만나셨습니까."

거울 속의 얼굴이 끄덕인다. 입술을 느릿하게 꾹 다문 건, 립스틱 상태를 확인하기 위해서만은 아닐 것이다.

"네."

그런가. 만날 수 있다면 만나는 게 좋다. 먼 훗날, 후회하지 않도록.

나의 부모는 내가 초등학교 5학년일 때 이혼했다. 아버지의 말에 따르면, 원인은 도가 지나칠 정도로 신흥종교에 경도된 어머니. 나는 아버지와 둘이서 살게 되었다. 중학교에 올라갈 무렵까진 어머니가 집을 찾아와 나를 되찾으려 했고, 그때마다 아버지와 격렬한 말다툼이 벌어졌었다. 그럴 때마다 나는 늘 아이 방으로 도망쳐 몸을 웅크리고 귀를 막았지만, 그래도 들려오는 '당신은 이제 끝이야'라고 되풀이하던 아버지의 목소리는 지금도 귓속에서 메아리가 되어 사라지지 않는다.

아버지가 없는 틈에 찾아와 어머니 집으로 끌려간 적도 있다. '료오는 누구랑 살고 싶어?' 물어봐도 알 수 없었다. 가능하면 어머니와 살고 싶었지만, 집안 어느 가구보다도 커다란 제단과 함께 먹고 자는 건 싫었다. 모친이 아침저녁으로 읊는 뭔가에 씐 듯한 기도 소리도 견딜 수 없었다. '몰라'. 그렇게 말하며 고개를 위아래로 옆으로, 계속 흔들었다.

중2 때 아버지가 재혼해 먼 동네로 이사하고 나서는, 친어머니와는 한 번도 만나지 않았다. 대학 시절까지는 소식을 전해 들었다. 아버지가 죽은 8년 전, 알려고 들면 주소도 알았을 테지만 결국 만나지는 않았다. 지금은 살아 있는지 어떤지도 알 수 없게 되어 버렸다.

"어머니는, 건강하셨습니까."

요시에가 다시 한 번 미소 지었다.

또 다른 대기실은, 분장실 풍의 거울 대신 간이테이블과 의자가 늘어선 작은 회의실이다. 안에는 류사이 하나뿐. 강론회 시나리오는 평소처럼 내가 초안을 만들고, 류사이가 대본으로 완성했다. 한 달에 걸쳐 나카무라가 통째로 암기한 지금은, 얼굴을 들이미는 것만이 오늘 류사이가 할 일이다. 한가하게 캔 커피를 홀짝이고 있었다.

"오오시로 선생님은?"

"글쎄, 변소 아닐까."

대지의 모임 교주는 '신'이 아니지만, 이미지는 중요하다. 나카무라에겐 회원들이 보는 앞에서는 화장실에 가지 말라고 일러두었다. 위층 화장실일 테지. 스타트 30분 전인 개회시간까지 이제 얼마 남지 않았다. 슬슬 마지막 미팅을 해 두어야. 홀의 입구에 설치된 긴 테이블로 만든 접수대 앞에는 이미 '대지'라는 완장을 찬 스태프가 스탠바이를 하고 있었다.

계단을 올라가려던 나는 스태프 중 한 명에게 불러 세워졌다.

"키지마 사무국장님, 뭔가 이상한 사람이 와 있는데요."

"이상한 사람?"

어디에——라고 묻기 전에 알았다. 접수대 앞이다. 양복 차림의 남자가 접수대 한가운데에 진을 친 이이무라 타쿠토에게 따지고 있었다. 양손을 펼친 화려한 몸짓은 판정에 항의하는 축구선수 같았다. 무척 커다란 목소리도 귀에 들려온다.

"문제없다니까. 윗사람과는 얘기됐다고."

50대 초반. 회원은 아닐 터다. 천 명에 가깝긴 하지만 회원은 여전히 대부분 중장년 여성들과 젊은이들로, 이 연배의 남자는 회원의 얼굴과 이름을 매치할 수 있을 정도로 적다. 스태프가 얼굴을 찌푸린다.

"초대장이 없는데 들여보내 달라고 한다니까요, 저 아저씨."

남자의 몸짓은 점점 더욱 격렬해졌다.

"그럼 말이야, 이 명함을 건네줘."

키는 타쿠토와 그다지 다르지 않지만 단단한 체격에 짧은 머리카락을 뒤로 쓸어 넘긴 옆모습은 햇볕에 잘 그을려 있다. 명함을 손에 쥐어주려는 남자에게 기가 질려, 타쿠토는 뺨이 부루퉁해 입을 다물어 버렸다.

"무슨 일인가."

말을 건네자, 남자가 이쪽으로 돌아본다. 내 쪽으로 값을 매기는 시선을 던지려 했지만, 일 초도 걸리지 않아 재빨리 그 표정을 지우고 각진 얼굴에 만면의 웃음을 붙인다. 눈도 코도 입도, 생김새가 하나같이 크다. 어디선가 본 적이 있는 얼굴이다. 목소리도 들은 적이 있는 듯한 기분이 들었다.

"당신이 현장 책임자입니까."

타쿠토를 대할 때보다 어조가 은근해진다. 그렇지만 어딘지 모르게 위압적이라는 사실은 변함이 없다. 명령하는 것에 익숙한 인간의 언동이다.

"사무국장인 키지마라고 합니다."

"키지마 씨는 듣지 못했습니까. 내가 온다는 걸."

어미는 희미한 도호쿠 사투리. 그것이 위압감에 애교를 더해준다. 생각났다. 눈앞에 있는 큼직큼직한 생김새로 웃고 있는 얼굴은, 텔레비전 정치토론회에서 때때로 보는 얼굴이었다. 후지와라 소스케. 중의원 의원이다.

"아니, 듣지 못했습니다만."

"이상한걸. 틀림없이 초대받은 줄 알고 왔는데."

"초대? 어느 분께?"

"샨티의 카오리. 있죠? 만나게 해주면 알 거야."

샨티는 긴자에 있는 사이토 마유미의 가게다. 카오리라는 건 마유미의 예명이다.

"카오리라는 걸로는 알기 어렵습니다만."

사이토는 아직 얼굴을 내밀지 않았다.

"본명은 모르겠는걸. 재미있는 모임이 있으니까 와 달라고 해서 말이야. 선생님이라면 얼굴로 패스라고. 아아, 내 소개를 아직 안 했나."

손에 들고 있던 명함을 정중하다고 해도 좋을 몸짓으로 내밀어 온다. 나나 주위의 적지 않은 사람들이 자신이 누군지 알아보고 있다,

그것을 충분히 알고 있는 언동이다.

"후지와라입니다. 후지와라 소스케. 중의원 의원을 하고 있습니다."

접수대에 늘어선 얼굴들이 일제히 이쪽을 향한다.

나는 누구더라——라는 듯이 고개를 갸웃거리고 나서, 주위 사람들에게 들려주기 위해 목소리를 높였다.

"죄송합니다만, 오늘 강론회에 입장하실 수 있는 분은, 초대장을 지참하신 분들뿐입니다."

화를 내겠지 싶었는데, 후지와라는 연극적인 몸짓으로 크게 몸을 젖혀 보였을 뿐이었다.

"에엣, 그런가요. 후원회와의 회합도 빠지고 왔는데."

커다란 눈알을 빙그르르 움직이더니, 젖히고 있던 짧은 체구를 뻗어 올려 얼굴을 내 귓가에 가까이 댄다. 연극을 하듯 입가를 한 손으로 덮는 제스처를 취하고, 주위에 다 들리는 것을 알면서도 속삭이듯 목소리를 냈다.

"나라도 안 되겠나? 이래봬도 전직 문부과학성 대신인데."

"예, 어느 분이시더라도. 돌아가 주십시오."

스태프며 참가자 사이에서 '우와——'하는 목소리가 새어나왔다.

"이것이 대지의 모임!"

타쿠토는 이쪽이 부끄러워질 만큼 커다란 목소리로 외치며 주먹을 치켜든다.

사실은 돌려보내고 싶지 않았다. 정치가와 친분을 만들어두면 손해날 건 없다. 게다가 상대는 거물이다.

후지와라 소스케는 작고한 고명(高明)한 정치가의 아들이다. 부친에게 물려받은 솔직한 언동이 호감을 얻어, 십 년 후의 총리대신 후보 중 한 명이라며 인기가 높았던 시기도 있었다. 집행부와 마찰을 빚고 정권 여당을 떠난 지금은 몇 명의 의원이 있는 소수정당의 당수가 되었다.

"역시, 그렇구먼. 금방 특권을 휘두르니까 요즘 정치기들은 틀린 거지. 나도 그렇지. 이런이런, 미안하군. 이거, 반성합니다."

후지와라는 연설에 익숙한 목소리를 구사해, 목덜미를 두드리는 퍼포먼스를 시작했다. 이렇게 말하면 저렇게 나오는, 어디까지가 진심인지 자기 연출인지 잘 모르겠다. 하지만 이상하게도 사람을 거슬리게 하지 않는 남자다. 이것이 정치가라는 종족인가. 중장년 여성 참가자들 사이에서 '들여보내 주지'라는 목소리가 일었다.

"성원, 감사드립니다."

후지와라가 장난스럽게 고개를 숙인다.

초대장 없이 찾아온 청년부 중 하나가 목소리를 높인다.

"안 되는 건 안 되는 거지. 회원인 우리도 못 들어가는데."

스태프들도 끄덕인다. 오늘 모인 스태프 중 다수는 강론회에 초대받지 못한, 입회 시기가 늦은 젊은이들이다. 어떤 형태로든 참가할 수 있다는 이유만으로, 이쪽이 인원을 거르지 않으면 안 될 만큼 많은 사람들이 손을 들었다.

"정론입니다. 지당합니다. 후지와라, 돌아가겠습니다."

후지와라 소스케는 이 말에도 고개를 숙여 보인다.

어느새 접수대 주위로는 인간 담벼락이 생겨났다. 나는 후지와라를 무시하고 눈앞에 늘어선 얼굴들을 향해 말을 건넸다.

"초대장 없는 사람——."

손을 들라고 재촉하자 여기저기에서 손이 올랐다.

"들어주십시오. 오늘은 초대자 이외에도 많은 회원분들이 모여 주셨습니다. 저희로서는 예상 밖의 일입니다. 그것을 오오시로 선생님께선 무척 마음을 쓰고 계셔서, 이렇게 말씀하셨습니다. 강연 후의 파티에는 부디, 초대장이 없는 분들도 참석해 주셨으면 한다고."

군중 여기저기서 환성이 일었다. 물론 지금, 이 자리에서 내가 결정한 일이다. 후지와라에게 무뚝뚝함을 가장하며 그렇게 된 사정이라는 표정을 지어 보였다.

"의원님도 혹시, 그거라도 괜찮으시다면."

다행스럽게도 의욕적이다. 커다란 눈을 반짝인다.

"파티라는 건 몇 시부터? 그때까지 운동 좀 하다 오겠소."

그들 정치가에게는 컬트일지도 모르는 종교단체 집회에 참가하는 리스크 쪽이 더 클 거 같은데. 사이토 마유미에게 반한 건가.

"혹시 괜찮다면, 나도 한마디 인사하고 싶은데."

"그건 삼가주십시오."

타쿠토가 박수를 보내온다. 주위를 슬쩍 보고 아무도 자신을 따르지 않자, 오기가 생겨 더 크게 손뼉을 쳤다.

회장 메인 홀은 최대 5백 명을 수용할 수 있는 넓이다. 거기에 접이식 의자 3백 개가 널찍하게 놓여 있다. 허리 높이의 무대는, 양쪽 가장자리에 단상으로 올라가는 계단이 설치된 극장식 구조다.

정면에는 이제 대지의 모임 상징 중 하나가 된 반투명한 하얀 막이 늘어뜨려져 있다. 조명을 낮춘 장내는 어둡다.

4시 정각, 무대 오른쪽에 스포트라이트가 켜졌다. 빛의 윤곽 속에는 하얀 정장 차림의 요시에 카야. 장내가 소란스러워졌다. 그녀와 강습회에서 얼굴을 마주한 사람은 아직 많지 않아서, 대다수 사람들은 '대지의 모임 요시에 카야'를 처음으로 직접 눈앞에서 보는 것이다.

"지금부터, 오오시로 타케토, 제1회 강론회를 시작하도록 하겠습니다."

과연 여배우. 부드럽고 강한, 그러면서도 아나운서처럼 또박또박함이 없는 자연스러운 목소리. 평소의 가느다란 목소리와는 딴판이다.

클래식을 전자음악으로 편곡한 곡이 흐르기 시작하고, 요시에에게 비추던 스포트라이트가 무대 중앙으로 이동한다. 그곳에는 나카무라가 늘 사용하는 오렌지색 요가 매트가 깔려있다. 하지만 빛 속에 그의 모습은 없다.

여명(黎明)을 모티브로 한 음악이 높아지며 사람들이 박수를 보내기 시작한다. 그러는 와중에 박수 소리가 웅성거림으로 바뀌었다. 아무리 지나도 오오시로가 등장하지 않기 때문이다.

나는 마이크를 손에 들고 빛 속으로 달려갔다.

"대단히 죄송합니다. 오오시로 선생님께선 이곳에 계시지 않습니다."

깊숙이 머리를 숙이자, 박수가 그치고 웅성거림이 커졌다.

"강론회 회장을 변경하도록 하겠습니다."

다시 한 번 고개를 숙이고서 말한다.

"걱정하지 마시길. 그렇게 멀지는 않습니다."

한 손을 들어 머리 위쪽을 가리켰다.

"옥상입니다. 오오시로 선생님께선, 여러분과 그곳에서 이야기하고 싶다, 그렇게 말씀하셨습니다."

개시 30분 전, 접수가 시작되었는데도 나카무라가 있는 곳을 알 수 없었다. 설마라고 생각하며 초조하게 이벤트 홀 안을 이리저리 뛰어다닌 끝에, 간신히 옥상에서 발견했다.

옥상의 3분의 1 정도 되는 공간은 지붕이 딸린 테라스지만, 나머지 3분의 2는 네 귀퉁이에 식물을 심은 정원으로 이루어져 있다. 비가 내리는데도 나카무라는 정원 벤치에서 낮잠을 자고 있었다.

두드려 깨우니 반쯤 뜬 눈으로 잠시 꿈과 현실의 경계를 방황하다가, 내 얼굴에 초점을 맞추더니 흠뻑 젖은 자신의 모습을 깨닫고 쑥스러운 웃음을 지었다.

"이곳에 왔을 때는 부슬비여서, 그만."

그리고 노숙자 시절의 그날처럼 비 내리는 하늘을 우러러보며, 입을 크게 벌리고 혀를 내밀어 빗물을 마셨다. 젖은 긴 머리카락이 이마에 달라붙어 있는 모습도, 그때와 똑같았다.

그 순간 번뜩였다. 이곳을 강론회 회장으로 삼자.

물론 오늘 이곳에 올 때까지는, 극히 평범하게 1층 메인 홀에서 실시할 생각이었다. 내용도 수수하다. 컬트적인 겉치레 연출은 최대한 배제하고 싶어서, '스크린에 영상을 비춘다든가, 밴드를 부른다든가, 좀 더 화려한 걸 안 하면 못 버틴다'고 걱정하는 류사이의 말에 고개를 가로저었다. 하지만 확실히 '못 버틸' 듯한 기분도 들었다. 아무튼, 강연 시간은 20분. 그 이상은 나카무라의 기억력으로도 대본을 완전히 암기할 수 없다.

금방 그 자리에서 떠오른 말을 나카무라에게 외우라고 시켰다. 준비했던 대본에 추가한 몇 가지 대사다.

장내에 조명이 돌아오고 스태프가 문을 연다. 당혹스러워하던 참가자들이, 요시에의 의연한 목소리에 재촉당해 간신히 엉덩이를 들었다.

"여러분, 수고를 끼쳐 죄송합니다만, 부디 옥상까지 발걸음을 해주십시오. 스태프가 안내하겠습니다."

그녀에게 구성 변경을 전달한 시간은, 개시 5분 전. 침착한 모습이다. 회장 구석에서, 나는 그런 얘기 못 들었다고 말하고 싶은 건지 불만스러운 얼굴을 하고 있을 뿐인 류사이보다 훨씬 의지가 된다.

비는 아직도 내리고 있다. 옥상정원은 얇게 물이 고인 포석 위로 무수한 파문이 떠오르고 있다. 나카무라는 정원 구석에서 책상다리하고 눈을 감고 있었다.

지붕이 달린 테라스는 그럭저럭 넓이가 있지만, 3백 명이 몰려드니 아무래도 비좁다. 스태프에게 지시해, 중장년 여성들을 앞으로 유도한 후 앞줄은 쭈그려 앉게 했다.

사람들 기척을 이제야 깨달았다는 듯 나카무라가 눈꺼풀을 들었다. 숨을 삼키고 자신을 바라보는 3백 쌍의 시선에 놀라는 기척도 없이, 젖은 머리카락이 흘러내린 얼굴을 들고, 희미하게 미소 지어 보인다.

나는 테라스 가장 앞줄, 비를 맞는 위치에 서서 모두에게 설명했다.

"여러분, 갑자기 놀라셨으리라 생각합니다만, 대지의 모임 포스터를 떠올려주십시오. 오오시로 선생님께서 빗속에서 명상하시는 모습을 촬영한 모습입니다."

나카무라가 다시 눈을 감았다. 겨울 외출복으로는 어울리지 않는 수행복 한 벌 차림으로 차가운 비를 맞고 있는데도, 떨지도 몸을 움찔하지도 않는 모습에 사람들은 감탄하고 있었다. 노숙자 생활을 오래 한 나카무라에겐 딱히 어떻다 할 일도 아니다. 내가 그를 처음 만났던 무렵의 새벽은 훨씬 추웠고, 나카무라는 지금과 다르지 않은 얇은 차림이었다.

"오오시로 선생님께선 빗속에서 명상을 하실 때가 종종 있습니다. 오늘도 개회 직전까지 이곳에서 명상을 계속하고 계셔서, 제가 모시러 왔더니 오늘의 이야기를 이곳에서 들어주었으면 좋겠다, 그렇게 말씀하셨습니다. 처음부터 여러분을 이곳으로 모셨으면 좋았겠습니다만, 저의 준비가 부족해서……."

처음부터 부르지 않은 이유는 연출 중 하나였지만, 불만을 나에게 향하게 하려고 그렇게 말한다.

"쓸데없는 수고를 끼치게 해, 죄송합니다."

사람들에게 몸을 돌려 깊숙이 고개를 숙이고, 등 뒤로 돌린 손가락을 꼽으며 나카무라에게 카운트다운 사인을 보낸다.

3, 2, 1, 큐.

나카무라가 젖은 머리카락 사이로 청중을 바라보며 조용한 어조로 이야기하기 시작한다.

"멋대로 불러 미안합니다. 내가 진리라 생각되는 것에 눈을 뜬 건, 딱 이런 겨울비가 내리는 날이었었습니다. 그 이야기를 하고 싶어서, 이곳으로 여러분을 불렀습니다."

조금 전 말로 전달한 대사를, 거의 정확하게 더듬어 간다. 보이스 트레이닝의 성과인지, 그 조용한 목소리는 마이크가 없어도 모두의 귀에 똑똑히 닿는다.

"내가 일찍이 노숙자 생활을 경험했던 사실은 이전에 말씀드렸지요. 주거지를 대신했던 공원에는 지붕이 있지 않았으니, 비가 내릴 때마다 이런 모습이 되었습니다. 하지만 그런 생활에서 가르침을 얻은 것도 있습니다."

여전히 나카무라는 스피치 감각이 좋다. 대사 내용을 어디까지 이해하는지는 알 수 없지만, 억양을 붙이는 방식도 간격을 두는 방식도, 듣는 이로 하여금 귀를 기울이지 않을 수 없게 만든다. 그 본래의 자질인 자신을 '보여주는 법'도 능숙해져 간다. 일단 말을 끊고, 젖어서 매끄럽게 빛나는 머리카락을 빗처럼 양손으로 빗자, 여성회원 사이에서 한숨이 새어나왔다.

"선생님, 이걸 쓰세요. 감기 들겠어요."

츠보이 가즈코가 우산을 손에 들고 다가가려 한다. 나는 부드럽게 제지했다.

"오오시로 선생님께선 괜찮습니다. 수행하고 계시니까요."

나카무라가 손바닥을 위로 해 한 손을 내민다. 내 눈에는 노숙자 시절부터 익숙한 빗줄기를 확인하는 몸짓이지만, 그를 교주라 믿는 사람들에겐 그것조차 경건한 몸짓으로 보이는 모양이다. 군중이 숨을 죽인다.

"여러분은 스스로, 행복하지 않다고 생각하진 않습니까."

한 사람 한 사람에게 묻듯이, 테라스에 늘어선 얼굴을 둘러본다. 여기부터는 처음에 준비해둔 시나리오대로다.

"아직 부족한 것이 있다, 아직 갖지 못한 것이 있다, 그렇게 느끼고 있지는 않습니까. 내가 경험한 오랜 노숙생활에 비하면, 많은 것을 가진, 풍족한 삶일 터인데도."

나카무라가 천천히 고개를 옆으로 젓자, 물보라가 넓은 어깨에서 춤췄다.

"그리고 자신이 무엇인가에 쫓기고 있다. 늘 그렇게 생각하진 않습니까. 내 눈에는 그렇게 보일 뿐입니다."

3백 명 여기저기서 끄덕이는 얼굴들이 있다.

"무엇에 쫓기고 있을까요. 그 무엇인가를 구체적으로 설명하기란 어렵습니다. 그 무엇인가가 하나인지, 하나로는 끝나지 않는 숫자인지도 분명하지 않습니다."

나카무라가 듣는 이의 가슴을 뒤흔들며 등골까지 울리는 깊은 목소리로, 노래하듯이 천천히 마디를 끊으며 군중에게 말을 던졌다.

"하지만 늘, 무엇인가가, 당신을, 몰아붙이고 있지요."

여러분이 아니라 당신이라고 불린 순간, 한 사람 한 사람이 바로 자신의 얘기를 맞췄다는 표정이 되었다.

늘 무엇인가가 당신을 몰아붙이고 있다. 나의 초안대로인 대사다. 류사이도 고치려고 하지 않았다. 심리유도 문장이기는 하지만, 이 말에 거짓은 없다. 지금 나의 마음 그 자체다.

고작 1년 전, 한 봉지 90엔짜리 롤빵조차 손에 넣을 수 없었던 나. 지금은 그것이 거짓말처럼 돈과 물질과 가능성을 손에 넣었다. 길거리생활을 하기 전 샐러리맨 시절과 비교해도 훨씬 많은. 하지만 뭔가에 쫓기고 있는 나는, 1년 전과 다르지 않았다. 늘 불안을 품고 있다. 공복이며 추위라는 직접적인 위협이 아니기에, 어떻게 그것으로부터 벗어날 수 있을지 알 수가 없었다. 이름 없는 불안이다. 눈앞에 죽음의 칼날이 들이밀어 진 노숙자 시절의 직접적인 불안과 달리,

머리 위에서 매일 1밀리미터인지 1센티미터씩인지 둔중한 진짜 같은 칼날이 내려오는 듯한, 불안이라고도 할 수 없는 불안의 예감이다.

요즘 매일같이 한밤중에 잠에서 깬다. 악몽을 꾸는 모양이지만, 눈을 뜬 순간 꿈의 기억은 흩어져 버린다. 몸에 남은 건 끈끈하게 달라붙은 땀과 어두운 구멍으로 떨어진 듯한 상실감뿐이다. 불을 켜는 게 무섭다. 켜버리면 지금 자신이 있는 곳이, 다른 어딘가로 바뀌어 있을 것만 같아서. 조명 스위치가, 자신과 세상을 이어주는 취약한 코드를 오프로 바꿔 버리는 특별한 장치인 것만 같아서.

그래서 늘 불을 켜지 않고 베갯맡에 놓아둔 위스키 병을 손에 든다. 어둠 속에서 술을 연거푸 들이켠다. 지금의 생활이, 자신의 인생이, 어느 날 갑자기 컴퓨터나 휴대전화가 멈추듯이 소멸해 버리는 게 아닐까 하는 두려움이 사라질 때까지. 취기에 머리가 마비되어 다시 잠 속으로 도망칠 수 있을 때까지.

"일찍이 나도 그러했습니다. 등을 억지로 미는 것의 정체를 알지 못한 채, 늘 쫓기고 있었습니다. 하지만 길거리가 집이 되고 그곳에서 생활하는 동안, 깨달았습니다. 자신이 무엇에 쫓기고 있었던가를."

나카무라가 하늘을 우러러보며 떨어져 내리는 빗방울에 눈을 깜빡였다. 모두가 다음 말을 기다리며 숨을 삼킨다. 스스로 생각해낸 시나리오 대사인데, 나도 나카무라의 말을 기다렸다. 기도하듯이.

나카무라가 빗속에서 말을 내던진다.

"그것은 나 자신이었습니다."

그 순간, 빗줄기가 약해진 듯이 느낀 건 기분 탓일까.

"자기 자신에게 쫓기고 있었던 것입니다. 이렇게 존재해야 하는 자신에게. 이렇게 되고 싶은 자신에게. 천천히 시간을 들여 멈춰 서고, 더욱 시간을 들여 등 뒤를 돌아보며 간신히 깨달았습니다. 나의 등을 밀었던, 나로 하여금 무한히 계속되는 불안과 초조함을 향해 걸어가게 했던 것은, 다름 아닌 나 자신이었습니다."

나카무라가 어깨에 손을 대고 등 뒤를 돌아보는 몸짓을 한다. 참가자 중 몇 명이, 똑같은 동작을 따라 한다.

특별한 얘기는 아니다. 화자에 따라선 진부하게 들릴 뿐인 얘기일지도 모른다. 하지만 그것이 비를 맞고 있는 나카무라의 입에서 나오자, 지금까지 누구도 깨닫지 못한 진리처럼 들린다. 그렇게 말하도록 시킨 나 자신의 귀에도.

"행복해지기 위해서, 스스로가 행복하다고 느끼기 위해서 필요한 것은 간단했습니다. 그것은, 모든 것을 얻으려 하는 것이 아니라, 모든 것을 하나씩 버리는 일이었던 것입니다."

이 부분은 류사이가 준비한 어구다. 사타구니에 손을 찔러 넣고 경마신문 여백에 빨간 펜으로 적은 문장이다. '버리게 하자고, 돈도 여체(女體)도 귀금속도 권리서도, 전부 대지의 모임에 말이지' 불알을 긁적이며 쓴 대사에, 모두가 감동의 신음을 흘렸다.

"여러분에게 노숙을 경험하라고 하지는 않겠습니다. 결코, 권할 수 없는 혹독한 체험이었습니다. 하지만 만약 자신이 행복하지 않다고 느낄 때가 있다면, 시험 삼아 땅바닥에 주저앉아 보십시오. 그 차가움이, 딱딱함이 가르쳐 줄 것입니다. 당신이 살아 있다는 사실을. 설사 괴로워도, 일단 살아 있다는 행복이 있다는 사실을. 그 두 손으로 꽉 쥐어야 할 것이, 미처 다 안을 수 없을 정도의 물질도 아니며, 붙잡아도 붙잡아도 흘러나가 버리는 욕망도 아니라는 사실을. 정말로 꽉 움켜쥐어야 할 것은, 모두가 항상 가지고 있는 것입니다."

이것이 답이라는 듯 나카무라는 오른손을 왼쪽 가슴에 대고서, 양손으로 자신의 몸을 껴안는다. 깜빡이지도 않고 청중을 마주 바라본다. 두 눈에는 나조차도 본 적이 없는 강한 빛이 깃들어 있다. 이마에 흘러내린 앞머리에서 한 방울의 물방울이 떨어진다.

3백 명이 말을 잃은 채, 희미한 빗소리만이 옥상정원에 가득 찼다. 나카무라가 고개를 떨구고 머리를 쥐어뜯었다. 나의 연출에도 없는 동작이었다. 대사를 잊어버렸나——. 한바탕 그러더니, 헝클어진 머리 그대로 하늘을 올려다본다. 입을 벌려 빗물을 혀로 받아내고서 목젖을 움직이고 참가자들에게 몸을 돌렸다. 평소의 애매한 미소가 아니라 대범하다 할 수 있는 웃음을 띠고 있었다.

"비를 맞는 것도 나쁘지 않답니다."

시나리오에는 없는 대사였다. 역시 그다음을 잊어버린 모양이다. 내게 불안한 시선을 흘깃 보내올 것이 틀림없다. 그렇게 생각하고 '괜찮아, 아는 부분부터 계속해'라고 눈으로 신호할 생각이었지만, 나카무라는 그러지 않았다. 참가자들에게 똑바로 시선을 던진 채, 애드리브를 계속 이어간다.

"비는, 여러 가지를, 떠올리게 해 줍니다."

우오오. KAZZ가 소리치며 빗속으로 튀어나왔다. 동료 몇 명이 따른다. 입고 있던 옷을 벗어 상반신을 벌거벗은 채 두 손을 펼치거나, 입을 벌려 빗물을 마시기도 한다. 그것을 보고 한 명 또 한 명, 청년부의 무리들이 테라스에서 나왔다. 트랜스 음악이 없는 레이브를 보고 있는 듯하다. 타쿠토는 옷을 벗어야 할지 어떨지 망설이는 몸짓을 하더니 결국, 금색 수행복 옷자락과 소매를 걷고 나서, 어슬렁어슬렁 열광의 끄트머리에 합류한다.

젊은 여자아이들도 교성을 지르며 가세한다. 질까 보냐, 하며 부인부의 몇 명이 나가려는 것을 스태프에게 제지시켰다.

"여러분, 진정하세요. 선생님, 어르신들도 계셔요. 감기라도 걸리면 어쩌시려고요."

나카무라에게 한 말이 아니라 참가자를 타이를 생각으로 한 말이었지만, 또다시 나카무라는 애드리브로 대꾸해 왔다.

"내가 치유해 드리지요."

이봐이봐, 너무 가지마. 그건 금구(禁句)잖아.

"신앙이 두터우면 병도 낫는다."

류사이가 스피치 원고에 넣고 싶어 한 말이지만, 그런 말을 꺼내면 컬트라는 걸 스스로 인정하는 것이나 마찬가지다. 나는 나카무라의 말을 지우기 위해서 목소리를 높였다.

"여러분, 방금 건 농담이랍니다. 우리는 믿으면 병이 사라진다는 그런 단체가 아니니까요."

쓴웃음을 지을 생각이었지만, 별로 잘되지 않았다.

회원들의 귀에는 사무국장 키지마의 말 따윈, 교주 오오시로 말의 백 분의 일도 들리지 않는 것 같았다. 나카무라의 주위에는 어느새 펄쩍펄쩍 튀어 오르는 인간 장벽이 생겼다. 그 원에 차례차례 새로운 사람이 더해져 간다. 나카무라 앞에는 보디가드처럼 타쿠토가 두 손을 펼치고 가로막고 서 있다. 하는 수 없이 여성 스태프에게 말을 걸었다. 장부 작업을 도와주고 있는 여자애다.

"핸드타월을 사다 주게. 백 장——."

한 노부인이 제지를 뿌리치고 빗속으로 나간다. 타쿠토의 손을 뿌리치고 나카무라의 다리에 매달렸다. 그 순간 자제하고 있던 부인부의 대열이 흐트러졌다. 츠보이를 선두로 차례차례 빗속으로 걸어 나간다. 뒤에서 대기하고 있던 요시에는, 그 광경을 잡아먹을 듯이 바라보고 있었다. 할 수 있다면 자신도 함께하고 싶다는 얼굴로.

"――아니, 일단 3백 장."

새 지폐를 가득 넣은 안주머니의 카르티에가 아니라, 엉덩이 주머니의 너덜너덜한 지갑에서 구깃구깃한 지폐를 몇 장 꺼낸다.

"돈이 없으니까 100엔숍에서 부탁해."

여성 스태프가 농담이죠――라는 얼굴이 되었다.

회원 대부분이 테라스로 나가 버렸을 즈음, 비가 그쳤다. 머리 위의 구름은 아직 낮고 어두웠지만, 서쪽 하늘에는 해가 다시 보이고 있다. 저녁노을이 지기 시작하며 오렌지인지 붉은색인지 보라색인지 알 수 없는 배합으로 물들어가고 있었다.

노부인은 나카무라의 손을 잡고 놓지 않는다. 몸을 만질까 말까 망설이듯이 거리를 두고, 그 주위로 부인부의 여성들이 무릎을 꿇고 있다. KAZZ와 그 친구들은 아직 춤추고 있다. 중년 남성회원들도 머뭇머뭇 나카무라를 둘러싼 원에 가담했다. 류사이의 모습은 없었다. 자기만 따돌려져서 부루퉁해져 버렸는지도 모른다. 주위 소동에 눈을 감듯이 명상을 하고 있던 나카무라가, 문득 눈꺼풀을 들어 올렸다.

"어떻습니까, 기분은."

모두가 입을 모아 대답한다.

"기분 좋아요."

"최고야."

"행복해요."

대사를 잊은 나카무라가 또 애드리브로 폭주를 시작해 버렸나 싶어 마음을 졸였지만, 이어지는 말은 시나리오대로다.

"당신이 행복하게 존재하고 싶다 생각했을 때——."

주위를 스윽 둘러보며 시선을 주고서, 나와 눈을 마주해 온다. 이 남자가 남의 눈동자를 먼저 응시하는 건 드문 일이었다. 엷게 웃고 있는 듯한 그 시선은 '걱정하지 마'라는 말을 건네듯이 보이기도 했다.

"늘리거나, 획득하거나, 빼앗는 일을 되풀이하고 있어선, 그것을 얻을 수는 없을 테지요. 정말로 중요한 것이 무엇이었는지 떠올려 보십시오. 그것만을 꽉 쥐고, 그것에만 손을 뻗어 보십시오. 당신을 몰아붙이는 당신 자신이, 어느새 사라져 있음을 깨달을 것입니다."

언젠가 산속 레이브 회장에서 동쪽 하늘의 빛이 비쳤던 것과 정반대로, 지금은 서쪽에서 담담한 빛이 나카무라를 내리쬐고 있다. 낮과 밤, 양쪽 색깔을 은밀히 품은 하늘을 등 뒤로 짊어지고, 나카무라가 말을 잇는다. 하얀 수행복을 입은 어깨에 저녁노을이 내려앉고 있었다.

"모든 것을 가지려는 행복은, 누군가를 불행하게 함으로써 얻을 수밖에 없습니다. 행복을 다투고 있는 동안, 그 누구 한 사람 행복해질 수 없습니다. 나는 저속한 교주라서 스스로 행복해지고 싶습니다. 하지만 동시에 여러분도 행복해지길 바랍니다. 그러니 마음속의 행복만을 소중히 하려 합니다."

나카무라가 천천히 일어선다. 주위를 내려다보며 양손을 펼쳤다.

"여러분이 행복하기를. 나는 기도하고 있습니다."

KAZZ가 우렁찬 소리를 지른다. 타쿠토가 소리친다. 츠보이 가즈코도. 사이토 마유미도. 노부인은 울고 있었다.

남자 목소리와 여자 목소리, 젊은 목소리와 나이 든 목소리, 모든 목소리가 뒤섞인 함성은, 계절에 어울리지 않는 매미 소리 같았다.

1층의 홀로 돌아온 참가자들은 옷과 머리가 잔뜩 젖어있는데도, 하나같이 개운한 얼굴을 하고 있었다.

강론회 제2부는 대지의 모임 보고로 사무국장인 내가 진행하지만, 스태프를 총동원해 모은 핸드타월로 몸을 닦느라 바쁜데다 아직 고양감이 식지 않은 표정으로 속삭이듯 말을 나누는 참가자들의 귀에 어디까지 들렸을지 자신이 없었다.

보고 중 하나는, 내년에 일찌감치 개관하는 '대지도장'에 관해서다. 이쪽으로 이전하면 각 커리큘럼 정원이 75명으로 늘어나, 예약해도 참가하지 못하는 상황이 조금 완화된다는 점.

두 번째는, 기관지 『어스 워즈』의 창간이다. 무료파일럿판은 이미 행사장 안에 전시되어 있다. 창간호는 690엔. 대부분이 단색인 60여 페이지 잡지치고는 비싸지만, '대지의 목소리'와 마찬가지로 회원수의 몇 배나 되는 부수가 팔리리라. 이미 부인부의 회원들로부터는 한 사람당 10권, 20권 단위로 예약이 되어 있다.

빗속의 강론은, 염려했던 짧은 스피치 시간을 구해 주었다. 애초에는 여기서 시간을 벌 생각이었지만, 지루할 터인 나의 인사말을 일찌감치 끝내고 신속하게 제3부로 옮겨간다.

내가 단상에서 내려가자, 장내에는 중장년에게도 듣기 좋은 전자음악이 흐른다. 다시 조명이 꺼지고, 스포트라이트가 무대 가장자리

요시에 카야를 비췄다. 비가 그치기 전에 옥상정원으로 뛰어 나가 버린 요시에의 머리카락은 약간 젖어 있었다.

"지금부터, 대지의 모임에 공명(共鳴)과 수행을 함께 해 주신 회원 여러분에게, 오오시로 선생님으로부터 감사의 증표를 전달하고자 합니다. 대표 분께서 받아주시도록 하겠습니다. 호명되신 분께선, 단상 위로 올라와 주십시오."

요시에가 영화제 수상자를 발표하듯이 반으로 접힌 카드를 손에 들었다. 전자음이 드럼 소리로 바뀐다. 소리가 조용해졌을 무렵, 첫 번째 이름을 발표했다.

"츠보이 가즈코 씨."

그 순간, 츠보이가 통곡처럼 들리는 비명을 질렀다. 모두를 향한 감사를 대표한다고 하지만, 요컨대 우수자 표창이다. 누가 뽑힐지 회원들에게는 사전에 알리지 않았다.

파티용 정장이 비에 젖어 버린 츠보이가 무대로 올라와, 소녀처럼 양손으로 가슴을 끌어안는다. 무대 왼쪽 날개 쪽에서 나카무라가 나타나자, 교성을 지르며 폴짝폴짝 뛰기 시작했다.

"츠보이 가즈코 씨에겐, 오오시로 선생님께서 직접 만드신 그릇이 증정되겠습니다."

자그마한 술잔 정도의 도예품이다. 늘 그렇듯이 내가 남의 눈을 피해 풍로로 구웠던 그릇이다. 아무렇게나 한지로 싼 그것을 나카무라가 건네자, 츠보이가 까치발을 하며 나카무라에게 매달린다. 장내의 여성들로부터 야유가 날아들었다.

"시미즈 카즈야 씨."

KAZZ가 양손으로 피스 사인을 쑥 내밀며 단상으로 오른다. 장내의 적지 않은 이들이 다음은 나일까 하고 귀를 기울이고 있는 것이 느껴졌다. 대표로 뽑히는 기준은 강론회 참가 자격과 마찬가지로 애매하게 두었지만, 등단하는 사람을 보면 누구의 눈에도 명백할 터였다. 모임에 대한 헌신도, 금전 혹은 노력에 의한.

"사이토 마유미 씨."

사이토는 가슴 부분이 벌어진 칵테일 드레스 차림이다. 조금 전엔 비가 그친 것을 확인하고 나서 옷자락을 잡고 나카무라의 곁으로 달려갔었다. 무대 위에서 키스를 날려 남성회원들로부터 갈채를 받는다.

"이이무라 타쿠토 씨."

당연하지――라는 얼굴로 타쿠토가 일어선다. 오히려 이름을 불린 차례가 KAZZ보다 나중이라는 사실이 불만스러워 보였다.

다섯 번째로 불린 이름은, 장부 작업을 도와주는 여성 스태프. 입회 기간이 짧은 그녀가 뽑혔다는 사실에. 장내는 또다시 '어쩌면 나도?'라는 소리 없는 기대가 충만하기 시작한다. 이 세러모니의 모델은, 악덕 다단계 HHA(휴먼 헬스 아카데미)의 셀러브리티 멤버 시스템이다. HHA는 회원을 차별화하며 경쟁의식을 부채질해, 더욱더 지출과 노역을 쏟아 붓게 만들었다. 특별한 수법은 아니다. 옆에서 보면 자그마한 세계 속의 하찮은 서열 다툼에 지나지 않는데도, 거기서 바둥바둥 싸움을 펼치는 것이 인간의 습성이다. 회사조직도, 지역 커뮤니티도, 정치세계도, 인간의 조그마한 야망이 움직이는 것이다.

6번째, 7번째는 심신정화 메서드의 인스트럭터. 인스트럭터 중에서 사이토도 포함해 3명을 뽑았다. 앞으로 커리큘럼이 증가할 것을 생각하면 좀 더 인재가 필요하기 때문이다.

8번째로 호명된 BI 개발 세미나에 개근하고 있는 상점 사장이 마지막 한 사람임을 알자, 장내엔 지금까지 이상의 한숨이 흘러나왔다. 그것은 한 사람 한 사람의 결의표명처럼 들리기도 했다.

행사장에서 간이의자가 운반되어 나가고, 대신에 입식 파티를 위한 테이블이 차례차례 놓인다. 음료는 소프트드링크, 요리도 채소를 중심으로 한 비올로끄 식품. 류사이 말에 따르면 '스님 연수회' 같은 수수한 파티다. 비에 젖은 손님들을 위해 긴급히 따뜻한 음료도 준비했다. '여러분의 몸을 데우기 위해서'라는 이유를 붙이며, 약간의 술도. 이쪽은 사이토에게서 술을 좋아한다고 들은, 후지와라에게 제공하는 서비스다.

보통의 입식 파티라면 여기저기에 작은 그룹이 생길 테지만, 예상대로 장내에 만들어진 그룹은 나카무라를 둘러싼 커다란 그룹뿐이었다.

"오오시로 선생님, 퇴장하십니다."

계속 스태프들에게 주위를 가드 시키며 일찌감치 퇴장시킨다. 이건 애초의 예정대로다. 시나리오가 없는 나카무라와 회원들을 오래 접촉시키면 실수가 생겨 버린다. 무척 원숙한 애드리브를 연발하고 있는 오늘의 나카무라는 특히 위태로워 보였다.

장내를 한 번 둘러보며 미소만 흩뿌리고 사라지는 나카무라를 회원들이 한숨 섞여 배웅하고 나자, 간신히 커다란 그룹이 몇 개의 자그마한 그룹으로 나누어졌다. 내 쪽으로는 곧 후지와라가 다가왔다.

"1년 남짓한 사이 회원이 천 수백 명이라고요. 굉장하군요."

사이토가 거창하게 이야기를 한 모양이다. 부정해 보였다. 겸손처럼 들리는 어조로.

"아니, 아직 그렇게까지는 못됩니다. 애초에 종교단체는 인원수를 자랑하는 것이 아니라고, 우리는 생각하니까요."

"아니, 아니, 숫자는 중요하답니다. 정치세계 같은 건, 숫자 맞추기뿐인 걸요."

그 말이 맞다. 숫자는 힘이다. 그리고 숫자는 숫자를 부른다. 덕분에 지난달 수입은 1천만을 넘었다.

"이쪽은 지역 내에 신자가 많죠?"

요즘은 그렇지도 않다. 소문을 듣고 멀리서도 찾아온다. 후지와라가 그물을 들여다보는 어부 같은 눈으로 회장을 둘러보고 있음을 깨닫고, 하려던 대사를 바꿔 보았다.

"뭐, 원래가 지역 밀착형이었으니까요. 중장년회원은 근처에 사시는 분들이 많은 모양이지요."

어획량을 계산하던 후지와라가 얼굴을 가까이 들이댄다. 지나치게 가까울 정도의 거리에서 속삭였다.

"다음 총선거에서, 내 비서였던 남자가 이곳에 입후보한답니다. 함께 고생했던 사람이라서, 이기게 해주고 싶거든요. 아직 작은 정당이니, 의석 하나하나가 사활이 걸린 문제이고 말이죠."

별것 없는 잡담하는 어조이지만, 커다란 눈은 웃고 있지 않다. 이쪽의 모습이 비쳐 보일 듯 거울 같은 눈이었다.

"저희는 그런 것에는 관여하지 않으려 한답니다."

나의 마음에도 없는 대답에, 지당하다는 듯이 고개를 끄덕인다. 하지만 후지와라는 쓸데없는 소리를 생략한다는 듯 자신의 다음 말을 이어가기 시작했다.

"다음 선거는 어떻게 굴러갈지 알 수 없으니까요. 의석 하나로 국가를 움직일 수 있을지도 모르지요."

회장을 거울 같은 눈으로 응시하며 히죽 웃는다.

"정치가는 말이지요, 사람이 모이는 곳을 정말 좋아한답니다. 특히 누군가의 구령에 모두가 같은 방향을 향해 주는 곳. 뭐, 일단, 기억해 주십시오."

속된 얘기를 하고 있는데, 그런 냄새를 느끼게 만들지 않는다. 과연 프로 정치가란 이런 인종인가.

사이토의 모습을 발견한 모양이다. '그럼 뭐, 한 번'하고 인사도 되지 않는 인사를 남기고, 입식 파티에서 유영술의 표본처럼 후지와라가 사라지자, 갑자기 뒤에서 누군가 어깨를 두드렸다.

"오랜만이에요, 키지마 씨."

사사키 하루미였다. 건배라는 듯이 오렌지 주스 잔을 들어 올렸다.

"감사합니다."

나도 모르게 고개를 움츠려 버렸다. 대표자에 뽑히지 않은 것을 마음에 두고 있을 터. 금전적인 헌신도에 있어서 그녀는 사이토 다음, 츠보이와 어깨를 나란히 하는 존재이지만, 사사키까지 단상에 올려 버리면, 선발 기준이란 게 어차피 쏟아 부은 돈이라는 이미지를 주어 버릴 수도 있었다. 사이토에게 존재감면에 크게 물을 먹은 것이 재미없었는지, 최근에는 강습회 출석도 줄어들고 있다는 점도 있어 일부러 제외했다.

"사사키 씨도 등단했으면 한다. 오오시로 선생님께선 마지막까지 그렇게 말씀하셨습니다만, 아무튼 인원수에 한계가……."

말뿐인 변명을 하자, 사사키는 섀도가 지나치게 짙은 눈을 가늘게 떴다. 돌아온 말은 걱정이 필요 없을 듯한, 시원시원한 목소리였다.

"괜찮아요, 괜찮아, 그런 거. 그보다 방금 얘기하던 사람, 혹시 중의원 의원의 후지와라 선생님?"

일방적인 빠른 말투로 내게서 맞장구만을 끌어낸다.

"아아, 역시. 나도 인사하고 올까나. 잠깐 이거, 들고 있어줘요."

유리잔을 건네 온다. 내가 그것을 쥔 순간, 발걸음을 돌리려던 몸이 다시 이쪽을 향하며 어깨를 움츠려 보였다.

"저런저런, 선생님 다른 사람에게 붙잡혀 버린 모양이네. 뭐 됐어."

내게 들게 한 유리잔을 손가락 끝만으로 잡고, 빼앗듯이 되찾아간다. 사사키가 다시 눈을 스윽 가늘게 뜬 것 같은 기분이 들었지만, 후지와라와 접촉하는 것에 어떤 메리트가 있을 지로 머리를 가득 채우고 있던 그때의 나는, 마음에 담아두지도 않았다.

9

훤히 드러난 두꺼운 철골이 벽이며 천장을 가로지르는 신(新)도장은, 고래 골격표본 같았다. 간신히 개보수가 끝나가는 실내에는 페인트 냄새로 가득 차 있다. 방 한쪽에 류사이가 새로 휘호(揮毫)한 『대지의 모임』이라는 글자가 걸리면, 작업 완료다. 지금보다 몇 배나 큰,

도자기 액자에 담긴 그 글자는 개보수작업을 담당했던 KAZZ를 비롯한 청년부 회원들이 들고 있다.

"이 정도면 될까요?"

"조금 더, 오른쪽 아래일까. 아니, 너무 갔어. 그래, 그런 식으로."

액자를 지탱하는 쇠 장식에 전동공구가 마지막 나사를 박은 순간, 환성이 끓어올랐다. 머리에 감고 있던 타월로 땀을 닦으면서 KAZZ가 웃음 띤 얼굴을 이쪽으로 향한다.

"이야아, 기분 좋네요. 몸을 움직인다는 거. 전 아르바이트는 츠타야에서밖에 안 해봐서. 그건 그것대로 육체노동이지만 땀은 나지 않거든요."

부럽다. 나는 오랜만의 육체노동에 허리와 등이 비명을 지르고 있다. 잠들지 못하고 아침까지 술을 마셨던 오늘은 전동공구 소리가 날 때마다 머리도 비명을 지르고 있었다.

"수고했어, 오늘 밤은 느긋하게 쉬게나."

"어딘가 한잔하러 안 갈래요……. 아아, 키지마 사무국장님은 술을 못하시던가."

"아니, 약간이라면 마실 수 있지만, 오늘은 사양하지."

"그런가요."

KAZZ가 뭔가 묻고 싶은 표정을 지었다. 입을 움직이려다 도중에 멈춘다.

"뭔가."

고개를 갸웃거리며 재촉하자, 다른 한 명이 입을 열었다.

"저기요, 우리, 크리스마스, 축하해도 되나요? 파티 같은데 가거나 하는 건, 어떨까요."

"크리스마스?"

벌써 그런 시기인가.

좋은 추억은 없다. 크리스마스라는 말만 들어도 짜증스러울 정도로 명랑한 데코레이션 사이를 방황하던 작년 겨울이 떠올라 버린다. 물에 젖은 프라이드포테이토가 뇌리에 플래시백하고, 무료급식의 고기 없는 고기 우동 맛이 혀에 되살아난다. 성가대와 노숙자가 한목소리로 노래하는 할렐루야 선율이 귓속을 시끄럽게 만든다.

가는 안경테를 쓴 고지식해 보이는 여성회원이 입을 열었다.

"일단 종교단체 신자잖아요, 우리들. 기독교 축하에 참가해도 되는지 어떤지, 다 같이 토론하게 돼서요."

그보다 더 전에는 어땠을까. 미나코나 그전의 여자 친구를 위해서, 고급식당 예약을 따기 위해 열심이었던 것밖에 기억나지 않는다. 그보다 더 전에는?

"치킨을 먹는다든가, 케이크를 먹는다든가 하는 거, 역시 안 되려나요."

어머니가 믿는 단체는 배타적이어서, 나는 친척 장례식에도 가지 않았다. 새해 참배를 하러 간 기억은 아버지와 단 한 번뿐. 어린 시절의 나는 크리스마스를 축하한 경험이 없었다.

안쓰러웠는지, 언젠가 아버지가 몰래 크리스마스 케이크를 사서 돌아온 적이 있다. 밤늦게 내 방으로 몰래 들어와 침대 밑에 자그마한 케이크를 두고 간 적이 있었다.

다음 날 아침에 일어나 보니, 케이크는 사라지고 없었다. 주방에는 아버지와 어머니의 지독한 말다툼 후에 찾아오는, 위가 욱신거리는 침묵만이 가득 차 있고, 케이크는 싱크대의 음식물 쓰레기통 속에

처박혀 있었다. 멜론이며 오렌지가 얹어진 과일 케이크였다. 그 케이크는 어떤 맛이었을까.

나는 관자놀이를 문지르던 손가락을 젊은 회원들에게 들이밀었다.

"우리를 얕보지 마. 그런 그릇 작은 곳이 아니라고. 케이크 물론 오케이다. 치킨도, 파티도."

KAZZ 등 젊은이들이 안심하는 거 같기도, 뭔가 아쉬운 표정을 짓는 거 같기도 해서 한 마디만 덧붙였다.

"다만, 방에 트리는 장식하지 말 것."

10

오랜만에 잠들 수 있었던 건 대량의 술 덕분이었지만, 그 대신 머리가 지독하게 무거웠다. 두개골 안에는 뇌수 대신에 볼링공이 채워진 것 같다. 주방에서 물을 끓여 드리퍼에 한 잔 분량치고는 지나치게 많은 커피 가루를 털어 넣는다.

거실은 술 냄새로 충만해 있었다. 모공에서도 똑같은 냄새가 피어오른다. 창을 크게 열어젖히고 유리잔에 반쯤 남아 있는 18년짜리 스카치위스키를 쏟아 버렸다. 소독약과 비슷한 위스키 냄새에 텅 빈 위장이 휘저어져 싱크대에 위액을 토했다. 뭔가 먹지 않으면 안 되겠다고 생각하지만, 식욕은 전혀 없었다. 뭐를 먹어도 제대로 된 맛이 나지 않는다. 마지막으로 제대로 된 밥을 먹은 게 언제였을까.

중유(重油)처럼 진한 커피를 한 모금 마시고 숨을 쉰다. 거의 빈 위스키 병을 내용물째 버릴 생각으로 주방으로 가져갔다가, 생각을 바꿔 한 컵 정도 남은 술을 커피 잔에 부었다.

알코올이 들어간 커피를 한 모금 홀짝이고 텔레비전 리모컨을 손에 들었다. 분명 요시에 카야가 출연하는 방송이 있을 터다. 평소에는 뉴스밖에 보지 않지만, 그녀가 나오는 텔레비전 프로그램은 컴퓨터에서 체크해 어떤 내용이든 되도록 훑어보려 하고 있다.

'영화와 무대에 전념하고 싶다'고 했던 말을 뒤집어, 그녀는 이전보다 더욱 매스컴에 모습을 나타내고 있다. 대지의 모임이라는 이름을 입에 담는 일은 물론 없었지만, 텔레비전이나 잡지 인터뷰에 답하는 그녀는, 문장 구석구석에서 정신세계에 경도되었음을 드러내고 있었다. 그런 쪽 이야기에 민감한 인간만이 눈치챌 수 있을 정도로 주의 깊게.

이쪽이 의뢰하지는 않았다. 무엇을 향한, 누구를 향한 충성심으로 그러는지 모르겠지만, 그녀 자신이 원해서 대지의 모임 광고 역할을 스스로 하고 있었다.

스위치를 켠 순간, 지나칠 정도로 조용하던 방에 요란하게 소란을 떠는 목소리가 밀려든다. 하오리하카마 차림의 연예인이며 후리소데 차림의 여성 탤런트들이 화면 너머에서 떠들어대고 있었다. 관자놀이가 욱신거리기 시작한다. 현란한 세트에 어울리지 않는 금(琴)의 선율과 함께 화면이 바뀌고, 젊은 여자가 프라이드치킨을 덥석 무는 광고가 나온다. 이쪽도 음량이 엄청나다. 여자 역시 후리소데를 입고 있다.

오늘은 새해 첫날이다.

혼자서 맞이하는 새해는 이것으로 3번째. 미나코가 집을 나간 이후만 세자면, 그렇다. 뭐, 익숙하기는 하다. 내 인생 전반에 걸쳐, 홀로 지낸 정월은 그렇게 드문 일이 아니었다.

계모가 힘껏 어머니 흉내를 내는 게 싫었던 대학생 시절에도, 결혼 전까지의 독신 시절에도 정월에는 친가로 돌아가지 않을 때가 많았다. 어린 시절에도 외톨이였다.

아버지는 가전 회사에 근무하는 샐러리맨으로 휴일은 달력과 똑같은 사람이었다. 하지만 사교활동이 필요한 시기였는지, 내가 초등학생일 무렵에는 새해 첫날부터 상사 집 신년회를 위해 집을 나서는 일이 많았다.

어머니가 믿고 있던 신타마교[神玉敎]라는 자그마한 종교단체는, 정월 축하를 부정했었다. 어머니는 이렇게 말했었다.

"축하할 일이 뭐 있어. 먹지도 마시지도 않고 기도하는 날이야. 옛날부터 그렇게 정해져 있는 거야."

매년 연말 밤에는 신전에 신자들을 모아두고 밤새워 기도를 했다(지금도 기억한다. 아이 때 일이라 무슨 한자를 쓰는지 알 수 없었지만, 미타마무카에라는 이름의 집회다). '아침엔 올 거야'라는 말을 남기고 집을 나서는 어머니는, 아버지가 없는 새해만은 오후가 되어도 돌아오지 않았다. 초등학생인 나는, 새해 음식도 세뱃돈도 없는 거실에서 계속 텔레비전 정월 방송만 보았다. 억지스러운 권유가 원인이 되어 어머니는 친척이나 이웃들과 마찰을 일으켜, 찾아오는 사람은 아무도 없었다. 연하장 수취도 거부해, 아버지며 우체국과 매년

다퉜다. '야마자키 근처에 가면 킨타마[14]교가 옮는다'는 소리를 들으며 따돌림을 당했던 내게는 같이 놀 상대도 없었다. 그 무렵 나에게는 텔레비전만이 지극히 평범한 정월과 이어지는 입구였고, 그 상자 속에 빨려 들어가고 싶다고 생각했었다. 배가 고프면 인스턴트 라면을 만들어 거기에 구운 떡을 넣어 먹었다. 그것이 내 어린 시절의 떡국이었다.

떡국이라면 먹어도 좋겠다. 미나코의 후쿠이식도, 계모의 시골 떡국도 아닌, 초등학교 2학년 무렵까지 먹었던 간토식이 좋아.

떡은커녕 냉장고 안은 텅 비어있고 제대로 된 조리용품도 없는 나는, 먼 기억 저편에 있는 맑은장국과 사각 떡으로 만든 떡국의 맛을 떠올리면서, 아직 남아 있는 구토감을 억누르고 커피 잔의 내용물을 뱃속에 흘러 넣는다.

요시에 카야가 등장할 낌새는 없었다. 그녀가 미국 원주민 주거지역을 방문한다는 기획은 이미 끝나 버렸든가 한참 뒤인 모양이다. 과장되게 떠들어대는 사회자의 목소리에, 머릿속에 들어찬 커다란 공도 금이 갈 것 같았다. 단념하고 텔레비전을 끈다.

술병과 유리잔을 정리한 거실 탁자에는 커다란 도면이 놓여 있다.

대지의 모임 예배당 도면이다. 스케치화가 아닌, 동서남북 4개의 입면도가 그려지고 곳곳의 사이즈도 첨부된 건축도면. 일급 건축사 자격이 있는 회원에게 만들게 했다.

"종교법인으로 인가를 받기 위해선, 예배장이 반드시 필요하거든. 아직 내가 독단으로 생각하고 있을 뿐 오오시로 선생님과 의논하지 않았지만, 확실하게 규모가 큰 편이 유리한 모양이네."

---

14) 金玉教 : 킨타마는 불알이라는 속어.

그런 궤변을 늘어놓으며.

높이는 30미터.

"법적 규제가 없다 해도, 키지마 씨의 이미지대로 재현한다면, 구조적으로는 이것이 한계입니다."

나보다 연상인 건축사는 그렇게 말하더니, 대지의 모임에서 계급으로는 훨씬 위인 나의 안색을 불안한 듯이 살피며 '불만스러우신가요'하고 덧붙였다.

불만이었다. 내가 그리는 건조물은 그 정도가 아니다. 이래서는 센소지15)의 오층탑에도 미치지 못하잖나.

미나코와 결혼한 이후로는, 붐빌 걸 알면서도 당연한 듯이 정초 사흘 안에 메이지신궁이나 아사쿠사의 센소지에 가곤 했다. 딱히 이유는 없었다. 모두가 가는 곳이기 때문이었다. 남들이 하는 일은(특히 타인이 부러워하는 사람들이 하는 일은) 나도 해야 한다는 것이 미나코의 움직일 수 없는 생활 규범이었다.

결혼식은 교회에서. '거기서 식을 올리는 게, 옛날부터 꿈이었어'라고 결정한 사람은 미나코다. 당시 인기가 높았던 도심지 교회에서 신자가 아닌 사람이 식을 올리려면 예배와 설교회 최소 6회 출석이 요구되었다. 석 달 동안 한 달에 두 번, 졸린 눈을 비비며 일요예배에 참가한 덕분에, 성가 몇 곡은 지금도 몇 소절 정도 노래할 수 있다. 꼭 세례를 받으라고 신부로부터 권유도 받았지만, 물론 두 사람 모두 거절했다.

결혼식은 교회. 부친과 계모의 장례식은 모두 불교식. 한 해의 소원 기도는 신사에서. 만약 미나코와의 사이에 아이가 태어났다면, 미나

---

15) 浅草寺 : 도쿄에서 가장 오래된 사찰.

코가 선택한 '남들이 물어봐도 부끄럽지 않은' 신사에 생후 첫 참배를 하러 갔으리라.

생각해 보면 일본은 참으로 이상한 나라다. 종교는 매일의 생활 방편. 수단이지 목적이 아니다. 그래서 평화로운 건지도 모른다. 그렇기에 더욱 신흥종교를 이용할 여지가 있다.

괴로운 일이 생기면 자기보다 높은 누군가에게 의사결정을 맡겨버리고 싶어 한다. 현실이 혹독하면 현실 이외의 무엇인가로부터 해결을 꾀하고 싶어 한다. 그렇게 생각하는 사람이 적지 않고, 나는 다르다고 부정하는 사람에게도 그런 생각이 머리를 스칠 때가 있다. 잠재 요소가 많은 것이다. 본인의 자질과 타이밍만 맞으면, 눈앞에 펼쳐진 거미줄에 손을 뻗는다. 실에 매달리면 수단만 계속되던 나날에 목적이 생긴다. 공동체 속에서 안도할 수 있다.

종교에 빠지는 사람은 특이한 인간이 아니다. 어머니를 책망하던 아버지 쪽 친척들은, 어머니가 종교에 매달린 이유가 아버지의 바람기와 언어폭력이 커다란 요인이었다는 사실을 모른다.

대지의 모임 회원은, 12월 말 현재로 천백삼십 명. 연초에 발행할 '어스 워즈' 창간호는 이미 4천 부 가까운 예약이 들어와 있다. '대지의 목소리'도 합계 5천5백 부. 다만 '어스 워즈' 때문에 손해를 보는 듯 일시적으로 기세가 줄어들자, '영업방해다'라며 류사이가 안달 내고 있다.

작년 9월에 만든 홈페이지도 연초에 새로 꾸며진다. 사무실 2층 전체는 현재 '어스 워즈'와 홈페이지를 위한 편집실로 바뀌어서, 한 해의 마지막 날인 어제까지 10명 가까운 스태프가 일하고 있었다.

커피를 들이켜고 또 한 잔을 탈지 어떨지 망설이다, 결국 주방 찬장에서 새로운 위스키를 꺼내 컵에 부었다.

뭐, 상관없다. 정월이니까. 따끔따끔 아픈 위장 때문에 뜨거운 물을 조금 타서 희석한다. 건강에도 신경을 써야 하는데.

뜨거운 위스키를 홀짝이며 연필로 예배당 설계도에 내부 배치를 그려 넣는다. '총공사비가 얼마가 될까'라는 나의 질문에 건축사는 '지금 단계에서는 뭐라고도 할 수 없다'고 대답했다.

"평범한 기념물인지, 내부에 사람이 들어가는 시설인지, 그렇다면 몇 층까지인지, 내부 구조는 어떻게 될지, 그것에 따라서 전혀 다릅니다. 1억도 백억도 들 수 있습니다."

물론 사람이 사용한다. 최상층에서 지상을 내려다볼 것이다. 어떤 광경이 보일까.

내 머릿속에는 탑의 최상층에서 하계를 내려다보는 자신의 모습이 있었다.

다만 거기서 보이는 풍경은, 안개인지 연무인지 반투명한 엷은 베일에 둘러싸여 있어 뚜렷하게 잘 보이지 않는다. 어렴풋이 떠올라 있는 것은, 사람의 모습도 건물도 아닌, 한 면 가득한 흰색. 모래언덕을 생각나게 하는 황량한 하얀 지평이다.

하지만 그곳이 어디인지 나는 알고 있다. 상자 정원 요법을 받던 시절의 상자 속 풍경이다.

카운슬러는 내가 만든 상자 정원의 풍경에 대해 전혀 언급하지 않았지만, 문진할 때 이런 말을 들은 적이 있다.

"야마자키 씨는, 무척 꼼꼼한 분이시군요."

그런가. 조개껍데기를 하나씩 시간을 들여 쌓아올리는 모습을 보고 그렇게 생각한 것이 틀림없다. 꼼꼼하고 뭐고, 신중하게 쌓아올리지 않으면 전부 무너져 버리니까 그렇게 했을 뿐이다.

"물론 어떤 일에 대해서든 세심하다는 점은 중요하다고 생각해요. 하지만 타협도 필요하답니다. 모든 것을 파악하고 있겠다, 혼자서 모든 걸 하겠다, 그런 사고방식을 가진 분은, 마음의 실을 너무 팽팽히 당겨서 필요한 느슨함까지 잃어버리는 경향이 있어요. 전력 질주로는 장거리를 뛸 수 없답니다. 완벽한 설계도를 만들려고 하지 않는 것이, 좋지 않을까요."

"설계도?"

"예, 자신에 관한 설계도."

"꼼꼼한가. 그 정도는 아니라고 생각하는데요."

그렇게 듣고 보면 그렇게 생각되지만. 지금 생각해보면 심리 상담이라는 건, 콜드 리딩 화술과 비슷하다.

내가 부정하자 카운슬러는 눈썹 사이를 약간 모으며, 일반론이라는 듯이 말하던 어조를 보다 직선적인 말투로 바꾸었다.

"야마자키 씨는, 설계도를 지나치게 공들여 만드는 것처럼 보여요. 나사 하나가 느슨한 것도 놓치고 싶지 않다, 그렇게 생각하지 않으시나요."

"나사 하나도?"

"나사 하나도."

"그건 일에 관해서?"

"어떤 일에 관해서든."

그때의 내 눈에는, 자신보다 몇 살 연하인 여성 카운슬러에게 미나코가 빙의해 있는 듯 보였다.

"조금 더 편하게 갑시다. 완벽한 설계도 같은 건 어디에도 없거든요. 나사 하나 정도 튕겨 나가 버려도, 대부분의 기계는 움직이니까요."

"하지만 점보제트기라든가 아폴로 우주선 같은 경우……."

"봐요, 봐요. 또 그렇게 얘기를 어렵게 만드세요. 제가 말하는 기계라는 건, 오븐토스터나 이불건조기 같은 거랍니다."

확실히 그럴지도 모른다. 하지만 그 시절에는 어쨌든, 지금의 내게는 정밀한 설계도와 결코 남에게 맡길 수 없는 혼자만의 고독한 작업이 필요했다. 나사 하나의 느슨함도 치명타. 설사 그것이 사소한 곳이라 해도, 두 번 다시 세상 속에 내가 있을 곳을 잃고 싶지 않았다. 더는 얼어붙은 길바닥으로 돌아가고 싶지 않았다. 앞을 향해 전력질주하는 수밖에 없다. 마음을 극한까지 긴장시키며.

다행히 방에는 나뿐이라, 머리에 떠오른 말을 입 밖에 내어 말해본다.

"나는 틀리지 않았어."

방법론에 있어서.

어젯밤부터 몇 번이나 그렸다가 지워서, 탑의 도면은 회색으로 지저분해지고 주름투성이가 되었다. 그렇다, 어젯밤. 해가 바뀌는 시각에도 이렇게 설계도를 향하고 앉아, 카운슬러의 말을 떠올렸었다.

"완벽한 설계도 같은 건 어디에도 없답니다."

연필을 내던진다. 오케이, 다른 걸 생각하자.

탑을 건설할 장소다.

컴퓨터를 켜고 지도 사이트를 연다. 후보는 이미 좁혀져 있다.

땅값이 지나치게 비싼 도쿄는 처음부터 단념했다. 영장(靈場)으로 이름 있는, 히에이 산, 고야 산은 불교색이 짙고, 도쿄 한구석에서 활동을 시작한 단체로서는 거리상 멀다. 나카무라의 고향인 오키나와도 마찬가지. 본 섬에서 산 적이 없다고 하는 나카무라지만, 그를 아는 사람이 늘어날 가능성은 조금이라도 제외하고 싶다.

후지 산 부근은 매력적이다. 영봉(靈峯), 일본의 상징이라는 브랜드 이미지. 도쿄에서 가깝고, 나고야는 물론 오사카에서도 심리적으로 도쿄보다 가까우리라. 옛날부터 크고 작은 온갖 종교단체가 거점으로 삼고 싶어 한 것도 무리는 아니었을 터. 하지만 너무 때가 탔다.

역시, 여긴가.

불러낸 것은 지바 현의 지도다.

중앙부에 커서를 대고 확대한다.

쿠주쿠리[九十九里]. 어린 시절 내가 살았던 곳이다. 중2 때 전학해 버렸고, 신타마교 광신자의 아이인 내게는 친구 따위 없었으니, 나를 기억하는 사람은 그렇게 많지 않으리라. 하물며 키지마라는 가명을 댄다면.

석 잔째인 뜨거운 위스키를 흘려 넣자 머리 구석에서 벌레의 날갯소리가 들리기 시작했다.

흐음. 오늘은 아직 수가 적군.

열어젖힌 창문으로 바람이 불어와 테이블 위의 설계 도면을 펄럭였다.

1년 전 공원에서 자던 나를 부들부들 떨게 만들었던 비바람이 떠오르는 차갑고 습한 바람이다. 컴퓨터를 들여다보는 목덜미를 차갑게 식은 손바닥처럼 어루만지고 간다. 몸을 움츠리며 코를 훌쩍이고, 나는 화면 속의 이차원으로 데이터화된 그리운 마을을 방황하기 시작했다.

11

정월의 둘째 주 일요일. '대지도장'이 개관했다.

외벽에 모래를 잔뜩 뿌려 입힌 상자 모양의 2층 건물이 원래는 창고 겸용 공장이라는 사실을 눈치챈 사람은 많지 않으리라. 창문이 없는 샌드베이지 외관은, 멀리서 보기에는 돌로 만든 유적처럼 보이기도 한다.

도장 앞, 4차선 도로 옆 인도에 만들어진 사람들의 긴 행렬에, 길을 가는 통행인들이 놀라움이 담긴 시선을 보내고 있었다. 벌써 정월 둘째 주인데도 이렇게나 많은 참배객을 모으는 절이나 신사가 이 주변에 있었던가 하는 얼굴이다. 장례 행렬처럼 정연히 늘어선 남녀노소 누구나 상쾌한 표정을 짓고 있다는 점도 외부인이 보기엔 이상했으리라.

교통량이 많은 차도에서는 수백 미터에 이르는 행렬과 그 끝에 있는 커다란 입간판이 싫어도 눈에 들어올 것이 틀림없다. 간판에는 류사이의 붓글씨로 이렇게 적혀 있다.

『대지의 모임 신년회』

오늘은 대지도장 개관식을 겸한 신년회다.

새로운 해가 시작됨을 순수하게 기뻐하며 지극히 평범하게 축하한다. 나는 그것을 대지의 모임 방침으로 정했다. 그것도 당당하게 남의 눈을 의식하지 않고. 회원에게 새로운 도장을 개관하는 날은 동시에 대지의 모임을 세상에 널리 알리는 날이기도 하다.

자유 참가임에도 불구하고, 회원의 반 이상이 달려온 모양이다. 스태프가 5분마다 30명씩 안으로 들여보내지만, 1시간이 지난 지금도 아직 줄의 반 정도밖에 소화하지 못했다.

지금 도장 안에서는, 안쪽에 설치된 교단 위에서 나카무라가 회원들 한 사람 한 사람에게 새해 인사를 건네고 있을 터.

"당신에게 좋은 해가 되기를."

"올해도 수행에 매진합시다."

등등.

단골 회원들에게는 이런 말을.

"전에 뵈었을 때보다, 좋은 얼굴을 하고 계시군요."

나카무라의 기억력은 인물에겐 발휘되지 않는다. 사람 얼굴은 금방 잊어버려서 그냥 두면 대부분의 사람들에게 그 말을 건네 버릴 것 같았다. 류사이가 옆에 서서, 블록사인을 보내 나카무라의 10가지 유형의 말을 컨트롤 하고 있다.

나는 도장 밖에서 인원 정리를 하고 있었다. 이웃과의 트러블을 피하고자, 인도의 길턱 쪽을 따라 참배자들을 세운다. '대지의 모임'이라고 프린트된 유니폼 점퍼를 입은 스태프들에게는 이런 지시를 내렸다. '한 줄이 되도록 유도해 주게. 통행에 방해되지 않도록'. 그러는 편이 행렬도 길어 보인다.

도장 정면 입구의 왼쪽에는 기장을 위한 안내대를 설치했다. 몇 개나 되는 더미를 이루고 있는 건 축의금 봉투다.

'축하금을 지참하고 싶다'는 회원들의 목소리에는 '마음만으로'라고 대답해 둔다. '얼마 넣으면 되는 건가'하고 직접적으로 물어오는 청년부 사람에게는 '학생은 무리하지 마'와 '양심적'이라고 못을 박으며, 은근하게 '돈은 필요하다'는 분위기를 만들었다. 마음의 총액이 얼마나 될지. 부인부는 빠짐없이 지갑을 열리라. 2천만 엔, 아니 3천만 엔은 갈까. 기대된다.

행렬 안에는 확실하게 처음 보는 얼굴이 섞여 있었다. 요시에 카야가 목적인 무리들이다.

새해를 맞음과 동시에 요시에는 블로그를 개설했다. 블로그에는 지금까지 어떤 인터뷰에서도 언급하지 않았던, 자신이 소속된 단체를 향한 마음이 적혀 있었다. 고유명사는 나오지 않지만 인터넷상의 정보는, 특히 그녀 같은 유명인의 정보는 네티즌들의 손에 이런저런 사족이 달려 비탈길을 굴러 내려가는 눈덩이처럼 부풀어 오른다. 매스컴에서는 아직 다뤄지지 않은 '요시에 카야, 대지의 모임에 입교'는, 인터넷 세계에서는 이미 기정사실이었다.

신년회에 외부인은 참가할 수 없다, 다만 이 자리에서 회원등록을 마친 경우는 별도, 그런 규칙을 만들어서 장난삼아 찾아온 무리 중 다수가 등록하게 유도한다. 아무튼, 안내대에 서면 스태프 점퍼를 입은 요시에 카야가 입구 근처에서 장내 정리하는 모습을 볼 수 있으니까. 오늘 하루 동안, 대지의 모임 회원의 '실제 숫자'는 또 한층 뛰어오를 것 같다.

회원이 지금의 배, 2천 명에 도달하는 순간은 그렇게 먼 미래의 일이 아니다. 3천, 4천도 그렇다. 악덕 다단계 HHA는 창립 이후 2년 반 만에 회원수를 1만 명으로 만들었다. 똑같은 일이 종교에서도 가능할 터. 다단계 상법처럼 사람들의 욕망을 먹으며 확대해가는 것이 아니라, 무욕(無欲), 무사(無私)의 마음을 모아 커지기 때문이다.

입구 오른쪽에서는 방금 나온 따끈따끈한 '어스 워즈' 창간호를 판매하고 있다. 발행 부수는 1만. 64페이지짜리 지면의 반은, 작년에 시행된 오오시로 타케토 강론회 리포트. 별것 없는 내용이지만, 디자인에는 공을 들였다. 표지를 위한 나카무라의 사진촬영에는 한창 잘나가는 여성 사진작가를 기용했고, 편집디자인은 그럭저럭 이름이 있고 일을 가리지 않는 아트디렉터에게 회원의 연줄과 고액의 돈을 지급해 의뢰했다.

창간호는 적자를 각오했지만, 3개월 후로 예정하고 있는 제1호부터는 채산이 맞으리라 예상한다. 독장수셈이 아니다. 설계도는 그려져 있다. 회원들 중 개인 가게 주인, 중소기업 사장들로부터 광고를 모을 예정이다. 이미 강론회에서 단상에 올랐던 슈퍼마켓 사장은, 한 페이지짜리 단도 광고에 백만 엔을 내겠다고 약속했다.

회원 중에서 영업담당자를 골라 서점에 납품도 시작한다. 현재 책을 진열할 수 있는 곳은 히어링 센터가 있는 상점가 서점과 회원의 남편이 운영하는 헌책방 2곳뿐이지만, 하나라도 수락하는 가게가 있다면, 즉시 회원에게 정보를 흘려 바로 재고 없음으로 만들 수 있다. 이익이 난다는 걸 알면 달려드는 가게도 나올 터. 문의전화를 단속적으로 건다는 방법도 있다.

1월치고는 따뜻하고 맑게 갠 날이다. 나는 유난히 맑은 창공을 올려다보았다. 작년을 생각하면 나는 별세계에 있다. 좋은 한 해가 되리라는 예감이 들었다.

참배자가 간신히 백 명 정도 남게 되었다. 마지막 정도는 나도 단상에 올라갈까, 그런 생각을 하며 도장 안으로 발걸음을 향한다. 신도장을 배경으로 기념 촬영하는 회원들 사이를 누비며 뒷문으로 돌아가려 했더니, '어스 워즈' 판매대에서 한낮의 햇빛을 한몸에 받고 있는 금색 수행복이 다가왔다. 이이무라 타쿠토다.

"요전에 제안했던 새로운 홈페이지 '리디자인 프로젝트' 말인데요, 그거, 어떻게 됐어요."

그와는 올해 들어 처음 말을 나누는 것인데, 새해 인사도 없이 갑자기 그렇게 말을 꺼낸다. '리디자인 프로젝트'라는 건, 홈페이지 리뉴얼에 관한 타쿠토의 독자적인 네이밍이다.

"아아, 잘 참고하고 있어."

"내가 잠깐 쉬는 사이에, 녀석들 멋대로 작업을 진행하는 거 같은데. 곤란한 걸, 그렇게 나오면. 키지마 씨, 어떻게 생각해요?"

녀석들이라는 건 IT 광고팀을 가리키는 말이다. 타쿠토가 뜸했던 이유는, 나만이 알고 있다. 나는 종종 친구가 없는 그가 불평이나 자랑하는 얘기를 듣게 된다. 연말연시에 도호쿠의 온천 숙박 시설에서 이불 나르기 아르바이트를 했었다고 한다. 수강료 낼 돈을 융통하기가 어려워진 것이리라. 처음 만났을 때는 사람과 세상을 높은 곳에서 내려다보는 시선으로밖에 보지 않던 청년이었는데, 지금 그의 눈동자에는 좋든 나쁘든 그늘이 없다. 똑바로 나의 눈을 응시해 온다. 나는 그 눈을 마주 볼 수가 없었다.

정직히 말했다.

"이이무라 군, 그건 내가 지시한 거야."

"어, 왜요?"

"언제까지나 자네 한 사람에게 부담을 줄 수는 없으니까."

지금 IT 광고팀을 움직이고 있는 건 다수의 프로 웹디자이너들이다. 평범한 아마추어 블로거인 타쿠토에게는 이미 할 일이 없다는 것을 본인은 아직 깨닫지 못하고 있다.

"나머지는 그들에게 맡겨 주지 않겠나."

"네?"

수행복에 맞춰 금테로 바꾼 안경 속의 두 눈이 조급하게 깜빡였다. 1년 사이에 타쿠토도 조금 어른이 된 것 같다. 언외의 의미를 깨달아 주었다.

"그런가, 난, 이제 볼 일이 없는 건가."

"그렇지 않아. 누가 뭐래도 자네는 청년부 회원 제1호야. 다음 프로젝트에는 꼭——."

하늘을 바라보던 타쿠토가 내 말을 도중에 가로막는다.

"맞다, 나, 카운슬링을 받고 싶은데."

"어째서?"

이제 타쿠토는 내 눈을 마주 보지 않았다.

"요시에 카야에게도 했잖아요, 카운슬링."

관자놀이가 욱신거렸다. 요시에에게 특별대우로 히어링 한 것은 입 밖에 내지 않았지만, 그녀가 시작한 블로그를 통해 회원들에게 알려져 버렸다. 요시에의 블로그 'KAYA의 티피'에는 '특수한 능력을 갖춘 카운슬러에게 진찰을 받았다'고 밖에 적혀있지 않았지만, 회원이라면 그것이 오사나이 사범대리를 가리키는 말임은 금방 알 수 있었다. 그 사실을 회원들이 물어올 때마다 되풀이하는 변명을 또다시 말한다.

"그건, 입회를 승낙할지 어떨지 면접을 대신한 거였네. 그녀 같은 사회적 입장이 있는 사람을, 선선히 받아들이자니 의문이 느껴졌으니까. 그녀의 마음이 굉장히 흔들리고 있는 듯이 보였고 말이야. 자네에게는 필요 없지 않나. 지금은 망설임이 없을 터야."

"아니, 지금도 고민하고 있어요."

"그렇지 않아. 오오시로 선생님께도 '전에 만났을 때보다, 좋은 얼굴을 하고 있다'고 들었잖아."

금색 프레임 속의 눈이 스윽 가늘어졌다.

"어째서 그걸 알고 있는데요?"

아차.

"이심전심이야. 분명 선생님께서 그렇게 말씀하시리라 생각해서 말이지."

이야기를 돌리기 위해서, 신속히 말을 잇는다.

"무엇보다, 자네는 히어링을 받았지 않았나, 기억하고 있지. 처음 우리에게 왔던 날의 일."

"잊을 리 없죠. 하지만 그때의 카운슬러는 키지마 씨였는 걸. 오사나이 사범대리가 아니었어."

떼쓰는 아이 같은 말투다. 개점휴업 상태였던 초기, 대지의 모임에 와 주었던 타쿠토에게는 의리를 느끼고 있다. 그래서 다른 사람보다 총애를 해왔다고 생각한다. 하지만 유감스럽게도, 그는 이미 대지의 모임에 있어 중요한 인간이 아니었다. 천분의 일. 작은 나사 중 하나다. 언제까지나 응석을 받아줄 수는 없었지만, 힘껏 불심을 발휘해 말했다. 관자놀이를 문지르는 것도 숨기지 않고.

"알았네. 오사나이 사범대리에게 물어보지."

12

1주일 후 저녁, 지금은 '어스 워즈' 편집부와 IT 광고팀의 사무실이 된 도쿄 히어링 센터로 타쿠토가 찾아왔다.

타쿠토의 요청을 류사이는 쾌히 허락했다. 요시에 카야를 대지의 모임으로 이끈 '오사나이 사범대리의 카운슬링'은, 지금은 회원 사이에서 약간 전설이 되고 있다. 덕분에 자신감도 의욕도 가득하다.

"간담료를 3만 정도로 하고, 팍팍 벌자고."

그런 소리를 하고 있지만, 나는 고개를 젓고 있었다. 요시에 때는 막대한 데이터와 미츠오카의 조사 능력 덕분에 잘된 것이다. 길거리 점술 같은 콜드 리딩은 자주 쓰면 실수가 나온다. 거꾸로 전설인 채로 두는 편이 더 낫다.

'어스 워즈'나 '대지의 목소리' 재고가 쌓인 회당 중앙에 테이블을 놓고, 이전과 마찬가지로 단과 평행한 위치에 타쿠토를 앉힌다. 류사이가 자신에 가득 찬 어조로 말을 꺼냈다.

"요즘, 자주 꿈을 꾸지."

타쿠토는 평소의 표정이 부족한 얼굴을 옆으로 젓는다.

"아니……. 안 꾸는데요."

"기억하지 못할 뿐 아닐까. 꾸고 있는 건, 좋은 꿈은 아닌 거 같군."

콜드 리딩의 상투어지만, 옆에 바싹 다가선 나는, 내 비밀을 맞춘 듯한 기분이었다.

"꿈이라는 건 마음을 비추는 거울이거든. 볼록거울이 되거나 오목 거울이 되거나 해서 스트레이트 하게는 비추지 않지만, 그 일그러짐 의 상태가 고민의 근원이곤 하지. 자네는 지금 남에게 토로하지 않는 불만을 품고 있군."

"토로라니 뭐야."

류사이가 기분 나쁜 듯이 말을 바꾼다.

"남에게는 부딪치지 못하는 불만을 품고 있군."

"하지만 꿈은, 안 꾸는데요."

"그렇게 생각하고 있을 뿐이야. 아침에 일어나면 개운하지 않은 아침도 있지 않나. 그런 날에 꾸고 있는 거야. 너는 잊고 있어도 말이 지."

"매일 아침, 기분 상쾌해요."

요즘 한층 군살이 붙은 류사이의 뺨이 꿈틀거렸다. 내게 곁눈질을 해 온다. '뭐야, 이 녀석은' 하고 그 눈이 말하고 있었다.

진정해, 문제없어.

내가 상대를 했을 때도 그랬다. 확실히 처음에는 고분고분하지 않 지만, 타쿠토는 자기 마음대로 믿고 착각하는 구석이 심하다. 눈가리 개를 한 경주마처럼. 눈앞에 매달려 있는 것이 무엇인지만 알면, 나머 지는 멋대로 달려가 준다.

류사이가 마음을 다잡듯이 헛기침을 했다.

"흠음. 뭐, 좋아. 내 눈에는 자네의 불만이, 타인으로부터 이해받지 못하는 사실에 기인하고 있는 듯이 생각되는데, 어떤가. 자신의 능력 이 어느 정도인지 남들이 아직 깨닫지 못한다, 그런 사실에 대한 초조 함, 노여움, 불안. 그것들이 자네의 마음 밑바닥에 축적되고 있어.

그렇게 틀리지는 않을 테지?"

타쿠토는 말이 없다. Yes라는 걸까.

"하지만 말이야, 자네가 깨닫지 못할 뿐이야. 자네를 평가하고, 호감과 호의를 품고 있는 누군가가 적지 않다는 사실을."

한쪽을 부루퉁하던 타쿠토의 뺨이 터지며 말이 쏟아져 나왔다.

"누군가라니, 누구? 전설의 카운슬러라면 확실히 이름을 말해 줘야죠. 적지 않다니, 몇 명? 열 명? 다섯 명? 한 명? 구체적으로 가르쳐 주지 않으면 모른다고요."

류사이의 늘어진 뺨이 떨렸다.

"어이, 이이무라, 누구보고 하는 소리야."

"나도 물어봐도 돼요? 요시에 카야에게 한 히어링 말이에요."

타쿠토는 류사이가 아니라 나를 노려보았다.

"그 일은, 신년회 때 설명하지 않았나."

타쿠토가 안경을 밀어 올린다. 금테가 아니라 옛날처럼 검은 플라스틱 안경테다.

"그 얘기가 아니라. 내가 모은 데이터, 히어링에 쓴 거죠."

"무슨 얘기인가? 그건 그녀의 입회를 심사하기 위한 자료로 썼을 뿐이야."

"'KAYA의 티피'에 적혀 있어요. '나의 마음을 진단해 준 사람은, 그의 세대라면 모를 수 있는 자그마한 소문, 옛날 남자 친구에 관한 좋지 않은 소문까지 맞췄다'고."

타쿠토는 술술 읊어 보였다. 나도 이미 체크했으니 그 정도는 잘 알고 있다. 거의 원문 그대로일 거다.

"도움이 되어 기쁩니다."

"오해야. 자네가 만들어준 리포트를, 애초에 오사나이 사범대리는 보지 않았어."

류사이가 크게 끄덕여 보인다. 이 남자가 그럴듯한 몸짓을 하면, 어째선지 거짓말 같다.

"게다가 오사나이 사범대리는, 그녀가 친어머니에 관해 고민하고 있는 걸 정확하게 맞췄어. 그녀의 친어머니에 관해서는, 하물며 병에 관해서는 그녀 외에 아무도 알 수 없는 사실이야."

이것도 블로그를 읽으면 알 일이다.

"나 외에도 조사할 사람을 쓴 거 아니에요?"

"설마."

무심결에 흘린 그 한마디는, 타쿠토의 데이터를 이용했다는 것을 긍정하는 울림처럼 들려 버렸다.

"요즘 회원도 아닌데, 거만한 얼굴로 드나드는 질 나쁜 사람이 있잖아. 그 사람이라든가 말이죠."

정곡이다. 매일같이 히어링 센터에 얼굴을 내밀고 내부를 어슬렁 거리던 타쿠토는, 어느새 집무실이나 IT 광고팀의 스태프 이상으로 이곳 내부 사정을 알게 되고 말았다. 멋대로 다니게 둔 것은 실수였나.

"그거 분명, 핫 리딩이라고 부르는 거죠."

무표정을 가장하기 위해 어금니를 깨물었다. 분명하게 동요하고 있는 류사이를 향해 타쿠토는 말한다.

"당신은 남에게 말할 수 없는 일을 한 적이, 있는 게 아닐까요."

류사이의 장기를 빼앗아 대신하듯이 코웃음을 쳤다.

"그리고 지금 하고 있는 것이 콜드 리딩."

그가 오늘 이곳에 무엇을 하러 온 건지, 좀 더 빨리 깨달았어야

했다. 회원들로부터 비웃음을 당하는 금색 수행복을 입고 오지 않았던 시점에서.

"무슨 말을 하는 건지, 전혀 모르겠는데."

"전부, 사기였어요? 공중부양도? 하늘에서 내려온 꽃잎도?"

타쿠토의 동그랗게 뜬 눈은 물기를 조금 머금고 있다.

"그러니까, 오해야. 전부 자네의 착각이야. 오오시로 선생님께서 공중부양을 하다니, 언제 누가 한 말이야? 자네도 알잖나. 우리는 컬트가 아니야."

"장미 꽃잎 일은 지금도 믿고 싶지만, 공중부양은 이것저것 조사하는 사이에, 이상하다고 생각하기 시작했어. 하지만 믿지 않으면 안 된다고, 늘 자신을 질타했어. 이제 한계야. 그거, 거울을 사용한 트릭이죠."

타쿠토는 방 한쪽의 단상을 응시한다. 새로운 반론의 말이 떠오른 나는 그것을 입 밖에 내어 말하려, 그만두었다. 타쿠토의 눈이 그곳에 교주 오오시로가 나타나 그를 꾸짖는 대신에 진짜 공중부양이라도 보여주길 기대하는 듯이 보였기 때문이다. 이제 끝이다. 이이무라 타쿠토와 대지의 모임과의 관계는, 디 엔드.

"깨달았어. 믿으면, 보이지 않게 돼버리는 거야. 믿는 걸 그만두면, 뭐가 진짠지 금방 보이게 되는 거지."

타쿠토는 눈물 어린 목소리로 말했다. 비슷한 소리를 하며 대지의 모임을 떠난 사람은 그가 처음은 아니다. 타쿠토의 말이 맞다. 나카무라의 부자연스러운 언동, 류사이의 수상쩍은 행동, 나의 궤변들. 신앙이라는 바이러스를 채우지 않고 대지의 모임을 바라보면, 이상한 일은 한두 가지가 아니다.

하지만 간부급 회원 중에서는 이탈자가 나오지 않으리라고 나는 과신하고 있었다. 믿으면 믿을수록, 내부로 들어가면 들어갈수록 주위가 보이지 않게 된다. 주변의 목소리와 멀어진다. 실제로 다른 간부회원들은 그랬다. 타쿠토는 그 전형이라고 믿고 있었다.

생각해 보면, 좋고 싫음과 상관없이, 타쿠토에게는 KAZZ 같은 이들과는 달리 혼자서 생각하고 혼자서 고민할 시간이 잔뜩 있다. 인터넷을 이용해 객관적인 정보를 수집할 시간도. 2년째에 들어와 겨우 깨달았다. 종교에 빠지는 인간은 내성적인 타입이라고 한정할 수 없다는 사실을. 나의 모친도 신흥종교에 입교하기 전에는 외향적이고 명랑한 사람이었다고 들었다.

머릿속에 아직 내가 어렸을 때 모친의 얼굴이 떠오른다. 내 쪽으로 몸을 숙인 그 얼굴은 웃고 있었다. 그 웃는 얼굴에 기묘한 높은 탑이 겹쳐진다. 모친의 얼굴을 지워버리려는 듯이 탑의 영상만이 점점 선명해져 간다. 튀어나온 처마가 거대한 조개껍데기라는 것까지 알 수 있을 정도다. 탑이 토대로 삼고 있는 모래언덕에서 물이 흐르듯이 모래가 흘러내려 가는 것도.

부루퉁해진 표정으로 류사이는 입을 다물었다. 그 얼굴은 '이런 녀석은 내버려 둬'라고 말하고 있다. 어차피 천분의 일이라고.

"그저께, 내 블로그에 댓글을 썼죠."

"어?"

썼다. 타쿠토의 마음을 끌기 위해서, 익명의 여성회원을 가장해서. '호의를 품고 있는 누군가'라는 류사이의 토크를 엄호사격하기 위해서.

"댓글에 트랩을 걸어 뒀거든요. 오지 않을까 싶어서. 이상하다고 생각 안 했어요? 블로그에 들어갈 때, 묘한 클릭 조작이 있었잖아요."

"무슨 소리야."

있었다.

"그게 트랩이에요. 댓글을 적은 녀석의 IP 주소를 알 수 있거든요. 초심자용이라 요즘은 걸리는 녀석이 별로 없지만, 키지마 씨는 아저씨니까 되지 않을까 해서. 안 된다니까요, 그런 걸 할 때는 적어도 평소와 다른 주소를 써야지. 어이없었어, 전에 홈페이지 일로 나한테 메일 보낼 때랑 똑같은 주소잖아."

진실은 말할 수 없지만, 더는 거짓말도 하고 싶지 않았다. 나는 단어를 고르면서 이렇게 말하는 것이 고작이었다.

"견해의 차이라는 걸까. 어떻게 하면 좋을까. 앞으로 우리들은."

타쿠토는 무릎 위에 안고 있던 스포츠 백에서 금색의 뭔가를 끄집어냈다.

"당신들은 그렇게 계속, 사기를 치면 돼."

히어링 센터 바닥으로 소맷자락에 금실로 자수까지 한 수행복이 내동댕이쳐졌다.

"나는 여기 그만둘 거야."

타쿠토가 일어섰다.

"자네에게는 아직도, 해 주었으면 하는 일이 잔뜩 있는데."

"나한테는 없어요."

"유감이야, 이런 오해로……."

스포츠 백을 꽉 끌어안듯이 껴안은 타쿠토가 출구 앞에서 돌아보았다.

"쭉 믿어 왔어, 이 1년 동안. 돌려줘, 내 1년!"

문이 닫히는 소리가 들리자마자, 류사이가 내뱉었다.

"애송이 주제에, 잘난 척은."

타쿠토의 마지막 말이 울리고 있는 머리를 끌어안고 멍하니 문을 바라보는 내게, 분별 있는 체 목소리를 던진다.

"내버려둬, 한 명 정도는."

분명 그렇다. 신년회에서의 등록자를 더한 대지의 모임 회원은, 단숨에 천3백 명을 넘어섰다.

나사 같은 건 하나 정도 날아가도 움직인다. 대부분은.

13

"뵙고 싶다고 후지와라 씨가 청하고 있습니다."

후지와라 소스케의 사무소로부터 연락이 들어온 건, 2월 초의 일이었다.

나카무라와 제대로 대면시킬 수는 없다. 은근하지만 어딘지 고자세인 것도 울컥했다. '오오시로 선생님은 다망하십니다. 무엇보다, 이유 없이 회원 외의 분과 만나지는 않으십니다'라고 대답했지만, 상대는 이런 대답을 해 왔다.

"아니요, 뵙고 싶은 분은, 키지마 씨입니다."

아카사카의 요릿집에라도 불려 가려나 싶었는데, 지정한 곳은 롯 폰기의 이탈리안 레스토랑이다.

가게 안쪽 개인실에서 기다리고 있던 사람은, 강론회 때에도 후지 와라에게 붙어 있던 비서뿐이었다.

"죄송합니다. 앞서 회합이 끝나지 않아서요. 곧 도착할 테니, 먼저 시작하라고 하셨습니다."

비서라고는 하지만 분명 나보다 연상인 그는, 그 자신이 정치가라 해도 이상하지 않을 풍채의 남자였다. 이름은 호리코시. 흥이 오르지 않는 대화를 통해, 후지와라에게는 공설과 사설, 도쿄와 지역, 합쳐서 9명의 비서가 있다는 사실을 알았다. 공설은 3명까지, 그 중 의원회관 에 근무하는 정책비서는 1명으로 정해져 있다고 한다.

"10명 이상을 거느리고 있는 선생도 있으니, 특별히 많은 것은 아니라고 생각합니다."

호리코시는 외부인에게는 넘버원처럼 생각되는 '공설 정책비서'인 줄로만 알았는데, 사설 비서라고 한다.

"사설 비서로 고용되는 편이 형편에 좋지요. 이 일은, 표면상의 일만 있는 건 아니니까요."

많은 이야기는 하지 않았지만, 호리코시의 말 구석구석에서는 후 지와라 소스케를 백업하는 '후지와라 조(組)'라는 이름의 팀을 통솔하 는 이가 바로 자신이라는 자부심이 느껴졌다. 대지의 모임을 후지와 라만큼 과대평가하지 않고, 경험이라는 저울에 나를 올려놓고 어느 정도의 무게인지 저울질하고 있다는 것도.

후지와라가 남자 두 명을 동반하고 나타난 시간은, 약속 시각에서

1시간이 지났을 무렵, 메인인 고기 요리가 나온 뒤였다.

"이런이런, 늦어져서 미안합니다."

얼굴은 약간 불그스레했지만, 취한 듯 보이지 않는 표정이다. 영업용 술을 몇 잔 정도 마신 상태인 모양이었다. 후지와라는 미리 준비되어 있던 페리에[16]를 목구멍으로 흘려 넣고, 인사도 하는 둥 마는 둥 일행을 소개하기 시작했다. 한 사람은 공설 정책비서. 또 한 명은 후지와라가 이끄는 일본유신당이 다음 중의원 선거에 세울 예정이라는 신인 후보라고 한다.

신인 후보는 아직 삼십 대 중반 정도다. 여성에게 인기가 많아 보이는 잘생긴 얼굴이다. 요즘 같은 세상에 비주얼적인 요소는 사람들의 지지를 얻는데 불가결한 모양이다. 정치가도 종교단체의 교주도. 신인 후보는 호리코시에게도 나와 동년배로 보이는 정책비서에게도 높임말을 썼다.

"드디어 때가 왔군요."

후지와라가 들이켠 유리잔을 흔든다. 수상쩍어하는 내 얼굴은 상관하지 않고 말을 이었다.

"연내 안에 있을 겁니다."

"중의원 해산 얘기입니다."

호리코시가 말을 보충했다.

"잘 부탁합니다."

후지와라가 거창한 몸짓으로 머리를 숙인다. 유신당을 응원한다고는 한마디도 하지 않았지만, 기정사실로 생각하는 모양이다.

"잘 부탁한다고 하셔도……. 한 정당을 지원하는 일을, 오오시로

---

16) Perrier : 미네랄워터의 브랜드.

선생님께선 생각한 적도 없으리라 생각합니다."

"물론, 우리당의 성명서에 찬동해 주신다는 얘기입니다만."

호리코시가 또 후지와라의 부족한 말을 보충한다.

"환경문제에 관한 대처 등, 여러 가지 겹쳐지는 주장이 있다고 생각합니다. 우리당은 행정개혁에도 적극적이지요. 조직의 재검투뿐만 아니라, 사무의 효율성. 예를 들자면 말이지요, 지나치게 시간이 걸리는 종교법인 인가 같은 문제 등도——."

침을 삼키는 소리가 들리지 않도록, 나는 예의 이상으로 손대지 않으려던 와인을 한 모금만 홀짝인다. 후지와라는 들리지 않은 척한다.

"뭐, 오오시로 선생님께 말씀은 드려보겠습니다."

후지와라는 고양이가 웃는 듯한 표정을 띠고 이쪽으로 얼굴을 돌렸다.

"당신이 결정하시는 거 아닌가요, 그런 일은."

"네?"

"오오시로 씨라는 분은, 간판 담당이잖아요."

"무슨 뜻입니까."

내가 날카로운 목소리를 내는 척하자, 후지와라는 자기가 한 말을 털어버릴 기세로 바쁘게 한 손을 흔들었다. 실언을 해 당황하는 모습을 연기하는 걸로밖에 안 보였다.

"이런, 실례되는 소리를, 미안합니다. 그저 우리들 업계 용어랍니다. 실무적인 일은 키지마 씨에게 의논하면 되려나, 생각했을 뿐이랍니다. 공정해야 한다는 점도 깊이 이해했습니다. 오늘의 후지와라는 그저 세상 돌아가는 이야기를 하러 왔다고 생각하고 들어주십시오."

후지와라가 커다란 눈알을 필요 이상으로 가까이 가져온다.

"이번에는, 뒤집힐 겁니다."

이것은 호리코시의 보충설명이 없어도 이해했다. 정권 얘기다. 요즘 여당은 계속 흔들리고 있어서 총리대신이 해마다 바뀌고 있다. 올해 총리도 인기가 없어, 지지율은 여론조사가 나올 때마다 갈수록 하향세. 해산 총선거 소문이 몇 번이나 돌았고, 그때마다 소문만으로 끝나고는 있지만, 실제로 시행되면 중의원 선거는 거센 폭풍이 불게 될 터였다.

"다만 말이죠, 우리 예상으로는 어느 쪽이나 단독 과반수에는 미치지 못해요. 그때가 우리가 나설 차례입니다. 유신당이 캐스팅보트를 쥐는 겁니다. 그래서 말이지요, 이거다 싶은 정책에는 우리의 주장을 관철시키는 겁니다. 어느 쪽이 정권을 쥐어도 듣지 않을 수 없게 되겠죠. 소(小)가 대(大)를 삼키는 겁니다."

유신당의 의원은 현재로선 그를 포함해 3명뿐이지만, 가까운 시일에 여당을 탈당해 2명이 합류한다고 한다.

"그런데요, 들었답니다. 키지마 씨 쪽은 회원분들이 또 늘어난 모양이더군요. 지금 몇 명 정도인가요?"

그 얘기는 샹티의 카오리 즉, 사이토 마유미에게서 들은 것이리라.

"천5백 명을 넘었습니다."

"호오, 굉장한걸."

그다지 놀란 기척도 없이 말하고, 여기부터가 본제라는 듯이 또 얼굴을 가까이 가져온다.

"지역 내는?"

"지역 내는 글쎄요……7, 8백일까."

약 6백 정도일까. 하지만 지역 내 회원이 많은 것은 사실이다. 신앙심을 보여주기 위해서, 빈번하게 드나들며 다음 표창을 받기 위해서 도장 근처로 거주지를 옮기는 사람이 끊이지 않고 있었다.

"연내에 어느 정도 늘어날까요."

"글쎄요."

후지와라가 호리코시에게 술을 따르고 있는 신인 후보를 턱짓으로 가리켰다.

"그의 선거구는 투표율이 약 60프로라서, 22만 표 정도의 쟁탈전이랍니다. 우리가 2대 정당에 끼어들면, 당선 라인은 7만에서 7만 5천 정도. 우리가 6만까지 가면, 석패율로 살아날 가능성도 있어요."

양손을 세차게 치켜세우며 떠드는 모습은, 텔레비전의 정치토론회에서 보던 모습과 똑같다. 소수당이라지만 당수인 후지와라는 최근에 그런 쪽 방송에 빈번히 등장하고 있다. 여당도 야당도 그에게는 노골적인 공격을 하지 않고 아첨하는 태도를 보인다. 유신당이 다음 정권의 캐스팅보트를 쥘지도 모른다는 건, 사실인 모양이다.

"접전으로 가져갈 경우, 3프로를 받을 수만 있어도 크지요. 상대에게 갔을지도 모르는 표도 들어오고. 즉, 2천2백 전후. 물론 그만큼의 회원분들이 필요한 건 아니에요. 지역밀착형 단체의 회원분일 경우, 열심히 움직여 주시면 한 사람이 1.5에서 2표 분이 되지요. 기대가 되는군요."

"세상 돌아가는 얘기가 아니었습니까."

"아아, 이런. 그만 정치 얘기가 돼버렸군. 이래 봬도, 열혈 정치가라서요."

후지와라가 내게 보여주듯이 시계를 바라보고, 정책비서에게 말을 걸었다.

"다음 예정, 조금 늦어도 괜찮나."

비서는 익숙한 연기를 해내듯 재빠른 동작으로 고개를 저었다.

"아니요, 슬슬 나가지 않으면 시간에 못 맞추십니다. 타카하타 선생님을 이 이상 기다리시게 할 수는 없습니다."

타카하타 선생이라는 건, 은퇴한 거물 정치가인 타카하타 마사하루를 말하는 걸까. 후지와라가 서둘러 일어서서, 내게 손 인사를 한다.

"죄송합니다. 조금 더 얘기하고 싶지만요. 다음 일이 밀려있어서. 다음에, 천천히."

왔을 때와 마찬가지로, 회오리바람 급으로 분주하게 떠나려 한다. 시간은 20분 정도. 고작해야 천5백 명 단체에는 그 정도의 시간밖에 할애할 수 없다는 건가. 한껏 추켜세웠지만, 아직 얕보이는 것 같다. 나가려는 후지와라의 등에 말을 걸었다.

"후지와라 씨, 지바 현에서 후보를 낼 예정은?"

후지와라가 눈을 부릅뜨고 돌아보았다.

"지바? 지바도 가지요. 우리는 수도권에서 특히 괜찮은 숫자가 나오고 있으니까요. 아직 선거구는 정하지 못하고 있습니다만. 그런데 무슨?"

"아닙니다."

국면에 따라선 소(小)가 대(大)를 삼킨다. 과연. 그럼 유신당의 캐스팅보트를 대지의 모임이 쥔다면, 어떨까.

호리코시만이 남아 내 호위를 계속할 모양이다. 줄지 않은 글라스에 와인을 따라 주었다. 나는 유리잔을 들어 호리코시에게 눈인사를 하고 싸지도 비싸지도 않은, 천5백 명 조직의 실무담당자에게 상응하는 상표를 고른 모양인, 그 와인을 단숨에 흘려 넣었다.

그런가. 대지의 모임을 만들었을 때는 생각도 하지 못했다.

종교로, 나라를 움직일 수도 있는 건가.

어떻게 움직일 건지, 무엇을 하고 싶은 건지, 나 자신도 모르겠다. 하지만 목적 앞에 우선은 수단이다.

와인은 달았다.

14

새로운 사무소는 대지도장의 2층, 10평 정도 되는 방이다. 이전보다는 넓었지만, 스태프 숫자가 늘어난 만큼 오히려 비좁아지고 있다.

스태프가 돌아간 오후 6시 이후, 방에 남아 2월의 수지결산을 하고 있으려니 노크 소리가 났다.

누구지? 대지의 모임 주최의 레이브를 기획하고 있는 KAZZ일까.

"들어오세요."

문틈으로 보인 얼굴은 의외의 인물이었다. 사사키 하루미. 올해 들어서는 한 번도 강습회에 오지 않았다. 신년회도 참가하지 않았다. 타쿠토와 마찬가지로 이곳을 떠났나보다 생각했는데.

"오랜만입니다, 어떻게 된 건가요."

탈퇴서라면 필요 없는데요.

늘 그렇지만, 완벽하게 화장을 하고 있다. 50대 후반치고는 슬림한 체형을 강조하고 싶은 듯 타이트한 명품 옷도 평소와 똑같다.

"잠깐 방해해도 될까요."

내 대답을 기다릴 생각은 처음부터 없는 듯 말을 입 밖에 내기 전에 높은 힐 소리가 다가왔다. 컴퓨터 화면에서 장부를 지우고 일어서려는 나를 한 손으로 제지하며, 악수는 할 수 없는 거리에서 발을 멈춘다. 비스듬하게 얼굴을 향하더니, 하얀 얼굴 속에 지나치게 붉은 입술 끝을 끌어올렸다.

"오늘은 말이에요, 키지마 씨한테 묻고 싶은 게 있어서 왔어요."

"무슨 일이신지요."

사사키가 샤넬 백에서 비닐봉지를 꺼냈다. 안에 들어 있는 건 옥션에서 팔았던 찻잔. 내동댕이치러 온 건가. 종합병원의 원장 부인이 설마 돈을 돌려달라고는 하지 않겠지.

"이거, 뭔지 알죠."

"예에, 오오시로 선생님께서 구우신 찻잔이니까요."

"그렇 —— 지요."

사사키가 다시 입꼬리를 추어올린다. 무척 신중한 손길로 봉투를 집어서, 들어 보였다.

"여기, 봐요."

내가 손을 뻗자, 비닐봉지를 자신 쪽으로 도로 끌어당겼다.

"자, 지문이 찍혀있죠."

"그렇군요."

무슨 말이 하고 싶은 거냐, 이 여자는.

"흙을 직접 손으로 반죽해서 만드신 찻잔이니까요, 지문이 찍히는 일도 있습니다. 그 찻잔이 무슨?"

"오오시로 선생님의 손가락치고는, 작지 않아요?"

희미하게 웃음을 머금은 말이 내 심장을 푸욱 찔렀다.

"그런가요. 체격에 비해 선생님의 손가락은 호리호리하시니까요."

평소 같은 목소리로 말할 수 있었을까. 자신은 없었다.

"그렇다 쳐도, 사이즈가 말이죠."

내 손가락은 남자치고는 가늘고 말랐다. 기습공격을 당해 제대로 돌아가지 않는 머릿속에서, 이 자리를 모면할 대사를 열심히 찾아낸다.

"뭔가 불편함이 있으시다면, 다른 것과……."

말하고 나서 혀를 차고 싶어졌다. 이래서야 완전히 도자기 불량 상품 처리다.

"있죠, 이거, 당신 지문 아닌가요."

"저의?"

사사키가 의기양양한 얼굴로 백에서 비닐봉지를 또 하나 꺼낸다. 이쪽에는 어디에나 있을 법한 유리잔이 들어 있다. 관리를 받고 있는 게 틀림없는 웃음 띤 얼굴 옆에서 비닐봉지를 흔들어 보였다.

"기억해요, 이거? 작년 파티 때, 당신이 쥔 유리잔이에요. 후후, 아시는지 모르겠네. 지문 감정은 별로 경찰의 전매특허가 아니거든 요. 돈을 내면 민간에서도 해 주는 데가 있죠."

무심결에 손을 뻗어 버렸다. 사사키가 한 걸음 물러나 두 개의 봉투를 가슴에 껴안으며, 웃는 가면을 쓴 듯한 미소를 던져온다.

탑에서 또다시 모래가 흘러 내렸다.

창문은 꼭 닫혀있는데, 내 목덜미에는 차가운 바람이 불고 있었다.

사사키는 조금 떨어진 책상에 백을 내려놓고, 찻잔과 유리잔을 천천히 하나씩 집어넣기 시작했다. 몇 번이나 이쪽을 흘깃 보는 시선은, 빼앗길까 봐 경계하는 듯이 보인다. 실제로 나는, 찻잔을 강탈해 바닥에 내동댕이쳐서 산산이 부숴 버리고 싶은 충동을 힘껏 억누르고 있었다.

높은 소리를 내며 백의 입구를 닫고는, 내게 만들어 붙인 미소를 던졌다.

"즉, 당신이 만들었다는 거죠. 오오시로 선생님 작품 —— 이어야 하는 그릇을."

2시간짜리 드라마의 탐정 말투다. 목구멍에 걸려있던 침을 몰래 삼키고 나서, 그 자리를 모면하려는 말을 입 밖에 냈다.

"생각났습니다. 이전에, 가마터에서 선생님께서 '너도 하나 만들어 봐라' 하고 말씀하신 적이 있어서. 그때 저의 손장난거리가 섞여버렸는지도 모릅니다."

사사키의 얼굴에서 미소가 사라진다. 스윽 눈을 가늘게 떴다. 아이새도는 지나치게 짙은 푸른색. 한 손으로 백을 두드리며 말한다.

"그 정도의 물건이에요?"

"아, 아니……."

"나한테 이걸 얼마에 팔아넘겼는지, 잊은 건 아니겠죠. 당신, 어지간한 미술품에 뒤지지 않는다고 했잖아요."

그 자리를 모면할 말도 되지 못했다. 이쪽이 기습적인 규탄을 당하고 있는 것에 비해, 사사키는 아마 그릇의 지문을 깨달았을 때부터 집념 깊게 이 순간을 기다리고 있었던 것이다. 말로는 승산이 없다.

"이 일을 모두 알게 되면 어떻게 생각하려나. 아아, 그렇지. 다른 사람이 산 그릇에도 지문이 남아 있을지도 몰라."

나는 주먹을 쥔다. 팔이 욱신거리고 있었다. 찻잔을 되찾고 싶다기보다, 이 여자의 하얀 화장이 칠해지지 않은, 나이에 상응하게 힘줄이 불거진 목을 조르고 싶어서.

"다시 한 번 보여 주실 수 없겠습니까."

"당치도 않아."

문 방향으로 뒷걸음질 쳤다.

"손이 미끄러진 척하면서 깨버릴 생각 아니야?"

정답.

얼어붙은 얼굴에 힘껏 비위를 맞추는 웃음을 지어 보였다.

"아니요, 저희의 착오였다면, 기부 받은 돈을 돌려 드려야 하니까요."

"착오?"

사사키가 발음 미스를 수정하는 듯한 어조로 따라 한다.

"기부――라."

목에 힘줄이 불거지며, 아직 도료 냄새가 남아 있는 방을 둘러본다. 아이섀도의 면적을 보여주는 듯한 눈길로, 최신 모델 컴퓨터를 한 대씩 갖춘 책상들이며, 예정이 빽빽하게 적혀 있는 화이트보드를 스윽 훑어보았다.

"눈 깜빡할 사이에 훌륭해져 버렸네. 당신 재주인가요?"

대답 대신에, 무슨 소리냐는 표정을 지었다.

"오오시로 선생님, 사실은 어떤 사람이에요?"

이 말에도 대답하지 않자, 사사키가 미간을 찌푸렸다. 이마에 실제 나이와 어울리는 주름이 생긴다.

"오오시로 선생님은 이 일을 알고 있어요? 설마, 그럴 리 없죠. 그 사람은 이런 거 생각도 하지 못할 사람인걸."

그때까지의 냉소적인 어조가 열기를 띠었다. 호소하는 듯한 모습이다. 오오시로를 두둔하는 듯이 들리기도 한다. 숨을 토하며 서른 살 여자처럼 잔뜩 컬을 말 머리를 쓸어 올리자, 여기까지 들쩍지근한 향수 냄새가 풍겼다.

"있잖아요, 키지마 씨. 다들 바보는 아니에요. 확실히 맹신적인 사람도 잔뜩 있을 테지만, 이상하다고 생각하는 사람도 당신이 생각하는 것보다 훨씬 많아. 하지만요, 모두 믿고 싶은 거예요. 지금의 나는 별로 행복하지 않아, 이대로 나이를 먹고 죽을 뿐일지도 몰라, 그런 고민을 하거나 방황하던 차에 갑자기 눈앞에 나타난 백마 탄 왕자님이잖아. 믿고, 시간도 돈도 들여서 남에게 권유도 해 왔다고요. 스스로 내려가고 싶지 않아. 내 손으로 부수고 싶지 않아. 이제 와서 전부 거짓말이었습니다, 같은 소리를 하게 두지는 않을 테니까요."

타쿠토 때와는 다르다. 사사키는 오오시로에 관해서는 아직 믿고 있는 것이다.

"말씀대로입니다……. 저의 독단으로 저질러 버렸습니다……. 오오시로 선생님께선 모르십니다. 결국, 이렇게 된 일입니다."

망설였지만 인정하기로 했다. 일부분만을. 일단 이 여자의 머리에 끓어오른 피를 식혀야 한다. 천천히 밀어내듯이 이야기하며, 일부러 목소리를 떨어뜨렸다. 백을 팔꿈치에 늘어뜨린 사사키가 책상 하나만큼 다가온다.

"어느 그릇이나 선생님께서 손수 만드신 그릇임은 사실입니다. 하지만 선생님께선, 완성품이 조금이라도 마음에 들지 않으면 미완성인 채로 내던져 버리십니다. 아깝다는 기분이 들어서, 최초의 옥션 때만은 제가 무단으로 수정을 가해 완성품과 함께 구어 버렸습니다. 옥션을 약속해놓고 출품하는 그릇이 없다는 말로는 끝낼 수 없으니까요."

사사키의 얼굴에서 시선을 피했다. 연기가 아니라 이어질 내 말을 기다리는 시선이 정말로 아팠기 때문이다.

"그 정도의 가격이 붙을 줄은 생각도 못해서……그래서 옥션 때의 저는, 여러분의 눈에 허둥대는 듯이 보였을지도 모르겠습니다. 원래가 소심한 사람이니까요……. 솔직히 말해서, 다소 돈이 되리라 생각하지 않았다면 거짓말이겠지요. 사사키 씨도 아시는 대로, 저희는 그 당시 곤궁했었으니까요. 그런 상황인데 선생님께선 늘 저렇게 금전이나 사회적인 평가에는 전혀 흥미를 표하지 않으시고……대지의 모임을 유지하기 위해, 그렇게 할 수밖에 없었습니다. 하지만 믿어 주십시오. 사리(私利)에 쓴 것은 아닙니다. 전부, 모임의 운영을 위한 자금으로 썼습니다."

깍지 낀 두 손을 쳐다보던 시선을 사사키에게 돌린다. 이쪽을 마주 보는 시선은, 빨리 믿게 만들어 달라는 듯 보였다.

"정말로 드릴 말씀이 없습니다. 저는 무슨 말을 듣든 무슨 규탄을 받든 상관없습니다만, 이 일로 오오시로 선생님을 의심하지는 말아 주십시오. 부디, 오오시로 선생님은 믿어 주십시오."

필사적이었다. 조직을 지키기 위해서 자신이 흙탕물을 뒤집어쓴다. 회사에 있던 시절에는 절대 사양이라고 생각했는데, 지금은 태연하게 할 수 있다. 사사키가 문득 시선을 들었다.

"이상하네요. 잘 생각해보면, 그거."

다음 한마디가 해머가 되어 신중하게 쌓아 올렸던 변명의 돌담을 깨부순다.

"선생님도 옥션에 얼굴을 내밀었었는데. 자기 그릇이 아닌 걸 눈치 채지 못했다는 말이에요?"

좋은 질문이다.

곤란했다. 나는 다시 눈을 내리떴다. 잠깐 생각하고, 그 간격이 망설임 때문이라고 보이기를 바라며, 소리 내어 대답한다.

"잊으셨던 겁니다."

"잊었다?"

"예——. 잊으셨어요. 오오시로 선생님께서 평범하지 않다는 건, 사사키 씨도 이미 아실 테지요."

끄덕이려다가 고개를 옆으로 흔들었다. 듣고 싶지 않다는 뜻 같았다.

"선생님께선 보통 사람과는 다릅니다. 좋은 의미가 아닌, 물론 지성에 문제가 있는 것은 아닙니다. 의학적으로 이름이 붙은 증상이라 생각하고 싶지도 않아요. 다만, 정신구조가 보통 사람과 다소 다른 점은 적지 않습니다. 기인, 처음에 만났을 때 저도 그렇게 생각했는걸요. 하지만 그렇기 때문에 선생님께선 남과 다른 것을 느끼고, 알고, 통찰할 수가 있는 것이 아닐까요. 저는 그렇게 생각합니다. 그래서 저는 저보다 나이 어린 그 사람을 따라가겠다고 결심한 겁니다. 저 같은 평범한 사람은 추측밖에 할 수 없지만, 속세의 사람과는 다른 것을 보시니까요."

스스로도 놀라울 만큼 달변이었다. 허와 실을 뒤섞어 얘기하고 있는 사이에 자신의 말이 진실이라는 생각조차 들기 시작한다. 마스카라를 잔뜩 바른 눈썹 밑에서 사사키의 눈동자가 흔들리고 있었다. 조금만 더.

"저는 선생님의 그런 부분도 포함해 존경하고, 당신의 말을 빌리자면 맹신적으로 따르면서, 지저분한 일도 하고 있습니다. 부디 이해해 주십시오. 저로서는 해야 할 얘기는 모두 말씀드렸습니다. 사죄가 아직 부족하다면, 몇 번이라도 머리를 숙이겠습니다. 아무튼, 돈은 돌려드리겠습니다. 탈퇴서는 필요 없습니다. 여기서 구두로 말씀해 주시면 됩니다."

자아, 이제 돌아가 줘. 가능하면 오오시로를 향한 꿈의 잔상을 품은 채 영원히 모습을 감춰 줘. 설사 소동이 일어난다 해도, 회원은 외부인이 된 이 여자보다 나의 말을 믿어 줄 터.

사사키가 가는 힘줄을 세우며, 천천히 고개를 갸웃거렸다.

"탈퇴? 누가 탈퇴한다고요?"

뭐?

"싫어라, 너무 조급하시네. 난 그만둔다는 소리, 한마디도 하지 않았잖아요."

말했잖아? 안 했나? 아니 잠깐, 기다려. 그건 그것대로 곤란하다. 궤변이 지나쳤나.

"키지마 씨의 지금 얘기를 듣고 점점 더 의욕이 생겨 버렸어요. 힘내야죠. 이제 여기선 베테랑이니까, 젊은 사람들을 끌고 가야죠."

진심이라고는 생각되지 않는 연극 같은 어조로 그렇게 말하더니, 붉은 입술을 핑크빛 혀로 살짝 핥는다.

"하지만 나는, 아직 상급회원이 되지 못했는데 말이에요."

상급회원. 작년 강론회에서 표창을 받은 이들을 말한다. 공식적인 명칭은 아니지만, 회원들 사이에서는 완전히 이 이름으로 정착되었다. 나도 최근에는 그들을 특별대우하고 있다는 사실을 숨기지 않았다.

"물론, 사사키 씨는 다음 등단의 가장 유력한 후보십니다."

그만 아부하는 어조가 되어 버렸다. 7월에 두 번째 강론회를 열고, 그때 또 새로운 표창자를 발표할 작정이었다. 지난번보다 대폭 인원수를 늘릴 예정이지만, 실은 올해 한 번도 커리큘럼에 출석하지 않은 사사키는 후보 리스트에도 들어가 있지 않았다.

"자아 그럼, 열심히 합시다."

하루미가 나무 모습처럼 양손을 크게 들며 뻗는다.

"나, 뭘 하면 돼요? 인스트럭터가 될까나."

"인스트럭터?"

"그래요. 안돼요?"

"그것과 이건 얘기가 다르지 않은가요."

"달라? 그래요?"

사사키가 팔꿈치 밑에서 백을 흔든다. 나는 말없이 쓴 미소로 답할 수밖에 없었다. 한 걸음 더 다가와, 내 얼굴을 들여다본다. 계산하지 않은 전표를 들이미는 표정으로.

"난 당신 얘기를 100프로 믿는 건 아니니까요. 상황에 따라서는, 나갈 대로 나갈 생각이니까. 맞아맞아, 이 건에 관해서 한 번, 오오시로 선생님께 얘기를 듣고 싶네요. 차분하게 얘기할 기회를 만들어줬으면 좋겠는데. 단둘이서."

립스틱을 핥듯이 혀를 움직였다. 처음부터 그럴 생각이었나.

"잠깐 기……."

목소리가 목구멍 중간에서 오도 가도 못하게 되어 버렸다. 아무튼, 사사키는 내 변명을 들을 생각은 이미 없었던 거 같았다. 명품 신작 쇼의 모델 같은 당당한 발걸음으로 등을 돌렸다.

문까지 걸어가 백 안을 뒤지기 시작한다. 마음이 바뀌어 찻잔과 유리잔을 이쪽에 내밀어 주려는 걸까. 아니었다. 이것 보라는 듯이 벤츠 키를 꺼내, 나를 비웃듯이 흔들었다.

"그럼, 잘 부탁해요."

소녀 같은 화사한 목소리와 함께, 확인 사살을 하듯 문이 닫혔다.

15

"여자는 무섭구나."

류사이가 싱글 몰트위스키를 한 모금 홀짝이고, 테이스팅에 합격했다는 듯이 살짝 끄덕인 후 말했다.

"당신보다 한 수 위야. 어떤 변명을 하든 처음부터 조건을 받아들이게 할 심산이었던 거야, 분명."

요코하마 역에서 가까운 호텔 바 개인실이다. 류사이나 나카무라와 은밀히 만날 때는, 조금 멀리 떨어진 동네를 고르고, 장소도 한 군데로 정하지 않는다. 여기도 처음 방문하는 가게다. 야경이 보이는 고층빌딩의 상층부가 내 취향이지만, 이 방에는 창문이 없었다. 벽에 걸린 인상파의 복제화를 바라보며 중얼거린다.

"어떻게 하지."

평소에는 이 남자에게 상담 같은 건 하지 않는다. 운영에 관한 중요한 결정은 내가 혼자서 하고 사후승인으로 끝내고 있었다. 이렇게 정기적으로 보고하는 자리를 만드는 건, 파트너인 류사이에 대한 도리로 하고 있을 뿐이다.

오늘은 틀렸다. 나는 류사이의 답을 기다렸다. 모든 것을 혼자서 짊어지는 것에 완전히 지쳐 버렸다. 등 뒤의 너무 많은, 너무 무거운 짐을 설사 위안의 말이라도 대신 짊어주길 바랐다.

류사이는 유리잔을 흔들고 잠시 동안 공 모양의 얼음을 싱글 몰트 위스키로 녹이는 작업에 몰두하더니 입을 열었다.

"폭탄을 밟은 거야. 아줌마 무리를 평등하게 다루지 않은 보복이지. 여자들 집단에서 가장 해서는 안 되는 일이, 편애다. 일부다처라는 거 알아? 그 왜, 지금도 나라에 따라선 일부다처제인 데가 있잖아. 엄청 힘든 모양이라고. 마누라가 몇 명 있던, 처음 마누라가 몇 살이 되던, 모두 공평하게 다루는 게 철칙이래. 한 사람만 편애 따위를 했다간, 순식간에 가정 분쟁. 남편 실격이라는 낙인이 찍혀서 파멸의 길에 빠지게 된다는 얘기지."

파멸 —— 이라는 부분을 힘주어 강조한다. 내가 궁지에 빠진 모습을 재미있어하는 듯 보이기도 했다. 만약 정말로 파멸하게 되면 일련탁생[17]이라고.

"차이를 두어 다루는 건 어쩔 수 없어. 회원은 전략적으로 차별한다고 전에도 설명했잖아."

"그건 그렇긴 하지만, 좀 더 잘했어야지. 특히 여자일 경우는. 아무튼, 질투심이 깊은 생물이니까."

질투심이 깊은 건 남자도 마찬가지다. 증권회사 시절에도, 남자의 질투라는 것을 싫을 정도로 맛보고, 괴로워했다. 딜링 룸에 근무할 때는 타인으로부터 질투를, 지점영업으로 가게 되고 나서는 타인을 향한 질투를.

질투, 선망, 남에게 인정받고 싶다는 원망(願望), 누구나 마음속에 있는 그러한 감정을 집어내고 조종함으로써 조직을 유지하고 확대시킬 작정이었지만, 회원수가 4자리를 넘은 지금에서야 생각한다. 사람 하나하나의 마음은 제어가 불가능하다고. 자기 아내의 마음조차 엿보지 못했던 남자에게는, 짐이 너무 무거웠다.

"남자는 간단해. 직함이라든가, 지위라든가, 눈앞에 당근을 매달면 돼. 말하고 똑같아. 한눈 팔지 않고 쏜살같이 달리지. 하지만 여자는 그렇게는 안 돼. 좀 더 복잡해. 원하는 게 하나하나 다르고, 물건이든 마음이든, 스트레이트 하면 안 돼. 무엇을 주든 뺏든, 주석이 필요하다고."

캐비아를 얹은 얇게 자른 감자칩을 베어 물고, 입에서 가루를 튀기면서 기세 좋게 여자에 관한 지론을 떠드는 류사이 자신은, 어느 정도 상황을 이해하고 있는 걸까. 나와의 약속이 없었다면 단골 카바레

---

17) 一蓮托生 : 죽은 뒤에도 함께 극락에서 같은 연꽃 위에 왕생한다는 뜻으로, 어떤 일이 선악이나 결과에 대한 예견에 관계없이 끝까지 행동과 운명을 함께함을 비유적으로 이르는 말.

클럽의 24살짜리 여자와 2차 데이트를 했을 거라고 한다. '젊을 때와는 수순이 달라. 시간을 들여 나한테 반하게 만들려고 말이야'하고 자랑스러운 듯이 말하지만, 그게 이루어지리라 믿는 건 본인뿐이다.

"이런 건 말이야, 숨기려고 하면 할수록 사태가 나빠지는 법이야."

아무리 기다려도 건설적인 의견은 나오지 않을 듯싶어, 자신의 마음을 정리할 생각으로 말해 보았다. 증권업계에도 불상사는 산더미처럼 많았지만, 신문에서 공격받거나 뉴스 프로에서 본사의 영상이 흐르는 소동으로 발전하는 경우는, 대개 은폐를 꾀했을 때다. 애초에 죄를 인정하지 않고 약삭빠르게 감추려고 하면, 업계에서는 대단한 일도 아닌 자그마한 불씨가 반드시 커져 버린다.

"탈퇴해서 재판 사태로 가는 것도 곤란하지만, 안에 남아있는 건 더 성가셔. 지금의 사사키라면 상대할 녀석은 별로 없을 테지만, 지위가 올라가 모두가 귀를 기울일만한 존재가 되고 나서 폭로당하면 상당히 위험해. 선수를 치는 편이 좋을 것 같은 기분이 드는데. 그릇을 판 모두에게 사죄하고, 돈을 돌려줄까 하는 생각도 했어. 어디까지나 불의의 사건이었다는 걸로 해서."

"바보 같은 소리 하지 마, 대소동이 일어날 거야. 얼마나 많은 인간들이 그만둘지, 상상도 안 돼. 앞으로 계속할 수 있을지 어떨지도 알 수 없게 된다고."

순순히 끄덕였다. 마음속에서 부정을 기대했던 말이었기 때문이다. 그렇다고 그 이상의 묘안이 있는 것도 아니었다.

"그럼, 어떻게 하지."

나는 입을 대지 않을 생각이었던 와인에 손을 내밀었다.

"일단, 사사키 아줌마가 한 얘기를 들어주면 돼. 한 번에 전부 들어

주면 기어오르니까, 애태우고 애태우면서, 조금씩 요구를 들어주는 거야."

"다른 건 그렇다 쳐도, 오오시로 선생님과 일대일로 만나게 할 수는 없다고. 나카무라 군에게 무슨 소리를 하게 하냔 말이야."

"말은 필요 없어."

"하?"

유리잔을 입으로 옮기던 손이 멈췄다.

"말은 필요 없어. 남녀 사이잖아."

녀석이 무슨 생각을 하는지 깨달은 건, 한 모금에 유리잔 반을 들이켠 후였다.

"바보 같은 소리 마."

"아니, 말 많은 여자 입을 막는 데는 그게 제일이야. 나카무라에게 사사키를 입 다물게 시키면 돼. 교주의 섹스 요법이랄까. 흔한 얘기잖아. 할아범 교주와 젊은 여자 신자라면 문제가 될지도 모르지만, 이번 경우는 오히려 반대야. 아무도 불평 안 할걸."

"안된다고, 그런 건."

어디까지나 수동적인 남자다. 나카무라라면 싫다고는 하지 않을 것 같다. 그것이 더욱 불안하다.

"게다가 사사키가 언제까지나 잠자코 있을 거라고는 생각할 수 없어."

공갈과 똑같다. 한 가지 요구를 들어줘봤자 반드시 다음 요구가 나온다. 이쪽이 받아들이지 않게 되면, 그 시점에서 아웃. 시한이 확실치 않은 폭탄을 껴안고 있는 것이나 마찬가지다. 지금은 일시적으로 시계가 멈춰 있을 뿐인 상태. 뇌관은 상대방이 쥐고 있다.

"그때는 그때, 일이 생기면, 그게 있잖아."

"그거?"

"그 왜."

류사이가 한쪽 뺨에 손가락을 미끄러뜨린다. 미츠오카 얘긴가.

미츠오카는 요시에 카야의 신변조사 일이 끝나고 보수를 지급한 지금도, 정기적으로 내 앞에 얼굴을 내민다. 볼일이 있으면 또 연락하겠다, 그렇게 말해도 듣지 않는다. '단골손님 문안인사'라고 한다. 지급한 보수는 실비 포함 70만 정도였지만, 녀석은 요새 벌이가 신통치 않은지 돈 될 일이 아직 더 있으리라 생각하는 모양이었다.

"해결책을 여러 가지 갖고 있지 않을까, 그 사람은. 한 번 얘기해 본 적이 있어. 보기보다 괜찮은 녀석이더라고."

"농담 마."

녀석의 해결책 따윈 상상하고 싶지도 않다. 게다가 이미 '뒷일'을 시켜 버린 저 남자에게, 더는 내부사정을 알리고 싶지 않았다. 보수를 건네주었을 때 미츠오카는 말했다. '그건 그렇고 당신, 재미 좋은 장사를 찾아냈잖아'라고. 녀석에게 종교에 눈을 뜬 연기는 통하지 않을 테니, 부정도 긍정도 하지 않았다.

별로 먹지도 않은 사슴고기 스테이크를 쿡쿡 찌르고 있던 류사이가 진지한 얼굴로 이쪽을 보았다.

"농담 아니라고, 나는."

나이프 끝을 이쪽에 들이댄다.

"모두에게 사죄한다는 둥, 바보 같은 생각은 하지 마. 도장 물건을 어떻게 하네, 잡지를 발행하네, IT가 이러네 저러네 하는 건, 당신이 마음대로 해도 좋아. 하지만 말이야, 이것만은 말해 두겠어. 이제

와서 잘 안 됐으니까 그만두겠습니다, 그런 건 없기야. 당신 혼자서
만든 것도 아니고, 당신 혼자만의 것도 아니니까 말이야."

확실히 그렇다. 대지의 모임은 나 혼자만의 것이 아니다. 나와 류사
이와 나카무라, 세 사람만의 것도 아니라는 생각도 들기 시작했다.
"알고 있어."

정신을 차리고 보니 와인을 들이켜고 있었다. 자살미수 화가의 시
공이 비틀려 구부러진 듯한 풍경화를 바라보고 있던 내 옆얼굴을
향해, 류사이가 못을 박듯 말을 던져 온다.
"이제 돌이킬 수는 없어."

16

『대지로의 안내』 DVD 제작을 개시한 건, 회원이 2천 명에 가까워
진 3월 하순이다.

대지도장에서의 각 커리큘럼 정원은 75명으로 늘렸지만, 예약하
지 않으면 평일에도 참가할 수 없다는 상황은 바뀌지 않았다. 예약할
기회는 일주일에 1회뿐, 상급회원과 체험입문자 우선이라는 규칙을
만들어도, 2, 3주 대기는 흔한 일이다. 지방에서의 문의도 늘어서,
일과처럼 다니던 초기 회원들로부터 불만의 목소리가 나오기 시작하

고 있다. 모처럼 나온 좀 더 돈을 쓰고 싶다는 불평이다. 새로운 툴을
준비하지 않을 수 없었다.

DVD는 전부해서 3권. 제1권은 오오시로의 강연집이다. 강론회와
레이브 영상에 새로이 촬영한 영상을 덧붙인다. 제2권과 제3권은
심신정화 메서드, 메디테이션 프로그램의 실기와 해설. 각각 30분에
서 40분 정도의 영상이 들어간다. 커리큘럼에 참석하지 않아도, 자택
에서 오오시로의 목소리를 들을 수 있고 수행할 수 있다는 점이 장점
이다.

예정가격은 1권에 2천8백 엔. 3권 세트로 구입하면 7천5백 엔.
출판물보다 실수입이 좋을 것 같았다. 아무튼, 지출은 10여만 엔의
실비뿐이다.

촬영은 반년 전에 입회한 결혼식장 전속 비디오 카메라맨이 담당하
고, 편집이나 데이터 변환, 복사는 IT 광고팀 멤버들이 담당한다.
라벨과 패키지 디자인도 미대 출신 회원이 담당.

패키지를 장식하는 내용물은 전부 나카무라의 초상이지만, 영상으
로서 장면에 많이 등장하는 건 제1권뿐이다. 2권과 3권에서는 몇
장면에 얼굴을 비치는 정도로 그친다. 시범연기는 사이토나 KAZZ를
필두로 하는 인스트럭터들이 보여준다. 내레이션은 아나운서 전문학
교에 다니는 청년부 여성회원. 중요한 부분은 요시에 카야가 담당한
다.

DVD 제작에 참가하는 그들은 새로운 표창자, 즉 상급회원의 유력
후보다. 다음 강론회에서는 지난번보다 배의 인원수를 표창대로 올
리려고 나는 생각하고 있다. 인적, 금전적으로 모임에 헌신하면, 그다
지 입회 시기와 상관없이 조직 내에서의 위치가 올라가고 우대받는다

는 것을, 회원들에게 똑똑히 알리기 위해서. 입회 기간이 짧은 요시에를 위화감 없이 상급회원으로 랭크 업 시키기 위해서.

새로운 일이 생기고 인원수도 기자재도 늘어난 IT 광고팀은, 가까운 시일 내로 미디어기획실로 명칭을 바꿀 예정이다. 지금까지 있었던 히어링 센터 2층의 한 방으로는 너무 좁아서, 나는 오랫동안 주거지로 삼았던 3층을 그들에게 양도하고 나를 위한 방을 빌리기로 했다.

같은 지역 내이긴 하지만, 새로운 집은 일부러 도장 근처로 하지 않았다. 1년 2개월 보낸 곳을 나가겠다고 결심한 가장 큰 이유는, 운영상의 문제라기보다 나 자신의 문제일지도 모른다. 대지의 모임은 점점 변모해 가는데 정작 나는 아무것도 변하지 않았다는 사실에, 요즘 나는 초조함을 느끼기 시작하고 있었다. 변하지 않기는커녕, 옛날의 자신으로 퇴화하고 있다는 기분조차 들었다. 사는 곳을 바꾸면, 기분도 컨디션도 바뀔지도 모른다. 그런 기대를 품고 있었다.

이사를 다음날로 앞두고, 많다고는 할 수 없는 짐을 종이상자에 넣고 있으려니, IT 광고팀의 치프인 사카모토가 3층으로 찾아왔다.

"좀 봐 줬으면 하는 게 있는데요."

"봐 달라니, 뭐를?"

대답은 없다. 오면 알 거라는 듯이 아래층으로 턱짓할 뿐. 귀에는 iPod 이어폰을 꽂고 있다. 슬슬 서른이 될까 싶은 나이에 복장도 머리 형도 요즘 젊은이들처럼 세련되기는 했지만, 내 눈에는 이이무라 타쿠토와 똑같은 부류처럼 보였다.

"잠깐 기다려 주게, 이 녀석을 정리하고 나서 가지."

들렸는지 어떤지, 꾸리는 중이던 종이상자에서 얼굴을 들자, 이미 문 앞에서 모습은 사라지고 없었다.

2층의 넓은 쪽 방에는 6대의 컴퓨터가 놓여있고 항상 두세 명의 스태프가 일하고 있다. 이날은 사카모토 외에 또 한 명, 컴퓨터 전문 학교에 다니는 19세 소년이 얼굴을 내밀고 있었다.

잔뜩 기다리게 하고서 얼굴을 내민 내게, 사카모토는 비난하는 눈빛을 보내지도, 급히 불러낸 것을 사과하지도 않고, 눈앞의 컴퓨터를 커서 움직이듯이 턱으로 가리켰다. 말 없는 지시에 말로 대꾸한다.

"이걸, 보라고?"

모니터에 띄워져 있는 화면의 바탕색은 검은색이다. 바닥을 알 수 없는 늪 같은, 있는 그대로의 검은색 속에, 붉은색의 커다란 문자가 춤추고 있었다. 약간의 결의 혹은 망집(妄執)이 담긴 듯한 매우 굵은 사이즈의 서체. 이렇게 쓰여 있다.

『극악 종교집단 · 대지의 모임 사기를 파헤친다!!!!』

"뭔가, 이건?"

말로 대답하는 대신에 스크롤하기 시작했다. 화면 가득한 타이틀에 이어지는 본문 글자는 하얗게 뚫려 있다.

도쿄 오타 구를 거점으로 삼은 종교단체(미인가) 대지의 모임에 수많은 사기, 협잡, 거짓말, 악행, 그 갖가지를, 나는 신을 대신해 심판하겠다. 테러리스트를 대신해서 총공격을 개시한다. 이 고발은, 그 분노의 천둥 제1격이다.

군데군데 행간을 잔뜩 비우고 커다란 노란색 문자로 깜빡이고 있는 것은 목차다.

『교주 오오시로는 뇌수가 썩은 정신병환자』
『대지의 모임 '기적'은 아이들이나 속는 B급 속임수』
『요시에 카아를 홀린 극악 · 난순 테크닉』

화면을 바라보며 엷은 웃음을 띠고 있는 옆모습에 다시 한 번 묻는다.

"이 녀석은 대체 뭔가."

사카모토가 이어폰을 빼고, 이번에는 19세 소년을 향해 턱을 움직였다.

"파루가 찾아냈어요. 파루 군, 우리에 관해서 다루고 있는 정보를 매일 꼼꼼히 체크하고 있으니까."

어떤 유래인지 모르겠지만, 파루라는 별명으로 불리는 소년이, 동급생의 장난을 고자질하는 아이처럼 입술을 삐죽였다.

"어제까지는 없었어요. 오늘 막 생긴 블로그에요. 열 받네, 엉망진창으로 써대고 말이야. 오오시로 선생님께서 히라가나밖에 쓸 줄 모른다든가, KAZZ 씨가 머릿속까지 리듬박스라든가, 신자는 아무것도 모르는 저능아라든가, 그딴 소리 하지 말라고. 아무것도 모르는 저능아는 너잖아, 바——보."

오오시로를 동경하고, KAZZ를 흠모하는 입회 2개월 차인 파루는, 마음 깊이 분개하고 있었다. 좋아하는 애니메이션 캐릭터가 남에게 비방당하기라도 했다는 듯이 노여워한다. 그에 비하면 사카모토 쪽은 극히 냉정하다.

"이 녀석, 굉장히 자세히 아는 걸요, 내부사정을. 오래된 회원은 매트 색깔이 다르다든가, 선생이 보여주는 자세가 대개 학의 포즈라든가. 여기 드나든 적이 있는 녀석이 아닐까."

본문을 훑어보기만 해도, 나도 알 수 있었다. 이것이 내부고발이라는 사실을. 그 발신지가 누구인지도.

"배신자라는 건가요? 누구야, 이 망할 저능아는."

파루가 화면에 싸움을 건다. 사카모토가 입을 열지 않고 목구멍 속에서 웃었다.

"뻔하잖아, 이이무라 군이야. 새로운 주소를 쓰고 있지만, 전에 했던 블로그하고 포맷이 비슷하고. 서체도 똑같아. 센스가 없구먼."

거기까지 얘기하더니 갑자기 키보드를 두드리기 시작했다. 컴퓨터를 정밀기기라고 생각한 내 눈에는, 부서지는 게 아닐까 조마조마할 정도로 난폭하다. 어디를 어떻게 조작한 건지, 눈 깜빡할 사이에 모니터에 화면이 하나 더 나타났다.

"보세요. 그가 계속해온 블로그, 폐쇄됐잖아요. 새로운 걸 시작했습니다, 하는 거나 마찬가지라고요. 오자가 많은 것도 여전하네. '분노의 천둥'이라니 쪽팔리네. 완전 쪽팔려. 아마 벼락하고 철퇴를 혼동한 거야. 가방줄이 짧으니까 말이야, 걔는."

사카모토는 일류대학의 공학부를 졸업했다. 기술직으로 대기업에 취직했지만, 반년 만에 그만두고 지금은 니트족이라고 한다. 내 눈에는 타쿠토의 이력과 그다지 차이가 없는 듯이 보이는데.

자칭 전설의 카운슬러라고 시치미 떼는 오사나이 아무개는, 콜드 리딩이라는

심리적인 기교로 상대를 농락, 술수에 빠트린다. 수법을 알아버리면, 사기꾼 점술사의 극히 고전적인 수법과 아무런 차이도 없다.

있는 대로 난해한 표현을 사용한 문장은, 오자가 몇 군데나 있고 군데군데 의미가 불분명하다. 사카모토는 목구멍을 울리며 웃었지만, 나는 애처로웠나.

"어떻게 해요."

파루가 물어 온다. 대답할 말이 막혀 있을 틈도 없었다. 멋대로 사카모토가 대답한다.

"당——연히. 우리들에게 거슬리면 어떤 일이 생기는지, 깨닫게 해 줘야지."

"엔조이 폭파?"

"그래, 축제다, 앗싸."

둘이서만 신이 난 대화에 머뭇머뭇 끼어들었다.

"어떻게 할 건가."

"그러니까, 축제라니까요. 일제 공격해서 블로그를 폭파시켜 줄 거예요. 이쪽은 인해전술을 이용해서 블로그에 비판, 중상을 팍팍 올려요. 24시간 해버리죠. 녀석은 바보니까 열렬하게 하나하나 반론할 테고. 그러면 완전히 망한 거지. 히어로가 될 작정일 테지만, 어차피 이 녀석은 각성하기 전의 히로 나카무라[18]야."

"하지만 그런 짓을 했다간, 우리 쪽 사람이 하고 있다는 게 이이무라 군에게도 세상에도 금방 들키잖나."

사카모토는 내 말을 제대로 듣지 않았다. 이미 키보드를 두드리기

---

18) 미국 NBC 방송에서 방영된 드라마 '히어로즈(Heroes)'의 일본인 배역.

시작하고 있었다. 여전히 모니터에 얼굴을 향한 채 대답한다.

"완전 오케이에요. 그런 건 잘 연출할 거니까, 걱정 마세요. 회원의 항의는 조심스럽게, 과격한 건 일반인인 척해서 팍팍 가는 거예요. 이 망할 블로그, 태클 걸 포인트가 너무 많아요."

타쿠토의 블로그에 적을 댓글 문장을 즉시 만들어낸다.

헤에――, 그런 종교단체가 있었나요――좀 더 자세히 알고 싶어. 하지만 정신병환자라는 말, 좀 독하지 않아요?

의외로 부드럽다. 여자아이가 쓴 듯한 문장이다. 사카모토가 가지고 놀다 죽일 쥐를 발견한 고양이처럼 목을 울린다.

"처음에는 찬동이나 중립적인 코멘트가 올라왔다고 생각하게 만들어, 녀석한테 답변을 쓰게 하는 거예요. 조금씩, 조금씩 부채질하면서요. 블로그 인간들이 올리는 의견이란 게 점점 과격해지는 법이거든요. 그러면 태클 걸 포인트도 늘어나죠. 가령 정신병환자 같은 소리는 양심적으로 말하면 충분한 비판의 대상이 될 테고, 오자 탈자를 비웃으며 인신공격으로 갈 수도 있고. 그리고 요시에 카야 씨의 팬 사이트에 이 정보를 흘리면, 그쪽에서도 노도 같은 공격이 있을 거고."

파루도 키보드로 향하기 시작했다.

"우라라――, 축제다 축제."

나는 컴퓨터에 빨려들 것처럼 모니터에 달라붙은 두 사람의 등에 대고 말을 건다.

"자네들, 너무, 심한 짓은 하지 말아주게."

"어, 왜요?"

파루가 돌아본다. 믿어지지 않는 소리를 들었다는 표정이다. 사카모토는 얼굴을 모니터에 남겨둔 채 시선만을 이쪽으로 보내온다. 아마 파루와 같은 생각을 하고 있으리라.

대지의 모임을 떠난 타쿠토에게는, 예전처럼 인터넷 말고는 자기 세계가 없을 터다. 그 유일하게 자신이 있을 공간까지 빼앗아버리면, 거기서 완전히 부정당하면, 그는 어떻게 되어 버릴까. 걱정되었다.

"대지의 모임 가르침 중 하나를 떠올려 보게. 관용의 마음이야. 만약 정말로 이이무라 군이라면, 자네들의 선배야. 그것도 청년부 제1호. 적당히 부탁해."

진심으로 그렇게 말하고 있는 자신이, 스스로도 신기했다.

17

칠흑 속에 아날로그시계의 초침 소리가 이어지고 있다.

1초, 2초, 3초, 5초, 10초, 20초, 21, 22······.

일단 신경이 쓰이기 시작하면 이미 틀렸다. 눈꺼풀을 들었다. 눈을 감고 있을 때의 칠흑 같은 어둠이, 커튼을 통해 희미한 빛이 비쳐드는 어둠으로 바뀌었다.

너무 조용한 게 잘못인 걸까. 새로 빌린 맨션은 한적한 주택가 안쪽에 있다. 바로 앞의 도로는 개인 소유 도로라서 밤이 되면 소리다운 소리는 들리지 않는다.

침실로 쓰고 있는 이 방 외에는 주방과 자그마한 거실뿐인 소박한 집이다. 얼마 전에 두 번째 이사를 한 류사이가 도심지에 빌리고 있다는 방 2개에 주방과 거실이 있는 집에 비하면 작은 물건이다. 여전히 가구다운 가구도 없다. 적어도 시계 정도는 제대로 된 걸 사야 했나. 100엔숍에서 구입한 싸구려 자명종 시계는 알람 소리는 약한 주제에 바늘 소리는 무척 시끄럽다.

30초, 40초, 50초, 51, 52 ······.

1초마다 새겨지는 초침 소리가, 뭔가가 시작되는 혹은 뭔가가 끝나는 카운트다운처럼 들린다. 듣다 보면 온몸에 으스스 소름이 끼치고, 여러 가지 사념이 머릿속에 소용돌이치기 시작해 가만히 누워 있을 수 없는 기분이 들기 시작한다.

초조할 필요가 뭐 있어? 전부라고는 하기 어렵지만, 대부분의 일은 순조롭게 진행되고 있을 터다.

'어스 워즈' 창간호는 발행한 1만 부가 완전히 매진됐다. 백넘버를 입수하고 싶은 사람들이 줄을 이어, 가까운 시일에 증쇄하게 되었다. 4월 초에 찍은 2호도 순조롭다. 여기에 서적 광고를 실은 덕분인지 '대지의 목소리'도 또 증쇄했다. 총합 7천5백 부.

DVD는 발매한지 1주일 만에 4천 장이 팔렸다. 미디어기획실의 편집 결과물은 지시한 것과는 사뭇 다르게, 찔끔찔끔 내놓을 예정이었던 교주 오오시로의 영상이 대폭으로 늘어나 있었다. 요시에 카야의 출연도. 하지만 그것이 효과적이었던 모양이다. 대부분의 사람들이 세트로 사 간다. 20프로의 학생 할인(22세 이하면 사회인이라도 할인)이 있어서 청년부 사람들에게도 평이 좋다. 레오타드 차림의 사이토 마유미 효과인지 중장년 남성들에게도 잘 팔렸다. 부인부의 평판만이 미적지근한 것은 예상했던 일이었다. 시범연기를 하는 사람 중 하나로 사사키 하루미가 등장한다는 사실에, 그녀들로부터 비난의 목소리가 높다.

사사키는 다시 커리큘럼에 얼굴을 내밀게 되었다. 내가 스태프의 눈을 피해 예약 명단을 바꿔 적어 원하는 때에 그녀가 올 수 있도록 배려하고 있기 때문이다. 인력부족과 중장년회원의 인재등용을 이유로, 보조 인스트럭터로 추천도 했다. 주위의 차가운 시선을 본인은 나만큼도 모르고 있어서, 현재 몹시 만족하고 있다. 때때로 '오오시로와의 밀회는 언제?'라고 묻는 듯한 의미심장한 시선을 건네올 뿐, 그 이야기를 다시 문제 삼을 낌새는 없다.

유신당의 후지와라 소스케로부터 두 번째의 연락이 있었다. 이번에는 본인으로부터 직접. 시즈오카 현에서 온 연락이었다. 보궐선거를 위해 나온 후보자의 응원 연설을 마친 참이라고 한다.

"솔직히 선거는 어렵겠어요. 하지만 이건 다음 총선거를 위한 포석입니다. 전국에 30명 정도 세울까 생각하고 있습니다."

후지와라의 말대로, 난파선이 되어가고 있는 정권 여당으로부터 도망치듯이 지난달, 중의원 의원 2명이 유신당으로 합류했다. 지바에도 후보를 세우는지 어떤지는 미처 듣지 못했다.

예배당 건설은 류사이에게 반대당하고 있다. 절대 반대다.

"남이 하는 일에는 이치만 따지고 드는 주제에, 무슨 생각을 하는 거야. 이치에 안 맞아."

사사키 하루미 사건이래, 녀석은 발언권을 되찾았다는 듯 굴고 있다. '이 얘기는 이걸로 끝. 그뿐이야. 달리 선택지는 없어'하고 딱 잘라 거부당했지만, 나는 남몰래 실행으로 옮기고 있었다. 이미 땅은 찾아두었다.

히어링 센터의 토지를 취득하는 일은, 소유자가 전액 일괄구입을 요구하고 있어서 생각대로 진행되지 않고 있었다. 그럼 일단 구입할 수 있는 만큼만이라도 지방의 값싼 토지를 사서 가설 예배소를 설치해 두는 게 상책이다.

종교법인화를 신청할 때 필수인 '예배시설'을 위해선 지름길이 없는 건 아니다. 휴면 중인 종교법인 이름을 값을 후려쳐서 산다는 방법도 있다. 하지만 정공법이 아니면 납득하지 않으리라. 인가를 해주는 공무원이 아니라, 회원들이.

'그럴 돈이 어디 있어'하고 분별 있는 소리를 하는 체하며 류사이는 말한다. 탑을 지을 자금에 관해서도 나는 낙관적이다. 별로 대지의 모임이 돈을 낼 필요는 없다. 예배당 건설은 회원들의 기부를 재촉할 좋은 명목이 된다. 건설이 정식으로 결정되면, 이렇게 말하는 거다. '이런 때야말로, 여러분 한 분 한 분의 힘을' 신흥종교뿐만 아니라, 기존 종교는 그런 식으로 돈을 모으며 호화로운 절과 신사를 지어왔을 터다.

회원은 4월 중순에 2천 명을 넘었다. 요시에 효과가 일단락됐는지, 솔직하게 말해 한창때만큼의 급속한 성장은 아니지만, 그래도 확실하게 상승세다. 지난달 수익은 3천만을 넘었다.

자금을 운용하기 위해서 슬슬 주식거래를 시작해 볼까 —— 하는 생각도 하고 있다. 한창때에 비하면 시장도 진정되기 시작했다. 인재도 있다. 전직 증권회사 사원이라 할지라도 ——아니, 전직 증권맨이기 때문에 더욱, 안전한 운용방법이 아니라는 것을 잘 알고 있지만, 자영 트레이딩 룸에서 자신이 진두지휘하는 모습을 꿈꾸지 않을 수는 없었다. 잘 될 게 분명하다. 내가 하면.

58, 59, 60, 1, 2, 3……

아아, 시끄러워. 500엔짜리 동전 하나에 미친 듯이 기뻐하던 1년 반 전을 생각하면 기적 같은 나날일 터인데, 뭔가를 얻었다, 이뤘다는 생각이 들지 않는 이유는 뭘까.

이불을 차내고 잠자리에서 일어나, 방의 불을 켰다. 1초씩 시간을 새겨가는, 작고 짜증이 나는 자명종 시계를 움켜쥐고, 소리를 이루지 못하는 신음을 흘리며 벽에 내던진다. 하지만 요즘 싸구려는 튼튼했다.

20, 21, 22……

시계를 주워들어 뒤판을 연다. 자신의 손가락 움직임에 안달이 났다. 건전지를 빼내 그걸 벽에 내던진다. 손가락이 떨리고 있었는지 손놀림이 빗나갔다. 탁자 위를 힘껏 쳐, 유리잔이 깨지는 소리가 났다.

초침 소리는 멈췄지만, 그래도 귓속에서는 카운트다운이 계속되고 있다.

20, 19, 18……

지금의 나는, 예전에 클리닉을 다니던 시절의 나와는 다르다. 나는 그렇게 자기진단을 하고 있다. 불면, 환청, 알코올 의존. 확실히 그것들은 전에도 더듬어온 길이지만, 이전의 나는 매사에 활력을 잃고 있었다. 지금은 반대다. 내 안의 활력을 주체하지 못하고 있다. 쉴 줄 모르고 쳇바퀴를 돌리는 햄스터처럼.

13, 12, 11, 10, 9……

초침 소리의 잔향은 류사이의 말이 되풀이되는 것처럼 들렸다.

이제 돌이킬 수는 없다.

이제 돌이킬 수는 없다.

이제 돌이킬 수는 없다.

모든 것이 자신이 그린 설계도대로 진행되고 있다.

그런데 나는 만족감 하나 없다. 자신이 설계도 일부의 작은 나사처럼 느껴진다.

나는 생각한다. 누군가가 구해 줬으면 좋겠다고.

하지만 누가?

구원을 장사 상품으로 삼아 버린 내게, 구원을 바랄 수 있는 곳은 이제 없었다.

18

요시에 카야를 대지도장으로 부른 건 5월 초. 연휴가 한창일 때였다. 오랜만에 주연한 영화촬영을 마친 그녀의 스케줄이 간신히 비었던 날 밤이었다.

7월 발매 예정인 '어스 워즈' 3호 권두에 요시에 카야의 인터뷰를

싣는다. 그 취재와 사진촬영을 위해서다. 오후 9시가 지난 도장에는 관계자 외에 인기척은 없었다. 카바레클럽 아가씨와의 약속을 취소하면서까지 일부러 구경하러 온 류사이를 빼면.

그녀를 특별취급하지 않는다는 표면상의 방침은 현재로선 굽히지 않고 있지만, 발매 직후의 강론회에서 오오시로에게 요시에를 '표창' 시켜 상급회원으로 랭크 업 시킨다는 것은 기정사실이다. 요시에는 회원들의 인기도 좋으니까, 어디에서도 불평이 나올 일은 없을 터였다.

"오늘, 잘 부탁합니다."

"이쪽이야말로. 평범하게 영화라든가 무대 얘기를 해도 되나요?"

"예. 그편이 좋아요. 오오시로 선생님께선 오늘 오시지 않았고. 험담이라도 상관없답니다."

아무리 일이 바빠도, 요시에는 빈틈없이 직접 예약을 하고 한 달에 2번은 심신정화 메서드나 메디테이션 프로그램에 참가하지만, 얼굴을 마주쳐도 나는 일부러 무뚝뚝하게 대하고 있었다. 제대로 말을 나누는 것은 강론회 이후 처음이다.

요시에 카야는 처음 만났을 때와 마찬가지로 조용하고 조심스러웠지만, 첫인상 속의 덧없는 느낌이 지금의 그녀에게는 사라지고 없었다. 겁먹은 듯 보이기조차 했던 시선에, 분명한 빛이 깃들어 있다.

인터뷰가 시작된 순간, 눈동자가 더욱 반짝이며 막힘없이 이야기하기 시작한다. 달변이랄 정도는 아니지만, 던지는 질문에는 빠르고 정확하게 대답한다. 그녀에게는 익숙한 일 중 하나일 것이리라.

정말로 혀를 내두른 것은 사진촬영에 들어간 다음이다. 카메라맨의 말수 적은 주문에, 온갖 표정과 포즈로 대응하는 것이었다. 역시 프로는 다르다. 몸 어딘가에 다른 사람이 될 수 있는 스위치를 내장하고 있는 건지도 모른다.

"잠깐, 카메라 시선에서, 벗어나 주세요."

촬영 후반에 그런 주문이 날아온 순간, 커다란 눈을 내게 향했다. 프로는 무섭다. 묘한 착각을 불러일으킬 만한 시선이었다.

"수고했어요, 고마워요."

"아뇨, 당치도 않아요."

도장 밖으로 나와 마중 올 차를 기다리는 그녀를 전송할 때는, 이미 그녀의 스위치는 내려가 있었다.

"뒤풀이하러 갈까."

꼭 농담은 아닐 터인 류사이의 말도 촬영 때의 반 정도밖에 표정을 움직이지 않는, 빈틈없이 미소 띤 얼굴로 부드럽게 흘려 넘겼다.

"오오시로 선생님께서도 기뻐하실 겁니다."

내가 그렇게 말하자, 문득 얼굴을 가까이 댔다. 촬영용 헤어스프레이 향을 맡을 수 있을만한 거리에서 속삭인다.

"키지마 사무국장님도 기뻐해 주셨나요?"

뭐라고 대답할지 망설이고 있는데 갑자기, 눈앞의 어둠에서 섬광이 번쩍였다.

카메라 플래시다. 바로 저기서 노상주차를 하고 있던 검은 왜건이었다. 두 번, 세 번. 요시에의 오른쪽 옆에 붙어 있던 매니저가 소리를 높인다.

"잠깐, 그만 하세요."

외치는 소리가 끝남과 동시에 왜건이 달리기 시작했다. 달려가는 동안에도 플래시는 계속 터진다.

나는 무슨 일이 일어난 건지 이해하지 못했지만, 요시에는 동요하는 모습을 보이지도 않고, 왜건의 후미등을 두 눈을 크게 뜨고 배웅할 뿐이었다. 또 내게 몸을 가까이 대오며 불쑥 말을 건넨다.

"사진을 찍혀버린 모양이네요."

"사진?"

"네에. 방금 차에 있던 사람, 본 적이 있어요. 주간지 일을 하는 프리 카메라맨이에요. 죄송합니다, 제 탓이에요. 맨션 입구에서 잠복하고 있었어요. 지난번 그 사람 때도——."

지난번 그 사람. 여러 가지로 문제가 있다는 뮤지션 얘기일까. 이미 과거의 일이라는 듯한 말투였다.

"고소해 주겠어. 초상권 침해다."

좋은 모습을 보여주려고 씩씩거리는 류사이의 말을 등 뒤로 듣고 있던 요시에는, 마치 나의 의문에 답하듯이 말했다.

"사전에 게재 연락은 오지만, 승낙을 구한다기보다 그냥 고지니까, 무슨 말을 해도 안 될 거예요."

"그냥 찍히고, 기사화 당할 뿐이라는 소리?"

"예에. 뭐, 그렇네요. 죄송합니다, 정말로. 폐를 끼치지 않으면 좋겠는데요……."

몸을 움츠리고 미안해하면서도, 요시에는 어딘지 태연한 듯이 보인다. 사는 세계가 다른 것이리라.

"자네 탓이 아니야. 우리는 전혀 상관없어요."

그렇게 강한 척 해 보였지만, 나의 다리는 떨리고 있었다.

세간에 알려져 버린다고? 대지의 모임에 대해서? 지금까지보다 훨씬 많은 사람에게? 쭉 그렇게 되기를 바랐으면서, 갑자기 그런 순간이 찾아온 지금은 불안밖에 없다. 불안 정도가 아니라, 공포마저 느껴졌다.

앞으로, 어떻게 되는 거지? 내 말에 안도한 요시에 카야가 곁에 없었다면, 머리를 끌어안고 길바닥에 몸을 웅크렸을지도 모른다. 귀를 막고 고개를 미친 듯이 흔들며, 아이처럼 중얼거렸으리라.

나는 몰라. 나는 몰라. 나는 몰라.

19

『요시에 카야와 미남 교주가 이끄는 신흥종교의 비밀 관계』

주간지 그라비아 표지에 요시에 카야와 대지의 모임 기사가 실린 것은, 그다음 주의 일이었다.

양면 페이지 중 오른쪽에는, 그날의 요시에 카야 사진. 밤이어서 선명하지 않지만, 요시에 카야라는 제목으로 단서가 붙으면 누구라도 그녀라고 판별할 수 있으리라. 오히려 이쪽에 포커스를 맞춘 게 아닐까 하는 생각이 들 정도로 그녀 이상으로 뚜렷하게 찍혀 있는 것은 화면의 배경, 도장 문에 내걸린 『대지의 모임』이라는 간판이다.

흐릿하게 찍혔으니 상관없다고 생각한 건지, 나도 공인 취급인 건지 요시에 옆에 선 내 얼굴 또한 눈가의 먹선도 모자이크 처리도 없이 노출되어 있다.

왼쪽 페이지에는 교주 오오시로의 사진. 언제 찍힌 걸까. 수행복을 입고 강연을 하는 모습이다. 이쪽은 확실하게 얼굴을 알 수 있다. 오른쪽 페이지의 야간촬영보다도 훨씬 선명하다.

'미남 교주'라는 기사 내용을 뒷받침하기 위해서일까, 나키무라의 사진은(어떻게 찍히든 그의 외모는 나무랄 데 없이 사진에 담기지만) 상당히 괜찮다.

세상이란 참으로 신기하다.

대지의 모임이라는 간판을 배경으로 한 요시에 카야와 오오시로의 사진이 세간에 나온 그날부터, 사무국의 전화가 끊임없이 울리기 시작했다.

장난전화나 요시에 카야의 팬으로부터 항의도 있기는 했지만, 대부분이 입회 문의였다.

20

컴퓨터를 켜고 인터넷을 연다.

키보드를 두드려 검색란에 문자를 입력한다.

'대지의 모임' 혹은 '오오시로 타케토'라도 좋다.

화면에 어딘지도 알 수 없는 일직선으로 뻗은 지평선과 구름이 '빨리 감기'하는 듯, 흘러가는 하늘이 나타난다.

어두운색 하늘을 배경으로, 전각 같은 가로세로 2개씩, 대지의 모임이라는 붉은 글자가 띄워져 있다.

大地
の
森

하늘과 대지 사이에, 한줄기 번개가 가로지른다. 그 순간, 글자만을 남기고 화면이 단숨에 바뀐다.

이번에는 한 남자의 상반신을 찍은 정지 화상.

하얀 옷을 입고, 머리카락은 길고 아무렇게나 수염을 기른, 단정한 얼굴의 남자다. 눈을 감고 얼굴을 위로 들고 있다. 배경은 분명하지 않지만, 비가 내리고 있다. 남자는 젖어있고, 이마에 떨어져 내린 한 줄기 머리카락에서 빗방울이 방울져 떨어지는 것을 알 수 있다.

각인을 연상시키는 붉은 네 글자 밑에, 새로운 한 줄이 더해진다.

『당신에게는, 다른 당신이 있었을 터』

화면 아래에 어느새 나타나 있던 메뉴로 시선을 이끌 듯. 메뉴 위에
도, 이런 한 줄이 있다.

『진정한 당신을 발견하는 여행을 떠나자』

그럼, 메뉴를 클릭해보자.
중앙에는, 'now know 대지의 모임'이라는 제목.
오른쪽에는 지금까지의 활동 토픽.
왼쪽에는 앞으로의 스케줄.
화면을 스크롤 하면 인쇄물, DVD 리스트.
가장 밑엔 무뚝뚝한 서체로 '**입회 안내**'라고 적힌 타이틀이 보인다.
여기를 클릭하면, 먼저 주의사항이 눈에 들어온다.

입회금, 회비는 무료. 탈퇴도 자유입니다. 활동에 동의해주시는
모든 분에게 자격이 있습니다.
다만 18세 미만이신 분은 보호자의 동의가 필요합니다. 진지하게
활동해주실 분을 기다리고 있습니다.
등록하신 분에게는 희망에 따라 좀 더 자세한 자료를 보내드립니
다.

그것에 이어서 '이곳에 기재하는 내용은 다른 목적에 이용되지 않

는다' '대지의 모임 사무국 이외에는 열람할 수 없다' 운운하는 단서.
그 아래에 심플한 기입란이 첨부되어 있다.

주소, 성명, 연락처, 직업.

기재해야 할 사항은 그것뿐이다. 나이도 성별도 묻지 않는다.

필요사항을 기재하고, '**등록 완료**'를 클릭.

이것으로 오늘부터 당신도 대지의 모임 회원이다.

21

세상이란, 거대한 원생생물(原生生物)과 같다. 너무나 크고 형태도
분명하지 않은 그것은, 붙잡으려 해도 붙잡을 수 있는 게 아니다.
한쪽 가장자리만을 움켜쥐고 잡았다 생각해도, 스르륵 도망친다. 하
지만 쫓기를 그만두거나 멀어지려 하면, 이번에는 그쪽에서 어느새
촉수를 뻗으며 얽혀온다.

요시에 카야와 대지의 모임에 관한 기사가 주간지에 실린 후 일주
일 동안, 나와 스태프는 하루 대부분을 전화 응대로 소비했다. 사무국
에 전화를 2대밖에 설치되지 않은 것이 절절히 후회되는 상황이었다.

소동은 주간지가 가게에서 사라진 후에도 잦아들지 않았다. 다른
잡지와 타블로이드 신문에는 후속 기사가 실렸다. 마침 오랜만에 공

개되는 그녀의 주연 영화에, 세간의 이목이 쏠리고 있던 참이었다.

나는 상주 스태프를 늘리고, 전화를 새로 2대 증설하기로 하고, 인터넷으로라도 입회할 수 있는 시스템에 오케이 사인을 내렸다.

"인터넷에서 회원등록을 할 수 있도록 하죠."

미디어기획실의 치프, 사카모토의 제안에 지금까지는 고개를 옆으로 젓고 있었다.

"손쉬운 방식은 긴 안목으로 보면 마이너스야. 정직하게 사람을 모으지 않았다고 나중에 분명 손가락질을 당하게 될 거야."

그 말에 거짓은 없었다. 내가 생각하는 종교나 종교단체의 모습은 결코 통신판매처럼 간단하게 거래하거나 믹서처럼 가벼운 마음으로 드나들 수 있는 것이 아니었다.

그것도 그렇지만, 또 하나의 본심도 있었다. 내가 모든 것을 파악하지 못하게 되는 게 무서웠다. '인터넷의 어디가 손쉬운데요'. 전혀 이해할 수 없다는 듯이 고개를 갸웃거리는 무리들이 좌지우지하는 시스템에, 모임의 일익을 담당하게 하고 싶지 않았던 것이다.

결과는 성공적이었다. 개시하자 금세 신입회원의 반은 인터넷 입회자가 되었고, 일주일 후에는 전화나 내방에 의하지 않고 회원이 되는 비율이 4분의 3을 차지하게 되었다. 애초에 문의며 야유며, 때론 악의적 전화를 해오는 사람 대부분은 젊은 세대로, 일반 주간지나 타블로이드 석간지 같은 건 읽지 않는다. 인터넷 뉴스나 즉각 개설된 수많은 게시판이나 블로그 기사를 보고, 대지의 모임 사이트에서 연락처를 조사해 전화기를 울렸던 것이다.

"다들 경계심은 강하다고요. 인터넷 규칙을 제대로 파악하지 못하는 녀석들일수록. 하지만요, 이 정도는 괜찮겠지 하는 부분이 있어서요. 그걸 확보하면 만사 오케이. 콸콸 접속해 온다니까요. 전화 따위 촌스러워."

더욱 자신감을 보인 사카모토는, '앞으로의 포교는 인터넷이 메인 이면 되지 않겠나', 그런 소리를 지껄이고 있다. 중장년회원도 중요하 다고 타일러도 비웃을 뿐이다.

"컴퓨터를 못 쓰는 녀석한텐 미래가 없거든요."

종교단체를 창설하기 전부터 그리고 만들어낸 지금도, 이 세상에 는 신도 부처도 없다고 나는 생각한다. 하지만 만약 가장 가까운 것이 지금 세상에 있다면, 그건 인터넷일지도 모른다.

인터넷은 현대의 신이다. 누구나가 신의 목소리, 신의 눈을 가질 수 있고, 자신을 신이라 착각할 수 있다. 하지만 누구나 일신교이니, 최종적으로는 자기 외의 누구도 받아들이지 않는다. 자신의 영역에 발을 들이게 두지도 않는다. 뜻에 맞지 않는 것에는 Delete(제거)라 는 신의 손길을 내리면 된다.

이이무라 타쿠토의 고발 사이트에는, 이런 말이 적혀 있었다.

『듣기 좋은 말을 믿지 마라. 모두가 믿는 것을 믿지 마라. 타인에게 미래를 맡기지 마라. 너를 바꿀 수 있는 건 너뿐이다. 자신의 머리로 생각해라』

아마 그는, 대지의 모임에서 멀어지고 나서야 비로소 진리를 깨친 거 같다.

타쿠토의 고독한 사이버 테러는, 사카모토가 지휘하는 공격대의 손에 즉각 진압되었다. 사카모토가 입술을 움직이지 않는 웃음과 함 께 말한 바로는, 타쿠토는 '자폭했다'고 한다.

처음에 다가왔던, 그에게 찬동하고 부채질하는 듯한 댓글이 덫인

줄도 모르고, 날이 갈수록 발언이 과격해져서, 말꼬리나 사실오인을 집요하게 물고 늘어지는 비판 코멘트에 노출되었다. 비판은 사카모토의 지휘로 조금씩 늘어나 보디블로처럼 타쿠토에게 데미지를 주었고, 폭발한 타쿠토가 장애인 차별과 민족차별 냄새를 풍기는 발언을 한 순간, '일제 사격' 호령이 떨어졌다. 지금까지의 찬동자들까지 일제히 그에게 이를 드러낸 모양이다.

"마지막에는 대폭발. 즉각 기브 업 하고 폐쇄. 지금쯤 이불 뒤집어쓰고 울고 있겠지. 후후, 틀림없이 아이돌이 등신대 사이즈로 프린트된 이불일 걸."

굉장히 리얼한 말이다. 사카모토 자신도 실제 크기로 프린트된 이불을 뒤집어쓰고 운 적이 있는 걸까. 때때로 생각한다. 이 남자에게는 뭔가가 결여되어 있다고. KAZZ에게는 있는, 타쿠토에게도 있었을 터인 무엇인가가. 적어도 회원이고, 대지의 모임의 가르침을 믿는다면서 오오시로를 거창하다 싶을 정도로 숭배하고도 있지만, 입회한 목적은 종교에 뛰어들려는 생각 때문이 아니라, 결코 잘 굴러가지 않는 자신의 현실과는 다른, 버츄얼한 인생을 이곳에서 구축하려는 듯이 보일 뿐이다. 그와는 가치관을 공유할 수 있을 것 같지 않다는 초조함이, 그를 바라보는 시선을 굴절시키고 있을 뿐인지도 모르지만. 청년부 내에서 연장자인 사카모토를 신봉하는 자가 의외로 많았다.

"청년부라는 구린 이름, 좀 바꿀 수 없습니까."

요즘에는 이런 말도 한다. 네이밍은 본질. 그것이 그의 지론인 모양이다. 미디어기획실도, 그가 만든 MP 룸이라는 이름으로 통칭되기 시작하고 있다.

"뭔가 바꾸고 싶다니까요. 좀 더 쿨한 느낌으로. 애초에 세대로 조직을 나눈다는 발상은 낡지 않았나요. 우리 활동은 기본적으로 뭐든 가능하잖아요. 내가 스터디 모임 같은 걸 만들어도 괜찮죠."

사카모토는 KAZZ와 사이가 좋지 않다. 요컨대, 자기보다 연하인 KAZZ가 톱으로 있는 청년부가 재미없는 것이다.

5월 말 시점에서, 인터넷으로 등록했을 뿐인 형식적인 숫자도 포함하면 대지의 모임 회원은 3천 명이 넘는다. 프로 스포츠선수나 대학의 준교수, 요시에만큼 유명하지는 않지만 연예인도 있다. 이렇게 사람들이 모여 있으면, 당연한 듯이 파벌이 생긴다. 3명이 모이면 2대 1. 4명이 모이면 2대 2 혹은 3대 1. 인간의 본능이리라.

대지의 모임은 지금도 교주 오오시로의 카리스마를 구심력으로 삼고 있는 단체로, 오오시로가 무리의 중심에 있다는 사실은 틀림없지만, 그 주변에는 몇 개의 자그마한 무리가 생겨났다. KAZZ파, 치프 사카모토파, 군웅이 할거하는 중장년 여성 파벌. 사회에서의 직함을 그대로 들고 오고 싶어 하는 장년 남성 파벌. '사이토 마유미에게 배우는 모임'이네 '오사나이 원리주의 그룹' 등의 모임까지 있는 모양이다.

나는 생각한다. 조직이라는 것은 세상에서 분열한, 원생생물의 일종이라고. 형태도 크기도 언제나 불분명해서 모든 것을 손안에 담기란 불가능하다. 설사 그것을 최초에 만든 인간이라 해도.

22

시곗바늘 소리가 방의 정적에 새겨지듯이 계속되고 있다. 나는 1인용 소파에 앉아 가만히 손안에 든 유리잔을 바라보고 있었다. 오늘 밤이야말로 잘 작정으로, 이른 시간에 수면유도제 2알을 먹었다. 전혀 효과가 없다는 걸 확인한 지금은, 위스키를 스트레이트로 들이켜고 있다. 요즘 수면 시간은 5, 6시간. 하루가 아니라 1주일 동안이다. 벌써 얼마나 이러고 있었을까.

시계로 시선을 보낸다. 오전 0시 14분 37초.

디지털시계라 알고 싶지도 않은 초까지 가르쳐 준다. 싸구려 구식 시계 소리가 잠들지 못하는 원인이 아닐까 하는 생각에 유일하게 있는 시계를 디지털로 바꿨지만, 그래도 주변에서 소란스러운 소음도 이야기소리도 사라지는 밤이 되면 어김없이, 들릴 리가 없는 초침 소리가 시작된다. 끊임없이 혀를 차는 듯한 소리다.

빈 잔에 술을 따르려고 느릿느릿 손을 뻗는데 휴대전화가 울렸다. 회원들 앞이라 분별없는 음악은 사용하지 않고 무뚝뚝한 전자음을 벨 소리로 쓰고 있다. 단조로운 멜로디가 아주 잠깐 시계 소리를 지워 주었다.

누구지, 이 시각에. 짐작 가는 데가 없다. 사적으로 전화가 걸려오는 일은 없었다. 업무 말고는 사용할 일이 없는 전화다. 표시된 것은, 등록된 이름이 아니라 본 적도 없는 번호였다.

——여보세요, 이렇게 늦은 시간에 죄송해요.

금 세공된 모빌이 바람에 흔들리는 듯한 목소리. 상대가 누구인지, 이름을 대기 전에 알았다.

——카토입니다. 깨운 게 아니었으면 좋겠는데요.

요시에 카야. 대지의 모임에서는 본명인 카토 카나라는 이름을 쓰지만, 그 이름으로 부르는 이는 아무도 없다. 이전에 인터뷰를 의뢰했을 때, 긴급 연락용이라며 번호를 가르쳐 준 기억이 떠올랐다. 하지만 매니저를 거치지 않고 이쪽에서 연락을 취한 적은 없었고, 상대쪽에서 걸려온 적도 없었다.

"아니, 깨어 있었습니다. 실은 야행성이라서."

——정말로 죄송해요. 가족분들은 괜찮으신가요.

요시에는 좀처럼 본론으로 들어가지 않으면서 사과만 한다. 전화를 건 것을 후회하는 듯한 목소리였다.

"저는 혼자 살고 있습니다."

몇 초간 침묵이 있었다.

——뭔가 좀 무서워서, 그래서…….

"무슨 일인가요."

——밖에 누군가 있는 거 같아요. 조금 전 맨션에 들어올 때도 뒤에서 인기척이 나서. 1시간 정도 전에요. 아, 오늘은 관계자 시사회 후에 파티가 있어서…….

빠른 말투로 말하다가, 갑자기 말이 막혔다가, 인터뷰 때의 조리 있는 말투와는 다른 사람처럼 더듬거리는 말투다.

——주간지 사람이라면 상관없지만, 그 사람들이 집 앞까지 오는 일은, 보통 없어서.

"발소리가 들립니까?"

──아뇨, 기척만. 웃지 말아 주세요. 기분 탓일지도 몰라요. 버릇없는 여자라고 생각하실 테지만, 전에도 비슷한 일이 있어서…….

우스운 일은 아니다. 집중호우처럼 사무국에 걸려 오던 전화 중에는, 그녀의 팬이라 생각되는 사람들의 협박 같은 것들이 몇 건이나 있었다. 일련의 보도 중에는, 요시에와 오오시로가 연애관계라는 듯한 억측을 덧붙이고 있는 기사도 있었기 때문이다.

"나의 카야를 돌려줘."

"요시에 카야에게 손을 댔다간, 죽여 버린다."

"도장이란 거, 이케가미 근처지? 귀갓길 조심하는 게 좋아."

화풀이를 당하고 있을 뿐인 여성 스태프조차 겁을 먹었었다. 그런 일을 하게 되면, 불특정 다수의 인간에게 일거수일투족을 감시당하는 스트레스로부터 도망칠 수 없으리라는 것은 이해할 수 있었다.

"누군가 사람을 보낼까요."

늦은 시각이지만, 청년부 남자들에게 말하면 한걸음에 달려가리라.

──괜찮아요. 분명 신경이 너무 예민해진 걸 거예요. 몰래 촬영당하거나 하는 일은 좀처럼 없어서. 키지마 씨와 얘기를 했더니, 마음이 진정됐어요.

"물론 집 밖에서 가드 시키겠습니다. 두세 명. 이렇게 된 건 우리 책임이기도 하고요."

아내도 친구도 없는 남자지만, 한마디 건네기만 해도 움직일 수 있는 사람은 잔뜩 있다.

──괜찮아요. 역시 기분 탓이에요. 죄송했습니다.

"만일을 위해 확인하는 게 좋아요. 현관에 모니터는 있나요."

── 있어요…… 하지만 보는 게 무서워서.

"그럼, 이렇게 하지요. 저하고 함께 봅시다. 이대로 전화기로 얘기하면서. 누군가의 모습이 보이면 바로 경찰을 부르면 돼요. 이쪽에서도 사람을 보내겠습니다."

── 알겠어요.

희미하게 옷이 스치는 소리. 문득 그녀가 지금 뭐를 몸에 걸치고 있는지 상상해 버렸다. 언젠가 DVD로 본 출연작에서 등 뒤로 찍힌 나신도. 나이트인 체하는 주제에, 이래서야 나야말로 스토커다.

"버튼 조작으로 밖이 보이나요?"

── 예에.

"그럼, 누르지요. 힘껏. 갑니다, 하나, 둘."

── 하나, 둘.

"셋."

── 셋.

숨을 삼키는 소리가 들렸다. 이것도 무척 앳되게 들렸다. 휴대전화를 굳게 쥐며 생각했다. 만약 그녀에게 무슨 일이 생긴다면, 반드시 지켜 주자고.

── 아무도 없어요.

"잠깐 기다려요, 잠시 상태를 봐요."

── 괜찮은…… 것 같아요.

"다행이에요. 하지만 만약 벨이 울려도, 절대로 받으면 안 됩니다."

── 네, 진짜, 절대로. 저기, 정말로, 죄송해요.

안도의 한숨에 이끌리듯 나도 참고 있던 숨을 토해냈다. 그리고 문득 깨달았다. 왜 일부러 나한테 전화를 건 거지? 늘 다른 한쪽 조개 껍데기처럼 옆에 꼭 붙어 있는 매니저에게 연락을 취하는 게 보통 아닌가. 대형회사는 아닌 모양이지만, 그녀에게는 소속 사무소도 있다.

통화를 끝내기 위한 목소리가 조금 딱딱해져 버렸다.

"그럼, 조심하세요."

—— 네, 고마웠어요. 그럼······.

말을 끝내도 요시에는 전화를 끊지 않았다. 나도 끊지 않았다. 취기가 입을 가볍게 만들었는지, 자그마한 숨소리만이 들려오는 수화기 너머로 말을 걸었다.

"마음이 진정될 때까지, 조금 더 얘기할까요."

—— 예에.

"인터뷰 원고, 어땠습니까?"

이런 때조차 업무 연락 사항밖에 머리에 떠오르지 않는다. 스스로도 멋없는 남자라고 생각한다. 요시에 카야의 인터뷰 기사를 실은 '어스 워즈'는, 이제 곧 교정을 보고 인쇄에 들어간다. 발행되면 소동은 더욱 커질 것이 틀림없었다.

—— 그러고 보니.

"뭔가 문제가 있었습니까."

—— 아뇨, 얘기를 들어 주셨던 그때, 실은 키지마 씨에게 묻고 싶었던 게 있거든요.

"무슨 일이신가요."

팬은 아니지만, 한창 주목받는 여배우와 한밤중에 단둘이서 이야기를 나누는 기분은, 나쁘지는 않았다. 증권회사 시절이었다면 생각할 수 없는 시추에이션. 나는 유리잔에 손을 뻗는다.

——종교와.

갑자기 그렇게 말을 꺼내고, 조금 우물거리더니, 빠른 말투로 말을 잇는다.

——연애는 양립시켜도 되는 걸까요.

갑작스러운 질문에 유리잔이 공중에서 멈췄다.

"연애, 하고 계십니까."

——예를 들면 그렇다는 얘기에요. 예를 들면, 같은 모임에 계시는 분과, 그…….

"확실히 세간에는 회원끼리의 연애를 금지하는 단체도 있다고 합니다만, 그 점에서 우리는 자주성을 중시하는 체질이니까요. 모임에서 알게 되어 결혼한 회원들이 몇 커플이나 있지요. 다음 달에도 한 커플이 도장에서 식을 올린다고 하고요."

KAZZ 얘기다. 처음에 히어링 센터를 찾아왔을 때 같이 왔던 여자 친구는 결국 입회하지 않았고, 본인은 입 밖에 내어 말하지 않았지만, 아마도 KAZZ가 종교에 경도된 것이 원인이 되어 헤어진 거 같았다. 상대는 작년 말에 표창을 받은 경리 스태프 여성이다.

——높은 지위의 분이라도?

"높은 지위?"

아아, 그런 건가. 대지의 모임에서 드문 일은 아니다. 나카무라에게 반한 거다.

나카무라를 교주로 내세운 것은 그것이 노림수 중 하나이기도 했는데, 대지의 모임만의 얘기는 아니다. 교주와의 상상연애. 여성 신자의 경우 자주 있는 얘기다.

남자는 그의 카리스마와 자신을 겹쳐보며 동화시키려 하지만, 여자는 자신을 상대의 옆에 두고 바싹 다가서려 한다. 아무튼, 교주는 절대적인 마음의 지배자다. 매일 칭찬을 받고, 그를 기쁘게 하는 것을 지상 목표로 삼으며 교주의 일거수일투족을 쫓다 보면, 때로 숭배의 마음이 연애감정과 가까워지기도 한다.

애초에 연애와 종교는 비슷한지도 모른다. 일단 빠지면, 주변이 보이지 않게 된다. 배타적인 모습을 보이거나 가치관 순위가 변동한다. 다른 건 다 버려도 상관없다는 생각마저 한다. 한 가지 더 비슷한 것을 찾는다면, 마약이다.

옆에서 보면 단순한 변태 영감으로밖에 보이지 않는 교주가 여성 신자들의 사모를 받으며 육체관계를 맺는 일조차 드물지 않은 것은, 온당한 판단력을 마비시키는 마약의 약효다. 나는 그 나쁜 예를 하나 알고 있다. 지극히 가까운 사람 중에. 소년 시절에.

"사람에 따라 다르지요. 하지만 그분이 오오시로 선생님이시라면, 으음, 조금 곤란한 걸요. 선생님과 신자는 부모와 자식 같은 관계이니까요. 나이에 상관없이, 누구나 선생님의 아이입니다."

이 말에만은 뜸을 들이지 않고, 단호한 목소리가 돌아왔다.

── 아뇨, 오오시로 선생님에게 그런 마음은 없어요.

뭐?

혼란스러워진 머리가 다른 답을 이끌어낸다. 그리고 다시 혼란스러워졌다.

먼저 말을 꺼낸 것은 요시에 카야 쪽이었다. 갑자기 빠른 말투로 말한다.

── 저, 이상하죠. 역시, 아무 분이나 와 달라고 할까나.

"그럼, 사람을——."

짐짓 아무렇지도 않게 목소리를 낼 생각이었는데, 목구멍에 딱딱한 마개가 막혀버렸다. 귓가에서 요시에 카야의 금색 모빌이 울렸다.

——가능하면, 키지마 씨가.

어.

수화기 너머에서, 장소도 모르는 맨션에 있는 요시에 카야가, 나의 대답을 기다리며 입을 다물어 버렸다.

젊은 시절에는 용모에 관해서 비방당한 적은 별로 없었고, 남들만큼 여자가 따랐던 경험도 있지만, 남들 이상이라고 할 정도는 아니다. 게다가 이미 젊지도 않다. 청년부의 입이 험한 이들에게는 아저씨라고 막 불리고 있다. 이거 진심인 걸까.

아마 나의 힘은 아니다. 종교다. 종교가 그녀에게 마약을 주사해 착각하게 만든 것이다. 알고는 있어도, 수화기 너머의 요시에 카야를 떠올리지 않을 수 없었다. 뭐라고 대답해야 할지 결정하지 못하고 있자, 다시 요시에가 먼저 입을 열었다.

——죄송해요. 이상한 소리를 해버려서. 잊어 주세요. 안녕히 주무세요.

다시 침묵.

하지만 이번에는 아무리 시간이 지나도 말이 나오지 않는 나를 힐책하듯이, 한숨과도 같은 단절음과 함께 통화가 끊어졌다.

끊어지고 나서도 나는 잠시 전화기를 바라보았다. 인기 여배우와 본모습은 증권회사에서 명퇴당한 전직 샐러리맨. 본래는 있을 수 없는 만남이다. 종교가 가져다준 것은, 돈뿐만이 아니었다.

유리잔에 남은 위스키를 단숨에 들이켠다.

오늘 밤도 잠들 수 있을 것 같지 않았다.

23

프린트한 용지를 내밀자 류사이가 순간 입술을 ㅅ자로 구부렸다.

"제2도장이라고? 또 만드는 거야? 여기 생긴 지 반년밖에 안 지났다고."

빙그르르 주위를 둘러보고 ㅅ자 입술 끝에 더욱 깊은 주름을 만든다. 장소는 대지도장의 1층이다. 오후 9시. 회원이며 스태프들이 돌아간 지금은, 안 그래도 넓은 공간이 더욱 넓게 느껴진다.

나와 류사이 사이에는 몇 개의 빈 맥주 캔과 뚜껑을 막 딴 싱글몰트위스키 병. 조금 떨어진 곳에, 앙드레 보포르를 채운 유리잔을 무릎 위에 내려놓은 나카무라가 있다. 맥주 캔은 나카무라의 손에 의해 정확히 같은 방향으로 라벨을 나란히 한 채 늘어서 있었다.

세 사람만이 얼굴을 마주하는 건 오랜만이었다. 나카무라의 얼굴이 매스컴에 노출된 지 얼마 안 됐다는 점을 고려해 회합 장소를 이곳으로 정했지만, 류사이는 불만스러운 것 같았다. 손가락을 울리면 날아오는 웨이터도, 공손하게 서빙되는 요리도 없다는 점이.

"필요하다고. 알잖아, 당신도."

이름뿐인 회원이 많아져 3천 명 전부가 활동하고 있는 건 아니지만, 커리큘럼 참가 신청은 회를 거듭함에 따라 증가하고 있었다. 매회 정원을 백 명으로 늘리고, 인스트럭터를 몇 명이나 새로이 등용해 개강을 하루 3회로 늘렸지만, 예약의 반도 해결하지 못하고 있다. 최근에는 예약 대기를 해소하기 위해서 일주일에 1회, 회원 중 한 명이 소유한 공터에서 수백 명 단위로 참가한 야외강습 '대지교실'도 시작했다. 조속히 새로운 시설이 필요했다.

"1회 정원을 줄여서 희소가치를 만든다고 했잖아. 요전에는 요전대로, 갑자기 예배당을 만들겠다는 잠꼬대를 하고 말이야. 정말이지, 당신이 하는 일은 늘 마구잡이라니까."

"상황이 바뀌었어."

의논의 여지가 없다는 어조로 대답하자, 류사이는 뭔가 말하고 싶은 듯한 입에다 편의점에서 산 건어물을 던져 넣었다.

"뭐, 좋아. 그래서 장소는? 어디에 만들 거야."

프린트된 용지 위에 지도 복사 용지를 겹쳐 중앙 부근을 손가락으로 두드려 보였다. 집어든 피스타치오가 류사이의 손가락에서 떨어졌다.

"도심지잖아. 게다가 일등지야."

"이미 청빈을 내세울 단계는 지났어. 이번 도장은 센스 좋다는 느낌으로 판다. 젊은 회원이 늘어나고 있으니까, 그들을 대상으로 한 시설로 만드는 거야. 인터넷 등록만 했을 뿐인 무리들의 흥미를 끌도록."

"빌리는데 대체 얼마가 드는데?"

그 위에 또 겹친 견적서의 세 자리 수 월세에, 류사이는 아니라는 듯이 고개를 젓는다.

"넓이는 여기의 반이니까 이 정도로 끝나는 거야. 오히려 싼 거야."

세무사에게서 들은 올해 내야 할 세금은, 터무니없는 금액이었다. 들어오는 돈을 신속하게 설비 투자로 돌리지 않으면, 올해는 또 한 자릿수 늘어나게 될 거라는 경고를 받았다.

"돈을 남아돌게 둘 수는 없단 말이야."

"남는 게 왜 안 되는데? 그런 거에 낭비할 바에는, 전부 품 안에 넣으면 되잖아."

"그렇게는 안 된다고. 회사조직으로 운영하고 있으니까. 신흥종교를 보는 눈은 엄격하단 말이야. 조금이라도 묘한 짓을 하면, 바로 국세청에 고발당할 거야."

어디까지가 종교 활동이고 어디부터가 영리사업인지 실제로 선을 긋기는 어렵지만, 나는 신중하게 구별하고 있었다. 가령, 출판물이나 상품 매상과 커리큘럼 수강료는 관련 회사 '어스'의 수익으로 삼고 있다. 류사이나 나카무라에게 주는 개런티는 여기에서 나오는 임원 보수다. 오오시로의 그릇을 판 대금(이제 두 번 다시 옥션을 열 마음은 없지만), 강론회의 회비 등은 종교단체 '대지의 모임' 활동자금으로서 별도로 관리하고 있다. 류사이에게는 크게 반대당하고 있지만, 이미 설계도가 완성된 예배당의 건설은 종교 활동의 일환으로 모든 비용을 기부로 충당할 생각이다. 하지만 이렇게 해도, 언제 고발당할지 불안해 견딜 수 없다. 탈세가 발각되는 건 대개 내부 고발이다.

"제2도장은 KAZZ를 총책임자로 삼을까 생각 중이야. 자원봉사가 아니라 사원으로 고용해서 급료도 줄 거야."

KAZZ는 수행의 방해가 된다고 내뱉으며 대학을 중퇴해 버렸다.

부모에게는 절연(絕緣) 당했다고 한다. 이제 곧 결혼도 한다. 그의 생활에 대해서도 생각해 주어야만 했다.

"그럴 돈이 있으면, 우리한테 저 개런티를 줘."

"올해 임원 보수 금액은 이미 결정되어 있어. 변경은 절차가 필요해."

류사이와 나카무라에게 매달 지급하는 개런티는 일반적인 샐러리맨의 몇 배나 된다. 게다가 집세나 음식비, 가재도구 구입도 경비 처리. 더 이상 노골적인 우대는 할 수 없다.

"다음 달에 가능한 많은 금액을, 보너스로 지급하지."

류사이가 취기에 탁해지기 시작한 눈으로 도장을 둘러보고, 짜증스럽다는 듯이 바닥을 두드렸다.

"여기는 뭘 위해서 하고 있는 거야. 어어?"

몇 번이나 두드린다. 양념 콩이 봉투에서 굴러 나왔다.

"자선사업에 어울려줄 생각으로 얘기를 받아들인 게 아니라고. 본말전도야."

어느 쪽이 본말전도인가. 류사이의 말이 옳은 것 같기도 하다. 나는 잘 알 수 없었다. 유리잔을 기울이며 류사이가 불만을 삼킨다. 아직 근무 중이다. 나는 위스키에는 손을 내밀지 않고 맥주를 조심스럽게 홀짝이고 있다.

"있지, 회비를 걷자고. 1인 3만. 전부 내지는 않을 테지만 셋이서 나눠도 2천만씩 정도는 될 거 아냐."

이 녀석은 아무것도 바뀌지 않았다. 어쩌다 경마에서 돈을 손에 넣으면 한때의 놀이를 위해 쓰고, 다 쓰고 나면 다시 마지못해 일을 시작하는 길거리 점술가 시절과 조금도. 지금 건네주고 있는 돈도,

전부 도박이나 카바레클럽이나 증기탕에 쏟아 붓고 있을 터. 살아온 세계가 다르다.

내가 입을 다물자 류사이가 특기인 관상관찰술로 내 마음을 읽었다.

"돈 때문에만 하는 소리가 아니라고. 당신 혼자서 뭐든 결정하지 말라고 말하고 싶은 거야. 조금은 우리 의견도 들으라고. 고교 중퇴자 얘기는 들을 수 없다는 거냐."

"그러니까 무리라고. 국세청이 달려들 거야. 무엇보다 교단이 본래 그래야 할 형태가 무너져 버릴 거야. 안달할 일이 아냐."

"안달하고 있는 건, 당신이잖아."

솔직한 얘기로, 슬슬 류사이는 자르고 싶었다. 녀석에게 분명히 큰 도움을 받았지만, 3천 명의 회원이 있는 지금이라면 비슷한 능력을 갖춘 사람은 분명 있을 테고, 그 인물은 같은 일을 무상으로 해줄 거다.

"오오시로 선생님은 어떻게 생각합니까."

묘한 침묵을 깨기 위해서 화살을 돌렸을 뿐, 대답 같은 건 기대하지 않았다. 3명이 모이면 2대 1. 평소처럼 고개를 갸웃거릴 뿐, 그것을 찬성이라고 해석하면 된다. 하지만 나카무라는 잠시 공중을 바라보더니 이렇게 중얼거렸다.

"오사나이의 말도 이해하겠어."

오사나이. 어느새 나카무라는 아무런 주저함도 없이, 류사이를 그렇게 부르게 되었다. 가명을, 게다가 존칭 없이 불리면 류사이는 좋은 얼굴을 하지 않는데, 이때만은 그것 보라는 표정이 된다. 3명이 모이면 2대 1이다.

"알겠나, 나카무라 군."

나는 서로의 입장을 확실히 각인시키기 위해, 옛날의 호칭으로 돌아와 나카무라 쪽으로 몸을 돌렸다. 말린 옥수수를 집으며 말한다.

"이 콩이 날 것이라고 치자고. 전부 먹어버리면 내년을 대비해 뿌릴 몫이 없어져 버리잖아. 참으면 앞으로 좀 더 많이 수확할 수 있는 거야."

나카무라에게 말한다기보다, 자신을 향한 말이라는 걸 깨달은 류사이가 혀를 찬다. 아이에게 설교하는 듯한 어조에 나카무라도 미간에 주름을 지었다. 억제할 수 없을 정도로 확장했다고는 해도, 내가 만들어 여기까지 키워온 조직이다. 남들이 마음대로 하게 두지 않을 거다. 이 이야기는 이제 끝이라는 것을 전하기 위해서, 바닥 위의 서류를 가방에 넣어 정리했다.

"또 한 가지, 현안사항이 있어."

어차피 의논의 여지는 없잖아. 입가심으로 마시고 있는 맥주를 들이켜고 빈 캔을 움켜쥐어 찌그러뜨린 류사이의 얼굴에는 그렇게 쓰여 있었다.

"오오시로 선생님에게 신변 호위를 위한 스태프를 붙이려고 해. 몸의 안전을 지키는 사설 SP다. 매스컴에 얼굴이 나오면 묘한 무리들이 신변을 어슬렁거릴 것 같으니까 말이야."

지키고 싶은 건 신변의 안전이라기보다, 나카무라의 개인정보다. 약속 없이 돌발 취재라도 당하면, 제대로 얘기를 못 한다는 사실이 들켜버린다. 끄덕이지도 않는 두 사람에게 말을 잇는다.

"요전에, 카토 회원——."

어째선지 나는 필요 이상으로 말투가 빨라졌다.

"요시에 카야 씨의 신변에 수상한 사람이 나타났어. 다음에는 오오시로 선생의 차례일지도 모른다고."

"요시에한테? 그런 걸 왜 당신이 알고 있는데?"

류사이가 취기에 탁해지기 시작한 눈으로 이쪽을 쳐다본다. 나카무라는 류사이가 뭉갠 캔을 주워들어 일그러진 걸 펴고 있었다. 류사이의 말에는 대답하지 않고, 바닥에 만든 정렬의 끄트머리에 캔을 더하고 있는 커다란 아이 같은 등을 향해 말을 건넸다.

"그리고 나카무라 군에게 부탁이 있는데."

SP의 건을 끄집어낸 이유는, 나카무라의 환심을 사서 다음 말을 꺼내기 쉽게 하기 위해서였지만, 그다지 효과는 없었던 모양이다. 돌아본 나카무라의 눈 사이에는, 아직 주름이 새겨져 있다.

"한 번, 사사키 씨와 만나 주지 않겠나."

목소리를 높인 건 류사이다.

"저기 말이야, 언제까지 그 할멈을 내버려둘 생각이야."

평소에는 허수아비라고 부르던 나카무라에게서 점수를 따려는 말투였다. 류사이와 나는 마치 여자를 두고 다투는 삼각관계의 두 남자 같았다.

"다른 할멈들이 나한테도 불평한다고. 왜 저 녀석만 두둔하는 거냐고. 뭐라고 대답하면 되는데? 이대로 내버려두면, 여길 엉망진창으로 만들 거라니까. 폭로 당하면 전부 황이야. 그건 당신 실수라고."

"내버려두라고 한 건 당신이잖아."

"상황이 달라."

좀 전의 말을 도로 들이밀어 왔다. 목뼈를 울리면서 류사이가 혼잣말처럼 말한다.

"한 번 목덜미를 꽉 조여주고 싶단 말이야. 역시 미츠오카를 이용하는 수밖에 없나. 녀석에게 협박을 시킨다는 방법도 있고."

"그런 건 안 한다고 했잖아. 어디에서도 꺼림칙한 일을 지적당하지 않도록 해야 해."

류사이가 집어든 양념 콩을 날려버릴 기세로 콧방귀를 뀐다.

"하, 여기서 꺼림칙함을 빼면, 아무것도 안 남잖아. 안 그래, 오오시로 선생님."

나카무라는 부름에는 대답하지 않고, 위를 집은 유리잔을 손안에서 빙글빙글 돌렸다. 나는 나카무라의 관심을 자신에게 되돌리기 위해서 간사스런 목소리를 냈다.

"만나 줄 수 없을까."

역시 대답하지 않고 유리잔을 돌리고 있다. 잠시 그러더니, 파도치는 샴페인을 향해 목소리를 떨어뜨렸다.

"키지마."

"네."

무심결에 공손한 어조가 되어 버렸다. 최근 나카무라는 나도 키지마라고 부른다. 유리잔을 바라보는 채로, 눈높이까지 들어 올리며 말을 이었다.

"키지마는 나를 어떻게 하고 싶은 거야?"

"어?"

나카무라가 내 얼굴을 들여다보았다. 회원들이 마음속을 들여다보는 시선이라며 두려워하는, 눈을 맞추지 않고 얼굴 전체를 바라보는 독특한 시선으로. 긴 눈썹을 깜빡이지도 않고. 여자가 아니라도 오싹해지는 눈이었다.

"앞으로도, 쭉 이렇게 가는 건가."

예상도 하지 못한 말에 나는 당황했다. 시선을 피하며 대답한다.

"쭉은 아니야. 당분간은."

떠오른 말을 소리 내어 말했을 뿐이다. 답은 나도 모른다. 조금만
더 견디면 된다. '조금만 더'라는 것이 앞으로 어느 정도인지도 모르
는 채, 언외로 그렇게 호소하려고 나카무라를 바라보았지만, 그때는
이미 샴페인을 홀짝이는 옆모습이 눈앞에 있을 뿐이었다.

24

"또 새로운 도장을 만든다면서요? 수완 좋네."

혼자서 사무실에 틀어박혀 있으려니 등 뒤에 빈정거리는 목소리가
날아왔다. 사사키 하루미다. 레오타드에 트레이닝팬츠만 입은 모습
이다. 그녀가 인스트럭터로 있는 커리큘럼이 끝나, 이곳에 나밖에
없다는 것을 알고 찾아온 것이다. 얼굴을 돌린 채, 특별한 편의를
봐주고 있음을 잡담하는 듯한 어조로 말했다.

"강론회, 출석해 주실 수 있으시지요."

그녀는 제2회 강론회에서 오오시로에게 축복을──즉 표창을 받
는다. 당연하다는 듯이 콧방귀를 뀔 뿐이었다.

"있죠, 오오시로 선생님과 단둘이서 만난다는 약속, 그거 어떻게 됐어요?"

"아직 지금은 좀. 강론회를 앞두고 있고, 스케줄 상 어렵지 않을까 싶은데요."

"확실히 얘기해 둔 거 맞아요?"

아이돌 탤런트처럼 고개를 갸웃거려 보인다. 화가 났다. 그만 작작 좀 해──라는 말이 목구멍까지 나오다 걸린다. 사사키의 인스트럭터는 엄청나게 평판이 나쁘다. 그야 그럴 테지. 누구든 자기보다 서툰 사람에게 배우고 싶지는 않으니까. 지금은 요일과 시간에 상관없이 모든 커리큘럼 예약을 따기가 어렵지만, 사사키가 담당하는 수요일 오전만은, 간신히 정원이 차는 정도. 사정을 모르는 신입회원밖에 신청하지 않기 때문이다.

그뿐이라면 그나마 낫다. 다른 회원들의 불만은 폭발 직전이었다. 사사키와 내가 사귀고 있다는 소문까지 돌고 있었다. 이렇게 밀담을 하려고 드니, 더욱 오해를 산다. 볼일이 있는 척하며 방을 나가려 하자, 뭔가를 조르는 소녀 같은 목소리로 내 발걸음을 붙잡았다.

"들었어요. 이번 도장, 아오야마에 생긴다면서요. 좋겠다. 나도 거기 인스트럭터가 되고 싶은데. 아오야마에는 단골 가게가 많으니까."

굳어진 얼굴을 돌린다. 손가락을 들이밀고 싶은 것을 억누르며 말했다.

"사사키 씨, 이참에 말씀드리겠습니다. 당신은 오해하고──."

전혀 듣지 않고 있다. 멋대로 떠들기 시작했다.

"요전에 말이죠, 내가 대지의 모임 인스트럭터를 한다고 했더니,

아는 출판사 사람이 정말 흥미진진해서. 뭔가 재미있는 얘기는 없냐고요. 남편이 다른 업종 관계자들과 파티 여는 걸 좋아하니까, 난 매스컴 쪽에도 아는 사람이 많거든요. 여기, 주목받고 있잖아요. 뭔가 쓸 거리는 없을까 하고 탐색하는 사람이 많은 모양이죠."

내 말을 재촉하듯이, 얇은 레오타드 천을 밀어 올리고 있는 가슴을 내밀며, 고개를 갸웃거려 보인다. 류사이 말이 맞다. 저 힘줄이 불거진 목을 졸라 주고 싶다.

25

그날 밤 이후 요시에 카야로부터 연락이 오는 일은 없었다.

오랜만에 얼굴을 마주친 날은 6월 하순. 제2회 강론회 미팅 자리였다. 이번에도 그녀가 사회를 맡는다. 요시에는 매니저를 동반하지 않은 채, 도장 2층에 있는 사무실로 찾아왔다. 간소한 청바지 차림이었지만, 영화 주연의 역할에 맞춰 머리를 조금 짧게 자른 요시에가, 내 눈에는 지금까지보다 더욱 눈부시게 보였다.

나를 대하는 태도는 지금까지와 변함이 없었다. 미팅에는 이벤트 총괄책임자로 발탁한 KAZZ와 그 스태프도 동석하고 있었으니 당연하다면 당연하지만, 맥이 빠진 스스로가 착각에 빠진 멍청한 남자처럼 생각되었다. 서류를 들추며 사무적인 내용을 말하면서도 시선은 그만 요시에를 따라가고 만다.

내부 전략으로 참가 인원수를 줄였던 지난번과는 달리, 이번 강론회는 오픈 참가로 한다. 요금은 무료. 세간으로부터 주목받기 시작한 이 기회에 대외적으로 모임의 존재를 어필하기 위해서다. KAZZ의 제안을 받아들여 야외에서 페스티벌 형식으로 진행하기로 했다.

예상되는 참가자는 2천 명. 회장은 KAZZ가 예전에 레이브 행사장으로 빌린 적이 있다는, 시내에 있는 공장 부지다.

신흥종교라는 게 알려지면 망설이지 않을까. 나는 KAZZ의 태평한 계획을 우려했지만, 선선히 빌려준 모양이다. 매스컴 보도 효과일까. 사용료도 무료. 다만, 잡초가 우거진 부지 내의 제초작업을 하는 것이 조건이라고 한다. 청년부와 치프 사카모토가 이끄는 팀 어스 레벌루션이 이미 인해전술로 작업을 개시하고 있다.

게스트도 부른다. 회원의 지인이라는, 아는 사람은 안다는(나는 들어 본 적도 없는 이름이었지만) 서예가. 마찬가지로 회원의 음악 관계자가 부른, 프로 재즈 코러스 그룹. 나는 후지와라 소스케에게 말을 걸어보았지만, 스케줄이 맞지 않는다는 이유로 불참. 대지의 모임이 섣불리 이목을 끌어 버렸기 때문이리라. 아마, 세간에 흥미 위주로 거론되는 신흥종교와는 외부적으로 관계가 없음을 알리고 싶은 마음일 것이다. 정치가란 밀실을 좋아하는 모양이다.

개최일은 7월 둘째 주 일요일. 장마철이 끝나기 전이지만, 비 걱정은 하지 않았다. 내리면 내리는 대로 회원들 사이에 화제가 되는 제1회 때의 오오시로 강연을 재연할 수 있다. 개회 인사에 서는 나는 '역시, 대지의 모임에는 비가 따르는군요'라는 소리라도 하면 된다.

맑으면 맑은 대로 이렇게 말한다.

"여러분의 평소 정진이 하늘에 닿은 것일 테지요."

드레드 헤어를 뒤로 묶고, 수염을 기르고, 간부다운 풍격이 나오기 시작한 KAZZ는, 요시에 카야에게 주눅이 드는 기척도 없이, 자신감에 가득 찬 상급회원의 어조로 그녀가 해야 할 일을 설명해 간다.

"그럼, 잘 부탁합니다. 또 파파라치가 나타나도 쫓아내거나 하지는 않을 겁니다. 거꾸로 선전 재료로 삼아 버리고 싶은데요, 그래도 괜찮겠습니까."

요시에가 내 쪽으로 시선을 맞춰 올 듯한 기분이 들었지만, 그렇지는 않았다. 바로 정면에 앉은 KAZZ만을 응시하며 끄덕였다.

"예에, 폐를 끼쳐, 죄송합니다."

사과를 받을 이유는 없었다. 현재 일련의 보도 때문에 대지의 모임이 입은 피해는 별로 없다. 솔직히 말하자면, 얻은 쪽이 훨씬 많았다.

요시에 카야의 인터뷰 기사를 실은 '어스 워즈' 3호의 발행 부수는 2만. 출판 · 영상사업실의 영업 노력이 결실을 맺어, 이미 다수의 일반서점에서 문의가 들어오고 있다. 발매와 동시에 '어스 워즈'가 놓인 가게로 회원을 집결시켜, 바로 품절로 만들 생각이다.

미팅이 끝나고 모두가 일어서자, 요시에가 얼굴을 이쪽으로 돌려 왔다.

"키지마 사무국장님, 두세 가지 확인하고 싶은 게 있는데요, 괜찮을까요."

"아, 그럼, 바깥까지 배웅하면서."

계단을 둘이서만 내려오기 시작한 순간, 요시에는 앞서 걸어가는 내게 말을 걸어왔다.

"요전에는 죄송합니다. 이상한 소리만 해 버려서."

층계참에 서서 고개를 들어 올려다본다. 흔들리는 머리카락에서 희미한 꽃향기가 났다. 자기 자신에게 들려주듯이 대답한다.

"아뇨, 아뇨, 동요했으니까요. 게다가 조금 취하셨던 거 아닙니까."

요시에 카나가 스윽 얼굴을 가져와, 똑바로 나의 눈을 들여다보았다.

"취하지 않았어요. 전 술은 마시지 않거든요."

커다란 눈은 긴 호를 그리며 웃는다. 더욱 얼굴을 가까이 대고 속삭였다.

"사실, 굉장히 무서웠던 건 아니었어요. 키지마 씨가 와 주길 바랐을 뿐이었어요."

26

"여러분의 평소 정진이 하늘에 닿은 것일 테지요."

하늘은 매우 맑았다. 한구석에 양 떼 같은 구름이 떠 있는 것 외에는 한 면 가득히 푸르다.

벌초한 지 얼마 되지 않아 풀 냄새를 풍기는 넓은 평지 한쪽에 무대가 설치되어 있다. 그렇게 크지도 작지도 않은, 철재를 투박하게 조립한 간소한 무대다. 장식은 대량의 붉은 풍선들뿐. 수백 개를 묶어 덩어리로 만든 풍선은, 회장 여기저기에 늘어 놓아 오브제 역할을 해주고 있다.

"이제부터, 오오시로 타케토, 제2회 강론회를 시작하도록 하겠습니다."

개회 인사를 위해 올라간 내 등 뒤에는 다다미 2개 크기는 될 만한 한지에 적힌 『대지』라는 두 글자가 있다. 오프닝 퍼포먼스로 나카무라보다 훨씬 종교단체의 교주처럼 보이는, 절에서 입는 작업복 차림을 한 백발의 노(老)서예가가, 사람 크기만 한 붓으로 쓴 글자다.

참가자는 2천 명이 넘었다. 단상에서 보는 군중은 온갖 색깔의 실로 짜여진, 퀼트 무늬의 양탄자 같았다. 철책으로 구분된 장내로 들어오는 사람은 회원뿐이지만, 가슴 높이까지 오는 철조망 너머에는 구경꾼들이 늘어서 있다. 카메라를 들고 있는 사람 중에는, 보도 관계자도 있을 터였다. 주위는 공장지대라 주택지와는 조금 떨어진 곳에 있지만, 연출용 음향효과는 자제하고 있다. 아무튼, 대지의 모임은 비(非)신자와의 협조를 소중히 하는 '우호적인 종교단체'인 것이다.

요시에 카야가 등장하자 나와는 비교도 되지 않는 환성과 박수가 일었다. 회원이 3천7백 명을 넘어선 지금, 같은 회원이라 해도 대부분의 사람들은 그녀를 직접 볼 기회가 없다.

요시에는 자신은 그저 보조출연이라고 주장하는 듯한 얌전하고 조심스러운 원피스로 몸을 감싸고 있다. 나와 둘이서 이야기할 때와는 딴 사람 같은, 목구멍 속의 모빌을 금세공에서 철근으로 바꾼 듯, 잘 울리는 목소리로 오늘의 스케줄을 설명하고 나서, 숨을 내쉬듯이 헛기침을 했다.

"그럼, 이제부터, 오오시로 선생님의 말씀을 듣도록 하겠습니다."

요시에 카야의 목소리가 푸른 하늘에 높이 울려 퍼졌다. 시내 한구석에서 시작된 자그마한 종교단체가, 드디어 세상 속으로 날갯짓하는 순간이 온 것이다.

무대 밑에 하얀 수행복을 맞춰 입은 남자들이 늘어서, 관중 쪽을 향해 뒷짐을 지고 서 있다. 지난달부터 모집을 개시해 십여 배수의 응모자 중에서 발탁한 사설 SP, 오오시로 신위대(神衛隊)다.

나카무라가 단상으로 오르자 술렁임이 일었다. 오늘의 교주 오오시로의 의상은, 하얀 무지 티셔츠와 오래 입어 낡은 청바지. 맨발에 샌들. 평상복으로 근처를 산책하는 듯한 가벼운 차림이다.

"날씨가 좋군요, 오늘은."

단지 그 첫 마디에 회원들로부터 환성이 인다. 나카무라의 스피치 원고는 맑은 날 버전과 비 오는 날 버전, 양쪽을 모두 준비해 두었다.

"나중에 이 근처를 산책합시다."

더욱 커다란 환성. 웃음소리도 섞여 있다.

"제가 노상에서 생활하던 시절이라면, 햇볕을 쬐며 말리기 좋은 절호의 날입니다만. 옷뿐만이 아니지요. 종이상자도 햇볕을 쬔답니다."

우선, 오오시로의 강연에서는 완전히 익숙해진, 노숙자 소재로 청중을 끓어오르게 한다. 나는 해야 할 일이 잔뜩 있어서 원고 대부분은 류사이에게 맡겼다. 밤새서 완성했다고 어필이라도 하려는 생각이리라. 아직 류사이의 모습은 회장에 보이지 않는다.

이제부터 할 일은 표창자 안내다. 이번에는 회장이 넓어서 표창자에게는 미리 지명됨을 전하고, 무대 옆에 모이도록 했다. 표창자는 15명.

"어라, 아직 한 명 안 왔네요."

스태프에게 말을 들을 것도 없이 눈치채고 있었다. 제일 먼저 달려오리라 생각했던 사사키 하루미의 모습이 없다. 이미 나카무라의 스피치가 가경(佳景)에 접어들고 있는데.

"태양은 위대합니다. 태양이 없었다면, 우리들의 삶은 없습니다. 모든 것은 태양의 은혜입니다. 오늘의 이 바람도, 빛도, 온기도, 음식도, 애초에 우리 자신이 이곳에 존재하는 그 자체도. 하지만 모두가 그것을 잊어버리고 있습니다. 평소에는 잊고 있어도 괜찮습니다. 경애의 시선을 향하려 해도, 태양을 계속 바라볼 수는 없으니까요. 하지만 때로는 떠올려주십시오. 개기일식의 순간만이 아니라."

오늘 나카무라의 스피치는 지난번 이상으로 매끄럽다. 회장의 웃음을 자아낸 마지막 농담은 류사이치곤 재치 있었다. 요즘 커리큘럼인 짧은 강연 때 섞고 있는 애드리브인지도 모른다.

"찾아오지. 아니, 자네는 여기에 있게. 내가 가겠어."

뛰어가려는 스태프를 제지하고 군중 속을 헤치고 들어갔다. 설마, 자기 외에 14명이나 표창자가 있다는 사실이 불만인 건가? 단상에서 쓸데없는 소리를 하지 않도록, 못을 박아둬야 한다.

사카모토를 붙잡았다. 이 녀석이라면 알고 있을지도 모른다. 홈페이지에 실을 비주얼 소재를 찾아 디지털카메라를 손에 들고 아침부터 회장 여기저기를 뛰어다니고 있었다.

"사사키? 누구였더라? 아아, 그 성형마녀. 모르겠는데요."

어디를 싸다니고 있는 거야. 첫 번째 표창자로 해 줬더니.

강연은 20분 남짓 남았다. 서두르지 않으면 끝나 버린다.

청중 가장 앞줄에서 츠보이 가즈코의 모습을 발견했다.

"츠보이 씨."

어깨를 두드리자 잔뜩 화장한 하얀 얼굴이 돌아보았다. 서예가가 그린 듯한 눈썹이 치켜 올라간다.

"뭐에요, 강연 중이잖아. 선생님 말씀이 —— 어라, 키지마 씨."

"사사키 씨 못 보셨습니까."

"어라, 몰랐어요? 사사키 씨, 올 수 있을 리 없잖아요."

"어째서요?"

주위에서 비난하는 듯한 시선이 날아왔다. 오오시로의 말을 한마디라도 흘리지 않으려고, 다들 진지하다. 녹음기를 준비하고 있는 사람도 있다. 교단 넘버2 사무국장이라는 위세도, 오오시로라는 태양 앞에서는 단숨에 흐려진다.

팔뚝을 움켜쥐고 군중 밖으로 잡아당겼다. 잠깐, 잠깐 —— 입으로는 그러긴 하지만, 츠보이의 저항은 별로 없었다. 분명 뒷얘기를 하고 싶은 것이다.

무대 옆으로 데려가기 전에, 기다리지 못한 듯이 소리쳤다.

"사고라고요. 사고를 일으켰대요."

나도 모르게 우뚝 서버렸다.

"늘 그 사람이 타는 벤츠. 그게 중앙 어쩌고에 부딪쳤대요. 어제 석간에도 실렸어요. 지방판, 안 읽어요? 갑자기 브레이크가 듣지 않게 됐대요. 역시 차는 국산이 무난하죠. 잠깐요, 키지마 씨, 아프잖아요."

어느새 츠보이의 팔을 쥐어짜듯이 움켜쥐고 있었다.

"목숨은 건진 모양이지만, 의식불명. 의식은 돌아오지 못하겠다 싶대요. 의사 선생님 부인이 그런 소릴 들으면 무리인 거죠. 정말로 불쌍해라."

입으로 말하는 만큼 불쌍해하는 것처럼 보이지는 않는다. 악천후에 눈썹을 찌푸리는 정도의 열의로 말한다.

"오오시로 선생님의 힘으로, 대지의 모임의 기도로, 어떻게 할 수 없으려나."

우리는 영력으로 병이나 불편한 몸을 치유하는 곳이 아니다. 늘 타일렀던 말도 하지 않았다. 무엇에 대해서인지도 모르는 채 고개를 옆으로 저었을 뿐이다. 무슨 일이 일어났는지 짐작이 갔다. 대지의 모임의 힘으로 어떻게든 할 상황이 아니다. 반대다. 그녀가 사고를 당한 이유가 대지의 모임의 힘 때문이다.

무대 뒤로 달려가, 휴대전화를 꺼내 류사이의 번호를 눌렀다.

열 번째에 간신히 호출음이 멈춘다. 전화를 받은 건지 뭔지 확인도 하지 않고, 전화기를 향해 소리쳤다.

"지금 어디야."

긴 ── 내게는 그렇게 느껴진 침묵 후에, 긴장감 없는 잠에 취한 목소리가 돌아왔다.

── 아아, 미안. 늦잠 자 버렸어. 어제 늦게까지 원고를 써서 말이야. 아직 집이야.

끝까지 듣지 않았다.

"무슨 짓을 했어?"

── 무슨 소리야.

"미츠오카를 이용한 건가?"

──그러니까, 무슨 소리냐고.

시치미 떼는 것이 아니라, 자기 입으로 말하게 하지 말라는 어조였다. 오늘 이곳에 오지 않는 이유도.

"사사키 하루미의 사고 말이다."

──사고? 천벌이라는 얘긴가. 잘됐잖아.

모르는 척하지만 인정한 것이나 마찬가지다. 말꼬리가 웃고 있었다.

"……어째서."

잠깐의 침묵 후에 흘러나온 류사이의 목소리는, 지금까지보다 낮아져 있었다. 귓속에 정체를 알 수 없는 연체동물이 끈끈한 촉수를 뻗어오는 듯한 목소리다.

──동요할 게 뭐 있어. 이봐, 당신. 당신이 지금까지 어떤 식으로 살아왔는지는 모르겠지만, 세상은 깨끗한 일만으론 살 수 없다고. 꺼림칙해? 빛이 닿는 부분의 이면은, 원래 전부 어두워. 자기가 세상에 매달려 살아남기 위해서는 남의 로프를 싹둑 잘라 밑으로 밀어뜨려야 할 때도 있어. 당신, 그런 경험 해 본 적 없지.

"그렇지아……."

──없는 거 맞아. 뭐 됐어. 한 마디만, 해 두지.

촉수가 고막을 뚫고 머릿속을 더듬기 시작했다. 내버려두면 뇌수까지 뻗어올 것 같다.

──이제 돌이킬 수는 없다고.

일방적으로 끊어진 전화기를 쥔 손이 떨리고 있었다. 무대 위에서 나카무라의 낮고 맑은 목소리가 내려왔다.

"나를 믿으십이오. 모든 것을 버리고, 나의 가슴으로 뛰어드십시오. 물질적인 행복 추구는 당신을 불행하게 만듭니다. 물질이, 재산이, 돈이 넘쳐흐르는 불행을, 모두가 이제 알아야 할 때입니다."

무슨 소리를 하는 거야, 저 녀석은?

하지만 그 말은 고양된 군중에게 환성과 함께 받아들여지고 있었다.

"들어 주어 고맙습니다. 나의 이야기는 이것으로 끝입니다. 모두가 행복하기를, 나는 기도합니다."

호우와 같은 박수 소리와 커다란 파도가 되어 꿈틀거리는 찬미의 목소리를 들으면서, 나카무라가 하늘을 우러러 두 손을 펼친다. 그 순간, 무대 전면에 배치되어 있던 풍선이 일제히 해방되었다. 교주 오오시로의 모습이 붉은 운해(雲海)에 둘러싸인다. 재즈 코러스 그룹이, 한가롭게 들리기도 하고 슬프게 들리기도 하는 아프리카 민요를 낮고 조용하게 노래하기 시작한다.

어느새 내 머리 위에는 탑이 떠올라 있었다. 바로 밑에서 우러러보는 듯한 각도다. 거대하고 멋없는 평평한 돌과 조개를 교대로 쌓아올린 그 탑은, 저 멀리 상공까지 이어져 있다. 여기서는 정상이 보이지 않는다. 줄기처럼 가늘어져서도 계속해서 뻗어 가, 허공으로 사라지고 있다. 그 광경에 머릿속 깊숙이 엄중하게 감춰두었던, 언젠가 미나코가 했던 말이 내레이션처럼 덧씌워졌다.

"불쌍하게도. 당신은 아무것도 믿지 않는 사람이야. 믿는 게 무서운 거죠."

나는 이미 알고 있었다. 이것이 복수라는 것을. 이 세상 전부를 기만하고, 속이고, 나의 요술에 춤추는 무리들을 남몰래 비웃어줄 생각이었다.

봐라, 너희들. 너희들이 믿는 건 이 세상에 존재하지 않는다——라고.

하지만 어느새 자신이 스스로의 요술에 놀아나고 있었다. 무엇을 믿으면 좋을지 몰라 버둥거리고 있었다.

어째서 이렇게 되어 버린 거지.

어디서부터 잘못한 걸까.

집회는 나 따위는 존재하지 않는다는 듯이 진행되어 간다. 무대 가장자리에서 KAZZ가 한 손을 들어 올리자, 이번에는 회장 안의 풍선이 해방되었다.

붉은 풍선이 푸른 하늘을 향해 날아올라 간다.

모두가 그 장관에 환성을 질렀지만, 내 눈에는 그 엄청난 붉은 색깔이 불길한 빛으로 보일 뿐이었다.

27

'등록완료'를 클릭한다.

화상이 나타났다.

구름 한 점, 푸른 하늘. 거기에 붉은 풍선이 날아 올라간다.

계속해서 계속해서, 수많은 풍선이.

하늘은 점점 풍선으로 채워져 화면이 붉게 물들었을 즈음, 영상이 정지한다.

붉은색 일색인 가운데, 노란색 문자가 한 글자씩 떠오른다.

축하합니다. 오늘부터 당신은, 대지의 모임 회원입니다.

28

고바야시 미나코는, 은행 로비에서 하릴없이 잡지를 넘기고 있었다. 정기예금 해약을 위해 벌써 몇 분을 기다리고 있는 건지. 은행의 절차는 맡길 때는 간단한데, 해약하려면 그 순간 귀찮아진다.

슬슬 제대로 된 취직자리를 찾아야 할 텐데. 남편과 별거한 지 3년, 집을 나올 때 들고 나온 자신 명의의 통장예금이 바닥을 드러냈다. 친구가 경영하는 애견카페를 돕거나, 옛날 연고로 사소한 아르바이트를 하는 지금의 생활로는 슬슬 꾸려나갈 수 없게 될 듯했다.

그러기 위해서는 정식으로 이혼 절차도 밟아야 한다. 다소의 재산 분할도 있으리라. 하지만 이것이 번거로워졌다. 별거 당시 남편의 집요한 접촉을 피하고 있는 사이, 이쪽에서도 연락을 취할 수 없게 되어 버린 것이다. 작년 말에 맨션을 찾아갔더니, 벌써 옛날에 퇴거하고 없었다. 짐작 가는 곳에 전화를 해봐도, 어디서 뭘 하고 있는지 모르겠다고 다들 얘기한다. 부모님은 이미 타계했고 형제나 가까운 친척도 없고, 친구다운 친구도 적었던 사람이라 고작 몇 사람을 찾아보았을 뿐인데, 완전히 벽에 부딪혀버렸다.

고독한 사람이었다. 사람도 세상의 시스템도 믿지 못하는 사람이다. 아내인 자신도 포함해서. 모든 것을 혼자 이해하려 하고 혼자서 해결하려 든다. 안 될 게 뻔한데. 비등할 때까지 자신이 자신에게 불을 지피고, 끓는점을 넘어서 끓어 넘치는 상태가 되어도 남에게 도움을 청하지 않는다. 술로 도망친다.

그 사람은 왜 내가 집을 나갔는지 이해하지 못하리라. 제멋대로 구는 여자한테 라이프스타일을 맞추며 늘 참아왔는데, 왜 화를 내는 거냐.

기억하지 못한다. 술을 너무 마셔 정신을 못 차릴 때, 나에게 어떤 폭언과 기묘한 언동을 했는지.

"당신, 오늘 어디에 갔었어. 다른 남자하고 만나고 있었나?"

"상대는 누구야. 영감이지? 백발머리의 묘한 영감이지."

피우지도 않은 바람에 대한 묘한 생트집을 몇 번이나 들었는지. 계절에 어울리지 않게 '떡국이 먹고 싶다' '크리스마스 파티를 하자'라고 술에 취해 게슴츠레한 눈으로 엉뚱한 곳을 향해 중얼거리는 일도 많았다. 한여름 밤에 '크리스마스 케이크를 사러 간다'는 소리를 하더니 밖으로 뛰쳐나간 적도 있다. 그런가 싶으면, 갑자기 가성 같은 목소리로 '영혼 반환은 마쳤습니까? 영혼 반환은 마쳤습니까?'라고 연거푸 말하며 냉장고에 절을 한 적도 있었다. 그 사람 안에는, 무엇이 들었는지 그 사람밖에 모르는, 나쁜 것들을 가둬둔 검은 상자가 있었다. 알코올이 머리를 가득 채우면 그 뚜껑이 조금씩 느슨해져,

내용물이 질금질금 새어 나온다.

게다가 날뛴다. 직접 내게 폭력을 행사한 적은 없었지만, 물건을 부수는 일은 늘 있었다.

술버릇이 나쁜 건 그나마 용서할 수 있다. 용서할 수 없었던 건, 그렇게 될 정도로 마음에 무거운 짐을 껴안고 있으면서, 다음날 술이 깨면 또다시 그 상자에 엄중하게 뚜껑을 덮고, 자물쇠를 채우고, 혼자서 끌어안는다는 사실이었다. 의지하는 건 아내가 아니라 술인가 하는 생각이 들었다. 괴로운 일이 있다면 얘기해 주면 될 텐데, 부부니까. 한심하게 울며 매달리고 어리광부리는 편이 차라리 나았다.

아이도 원하지 않았다. '낳아봤자 불행해져'라는 말뿐. 나한테 가사와 섹스밖에 바라지 않는다는 기분이 들었다. 그런 건 아내가 아니다. 나는 가정부 겸 창부가 아니다.

남편을 만나야만 한다는 건 알고 있다. 반년 전에는 탐정사무소에 소재 조사를 의뢰했었다. 하지만 일주일 동안의 조사로 실비를 포함해 십여만 엔이나 뜯기고, 결국 아무것도 알아내지 못했다. 유능하게 보이지도 않는 연배의 조사원은 '종적을 감췄다고 해야 할까요' 같은 소리를 미안한 기색도 없이 말하며 영수증을 건넨다.

손에 든 잡지는 샐러리맨을 대상으로 한 주간지다. 특집기사 하나에 손가락이 멈췄다.

『중장년 남성의 자살 급증! 원인은 우울증』

그 사람도 징조는 있었다. 우울증에 걸리기 쉬운 타입의 표본 같은 사람이었다. 연락이 닿지 않는 이유가, 최악의 선택지가 머리에 떠올라 심장 소리가 빨라졌다. 아무리 벌써 3년 동안 만나지 않은, 이혼을 결심한 상대라 해도 10년간 함께 살았던 사람이다. 죽기를 바랄 리가 없다.

떨어져 사는 지금이라 말할 수 있는지도 모르지만, 가련한 사람이다. 애정은 이미 없지만, 동정하는 마음은 있다.

한 번 더 만나봐야겠지. 자신을 위해서가 아니라 그 사람을 위해서라도. 사이를 회복할 생각은 없다고 분명히 전제한 다음, 내가 왜 집을 나갔는지를 확실히 전달하자. 그 사람은 자신의 세도가 좋아서 내가 결혼을 바라기라도 했다고 믿는 모양인데, 그렇지는 않았다는 것을, 그때는 함께 살기만 해도 좋다고 생각했었다는 것을. 3년 동안 남들처럼 고생해 온 자신이, 옛날처럼 낭비 좋아하고 허영심 많은 여자가 아니라는 것을. 이번에는 다른, 좀 더 신뢰할 수 있는 탐정사무소에 의뢰해 보자. 그러면 틀림없이 ──.

책의 뒷부분, 그 그라비아 페이지를 펼친 건 우연이었다. 자살 급증 기사에서 눈을 돌릴 수 있다면, 어디든 좋았다.

『표 모으기에 필사적? 후지와라 당수가 미남 신흥종교 교주에게 급(急) 접근』

그런 제목과 함께 흑백사진이 실려 있었다. 창고 같은 건물을 배경으로, 두 남자가 각각의 추종자에 둘러싸여 길거리에서 악수하는 모습이다. 한 사람은 정치에 어두운 자신도 아는 정치가, 후지와라 소스케. 인도 민속의상 같은 하얀 옷을 입은 또 한 사람은, 눈에 띄는 풍모의 남자다. 아직 젊고 단정한 얼굴에, 후지와라보다 머리 하나는 더 크다. 하지만 그 페이지에 시선이 멈춘 건, 미남이라는 교주 때문도 아니고 다음 선거에 흥미가 있었기 때문도 아니다.

그녀의 시선을 멈추게 한 것은, 교주 등 뒤에 바싹 붙어선 교단의 관계자인 듯한 짙은 색 양복을 입은 남자 때문이다. 노안이 온 노인네처럼 잡지에 얼굴을 바싹댔다가 멀리 떨어뜨렸다가 하면서 쳐다본다.

이렇다 할 특징이 없는 남자라고 남에게 평가받을 만한 용모. 하지만 그녀에게는 그렇지 않다. 자신의 전(아니, 호적상으로는 아직 전은 아니다) 남편과 매우 닮았다.

카운터에서 목소리가 들려왔다.

"야마자키 씨."

아르바이트 직장에서도 친구들 앞에서도 치녀 때 성으로 통하고 있어서, 그것이 아직 호적상의 자신의 성이라는 사실을 깨닫기까지 약간 시간이 걸렸다. 그 약간의 시간 동안 그녀는, 그라비아 페이지에 빨려 들어간 채 눈을 두어 번 깜빡였다.

절차를 마치는 동안에도 침착하지 못한 기분이었다. 마침과 동시에 로비 의자로 돌아와, 다시 한 번 주간지를 손에 든다.

매우 닮은 게 아니다. 이건, 그 사람이다. 야마자키 료이치다.

29

표창식이 끝남과 동시에 다시 풍선이 풀렸다.

나카무라가 흔들흔들 몸을 흔드는 독특한 발걸음으로 무대에서 내려온다. 여성 코러스의 아프리카 민요가 높게, 때로는 낮게, 나카무라를 공기처럼 감싸며 이어지고 있었다. 등 뒤의 하늘에는 무수히 붉은 점들처럼 멀어진 풍선이, 더욱 높은 곳을 향해 하늘을 날아가고 있었다.

배수구 마개를 뽑은 듯 나카무라를 향해 인파가 밀려온다. 숭상하는 교주와의 거리를 1센티미터라도 좁히려고. 잠깐의 일별이라도 좋으니 시선이라는 하사품을 받기 위해서. 잘하면 그 몸을 만지는 요행을 얻으려고.

하지만 군중은 나카무라를 중심으로 반경 1.5미터의 원 안으로는 들어올 수 없었다. 주위를 신위대가 가드하고 있기 때문이다.

신위대는 전원이 하얀 수행복과 밑단을 오므린 검은 바지를 입고 있다. 머리는 중머리든가 극단적인 단발 혹은 스킨헤드. 나카무라의 큰 키를 돋보이게 하려고 몸집이 큰 사람은 발탁하지 않았지만, 공수나 유도 유단자 혹은 복싱, 종합격투기 경험자가 수두룩한 호락호락하지 않은 무리다. 전직 자위대원도 두 명 있다.

조직한 건 나지만, 유니폼을 쿵후 영화에 나올 법한 패션으로 맞추고 신위대라는 만화 같은 이름을 생각해낸 건 그들 자신이다. 저마다 수상한 사람을 경계한다기보다 자신의 모습을 바라보는 눈길을 찾으려는 자의식 과잉의 시선을 주위에 던지며, 나카무라에게 손을 뻗으려 하는 중년 여성 신자들을 필요 이상으로 내민 가슴으로 밀쳐내고 있었다.

인파 밖에서 나카무라에게 말을 걸었다.

"선생님."

나카무라와 얘기를 해야 한다. 그에게 어디까지 사실을 전해야 할지, 나 자신도 아직 혼란스러웠고 머릿속의 정리는 끝나지 않았지만.

하지만 회원들이 교주 오오시로에게 던지는 비명 같은 외침에 내 목소리는 어이없이 묻혀 버린다. 신위대에 둘러싸인 나카무라는, 시야에 들어오는 모든 회원들에게 엷은 미소를 평등하게 지어주면서 출구를 향해 느긋하게 걸어간다. 앞으로 나아감에 따라 둘러싼 인파도 점점 커졌다. 어느새 풍선의 모습은 사라지고 하늘은 두꺼운 구름으로 뒤덮이기 시작하고 있었다.

"잠깐 지나가게 해줘요."

억지로 몸을 비틀어 넣었지만, 신위대에게 튕겨 나온 사람들이 밀치락달치락하는 소용돌이에 휘말릴 뿐이었다. 다가가기는커녕 몸도 꼼짝할 수 없게 되었다. 사람들은 나카무라를 향해 손을 뻗고 있다. 손가락으로는 만질 수 없는 붙잡을 곳에 매달리듯이. 눈에는 보이지 않는 자비를 붙잡으려는 듯이.

"접니다. 키지마입니다. 지나가게 해 주세요."

몇 사람에게는 내 목소리가 들렸을 터다. 내 얼굴을 쳐다보는 이도 있다. 하지만 이제는 3천7백 명에 이르는 회원 대다수는, 평범한 외모의 사무국장 얼굴 같은 건 제대로 기억하고 있지 않았다. 기억한다 해도, 사무국장 따위에게 오오시로를 알현하는 순간을 방해당하고 싶지 않으리라. 이미 나카무라는 광장을 빠져나가, 철조망 펜스가 쌍바라지 문처럼 열리는 출구 바로 앞까지 걸음을 옮기고 있었다. 나는 사람들이 만드는 거친 파도에 휩쓸리면서, 나카무라를 중심으로 한 소용돌이 속에서 흘러갈 뿐이었다.

출구에는 자그마한 차가 주차되어 있다. 전기자동차임을 강조하기 위한, 파스텔 색조의 스카이블루. 교주 오오시로를 위한 송영 차량이다.

차 주위에도 뒷짐을 지고 오오시로가 도착하길 기다리는 경호 일행이 대기하고 있다. 이쪽은 머리형은 제각각이고 모두 검은 양복이다. 반 이상이 선글라스를 끼고 있다. 양복을 잘 소화하지 못할 나이대의 사람이 많지만, 하나같이 몸집은 크다. 내 주도로 시행된 신위대 인선에 불만을 품은 유지들이 조직한, 오오시로 경호 자원봉사그룹 '가디언'이다.

파스텔컬러의 경차를 야단스러운 검은 옷차림으로 둘러싼 모습은, 코미디 영화의 한 장면처럼 보이지만, 본인들은 매우 진지하다. 소형 무전기를 들고 있는 이도 있나 하면, 그것을 수신하기 위한 이어폰을 귀에 꽂고 있는 이도 있다.

신위대와 가디언은 만들어진 경위 상, 사이가 좋지 않다. 오오시로와 신위대가 송영 차량에 다가감에 따라 긴장감이 흘렀다.

정규 호위담당인 신위대의 선두가 한 손을 흔들며 '비켜'라는 몸짓을 했지만, 가디언은 물러서지 않는다. 대열을 무너뜨리지 않고, 체격차를 보여주듯이 가슴을 젖힌다. 덕분에 오오시로를 둘러싼 인파도 발이 묶여 버렸다. 나는 또다시 꼼짝할 수 없게 되었다.

양쪽의 신경전에 심판 휘슬처럼 경적이 울렸다. 전기자동차 운전석에서 나온 남자의 모습에 주위가 시끄러워진다.

올리브그린의 캐주얼 양복이 어울리는 구릿빛 피부의 남자다. 남자는 가디언들 사이를 가벼운 몸놀림으로 누비며, 차를 반 바퀴 돌아 뒷좌석 문을 연다. 오오시로에게 인사를 하고 하얀 이를 보이며 문으로 손을 뻗는다.

"선생님, 타시지요."

남자는 전직 일본대표 축구선수인 마츠다 에이지. 말할 것도 없이

유럽 일류 클럽을 전전한, 일본에서는 몇 안 되는 세계적인 플레이어인 그 에이지다. 개성적인 활동과 언동으로 은퇴한 지 3년이 지난 지금도 젊은이들의 뿌리 깊은 지지를 얻고 있다. 자신이 운영하는 레이싱 팀을 가진 자동차광으로, 자신 또한 프로급 드라이버라는 사실로도 유명하다.

그 마츠다가 문 윗부분에 손을 대고 교주가 도착하길 기다리고 있다. 오오시로가 올라탈 때 머리를 부딪치지 않도록 하려는 배려다. 마츠다의 송영 차량 운전사 같은 행동을 직접 본 신위대와 가디언은, 신경전을 그만두고 부끄러운 듯이 침묵했다. 그들 중에는 마츠다를 동경해서 서둘러 입회한 이도 적지 않았다.

마츠다가 대지의 모임에 입회서를 낸 것은 두 달 전. 그다음 주에는 그 자신이 블로그에 그 사실을 공표했다. 인터넷상에서는 요시에 카야와의 사이가 소문이 나서, 그녀를 매개로 입회했다는 억측도 나돌지만, 실제로 두 사람은 면식이 없다. 마츠다가 입회한 이유는 면접한 내가 잘 알고 있다. 그는 이렇게 말했다.

"스포츠선수에게는, 특히 축구선수에게는 신이 필요하거든요. 콤마 1초나 1센티미터의 차이가 4년에 한 번 있는 중요한 시합이나, 선수 십여 년의 캐리어를 좌우해 버릴 때가 많아요. 그것밖에 없다고 해도 좋을 정도입니다. 좋은 축구선수에게 필요한 건 재능과 하드워크, 그리고 신이죠."

분쟁은 수습됐지만, 오오시로를 둘러싼 원에 마츠다를 한 번 구경하려는 인파까지 더해져, 혼란에 더욱 박차가 가해졌다. 대지의 모임에는 오오시로를 사진촬영해서는 안 된다는 불문율이 있지만, 마츠다라면 얘기가 다르다. 휴대전화를 든 손이 여기저기서 뻗어오더니 플래시가 터진다.

나카무라가 흔들흔들 걸으며 차로 다가간다. 함께 탈 생각에 나는 연배의 여성들이 모인 일대로 돌파를 시도했다. 하지만 앞지르기를 허락하지 않으려는 그녀들의 스크럼은 생각 외로 단단했다. '늘 남에게 뭔가 나눠줄 수 있을지 생각합시다'라는 평소의 가르침은 어디로 갔는지, 1센티미터의 틈도 10센티미터의 전진도 이룰 수 없었던 나는, 키가 작은 인간 담장 위에서 목을 빼고 불렀다.

"오오시로 선생님."

나라고 나카무라 군, 이쪽을 봐.

그렇게 소리치고 싶은 걸 억누르며 다시 한 번.

"접니다. 키지마입니다."

가디언 중 한 명이 내 앞에 가로막고 섰다. 팔꿈치를 내밀어 나를 도로 밀려 한다.

"키지마다. 길을 비켜."

내 뾰족한 목소리가 귀에 들어갔을 테지만, 냉장고 같은 넓은 등은 움직이지 않는다. 못 들은 척하는 것이다. 내가 마음에 들지 않으니까.

이 강론회를 계기로 발족시킨 오오시로의 경호 스태프 모집에는 자기 추천, 타인 추천 등 다수의 응모가 있었다. 이제까지보다 더욱더 나카무라의 노출이 억제되는 지금, 교주 오오시로 가까이에 서는 것은 신자에게 있어서는 꿈이다. 게다가 청년부 사람들의 눈으로 보자면 멋지고 눈에 띈다. 아무리 열성적인 신자라도 자신이 교주 다음으로 눈에 띄는 존재가 되고 싶다는 바람은 있는 법이다. 신위대의 인선에서 탈락한 젊은이들은 나를 원망하고 있었다.

"키가 너무 큰 사람은 위험하니까 안 된다고 선생님께서 말씀하셨어. 만에 하나, 총으로 위협당했을 때 죽는 건 자기 혼자면 된다고."

그들에게 그럴듯하게 들릴 말로 설득해봤지만, 소용없었다.

"신위대는 사무국장 마음에 든 사람들만 모았다."

"빈약한 체격인 키지마가 자기를 돋보이게 하려고 신경 쓴 인선이나."

이런 소문이 나고 있다는 건 안다. 자신들에게 있어 좋은 일은 오오시로 선생님의 힘. 나쁜 일은 범인인 주제에 교주 다음으로 잘난 듯 굴고 있는 키지마 탓. 회원들은 머릿속에 그런 공식을 세우고 교단을 향한 불만이나 회의(懷疑)의 수지를 맞추고 있다.

어두워지기 시작한 하늘에 은색 실이 그어진다. 풍선의 끈만 돌아온 듯, 우려했던 비가 이제야 내리기 시작했다.

나카무라가 하늘을 올려다본다. 그것만으로 군중이 술렁거렸다.

마츠다에게 뭔가 말을 건다. 마츠다가 국제 시합의 국가 제창 때보다도 긴장된 표정으로 등을 똑바로 펴자, 술렁임은 더욱 커졌다.

차에 올라타려는 순간, 나카무라는 구부렸던 허리를 다시 한 번 펴며 주위에 시선을 주었다. 나를 찾고 있는 것이다. 차가 향할 행선지는 도장이지만, 그 후 자신이 어디서 무엇을 하면 좋을지 나카무라는 모른다. 나의 지시를 기다리고 있는 것이다.

간신히 나의 얼굴을 포착했다. 평소처럼 성공적으로 볼을 주워 문 것을 칭찬받고 싶은 강아지 같은 눈을 향해 올 터다.

나는 그렇게 생각했다.

나카무라는 분명 나의 얼굴을 인식했지만, 곧 시선을 돌렸다. 그 눈은 순종적인 강아지의 눈이 아니었다. 주위에 모여든 신자들에게 향하는 것과 똑같은, 높은 곳에서 종을 내려다보는 자애로운 시선이었다.

어째서, 나를, 그런 눈으로 보는 거지.

나카무라가 올라타고 차가 달리기 시작한 순간, 빗줄기가 강해졌다. '오오시로 선생님께선 날씨도 컨트롤 하시는군요' 부인부 회원들이 가슴에 두 손을 모으며 속삭였다.

그럴 리가 있나. 녀석은 내가 주워준 평범한 노숙자라고 소리치고 싶은 걸 참았다. 이 교단은 내가 만들었다고, 녀석은 내가 만든 교주란 말이다――라고.

나를 가로막았던 가디언이 귀에서 수신기를 뺀다. 지금 처음 내 존재를 깨달았다며 꾸민 듯한 놀라움의 표정을 지어 보이고, 턱만 움직이는 인사를 건넸다. 날 뭐라고 생각하는 거야. 넌 상급회원의 길은 이제 없다고 생각하라고.

휴대전화를 손에 들었다. 건성으로 참석했던 표창식 내내 머릿속에서 계속 되풀이되던 '너는 모가지야'라는 한 마디를 류사이에게 던지기 위해서. 누가 듣든 상관없다. 아니, 어차피 내 말 따위 아무도 듣지 않을 테지.

전화는 연결되지 않았다. 부재중 서비스 안내만이 내게 친절하게 말을 건넬 뿐이었다.

30

휴대전화를 소파에 내던지고 위스키 병을 손에 들었다.

그날 이후로 사흘이 지났지만 류사이와는 연락이 안 되고 있다. 부재중 전화에 메시지를 남길 생각은 들지 않아서 몇 번이고 다시 걸었지만, 상대는 나와 이야기할 생각이 없는 듯하다.

"오해라고. 아무리 나라도 거기까지는 안 해. 우연한 사고이거나 미츠오카의 독단이야."

녀석이 그런 말을 해주길 마음속 어딘가에서 기대하고 있었지만, 그것이 몽상에 가까운 바람임은 알고 있었다. 나와의 연락을 거절하는 그 자체가, 류사이의 짓이라는 무엇보다 큰 증거다.

유리잔을 채우기 전에 병이 비었다. 물도 얼음도 더하지 않고 계속 마시고 있다 보니, 병 하나가 금방 바닥났다. 빈 병을 바닥에 굴린다. 방구석으로 팽개칠 생각이었는데 테이블 다리에 튕겨서 돌아왔다. 술병조차 마음대로 되지 않는다. 짜증이 나서 발로 차버렸다.

유리잔 반 정도 담긴 위스키를 단숨에 4분의 1로 줄였다. 기대하는 의식의 마비가 좀처럼 찾아오지 않는 머리는 더욱 많은 알코올을 요구했지만, 텅 빈 위장이 침입에 항의하며 시큼한 위액과 스카치 특유의 소독약 냄새를 목구멍과 콧구멍으로 도로 밀어낸다.

나는 목적도 없이 생각하고 생각했다. 어디서 잘못되어 버린 걸까. 새로운 비즈니스를 시작할 생각이었다. 거짓에 거짓을 더한 것은 분명하지만, 합법의 범주 안에 머물렀다고 생각하고, 앞으로도 그렇게 해나갈 작정이었다.

류사이를 동료로 합류시킨 게 잘못이었나?

1년 반 동안 있었던 모든 일을 머릿속에서 재생해 보았다. 방대한 범죄 비디오 영상에서 범인을 찾아내듯이, 몇 번이고 몇 번이고. 현실에서 죄의 많고 적음과는 별개로, 1년 반 동안의 일을 생각하면 생각할수록, 나를 몰아세우고 있는 범인은 류사이도 나카무라도 다른 누구도 아니다. 나였다. 자백하듯이 소리 내어 중얼거려 본다.

"어디서 잘못되어 버린 걸까."

그렇게 하면, 편안한 호흡이 부족해 찌부러져 버릴 것 같은 폐가 조금쯤 가벼워지지 않을까 생각했지만, 묵직한 가슴은 변함이 없었다. 오히려 소리 내어 한 말만큼 무거워졌다.

사사키 하루미가 죽었다는 소식을 들은 것은, 강론회 다음날 전체 휴일 후 어제부터 재개된 커리큘럼 도중이었다.

"정말로 안됐어요. 좀 더 제대로 선의(善意) 수업을 했다면, 이런 일은 없었을 거예요."

진지한 얼굴로 그렇게 말하는 츠보이가 나는 무서웠다.

"요시오카 씨는 경야(經夜)에 갔거든요. 하지만 문전박대당했대요. 대지의 모임 사람은 오길 원하지 않는다고. 남편분은 평범한 사고라고 생각할 수 없다는 모양이에요."

사사키에게 들킨 가짜 도자기가 미술품이라고 전시되고 있는 듯한 기분이었다. 신(新)·심신정화 메서드 도중에 빠져나와, 집으로 도망치듯 돌아갔다. 그리고 어제부터 계속 이렇게 술을 마시고 있다. 계속 마시고 있는데 한숨도 잘 수가 없다. 지금 몇 시일까. 아직 밝다.

시계를 보는 게 싫었다.

점심 전에 KAZZ에게 전화를 해서, 몸이 좋지 않다는 핑계로 도장에 못 간다는 얘기를 전했다. 모임의 넘버4인 KAZZ는 선선히 대답했다.

"이쪽은 괜찮습니다. 맡겨주세요. 두 분 모두, 이벤트를 치른 피곤이 쌓였나 봐요."

두 분 모두. 나와 강습회 당일부터 모습을 감춘 류사이 얘기다. 옆에서 보완해줄 사람이 없는 나카무라도 도장에 얼굴을 내밀게 할 수는 없다. 하지만 아무 문제도 없었다. 으스스하게 기분이 나쁠 정도로. 세 사람이 없어도 대지의 모임은 문제없이 움직이고 있었다.

고맙게도 위스키는 아직 한참 남았다. 평소에도 이틀에 3병 페이스다. 떨어질 일 없도록 짝으로 사고 있다. 가늘게 떨리는 손으로 새 병을 땄다.

병을 딸 때 술병이 연주하는 콸콸콸 하는 울림을 듣고 있는 사이에, 구토감이 덮쳐왔다.

화장실로 달려가 토했다. 위액밖에 나오지 않는다. 그리고 사사키 하루미에게 조금은 울라고 재촉당한 듯이, 그저 생리 반응으로 흘러나온 눈물.

설사 류사이를 추방한다 해도, 앞으로 자신에게 대지의 모임을 계속해갈 기력이 있을까. 그 일에 관해서도 나는 계속 생각하고 있다. 트랙 코스를 달리듯이 되풀이해서. 쳇바퀴 속의 생쥐처럼 어지럽게.

이제 충분하지 않은가. 무일푼으로 노상을 배회했던 시절을 생각하면, 상상할 수 없을 만큼 돈과 물질을 손에 넣었다. 샐러리맨 시절, 꿈에 그렸지만 얻을 수 없었던, 사람이 사람을 태워 형태를 만드는 피라미드의 정점도 겪었다. 눈물과 입가의 위액을 닦은 손으로, 나는 벽에 붙은 탑의 완성 예상도를 뜯어냈다.

커다란 사이즈의 종이를 둘로 찢어, 구깃구깃 구겼다.

쓰레기통에 던져 넣으려다가, 손이 멈췄다.

그만둘 수 있을까. 정말로. 회원이 4천을 넘는 건 시간문제다. 게다가 기세는 멈추기는커녕 가속하고 있다. 멀지 않아 이 사회를, 이 나라를 움직이는 존재가 될 수 있을지도 모른다.

나는 설계도를 다시 펼쳐서 주름을 편다. 몇 분이나 시간을 들여 편다. 마찰에 손바닥이 뜨거워져도.

사사키를 향한 죄책감이나 죽음을 슬퍼하는 마음은 전혀 끓어오르지 않는다. 얼굴도 떠올리고 싶지 않았다. 떠오르는 건, 어째선지 요시에 카야의 얼굴이다. 강습회 이래 보지 못했다. 그날, 그 길로 현지촬영을 위해 뉴욕으로 떠났다. 색욕인지 권세욕인지 알 수 없는, 그 중간에 위치한 이름을 알 수 없는 욕망이 내 안에서 부풀고 있다. 나는 신자에게는 버리라고 타이르는 번뇌의 덩어리다. 피와 살에 지배당하고 있는 욕망을 피부로 감싸고 있을 뿐인 존재였다.

31

벨 소리에 두들겨지듯 깨어나니 아직 이른 아침이었다. 수면유도 제 2안을 스카치위스키로 흘려 넣고 간신히 뇌수의 전원을 OFF로 만들었는데, 고작 몇 시간을 잠들 수 있었을 뿐이다.

일어난 순간 머리가 지독하게 아팠다. 자는 동안에 관자놀이가 유리용 해머에 두들겨 맞아, 뼈에 금이라도 간 건 아닐까 싶을 정도의 두통. 소리를 멈추기 위해 전화기를 손에 들고, 하는 수 없이 귀에 밀어댄다. 귀에 꽂혀 들어온 새된 목소리가, 옥시돌(oxydol)처럼 머리의 갈라진 금 틈으로 스며들었다.

―― 키지마 사무국장님. 스매시 읽으셨어요? 오늘 발매거든요. 남성회원분에게서 연락이 있어서 샀어요. 뭔가요, 그 잡지. 너무해요. 아무것도 모르면서. 어째서 그런 무법 한 짓을 할 수 있는 걸까요. 악의에 오염되어 있는 거예요. 하위(下位)세계로 날려 버리고 싶어.

사무국 스태프 여자애다. 화를 내고, 그리고 울고 있었다. 무척 흥분해서 혼란스러워하는데다 오오시로의 설법 용어를 쓰면서 떠들었기 때문에, 나의 금이 간 머리는 그 말의 단편들을 주워 모아 하나의 형태로 만들 때까지 잠시 시간이 필요했다.

사진주간지 '스매시'에 오오시로의 중상기사가 실린 모양이다. 스매시는 언젠가 요시에 모습을 억지로 촬영했던 잡지다. 바로 얼마 전에도, 같은 출판사의 일반주간지에 나카무라와 후지와라 소스케가 얼굴을 마주한 사진이 실렸었다. 두 달 정도쯤, 나를 찾아온 후지와라가 돌아갈 때 나카무라와 인사를 나누었을 뿐이지만, 새삼스레 그것을 다룬 기사에는 회합이라는 걸로 되어 있었다. 그들은 대지의 모임이 마음에 드신 모양이다. 대지의 모임 네거티브 캠페인이라도 펼치겠다는 걸까.

욱신거리는 머리를 움직이지 않도록 옷을 갈아입고, 금이 심해지지 않을 만한 속도로 걸어서, 편의점에서 스매시를 샀다. 비닐봉지를 거절하고 걸어가면서 페이지를 넘긴다. 흑백 양면 페이지였다. 이런 제목이 달려 있다.

『미남 교주의 놀라운 과거』

주간지의 즉시성은 의외로 무시할 수 없다. 오른쪽 페이지에 크게 실려 있는 사진은, 4일 전 강습회에 등장한 나카무라의 모습이다. 왼쪽 페이지에는 '열광하는 회원'이라는 캡션이 달린 군중 사진. 마츠다 에이지와 요시에 카야의 스냅사진도 있었다.

기사는 대지의 모임 교주, 오오시로가 일찍이 노숙자였다는 사실을, 몇 가지의 증언과 함께 전하고 있다.

'지나치게 미남인 노숙생활자'로서 3년 정도 전에 젊은이들을 대상으로 한 잡지에 등장했다는 에피소드는 나도 처음이지만, '도심부 공원에 살았다' '편의점 점원에게 인기가 있어, 폐기 도시락을 얻는 데에는 곤란함이 없었다' 등등은, 내게는 새삼스러운 사실도 아니고, 고유명사나 지나치게 생생한 구체적 예를 제외하면, 오오시로 자신이 강습회나 매일의 설법에서 공언한 이야기들이다. 아마도 신자나 신자였던 이들로부터 코멘트를 모아 그대로 실은 듯하다.

이런 쪽 잡지의 상투수단이다. 공공연한 비판은 하지 않지만, 말

구석구석에 에두른 야유와 악의를 담고 있다. 강습회에서 자신이 말했던 '종이상자를 햇볕에 말렸다'는 에피소드도, 노상에서 목격하기라도 한 듯한 어조로 적혀 있었다.

화를 낼 만한 알맹이는 없는 기사다. 신자의 동요도 크지 않으리라. 낙관하며 빠르게 훑어보던 내 시선은, 기사 마지막 단락에 와서 멈춰버렸다.

『이 미남 교주의 놀라운 과거는 전직 노숙자라는 사실에 그치지 않는다. 좀 더 경력을 거슬러 올라가면, 오키나와 현 출신의 극단배우, 나카무라 겐조가 아닐까 하는 지적도 있다. 그렇다면 당당한 거동도, 연극적이라 말하지 못할 것도 없는 설법도, 그의 특기였다 해야할까. 어디까지나 그가 나카무라 겐조일 때의 이야기이지만, 스매시는 극단 관계자의 소식통에 의해 이런 증언도 얻었다. "그가 연극계에서 사라진 건, 모(某) 대기업 회장 미망인의 애인이 된 이후다." 사실여부는 신만이 아실 것. 뭐, 교주인 만큼 전설이 많다고 해야 할까.』

뭐야 이건.

극단배우? 회장 미망인의 애인?

나카무라 겐조. 본명을 정확하게 파악하고 있다, 전혀 엉터리 얘기는 아니리라. 나카무라의 용모나 굉장히 감이 좋은 대사 기억력을 생각하면, 수긍할 수 있는 이야기다. 값비싼 술이나 요리를 알고 고급스러운 옷을 소화하는데 익숙하다는 사실도, 우아하게 보이는 수동적인 행동도, 납득이 간다. 오늘이야말로 도장에 얼굴을 내밀 생각이었는데, 나는 위스키 병을 쥐고 침대로 돌아갔다.

하지만 현실은 그렇게 간단히 나를 도피시켜주지 않았다. 병째로 마시길 두 모금 째, KAZZ로부터 전화가 걸려 왔다. '물론, 엉터리다'고 대답했다. 나의 연락처를 그렇게 많은 회원에게 알려준 건 아니지만, 몇 분 후에는 사카모토로부터 문자가. '대지의 모임 홈페이지에 사이버 공격 다발. 반격을 허가 바람' 이이무라 타쿠토의 블로그 사건 이래, 인터넷상에서의 흉흉한 '공격'이네 '반격'이네 하는 건 금하고 있다. 최소 문자로 답신한다.

NO.

휴대전화 전원을 끄고, 다시 뇌수를 알코올에 절이며 눈을 감았지만, 한 번 놓쳐 버린 졸음은 다시 찾아와 주지 않았다. 나는 잠들기를 단념하고 병 속의 내용물을 너무 줄이지 않도록 주의하면서, 테이프로 보수해서 벽에 다시 붙인 탑의 설계도를 바라보았다.

몇 시간을 그러고 있었을까. 새로운 병을 손에 들기 위해서 일어선 김에 전화기를 체크했다.

부재중 전화를 포함해 착신 이력은 열 몇 건. 착신 문자는 더욱 많았다.

'스매시 읽었습니까? 항의 행동은 언제?'

'오오시로 선생님의 기사 거짓말이죠?'

'잡지사 몇 군데로부터 취재 의뢰가 들어왔습니다.'

'고바야시라는 분으로부터 연락 있었음.'

'비상사태라고 판단해, 반격을 개시했습니다.'

미안하지만 대답할 기력이 없다. 부재중 이력 중에 '호리코시'라는 이름을 발견했다. 후지와라 사무소 사설 비서다. 망설였지만, 이 건에는 전화를 걸기로 했다. 어른에게는 어른스러운 대응을 한다. 유리잔에 위스키가 아닌 물을 부어 마시고, 두세 번 소리를 내어 혀가 돌아가는 걸 확인한 뒤, 통화버튼을 누른다.

긴 호출음 끝에 호리코시가 전화를 받았다. 바깥에 있는지 대답하는 말에 잡음이 섞인다. 나는 전화를 받지 못한 무례함을 정중하게 사과했다.

——아아, 아니요, 특별한 용건이 있었던 건 아닙니다.

그럴 리는 없다. 나는 직구를 던졌다.

"스매시 건입니까."

상대의 애매한 대답이 끝나기 전에 잇따라 말한다.

"너무 하지요. 노숙자라는 건 코무소[19] 같은 노상 수행을 겸손하게 표현한 말이란 말입니다. 후반의 기사에는 어이가 없을 뿐입니다. 잘도 그런 엉터리를. 그들도 여름이라 기삿거리가 말라버린 걸 테지요. 오오시로 선생님께서 웃으셨습니다."

——웃으셨다?

"예에, 아까 뵈었을 때."

——아까 사무국에도 걸었는데요. 키지마 씨는 몸 상태가 좋지 않아 어제부터 자택에서 쉬고 계시다고 들었습니다.

너무 떠들었나.

"아아, 이제 괜찮습니다. 오후부터 업무에 복귀했습니다."

호리코시는 잠시 말이 없었다. 숨을 죽이고 천칭의 눈금을 읽고 있는 듯한 침묵이었다. 대지의 모임 반대쪽 접시에는 무엇을 얹고 있는 걸까. 먼저 손을 든 것은 이쪽이었다.

---

19) 虛無僧 : 보화종(普化宗)의 승려로, 장삼을 입고 삿갓을 쓰고 통소를 불며 각지를 돌아다니며 수행했다고 한다.

"후지와라 씨는 건강하십니까?"

너한테는 볼일 없다. 본인과 직접 이야기하고 싶다. 언외로 그런 의미를 담은 잽이었지만, 민완 비서에게 바로 카운터를 먹었다.

── 여전히, 전국을 뛰어다니고 계십니다. 오늘은 센다이에. 이런 저런 분들과 만나시고, 여러 가지 가능성을 모색하는 것이 후지와라 의원님의 방식이니까요. 실로 한 집 한 집 방문 중이시지요.

착각하지 마라, 너희들은 여러 집 중의 하나일 뿐이다. 그렇게 말하고 싶은 모양이다.

── 후지와라 의원님은 우려하고 계십니다.

"우려?"

── 예에, 사진주간지 건은 이쪽과는 관계없는 일입니다. 전혀 관계가 없어요. 다만 지난주, 그쪽의 오오시로 씨와 함께 찍힌 사진이 '주간문조'에 유출된 일이 납득이 가지 않는 모양이라서.

그건 이쪽도 마찬가지다. '후지와라의 존재를 탐탁지 않게 생각하는 무리에게 당한 건 아닌가'하고 생각하고 있었다.

── 지금 후지와라 의원님의 일거수일투족은 주목을 받고 있어서 말이지요, 이름을 이용하려 드는 무리가 많아 곤란하답니다.

"우리들이 이름을 알리기 위해서 유출이라도 했다는 말씀이신지?"

── 아니요, 당치도 않아요. 일반적으로.

단단한 벽과 얘기를 하는 기분이다. 대장이 변덕스럽게 대지의 모임에 접촉한 것을, 이 남자는 좋게 생각하지 않는지도 모른다. 그들은 일반론을 좋아하는 모양이다. 그럼, 일반론으로 하지.

"그렇지요. 후지와라 선생님에게 전해 주십시오. 회원에 관한 최신

정보입니다. 구내에 사는 회원은, 약 2천 명이 되었다고."

실제로는 천7백 명 정도지만, 후지와라의 요구에 답하기 위해 나카무라에게는 '모두가 도장 가까이에 살며 나를 지지해 주고 있다는 사실이, 무척 마음이 든든하다'고 말하게 시키고 있으니, 착실히 늘고 있는 것은 사실이다. 노숙자 수행이라 칭하며 도장 부근에서 노숙생활하는 회원들에게도, 거주지 이전만은 해 놓으라고 일러두었다.

── 그건 멋지군요. 아아, 죄송합니다. 다음 회합 시간이 닥쳐와서. 이제 괜찮을까요.

너희들은 '이제 됐다'는 건가. 멋대로 그쪽에서 접근해 온 주제에. 회원 모두에게 명령을 해 악의를 보내주겠어. 아니, 상대편 후보에게 표를 보내 주지.

32

계속 거절했던 취재를 수락할 마음이 든 이유는, 교주 오오시로의 육성으로 사진주간지의 야유와 악의에 가득 찬 기사를 부정하기 위해서다. 사사키 하루미의 사건에 관해 매스컴이 뭔가 냄새를 맡은 건 아닌지 알고 싶다는 내 사정도 있었다. 두렵기는 하지만, 확인하지 않고는 견딜 수 없다. '간부 회원 중 한 명이 수상한 죽음을 맞이했습니다만'이라는 질문이 날아올지 어떨지를. 그 일에 대해 세상은 아무 것도 눈치채지 못하고 있다는 사실을 확인하지 않으면, 나의 불면은 끝없이 이어질 것 같았다.

몇 군데나 되는 취재 의뢰 중에서 주간지 '에어리어'를 고른 것은, 신문사 계열의 잡지였기 때문이다. 신문사 계열이라고 꼭 중립적일 거라 확신할 수는 없지만, 선정적인 안티 기사까지는 쓰지 않을 테고, 하반신 화제는 건드리지 않으리라 예상한 것이다.

사무국을 통해 보류해 두었던 취재 수락을 전달하고, 대신 질문 사항을 사전에 제시하길 요구했다. 인터뷰 내용을 미리 가르쳐주지 않으면 받아들이지 않겠다, 그것이 조건이었다.

며칠 후, 조목조목 적힌 질문 항목이 메일로 왔다. 즉시 문답 예상지 작성에 착수한다. 류사이가 모습을 감춘 지금은 내가 하는 수밖에 없었다. 8월 초의 취재일까지 나카무라에게 원고를 암기시켜야 한다. 시간이 별로 없다.

나카무라와 간신히 얘기할 수 있게 된 건 기사가 나온 다음 날이다. 얘기할 수 있었다곤 하지만 팩스를 통해서다. 부재중 전화에 메시지를 남긴 다음 날 아침에 들어왔다.

『기사에 대해선 신경 쓰지 않아도 대.』

스매시 기사가 나온 날 나카무라가 강습회에 얼굴을 내밀었다는 얘기는, 그 다음 날, 사흘 만에 도장에 얼굴을 내밀었을 때 스태프에게 들었다. 오오시로는 평소와 똑같은 오오시로였다고 한다.

"그 모습에 모두 감동했어요. 역시 저 기사는 거짓말이라고 확신했습니다."

말은 별로 없었던 모양이지만, 그렇다 해도 누구의 지시도 받지 않고 강습에 참가해 회원들 앞에서 나카무라가 이야기했다는 사실이 놀라웠다. 대체 무슨 얘기를 한 걸까. 내가 모르는 곳에서, 또 한 명의 자신이 멋대로 행동하고 있는 기분이었다. 술을 마시고 기억을 잃은 후의 추태를 들었을 때처럼 불가해한 일이라, 마음이 진정되지 않는다.

그 후에도 나카무라와는 엇갈리는가, 얼굴을 마주한다 해도 항상 신위대가 주위를 가드하고 있어서 제대로 얘기를 나눌 수 없었다. 그래서 그가 어떤 말을 했는지는 결국 알지 못했다. 회원들에 의하면 '처음으로 들은, 고마운 이야기'였다고 한다.

"잡지 취재 건으로, 한번 말씀을 드리게 해주십시오."

회원들 앞에서 부하의 말투로 호소한 날 밤, 나카무라로부터 또 팩스가 도착했다.

『내일 5시 자택』

꺾임이나 획을 극단적으로 강조한, 신경질적인 초등학생 같은 글 자로——.

나카무라가 거주하는 곳은 대지의 모임에서는 일급비밀이다. 송영 은 커다란 연못이 있는 시내의 공원 앞이 늘 출발점이자 종착점이다. 그래서 공원 옆 고층맨션이 '계시는 곳'이라고 회원들은 믿고 있다. 기존 회원들에게 '거주지 불가촉'을 철저히 지키게 해도 현관에서 오오시로가 나오길 기다리는 신입회원은 끊이지 않았다. 실제로 사 는 곳은 맨션을 통과해 그 안쪽에 있는, 지극히 평범한 외관과 규모의 독채 주택이다. 카이를 기르기 위해서 내가 빌렸다.

나 또한 이곳은 나카무라를 이사시켰던 날 이후로 10개월 만의 방문이다. 하지만 어떻게 살고 있을지 대충은 파악하고 있었다. 필요한 가재도구는 이사했을 때 미리 갖춰 두었고, 부족한 물품은 손으로 건네주는 메모나 팩스를 통해 나카무라가 요구하면 내가 그것을 보내준다. 조미료나 화장지, 속옷이나 고양이 사료에 이르기까지. 언제나 대단한 요구는 없다. 무사 물욕의 교주에 어울리는 간소한 생활임은 틀림없었다.

전에 살던 이의 문패가 여전히 걸려있는 문을 통과해 현관문을 노크한다. 미리 의논한 대로, 천천히 3번, 10초를 두고 다시 한 번 3회.

안에서 나온 나카무라는, 미국 대학 이름이 그려진 티셔츠와 진청색 운동복 차림이다. 교주라기보다 메디테이션 프로그램에 참가하는 회원 중 한 명 같다. 올라오라고 말로 하는 대신 쑥스러운 듯이 말없이 방 안으로 고개를 향하는 모습도, 아직 젊은이라 불러도 될 만큼 지극히 평범한 남자의 몸짓이다.

주방에는 5열 6단으로 고양이 사료 캔이 쌓여 있다. 거실도 단정히 정리되어 있었다. 정면에 있는 허리 높이의 창문 아래로 벽면 가득히 청량음료의 빈 캔이 오브제처럼 쌓여 있는 것을 정리라고 부를 수 있다면. 이쪽은 3단이다. 첫 번째 단은 펩시콜라. 두 번째 단은 어디서 사오는 건지 이 근처에서는 볼 수 없는 세븐업. 세 번째 단은 닥터페퍼. 라벨은 흐트러짐 없이 정면을 향하고 있다.

창문이 없는 오른쪽 벽에는 같은 크기의 검은 철제 액자가 같은 간격으로 걸려 있다. 2열로 6개씩. 액자 안의 그림은 제각각이다. 팝아트 석판화, 오래된 외국 여배우의 초상화, 고양이 사진, 남쪽 섬의 풍경 사진.

왼쪽에는 쇼핑 리스트에는 없었던 랙이 2개 놓여 있다. 한쪽에는 정밀한 비행기 모형이 날개를 나란히 놓여 있다.

"물건은 먼 곳에서 사고 있을 테지."

하지 말라고는 할 수 없지만, 신입회원들이 어슬렁거리는 이 부근에서 컵라면을 사고 있는 모습은 보이고 싶지 않았다. 직접 물건을 살 때는 먼 곳에서, 라고 말해두었다.

나카무라가 문제없다는 듯이 끄덕인다.

책장으로 사용되는 또 하나의 랙은, 반쯤 채워져 있다. 발행호가 순서대로 정돈된 남성 패션지나 카탈로그 잡지. 소설류는 없지만, 가장 아랫단에는 명언집이나 금언집이 몇 권이나 나열되어 있다. '사람의 마음을 움켜쥐는 스피치 기술' '대인관계를 갈고닦는 감정독해력' '새삼스레 물을 수 없어 시리즈·만화로 이해하는 환경문제' 등의 노하우 책도 있었다.

인텔리 회원들 중에는, 대지의 모임 가르침과 지구환경문제의 상관개념에 관해, 혹은 '대지의 목소리'에 기술된 '생명은 영구히 순환한다'는 한 구절과 DNA의 관련성에 대해 의논하고, 오오시로나 오사나이가 감지하는 '기(氣)'라는 것이 뇌파를 말하는 건 아닐까 하는 연구논문까지 쓰는 대학 준교수까지 있다는데, 교주는 만화 해설본을 읽고 있다. 회원들에게는 알려지기 싫은 촌극이지만, 나카무라 나름으로 교주라는 역할을 연기하기 위해 노력하고 있다는 사실이 나는 기뻤다. 회원들에게 들려주었던 고마운 말씀이라는 건, 명언집 어딘가를 통째로 암기해 끄집어낸 것이 틀림없다.

나카무라는 한 손으로 중앙에 놓인 탁자를 손으로 가리켰다. 나는 거기에 서류가방을 내려놓고, 노트북을 꺼낸다. 주방에서 버드와이저 캔을 두 개 손에 들고 돌아온 나카무라에게 고개를 젓는다. 내게 있어 술은 수면제이자 현실의 아픔으로부터 도망치기 위해 뇌에 주입하는 마약이다. 지금은 마실 시간이 아니다.

"사사키 하루미 씨 일은 들었어?"

맥주를 입으로 옮기려던 손을 멈추고, 천천히 고개를 세로로 흔든다.

"안 된 일이었어. 사고일 테지."

지나칠 정도로 말수가 적은 이 남자로서는, 좀처럼 없는 긴말이다. 눈썹을 모으고 고개를 옆으로 흔든다. 보통 사람이 같은 소리를 하며 같은 몸짓을 해도 형식적인 조문으로밖에 보이지 않을 테지만, 나카무라가 그러면 혼의 깊숙한 곳에서 나오는 진실한 애도처럼 들리고, 슬퍼하는 이를 향한 구원의 말처럼 느껴지기도 한다.

그것은 내게도 구원의 말이 되었다. 역시 그는 특별하다. 모임을 해산하고 봉인해 버리기엔 너무 아까운 천성의 자질. 서두를 필요는 전혀 없다. 그런 생각이 들기 시작했다. 교주 오오시로가 '사고'라고 하면, 사사키 일은 어디까지나 '사고'다.

"역시 맥주, 마실까."

오랜만에 개운한 기분으로 술을 입에 댔다. 그렇다고 느긋하게 있을 수도 없다.

"좀 서두르고 싶은데, 시작해도 될까."

컴퓨터 화면에 '에어리어'로부터 받은 질문 리스트를 불러온다. 모든 항목에 이미 답변을 준비해 두었다. 그것을 직접 나카무라에게 보인다. 안이하게 프린트만 건네면 나카무라가 어딘가에 두고 잊어버릴 수도 있다.

나카무라가 내 등 뒤에 웅크리고 앉아 화면을 들여다본다.

"질문은 전부해서 6개. 다섯 번째의 프라이버시 관련 질문에는 답변을 거부할 생각이야. 관련해서 날아올 것 같은 질문에 대한 답도 준비해 두었어. 이걸 일주일 안으로 외워 줬으면 해."

화면 상 10여 페이지 분량은 된다. 우선 그것을 스크롤해서 전부 보여주었다. 나카무라는 스캐너처럼 깜빡이지도 않고 바라보며, 쉬운 일이라는 듯이 끄덕였다.

"다만, 아직 완전한 원고는 아니야. 나는 모르는 일도 있어. 그런 건 자네가 메워 줬으면 해. 가령——."

화면을 처음으로 돌렸다.

[Q1] 지금까지의 경력을 가르쳐 주십시오.

[A] 출생지는 오키나와 현 타라마 섬. 자그마한 ○○○한 섬입니다. 풍부한 자연(이라고 하고서 가볍게 미소 짓는다), 지나칠 정도로 풍부한 자연 속에서 지냈습니다. 초등학교는 ○○○○. 지극히 평범한 아이였다고 생각한답니다. ○○○○에 열중했습니다. (가벼운 미소)

"원고 안의 동그라미 부분을 채워 가면 돼."

구술된 내용을 입력할 생각으로 그렇게 말했지만, 나카무라는 내 등 뒤에서 긴 팔을 뻗어왔다.

키보드를 칠 수 있다는 건 처음 알았다. 최초의 동그라미에는, 잠시 모니터를 바라보더니 '산이 없는 평평한 섬'이라고 쳤다.

초등학교 이름도 채운다. 경쾌하지는 않지만, 어색하다고 할 정도도 아니다. 긴 손가락을 사용해 확실히 문자를 찍어간다.

세 번째 동그라미에는 이런 문구를 넣었다.

'비행기 기종 암기에 열중했습니다.'

나카무라가 내 옆으로 얼굴을 쑥 내밀어 온다. 모니터 불빛에 비친 옆얼굴이 평소보다 창백하게 보였다. 가장자리에 휘어짐이 없나 신경 쓰듯이 화면을 보면서 고개를 갸웃거리더니, 다시 손가락을 움직였다.

Delete 키로 '지극히 평범한 아이였다고 생각한답니다'라는 문장을 지운다. 거기에 다른 말을 친다. 히라가나와 한자 전환이 되풀이되며, 화면에 조금씩 문자가 새겨져 간다.

『어린 시절부터 나는 평범하지 않았다.』

시선을 나카무라에게 옮긴다. 나카무라가 바로 눈앞에서 내 얼굴을 들여다보았다. 평소처럼 시선이 아주 약간 비켜나 있다. 내 미간에 초점이 맞춰져 있는 듯한 시선이다.

나카무라는 화면으로 얼굴을 돌리고, 스페이스 키를 연달아 두드려 예상 문답의 문장을 모니터에서 밀어 버렸다. 나는 그것을 말없이 보고 있었다. 공백에 문자가 나타난다.

『나는 아스퍼거다.』

엔터. 그리고 다시 한 줄.

『알고 있나. 아스퍼거.』

고개를 옆으로 저었다. 나카무라가 살짝 웃은 것을, 바로 가까이에서 숨을 내쉬는 느낌으로 알았다.

『아스퍼거 증후군. 고기능 자폐증이라고 부르는 사람도 있지. 자네나 류사이는 지적장애라고 생각할 테지만, 아스퍼거는 지적장애를 동반하지 않는 자폐증이다. 나는 스스로를 똑똑하다고는 생각하지 않지만, 바보도 아니라고 생각하고 싶다. 이 문장도 딱히 문제없이 읽을 수 있겠지.』

할 말을 잃은 나는 고개만 움직여 대답한다. 평소와는 완전히 반대다. 키보드로 '이야기하는' 나카무라는 달변이었다. 손가락 움직임도 점차 빨라져 갔다.

『한마디로 말하자면, 타인의 감정을 잘 이해하지 못하는 장애다. 사람과의 커뮤니케이션이나, 타인의 희로애락을 헤아리는 것, 실체 없는 것을 상상하는 게 서툴다. 전혀 이해하지 못하는 건 아니다. 세상에는 시력이 극단적으로 약하거나 청력에 문제가 있는 사람들이 있다. 내 경우는 타인의 마음을 감지하는 능력이 약하다는 얘기다. 유감이지만 마음에 쓰는 안경이나 보청기는 존재하지 않아. 현재로 서는 말이지. 이해하겠나. 이해한다면 척하면 척하는 호흡이라든가 언외의 분위기 같은 게 아니라, Yes · No로 대답해 줘.』

나카무라가 키보드에서 손을 뗀다. 나는 화면에 'Yes'라고 쳤다.

『나 자신이 그런 문제가 있다는 사실을 안 건, 어른이 되고 나서다. 아스퍼거가 알려지게 된 건 극히 최근의 일이고 타라마는 작은 섬이 니까, 어린 시절의 내게 그런 진단을 내릴 수 있는 의사는 없었다. 특이한 아이라고 여겨졌을 뿐이다. 미운 오리새끼의 슬픈 동화를 들어도 그 오리의 그림이 우스워서 웃음을 터트리거나, 운동회에서 혼자만 다른 방향으로 달려가 버리거나, 농담을 들어도 어디가 재미있는 건지 이해하지 못하곤 했다. 걸을 때는 어째선지 몸이 흔들린다. 소리에 민감해서 큰 소리에 약하다. 남의 눈을 마주 보지 못해서 똑바로 쳐다보라고 혼이 났다. 하지만 어째서 어른들이 나를 혼내는 건지 이해하지 못했다. 친구가 생기지 않아 비행기나 전철 도감을 보며 통째로 암기했었다. 한 가지 일을 진득하게 하거나 문자나 숫자 암기는 특기다.』

엔터.

나카무라는 이제부터가 진짜라는 듯이 손가락 관절을 우둑거렸다.

『자폐증이라고 해도, 말을 하지 못하는 건 아니다. 다만, 내가 하는 소리는 엉뚱하거나, 갑작스럽거나, 때론 사람의 기분을 상하게 하는 모양이다. 거짓말도 잘하지 못해. 그래서 나는 입을 다무는 길을 선택한 거다. 괴롭힘을 당하는 아이였다. 몸집은 옛날부터 컸지만, 싸움은 서투르다. 화내는 법을 잘 몰라.』

이야기하는 듯한 속도로 문자가 찍혀져 간다. 전혀 막힘이 없다. 소리 내어 말하는 일이 적은 만큼, 머릿속에서 늘 문장을 만들어내고 있다는 그런 기분이 들었다.

『타라마에 고등학교는 없다. 고교는 미야코 섬에서 다녔다. 농구부에 권유받았지만, 좋은 선수는 되지 못했다. 구기는 잘못한다. 노룩 패스는 특기였다.

고등학교를 졸업하고 섬을 나왔다. 전철을 보고 싶었다. 구마모토의 자동차 공장에서 일했다. 괜찮은 작업원이었다고 생각한다. 손끝은 야무지지 못했지만, 단순 조작의 반복은 오히려 즐거웠고, 한 번 기억한 건 대개 잊지 않으니까. 다만, 여전히 사람과의 대화는 서툴렀다. 우울증이라는 의심을 받아, 상사가 억지로 정신과에서 진단을 받게 했다. 거기서 처음으로 아스퍼거라고 진단을 받았다. 회사의 제휴 병원이어서 즉시 보고가 되었고, 일하는 데는 아무런 문제도 없을 텐데, 공장에서 잘렸다. 그래서 도쿄로 나가기로 결심했다.』

　내 위로 몸을 덮치듯이 키를 두들겨간다. 컴퓨터를 양보하려고 옆으로 몸을 비켰지만, 나카무라는 제대로 보라는 듯이 내 몸을 도로 밀어 넣는다.

　『공장의 동료들은 내 용모를 칭찬해 주었다. 모델이 될 수 있겠어, 배우가 되면 어때, 저마다 그렇게 말했다. 타인의 말을 액면 그대로 받아들여 버리는 건, 아스퍼거의 나쁜 버릇이다. 인사치레나 아첨일지도 모른다는 의심도 하지 않았다. 당시의 나는 지금과는 다른 얼굴이었지만.』

　지금과는 다른 얼굴? 무슨 뜻이지?

　『6월 21일. 약간의 저금을 손에 들고 도쿄로 여행을 떠났다. 극단의 오디션을 보기 위해서다. 오전 7시 46분 출발하는 츠바메 32호로 하카다까지 가서, 신(新)오사카행의 히카리 552호를 탔다. 히카리 466호로 갈아타고 도쿄에 도착한 건, 오후 4시 26분이다.』

　상세한 기술은 일부러 그러는 것 같다. 자신의 기억력을 과시하고 싶은 것이 아니라, 그가 가진 증세의 일면을 내게 이해시키려는 행동이리라.

　『오디션에는 합격했다. 그쪽 세계 사람들은 종종 용모의 문제는 있어도 없는 것처럼 굴지만, 역시 용모는 좋게 평가되었던 모양이다. 목소리도 칭찬받았다. 대사 기억력도. 자네도 알고 있듯이, 대사는 얼마든지 암기할 수 있어. 문자의 나열로서. 장래에는 우리 간판 배우가 될 수 있다고 말해 준 사람도 있었다.』

　나카무라는 깊이 숨을 토했다. 내 귀밑머리가 흔들릴 정도로.

　『하지만 안됐다. 대사가 있는 역을 받게 되자, 내 대사를 외우는 능력은 아무런 도움도 되지 않는다는 걸 알게 되었다. 좋은 평을 들었던 음감도. 발성 연습도. 너는 겉모습뿐인 인형이냐. 연출가에게서 그런 소리도 들었다. 좀 더 역에 마음을 담아, 이 장면의 감정을 이해하라고. 그건 불가능하다. 2년 반 만에 배우가 되기를 포기했다.』

나카무라가 다시 한 번 숨을 토한다. 한숨을 내 귀에 불어넣듯이.

『얼마 지나지 않아 아르바이트도 해고당했다. 편의점이었어. 점장 부인이 마음에 들어 했지만, 점장이 싫어했다. 붙임성이 없다, 접객을 제대로 못 한다고 하면서. 지금 생각해보면 부인과 바람을 피웠다고 의심했던 걸까. 부인과 내가 얘기를 하고 있을 때, 점장의 얼굴이 일그러지는 모습을 질투라고 판단하지 못했던 것 같다. 있을 수 없는 일인데. 나쁜 일은 한꺼번에 일어난다. 집에서 이슬렁거리고 있었더니, 그 당시 함께 살고 있던 아이가 갑자기 화를 냈다. 당신은 평생 아이야. 함께 사는 건 이제 지쳤어. 그렇게 말했다.

지쳤어? 어깨를 주물러줄까? 그렇게 대답한 게 좋지 않았다. 나는 진심으로 상대의 피로를 걱정했다. 그런데 그런 의미가 아니었다.

맨션에서 쫓겨나, 최초의 노숙자 생활이 시작됐다. 3개월 정도였을 뿐이다. K 부인에게 주워졌으니까.』

"K 부인?"

나는 처음으로 목소리를 냈다.

"기억을 잃었던 게 아닌가."

바로 옆에서 나카무라가 고개를 옆으로 젓는다. 긴 머리카락 끝이 내 목덜미를 어루만졌다.

몇 번을 물어도 나카무라는 자신의 과거를 '잊었다' '생각나지 않는다' 그렇게 말할 뿐이었다. '옛날 일은 때때로 생각난다. 하지만 노숙자가 된 경위에 관한 기억은 없다'고 단언하기도 했었다. 그러는 사이에 나도 그의 말을 액면 그대로 받아들이게 되었다. 어느 정도의 상황이든, 나카무라가 기억을 잃고 있든가 혹은 애매해졌다고 믿었다. 아니, 믿는 척하면서 그 외의 사실을 생각하지 않으려 했다. 그러는게 편하니까. 어떤 종교의 교주에게도 과거는 있다. 대개는 알려지고 싶지 않은 과거다. 그것을 은폐하는 수고를 뒤로 미룰 수 있다는 건 좋은 일이었다. 누구도 나서서 파헤치려 하지는 않는다. 단체가 작은 동안에는.

나카무라는 다시 키를 두드리기 시작한다.

『사진주간지는 익살스럽게 적혀 있었다. 옛날의 나에 관해서. K의 애인이었다고 하는 건 사실과는 조금 다르다. 그런 요염한 게 아니다. 섹스 노예다.』

이니셜로 지칭하는 것은, 내 눈에는 상대를 향한 배려가 아니라 자신이 떠올리고 싶지 않기 때문인 듯 보였다.

『나는 그녀가 몇 개인가 소유한 별장 중 하나의 관리인이 되었다. 보수는 월 100만. 그곳으로 일주일에 한두 번, 그녀가 다니러 왔다. 나는 온갖 것들을 철저히 가르침 받았다. K가 누군가에게 화를 낼 때는 나도 그 누군가에게 화를 낼 것. K의 기분이 들떠 있을 때는 함께 웃을 것. 우울한 기분일 때는 쓸데없는 소리는 하지 말 것. 그리고 어떤 때라도 칭찬을 한다. 나이보다 젊고 아름답게 보인다는 것을, 옷의 센스나 관대한 성격을, 목덜미 모양부터 페디큐어 색깔까지. 덕분에 약간은 거짓말을 할 수 있게 되었다.

어떻게 상대를 칭찬하면 좋을지 모르는 나는, 상황에 따른 칭찬의 말도 강의를 받았다. 대처 패턴을 머리에 집어넣는 방식으로 말이다.

형식화하면 나도 이해하기 쉬웠다. 그녀가 젊은 여자의 험담을 하고 있을 때의 표정은 F, 몸짓은 J. 대사는 패턴 23이나 35, 19라는 식으로. 사람의 감정에 대처하는 방법 외에도 여러 가지를 배웠다. 턱시도를 입는 법, 와인이나 샴페인을 올바르게 마시는 법, 효과적인 기승위나 발기를 지속하는 방법. 커니링구스 요령도.』

2층에서 카이의 울음소리가 들렸다. 순간, 나카무라의 손가락이 멈춘다. 그 약간의 틈에 나는 말했다.

"자네의 경력은 잘 알았어. 하지만 인터뷰에선 이런 얘기를 할 수 없어. 좀 머리를 식히자. 오늘은 돌아갔다가 다시 오도록 하지."

나카무라는 대답 대신에 내 턱에 손가락을 대고 얼굴을 위를 향하게 했다. 현실을 직시하라 —— 라는 듯이. 그리고서 다시 키보드로 돌아간다.

『얼굴도 바꿨다. 성형수술이다. 눈에 쌍꺼풀을 만들고, 조금 휘어진 코도 똑바로 만들었다. 이렇게 하면 그녀가 옛날에 사랑했던 남자와 더욱 비슷해진다고 한다. 물론 그 남자라는 건 죽은 남편이 아니다. 부인은 말했었다. 아무리 돈이 있어도 되찾을 수 없는 것이 있다고. 페니스에 진주도 박았다. 특별 보너스 백만과 맞바꿔서.』

무의식중에 나는 비스듬하게 위쪽에 있는 완벽한 조형의 옆모습으로 시선을 보냈다. 코는 지나칠 정도로 곧고, 인상적인 쌍꺼풀의 폭은 정밀할 정도로 균일했다.

『4년 전 9월 16일에, 돌연 해고당했다. 한때는 나를 양자로 입적하겠다는 약속까지 했었지만. 당신은 재미없어. 그렇게 말하면서. 나는 그녀가 시키는 대로 했다. 시키는 일밖에 하지 않는 내가 마음에 들지 않게 된 모양이다. 사람의 마음 따위 제멋대로다. 나는 때때로 생각한다. 아스퍼거인 편이 살기 쉬울지도 모른다고. 졌다는 마음에 억지를 부리는 게 아니다. 평범한 인간도 타인의 마음을 전부 알지는 못해. 타인의 마음을 그대로 손에 잡힐 듯이 알아 버리면, 거기에는 절망밖에 없다. 아마도 사람은 살아갈 수 없을 테지. 그렇다면, 사람의 마음 따위 모르는 게 편하다.

위자료로 천만 엔을 받고, 나는 쫓겨났다. 천만 정도의 돈 따위, 탕진하는 건 눈 깜빡할 사이다. 호텔 생활을 하고, 매일 밤 바에서 모두에게 비싼 샴페인을 사주다 보면 말이다. 사교라는 걸 배우고 싶어서, 나는 바에 다녔다. 돈을 쓰면 모두가 기뻐하는 건 알았으니까. 돈을 빌려줘, 이자까지 쳐서 갚을게 하고 부탁하기에, 쾌히 빌려 줬다. 반년 후에는 다시 노숙자로 돌아갔다. 자네와 만났던 그 공원에 도달한 건, 노숙자가 된 지 2년째일 때다. 용돈을 준다는 아저씨도 있었지만, 이제 몸을 파는 건 싫었다. 남보다 얌전한 아스퍼거도, 열 받을 때는 있다. 집요한 녀석을 실컷 두들겨 패준 적도 있었다.』

"저기, 나카무라 군⋯⋯. 오늘은 여기까지 하자."

나카무라가 내 등에 가슴을 밀어붙인다. 나를 껴안듯이 벌리고 있던 팔의 간격을 좁혔다.

『나는 자네에게 감사하고 있다. 아스퍼거라고 진단받고 난 이후, 나는 불량품이라는 딱지가 붙여져 세상 한구석의 쓰레기통에 버려진 기분이었다. 자신이 감정을 이해하지 못하는 인간이라고 자각하는 건 불행한 일이다. 사람의 감정을 이해하기는 어렵지만, 나라고 해서 감정이 없는 건 아니야.

아스퍼거 박사는 어째서 이런 병을 발견한 걸까. 아스퍼거에는 치료법이 없는데. 출세욕이라는 건가. 자신의 이름을 남기기 위해 선가.

옛날 같았으면 그저 특이한 사람으로 끝났을 인간에게 새로운 병명을 붙여봤자, 누가 행복해지는 거지.

　나는 스스로 어떻게 할 수 없는 현실에, 어느 날 공중에서 한 가닥의 로프가 내려오길 기도했다. 그것이 거미줄이라도. 자살용 로프라 해도. 나는 구원을 원했다. 그 구원이 대지의 모임이다.』

　엔터.

　엔터.

　엔터.

　마지막 한 줄을 강조하기 위해, 세 줄의 공백을 주고 나서, 다시 모니터에 새로운 문자가 찍혀 간다.

　『나는 이제야 겨우 자신의 말을 얻었다. 지금까지는 무슨 말을 해도 엉뚱하다며 아무도 귀를 기울여 주지 않았는데, 지금은 다르다. 모두가 나의 말에 귀를 기울인다. 나의 행동에 주목한다. 지금의 나는 사적인 감정을 요구받지 않고, 남을 이해할 필요도 없어. 그런 걸 안 해도, 모두가 나를 이해하려고 심혈을 기울여 주니까.

　지금의 위치는 내게 잘 맞는다고 생각한다. 타인의 감정에 희롱당하거나, 필사적으로 상대의 감정을 읽으려 노력하거나, 자신의 감정을 억제하려고 열심인 인간에게 있어서, 나는 그들의 이상(理想)이다. 아닌가.』

　내 안주머니에서 휴대전화가 울리기 시작했다. 두 팔은 나카무라에게 꼼짝 못하게 압박당해 움직일 수 없었다. 교주다운 체형을 유지하기 위해 내가 부과했던 트레이닝을 그는 묵묵히 계속하고 있어서, 지금은 벤치프레스 100킬로그램을 든다. 잠시 착신 멜로디가 울렸지만, 나카무라는 흘깃 시선도 주지 않고 계속해서 키를 두드린다.

『키지마는 대지의 모임을 해산하려고 생각하고 있지 않나. 그 정도
는 안다. 나도 약간은 성장했고, 도움이 될 만한 책을 뒤져서 읽었고,
무엇보다 2년간 쭉 자네의 표정만을 바라보아 왔으니까 말이다. 자네
의 마음은 경험으로 어느 정도 유추할 수 있다. 대답해 줘. 해산할
생각이라면 Yes라고 쳐줘.』

나카무라가 더욱 힘을 주어 나를 죄어 온다. 움직이지 않는 팔로
쳐낼 수 있을 리가 없었다.

『No인 거지. 다행이다.』

나카무라가 한 손을 뻗어와 나의 뺨을 스윽 문질러왔다.

『키지마, 언제까지나 나의 종으로 있어 주게.』

다시 전화기가 운다. 이번에는 메일 착신음. 금방 끊어졌다.

『노부인의 요구는 고통이었다. 그녀가 노인이었기 때문만은 아니
다. 그녀가 여자였기 때문이다.』

"잠깐 기다려줘."

손가락이 내 입술에 닿는다. 꽉 죄어오는 팔 한쪽이 빈 덕분에,
간신히 몸을 움직였다. 구조 로프를 움켜쥐듯이 휴대전화를 빼낸다.
표시는 '카토'. 요시에 카야다.

내 휴대전화로 시선을 떨어뜨린 나카무라가 콧김만으로 웃었다.
죄어오던 팔의 힘이 느슨해진다.

요시에의 메일은, 오늘 뉴욕에서 돌아왔다는 보고와 사진주간지의
기사를 걱정하면서, 자신의 신앙에는 흔들림이 없음을 호소하는 흔
해 빠진 내용이었다. 하지만 나는 중요한 약속이 생각났다는 듯이,
노트북을 덮고 가방에 넣지 않은 채 그대로 껴안고 일어섰다.

"원고는 팩스로 보낼게."

카이가 다시 짧게 울었다. 나카무라의 등은 대답하지 않았다.

33

가득 펼쳐진 짙은 녹음 위에 하늘색과 흰색의 요가 매트 3백 장이 깔리고, 3백 명이 명상 포즈를 취하고 있다. 하늘에서 보면 자못 장관일 테지. 정렬한 사람들 가장 뒷줄에서 같은 포즈를 취하고 있던 나는 생각했다.

5월부터 일주일에 한 번씩 시작된 야외강습 '대지교실'은 회원들에게 인기가 있어, 일반강습의 포화 상태를 완화한다는 애초의 목적이 의미를 다하지 못할 정도로 예약이 쇄도하고 있었다. 8월이 된 지금은 경쟁률 1.5대 1 정도로 안정되고 있다. 한여름의 야외교습은 고행이다. 햇볕에 타는 걸 싫어하는 여성회원들도 기피한다.

장소는 토지 주인인 회원으로부터 무기한 및 무상으로 빌리고 있는, 주차장 건설 예정지였던 공터다. 자원봉사와 기부로 2, 3백 평 되는 부지 가득히 잔디가 깔렸다. 주위에는 잔디보다도 짙은 나무들의 잎이 때때로 바람에 흔들리고 있었다. 어설픈 공원보다 아름다운 광경이다. 다만 맹렬하게 덥다. 7월부터 시작 시각을 오후 4시로 변경했지만, 머리 위에서 내리쬐는 햇볕은 저녁이 가까워져도 수그러들

기미가 없다. 같은 자세로 계속 앉아 있으려니 목덜미가 타버릴 것 같다. 자신이 제안한 내용인데도 일개 회원으로 프로그램에 참여하는 건 처음이라서, 목에 감을 타월이 필수품인 것도 몰랐다.

몹시 더운 오늘, 이곳에 와 있는 이들은 청년부가 많다. 남자의 태반은 상반신 누드. 상의를 비키니 상의만 입었을 뿐인 여자아이도 있나. 여기에 파라솔이라도 있으면 해수욕장이겠지만, 다들 진지하다. 뒤에서 봐도 어느 등이나 꼿꼿하게 세워져 있고, 미동도 하지 않는 정도까진 아니지만 포즈가 흔들리는 일이 없다.

체육계 타입인 사람들은 이런 혹독한 이벤트에 사족을 못 쓰는지, 앞줄 일대는 신위대 대원과 가디언 멤버들이 진을 치고 있다. 평소 반목하고 있는 그들도 오늘은 평범한 회원 사이, 오월동주다.

사무국장인 나는 나무 그늘에서 보고 있기만 해도 불평 들을 일은 없지만, 오늘은 첫 프로그램인 신·심신정화 메서드부터 풀로 참가하고 있다.

고행하고 싶었다. 뭔가 바꾸고 싶었다. 바보 같은 얘기지만, 자기가 적당히 만들어놓은 강습 프로그램에 매달린 것이다. 정말로 마음과 몸을 정화할 수 없을까, 메디테이션을 하면 인도의 목소리가 들리지는 않을까, 그런 생각을 하면서.

지금까지는 아무것도 얻지 못하고 있다. 더위 때문에 몽롱한 머리에 들려오는 건, 무시무시하게 챙이 넓은 모자에 긴 장갑으로 완전무장을 한 인스트럭터 사이토 마유미로부터 '키지마 씨, 몸이 너무 딱딱해요'라는 질타의 말뿐. 몸에 새겨진 것은 껍질이 벗겨질지도 모를 정도로 볕에 탄 자국뿐이다.

다만, 명상 포즈를 취하고 있는 동안 흘러내려 눈과 입으로 들어오는 엄청난 땀은, 나쁘지 않았다. 땀과 함께 몸 안의 나쁜 것이 씻겨나가는 듯한 기분이 든다.

부지 구석에는 솎아서 베어낸 나무로 만든 폭이 넓은 단상이 설치되어 있었고, 그 위에서는 옷깃 없이 소매가 긴 하얀 옷을 입은 KAZZ가 시범 포즈를 보여주고 있다. 야외강습이 인기를 끈 이유는 변덕스러운 교주 오오시로가 얼굴을 내밀 확률이 높아서였지만, 오늘은 모습을 보이지 않는다.

명상하는 동안 나는 쭉, 어젯밤에 들은 나카무라의 '말'을 생각했다. 그의 고독과 절망과 조용한 분노를 생각했다. 풍족한 인생 같은 건 어디에도 없다. 모든 것이 충족된 인간은 아무도 없다. 누군가와 비교하는 한, 뭔가를 원하는 한, 사람은 풍족해질 수 없고 충족되지 못한다. 내가 무엇인가를 얻었다면, 그것은 사람이란 깨달을 수 없는 존재라는 것을 깨달았다는 사실 뿐이다.

"메디테이션, 종료!"

KAZZ가 목소리를 높이자, 긴장해 있던 3백 개의 등이 일제히 느슨해졌다.

"어때, 모두, 대지의 목소리가 들렸나."

들렸습니다——. 참가자가 입을 모은다. 들리지 않은 건 나뿐인지도 모르겠다.

KAZZ가 마이크 없이도 잘 들리도록 단련한 목소리를 높인다.

"더욱, 대지에, 사랑을."

모두가 일제히 합창했다.

"더욱, 대지에, 사랑을."

역시 나는 수행이 부족하다. 야외강습을 시작한 순간부터 그랬지만, 근처 주민들로부터 민원이 들어오지 않을까 걱정하느라 소리를 높이고 있을 정신이 없었다.

"키지마 씨, 목소리가 안 나오고 있잖아요."

머리에서 사이토 마유미의 질타가 날아들었다.

34

한밤중에 휴대전화가 울렸다. 착신 멜로디는 두 달 전에 판매하기 시작한, 대지의 모임 오리지널 CD 중 한 곡이다. 누가 걸어오든 똑같은 선율이지만, 나는 상대가 누군지 알았다. 오전 0시를 지난 시각이다. 스태프 중에 이렇게 폐가 되는 시간에 연락을 해오는 사람은 없다. 그리고 내 번호를 알고 있는 사람은 극히 한정되어 있다. 뇌에서 α파를 끌어낸다고 선전하는 멜로디가, 귀에 유리 조각을 들어붓는 것처럼 불쾌하게 들린다.

──여어, 오랜만인걸.

3주 만이다. 계속 이 목소리를 기다리고 있었음에도, 들은 순간 확 끊어버리고 싶어졌다. 잊고 있으려고 애쓰면서 현실에서 도피하고 있었는데. 류사이의 목소리가 스위치가 되어, 사라질 리 없는 현실과 상상하고 싶지 않은 미래가 내 눈앞에 생생한 영상이 되어 나타난다. 죽은 사사키 하루미의 얼굴. 중앙분리대에 엉망진창으로 부서진 차. 대지의 모임과 나를 규탄하는 신문기사. 텔레비전 뉴스. 선정적인 잡지의 헤드라인. 분노하는 회원들. 나를 힐책하는 KAZZ. 츠보이. 사이토. 요시에 카야.

"지금 어디야."

—— 공원이야. 길거리 점을 치고 있지.

웃을 수 없다. 지금은 특히. 탈퇴해, 너는 모가지다. 그렇게만 선고하고 전원을 확 끄고 싶었지만, 그래 봤자 아무것도 해결되지 않는다는 건 알고 있었다. 애써 냉정한 어조로 말했다.

"할 얘기가 있어."

—— 우연이군. 이쪽도 그래. 지금 나올 수 있나.

"지금이 몇 신줄 알아. 내일이야. 그쪽이 나와."

—— 오오시로 선생님도 불렀어. 한 시간만 있으면 올 거야.

나카무라와는 만나고 싶지 않았다. 그의 방에서 정조를 지키는 아가씨처럼 필사적으로 도망쳐 나온 밤 이후, 아직 이틀밖에 지나지 않았다. 그렇다고, 지금의 나카무라를 류사이와 단둘이 만나게 할 수는 없었다.

"어디로 가면 되는데."

지정한 장소는 예전에 셋이서 비밀 회합을 위해 이용했던 요코하마의 호텔이다. 다만 류사이가 전달한 것은, 지하층의 바가 아니라 방 번호였다. 차 키를 손에 들었지만, 위스키를 이미 3분의 1병이나 마셔 버린 것을 떠올리고, 택시를 잡기로 한다.

위쪽 층의 스위트룸이다. 이런 곳에 숨어 있었던 건가. 얼굴을 보면 우선 제일 먼저, 이제 너한테 쓸 경비는 없다고 가르쳐 주어야겠다. 그만 노크도 거칠어진다.

문에서 얼굴을 내민 건 류사이가 아니었다.

미츠오카다. 싸구려 위협용 패션이 아니라, 비즈니스맨 같은 짙은 양복 차림이었다. 손목까지 오는 문신은 금색의 롤렉스와 대지의 모임 특제 미산가로 감추고 있다. 하지만 어차피 흉내일 뿐. 나를 향한 감정을 죽인 눈에는, 국가 연금을 성실하게 납부하는 인간과는 다른 어두운 빛이 깃들어 있다.

류사이는 방 안쪽 구석, 검게 빛나는 킹사이즈 소파 한가운데에 몸을 묻고 있었다. 지금까지 본 적이 없는 은회색의 약식 기모노 차림이다. 옛날처럼 가는 수염을 기르고 있다. 소파 앞 테이블에 놓여 있는 와인 쿨러에는 샴페인과 레드와인이 담겨 있었다.

"계속 여기에 있었나."

류사이는 엷은 웃음을 지을 뿐이었지만 어제오늘 생긴 것 같지 않은, 방에 벤 담배냄새가 그 대답이었다. 미츠오카는 자세 좋은 번견처럼 소파 옆에 선다. 어느새 길들인 거냐.

"왜 이 녀석이 함께 있는 거야?"

번견과 그 주인이 동시에 나를 노려보았다.

"내 개인비서로 고용했다. 당신하고 달리 나한테는 스태프가 붙지 않으니까 말이야."

주식회사 어스의 대표는 류사이이다. 어디까지나 편의상, 녀석의 체면을 세워준 것뿐이지만, 그만둘 걸 그랬다. 내가 모임 운영밖에 손이 미치지 않는 걸 기회로 제멋대로 굴고 있다.

"내가 묻고 싶은 말은, 알고 있을 테지."

내 말에 얼굴을 돌리고 소맷자락을 더듬어, 시가를 꺼냈다. 미츠오카가 등 뒤에서 손을 뻗어 불을 붙인다. 거물을 연기하는 사기꾼의 싸구려 연극으로밖에 보이지 않았다.

"오오시로 선생님께서 아직 안 왔어."

류사이가 와인 쿨러에서 병을 꺼내 자기 유리잔만 채웠다.

"아니, 나카무라 군에게는 들려주고 싶지 않아. 지금 얘기하지."

류사이가 천장에 연기를 토하며 어깨를 움츠려 보인다. 나는 미츠오카에게 딱 일 초 시선을 흘리고 말했다.

"이 녀석에게 시킨 건가."

"뭐를."

"알삲아."

"뭐, 앉아."

시가로 소파 건너편 의자를 가리킨다. 소파와 같은 재질이지만, 등받이도 팔걸이도 없다. 내가 앉음과 동시에, 연기를 뿜어왔다.

"있잖아, 당신. 처음에 나한테 뭐라고 했어? 이건 세계를 향한 역습이라고 했었지. 당신치고는 나쁘지 않은 말이라고 생각했어. 내 귀에 그 말은, 당신이 지금 의심하는 얘기 정도는 하나의 수단이라고 받아들일 각오가 선 말처럼 들렸었는데 말이야. 그랬던 자네가 이렇게 빌빌대는 모습이라니. 어이가 없단 말이지."

"바보 같은 소리 하지 마. 나는 합법적인 범위에서 해나갈 생각이었어."

"항!"

오랜만에 듣는 류사이의 코웃음.

"합법? 그런 거짓말투성이 그림을 그려놓고, 법률을 들고 나오다니. 역시 물러, 당신."

시선은 내게 향한 채, 미츠오카가 있는 방향으로 손을 흔들었다.

"미츠오카에게는 그 여자를 감시하게 시켰어. 그날은 변호사사무소로 가는 길이었다고 하더군."

새끼손가락과 엄지손가락을 세워 전화하는 몸짓을 해 보인다. 도청하고 있었다는 소린가.

"사고가 난 걸 감사하는 게 좋지 않겠어."

대꾸할 말을 찾을 수 없었다. 류사이가 얼굴을 비스듬히 기울이고 나를 올려다본다. 크리스티앙 디오르의 로고가 들어간 안경 너머의 가는 눈은, 냉랭하게 웃고 있었다.

"당신은 자신을 스스로 불행하다고 생각하지. 당치도 않은 소리. 럭키보이라고, 당신은. 부모가 제대로 있고, 대학 나오게 해 주고, 좋은 회사 들어가고. 도망쳤든 뭘 했든 마누라가 있었던 것도 그 덕분이잖아. 그만큼 밥상을 차려줬는데 무슨 불만이 있어. 실패했다고 해도, 누구의 탓도 아니야. 당신 책임이다. 말로 비유하자면 중앙 경마회야. 그런 세계밖에 모르잖아. 지방 경마의 말과 기수 대부분은, 아무리 노력해도 중앙으로는 갈 수 없다는 거, 알아? 세상에는 지방 경마 말로밖에 태어나지 못하는 인간이 잔뜩 있다고. 아버지는 가게를 말아먹고 행방불명이 되고 어머니는 파친코 가게에 눌어붙어 있는데, 어떻게 진학하라는 거야. 불공평한 레이스야. 안 그래도 혈통이 나쁜데, 처음부터 스타트라인이 뒤로 물려졌어. 무거운 핸디캡이 등 뒤에 얹혔지. 그런 인생 상상해본 적이 있냐고. 없지? 미츠오카, 너도 고등학교 중퇴였지."

미츠오카가 끄덕인다. 류사이의 달변을 존경 어린 시선으로 바라

보고 있었다. 한 가지는 수정하고 싶다. 부모가 제대로 있었던 건
아니다. 계모와는 끝까지 잘 지내지 못했다. 나는 목소리를 쥐어짜
낸다.

"그쪽 얘기라는 건 뭐야."

"오오시로 선생이 오면 그때 하지."

"위자료를 내겠어. 이제 관여하지 말아줘."

"돈?"

류사이의 눈이 가늘어졌다.

"돈, 돈, 돈. 돈 계산뿐이로군, 당신은."

이 녀석에게 듣고 싶지는 않다. 그건 이쪽이 할 말이다.

류사이는 한 개비의 가격이 예전 길거리 점술기 시절의 감정료와
비슷할 터인 시가를 바라보며 말을 이었다.

"확실히 종교는 돈이 돼지. 좋은 걸 보여줬어. 하지만 말이야, 내가
돈을 위해서만 하고 있다고 생각하지 마."

"그럼, 뭘 위해서야."

그런 것도 모르냐는 표정을 짓는다. 알 리가 없다. 이 녀석이 숭상
하고 믿는 건 신이 아니라 돈이다. 덕분에 내가 올라가려 했던 성공을
위한 계단이 터무니없이 일그러져 버렸다.

"교의를 지키기 위해서다."

"교의?"

농담이라고 생각했다. 하지만 류사이의 눈은 웃고 있지 않았다.

"그래. 당신은 대지의 모임 4천 명이, 자기가 그린 그림대로 춤추고
있다고 생각했을 테지. 큰 착각이야. 회원이 떠들고 있는 말을 잘
들어봐. 심세계. 생명 아우라. 인력. 지력(地力). 화법(和法). 비법(非法).

심화(心畵). 선기(善氣). 악기(惡氣). 녀석들이 진지하게 생각하며 의미를 찾으려 하는 수많은 말들을 생각해봐. 그거 전부, 내가 만들었다고. 당신이 아냐. '대지의 바람'을 쓰던 무렵에 당신, 뭐라고 했지? 교의 따윈 필요 없어, 였어. 그런 바보 같은 얘기가 어디 있나. 그래서 내가 전부 처음부터 만들었다. 내가 생각하는 세계의 성립. 내가 생각하는, 사회가 해야 하고 존재해야 하는 방식. 규율. 계급. 지금의 엿 같은 사회의, 엿 같은 룰과는 달라. 지금의 룰이 우리들에게 불공평하다면, 룰을 바꿔 쓰면 돼. 대지의 모임이 이렇게까지 커진 건, 교의가 있었기 때문이야. 나의 말이 있었기 때문이다. 장부밖에 바라보지 않은 당신이 무슨 할 말이 있겠어. 성서도 반야심경도 안 읽는 주제에."

류사이의 말이 귀에서 멀어져 간다. 나는 내가 내는 목소리를 듣고 있었다. 나는 무엇을 틀린 걸까. 어디서 잘못된 걸까. 같은 말을 반복하고, 반복해서.

어색한 침묵이 얼마나 이어졌을까. 나카무라는 새벽 2시 가까이에 찾아왔다. 선글라스를 쓰고, 머리를 묶고, 검은색 상하의와 마찬가지로 검은색 나이키 스포츠 캡을 쓴 미행용 차림이다.

"아아, 오오시로 선생님, 일부러 불러내서 미안하군."

류사이가 등줄기를 펴며 일어나, 나카무라를 소파 안쪽으로 권한다.

"자, 이쪽으로."

전에는 '인형'이라고 불렸던 주제에, 뻔뻔스러운 변모다. 어떻게 구슬린 건지, 미츠오카도 직립 부동으로 최고로 정중하게 절을 한다.

"자, 그럼, 다시."

류사이는 나카무라를 위해서 앙드레 보포르를 준비했다. 내 앞에는 마시다 만 레드와인을 부은 유리잔이 무성의하게 놓인다. 류사이가 와인 잔을 들었다. 대체 뭘 위해 건배를 할 생각이냐. 손을 댈 마음은 들지 않았다.

나카무라는 유리잔을 움켜쥐고 류사이를 향해 가볍게 들었다. 류사이는 익숙하지 않은 듯이 와인 잔 다리를 두 손가락으로 집고, 맥주로 건배하듯이 유리잔을 부딪친다. 테이블에 놓은 채로 있는 내 유리잔에도. 나카무라는 내 쪽은 보려고도 하지 않는다. 내가 이곳에 없다는 듯이 행동하고 싶은 모양이었다.

"내 이야기라는 건 다름이 아니라. 미츠오카 군을 어스의 상무이사직에 앉히고 싶거든. 어떨까."

"반대인 게 당연하잖아."

내 말은 류사이의 시가 연기나 마찬가지였다. 아무도 신경 쓰지 않고, 방을 감돌다 사라졌을 뿐이다.

"선생님은."

"상관없어."

"고맙군. 이걸로 결정됐군."

류사이가 또 나카무라에게만 건배를 청하며 유리잔을 내민다. 깨지기 쉬운 와인글라스로는 할 만하지 않은 행위에 나카무라가 눈썹을 모으면서 응했다. 나는 교주 오오시로라는 깃발을 건 피치 플래그 레이스에서 격파당한 모양이다.

나는 그제야 깨달았다. 자신이 어디서, 무엇을, 틀렸는지. 셋이서 대지의 모임을 만들었을 때부터 쭉 품어왔던, 끼워 맞출 부분과 미묘하게 모양이 다른 퍼즐 조각을 손에 들고 있는 듯한 위화감의 정체를.

어디서 틀린 건가. 그건 처음부터였다.

무엇을 틀린 건가. 지극히 단순한 인선 미스다.

나는 새삼 생각해 보았다. 대지의 모임이라는 교단에 필요한 인간은 누구일까.

한 명은 물론, 카리스마에 어울리는 용모와 어떤 인간이라도 매료시키는 목소리를 가진 나카무라.

또 한 명은, 많은 인간을 선동할 수 있는 문장 능력을 갖춘, 심리유도에 뛰어난 류사이.

달리 필요한 인간은?

없다.

사람의 표정을 읽어내는 천재와 표정이 읽히지 않는 천재. 두 사람만 있으면, 나머지는 교환 가능한 부품을 준비하면 될 뿐이다. 필요 없는 건 나다.

내게는 특별한 능력이 아무것도 없다. 출중한 개성도 없다. 그저 발안자에 지나지 않았다. 아이디어를 실행에 옮긴 단계에서, 이미 역할은 끝나 버렸던 것이다. 조직에 사람이 늘면 늘수록, 유능한 인재가 입회하면 할수록, 그저 쓸모없는 인간이 되어 간다. 자신이 만들어 낸 조직에 불필요한 건 나 자신. 처음부터 알고 있었던 일인데, 인정하고 싶지 않은 마음에 진실에서 눈을 돌리고 있었다. 부정하고 싶은 마음에 무리에 무리를 더해 왔다. 일부러 두 사람의 들러리 역할을 연기해 온 덕분에, 흑막으로서 위치도 잃어버렸다.

오케이. 잘 알았다. 그렇다면 두 사람에게 해야 할 말은 하나뿐이다. 나는 지나치게 식힌 레드와인을 한 모금 홀짝이고, 두 사람에게 말했다.

"나는 이제 대지의 모임에서 빠지겠어."

나카무라의 유리잔에 샴페인을 부으려 하던 류사이의 손이 멈췄다.

나를 돌아보지 않는 나카무라의 어깨가, 희미하게 흔들렸다.

"나머지는 당신들끼리 해 줘."

2년 전, 노상에서 떠올랐던 단순한 망상이다. 경마에서 한탕을 한 우연이 가져온 잠시 동안의 꿈이다. 그 꿈을 기꺼이 바쳐 주지. 류사이가 나의 잔에 와인을 채워 준다. 기쁜가. 또 건배인가.

유리잔 가장자리까지 와인을 붓는다. 시선은 병이 아니라 나를 향하고 있었다.

"그렇게는 안 돼."

와인이 유리잔에서 흘러 실크 테이블클로스를 붉게 물들였다.

"나는 이제 필요 없잖아."

"아아, 확실히. 하지만 빠져도 곤란해. 회원이 수상하게 생각할 거다. 게다가——."

류사이가 입술을 한쪽으로 추켜올렸다. 한겨울 공원에서 만났을 때와 똑같이 자란 가는 수염도 비스듬하게 끌려 올라간다. 오른쪽으로 올라간 입술을, 이번에는 왼쪽으로 바꾸었다. 말만은 잘하는 류사이가 잠시 우물거린다. 다시 입술과 수염에 똑바로 힘을 주고, 나와 마주하던 눈을 피해, 와인이 흘러넘쳐 버린 테이블클로스로 시선을 떨어뜨리고 말했다.

"뭐, 게다가, 쓸데없는 소리를 하면 곤란하잖아."

"나보고 어떻게 하라는 거야."

미츠오카에게 피우다가 만 시가에 불을 붙이게 시키면서, 깊이 빨아들인다.

"당분간, 지금처럼 사무국장을 해 줘야겠어."

"당분간? 그런 얘기를 들을 수 있을 것 같은가."

류사이는 시가의 하얀 연기를 올려다보고, 거기서 떠오른 흉조를 읽어내듯이 말했다.

"사사키 하루미 건. 사사키 남편이 이것저것 조사하고 있디디군. 만약 사고가 아니라는 걸 알면, 의심받는 건 누구일 것 같아? 그 여자에게서 그릇을 되찾았나. 누구 지문이 찍혀 있었더라."

나카무라의 귀를 신경 쓸 여유가 없었다. 나는 류사이에게 손가락과 말을 들이댄다.

"하지만 한 건 너희들이야."

나카무라의 표정은 변하지 않는다. 이미 류사이에게서 들었는지도 모른다. 미천한 이들의 세속적인 행위에는 흥미가 없는지도 모른다. 설사 그것이 살인이라 해도. 류사이가 내 눈을 응시한 채 등 뒤의 미츠오카에게 말을 건다.

"무슨 얘기지. 미츠오카?"

"글쎄요, 전혀 모르겠습니다."

"하지만 뭐, 미츠오카라면, 그릇을 되찾지 못할 것도 없지. 당신을 위해서."

"협박인가?"

"듣기 안 좋은걸. 선생님은 어떻게 생각하십니까. 키지마의 처우."

나카무라가 오늘 처음으로 내게 시선을 향한다. 하지만 그건 한순간이었다. 바로 한 손으로 머리카락을 쓸어 올리며, 기분이 안 좋은 소녀처럼 고개를 돌려 버렸다.

"아무래도 상관없어. 류사이가 결정해."

내 머릿속에 탑이 떠올랐다. 어느새 그것은 건조물이라곤 생각할 수 없을 정도의 크기에 달해 있었다. 탑을 지탱하는 모래언덕은 완전히 산기슭처럼 패어있다.

하지만 나는 여전히 그것을 올려다보고 있을 뿐이었다. 두꺼운 구름을 꿰뚫은 저 멀리 있는 정상은 보이지 않는다.

모래언덕에서는 끊임없이 마른 모래가 흘러 내려, 산기슭에 하얗고 망막한 평지를 넓혀가고 있다. 모래는 내 무릎까지 차올랐다. 이윽고 그것은 이곳에서 움직이지 못하는 나의 허리를 뒤덮고, 가슴을 뒤덮고, 나의 모든 것을 전부 뒤덮어 버릴 테지.

35

"내가 태어난 곳은, 오키나와 본섬보다 더욱 남쪽에 있는 자그마한 섬입니다. 바다와 하늘과 사탕수수밭 외에 아무것도 없는 곳이었습니다. 친구? 이웃 아이들과 야자나무 집게입니다."

나카무라가 미소 짓자, 조건반사처럼 젊은 여성편집자가 미소를 띤다. 오늘의 나카무라는 평상시의 수행복이 아니라, 하얀 긴소매

셔츠와 청바지 차림이다. 전속 스타일리스트의 손으로 간소하지만 센스 좋은, 휴일의 교주를 이미지한 코디네이트.

"스포츠라던가, 그런 건 하셨을 테지요."

여성편집자가 나카무라의 두터운 가슴판으로 시선을 흘리며 말을 기다린다.

"바다에 잠기는 걸 좋아했습니다."

"스쿠버?"

"도구 같은 건 필요 없어요. 가지지 못했다고 하는 게 맞으려나."

이 취재의 인터뷰어라는 프리라이터가 대화에 끼어들었다.

"타라마 섬이라면, 섬에 있는 건 중학교까지죠. 고등학교는 미야코 섬인가요."

이쪽은 나보다 연상일 터인 중년 남자. 여성편집자가 나카무라를 바라보는 눈은 호의로―― 어쩌면 그 이상의 것으로 채워지기 시작했지만, 베테랑 라이터인 척하는, 편집자보다 더 거만한 이 남자는 틀에 박힌 대답밖에 돌아오지 않는 나카무라에게 안달하고 있는 듯이 보였다.

"미야코는 멋진 곳입니다. 넓고, 사람도 시설도 많아요. 무엇보다 타라마와 마찬가지로, 허브가 없어."

대지의 모임 주제, 현재의 활동 상황. 지금까지 질문의 반은 옆에 붙어 있는 내가 대답한 것이나 마찬가지라 허점은 드러나지 않았을 터이지만, 나카무라의 막힘없는 즉답은 거꾸로 상대방에게 기묘함을 느끼게 하고 있었다. 너무 막힘이 없다. 대답하기 전에 조금 뜸을 들여야. 리허설만 했다면 좀 더 잘할 수 있었을 텐데. 결국, 예상 문답 원고는 류사이가 만들었다. 나와 나카무라가 얼굴을 마주한 것은, 요코하마 호텔 이래 처음이다.

"고등학교를 졸업한 후에 오키나와에서 나왔습니다. 고향에 애착은 있었습니다만, 섬에는 장래의 선택지가 그렇게 많지는 않았으니까요."

미리 준비된 나카무라의 말은, 남자의 질문에 답이 되지 않았다.

"고교를 졸업해 취직했다는 말이로군요. 최종 학력은 고졸이라는 거면 되겠습니까."

고졸이라는 말에 희미한 모멸이 느껴진다. 남자는 남이 물으면 재잘재잘 말하고 싶어질 만한 학력을 가지고 있음이 틀림없다. 나는 이것 보라는 듯이 고개를 저어 보였다. 그런 속세의 계급을 들고 나오는 너희들은 틀렸다며 어이없어하듯이.

"학력이 사람의 행복에 얼마나 관계가 있나요?"

나의 입을 막듯이 나카무라가 대답했다.

"그렇습니다."

어른의 일그러짐이 전혀 느껴지지 않는, 소년 같은 대답. 여성편집자는 대지의 모임 입회 안내를 받아도 이상하지 않을 표정이 되었고, 라이터는 나카무라의 머릿속을 스캔하는 듯한 눈길을 보낸다.

창밖은 여름의 무성한 나무숲으로 가득하다. 8월의 햇빛이 짙은 녹색의 잎 하나하나를 속이 빤한 무대장치처럼 보이게 만들 만큼 선명하게 비춰주고 있다. 취재 장소로서 그들이 지정해 온 장소는, 도심지가 아니라 가나가와 해안가 근처의 리조트 호텔이다. 평일의 카페테라스에 손님의 모습은 별로 없었다.

내가 이곳으로 무거운 마음과 몸을 끌고 찾아온 이유는, 사사키 하루미 건에 관해 뭔가 얘기를 듣게 되진 않을지 불안했기 때문이다.

나카무라가 내게 불리한 증언을 하는 것도 생각할 수 있다. 하지만 현재로선 그것은 기우로 끝나가고 있었다. 그들이 알고 싶은 내용은 죽은 사람이 아니라, 화제의 신흥종교 교주일 뿐이었다.

"어디에서 근무하셨나요."

이 말에는 내가 대답했다.

"구체적인 이름은 노코멘트 하도록 하겠습니다. 폐를 끼치면 안 되니까요."

남자가 학생이 쓸법한 바인더노트를 눈앞에 세운다. 카드 게임의 패를 확인하듯이 페이지를 넘겨, 자동차 메이커 이름을 읽었다.

"그곳의 구마모토 공장이로군요. 무슨 폐라는 말씀이신지? 교주의 이미지를 흠집 내기 때문입니까?"

"잘 아시는군요. 그럼 필요 없는 질문 아닙니까."

"본인의 입으로 확인하고 싶을 뿐입니다."

"오오시로 선생님께선 정직하게 이야기해야 한다고 생각하고 계십니다만, 저는 상세한 직업 이력은 대지의 모임 활동과는 전혀 관계가 없다고 생각합니다. 그 부분은 빼주실 수 있겠습니까."

내가 끼어들 때마다, 나카무라는 내게서 얼굴을 돌려 창문 밖을 바라본다. 우리들 사이에 감돌고 있는 거북한 공기도, 그들에게는 기이하게 비치고 있으리라.

"그 후, 극단에 들어가셨다고 하는군요. 젠게키자前劇座였던가요."

나카무라가 대답한다.

"그렇습니다."

간단한 질문은 긍정하고, 파고드는 질문에는 상대의 말꼬리를 이용해 어떻게도 받아들일 수 있는 말로 얼버무린다. 그것이 류사이의 전략인 모양이었다.

"극단에 들어가서 익힌 연기는 현재의 활동에 활용하고 계십니까."

이 말에는 내가 소리를 높였다. 교주를 향한 모욕에 분개했다는 어조로.

"무슨 의미인가요?"

이번 취재가 사사키의 수상한 죽음과 관계없다는 사실이 나를 안도하게 하고 동시에 긍정적으로 만들었다. 당장은 일개 사무국장에 만족해 주지. 역습의 한 수를 생각해 낼 때까지. 특별한 재능이 없어도, 이 교단을 만든 것은 나의 아이디어다. 재기하기 위한 아이디어를 또다시 하나 생각해내면 된다. 그때까지 망가뜨릴 수는 없었다.

나카무라가 나를 무시하고 말하기 시작한다.

"극단 시절의 나는, 나 자신이 서야 할 진짜 무대가 어디인지를 알지 못했다고 생각합니다."

남자가 실소했다.

"그런 걸 묻는 게 아닌데요."

'에어리어'의 취재는, 결코 호의적이지 않았다. 남자가 던지는 질문들은, 이쪽은 건드리고 싶지 않은 부스럼딱지를 들쑤시는 바늘이었다.

"젠게키자를 그만두신 후에는 무엇을 하셨습니까."

나카무라의 미소가 얼어붙었다. 지금까지의 솔직하고 여유작작한 응답을 생각하면, 분명하게 보이는 동요를 그들도 감지했으리라.

"극단에서의 자기표현, 자기 혁명에 한계를 느낀 저는, 각지를 여행하며 돌아다녔습니다. 그야말로 세계의 이곳저곳을."

"구체적으로 어느 쪽으로."

이 말에는 대답이 준비되어 있었던 모양이다. 지나치게 매끄러울 정도로 신속하게 대답을 한다.

"인도네시아, 인도, 콩고, 아이슬란드, 멕시코."

"인도……. 저, 지난달에 취재 때문에 다녀왔거든요. 많이 변했죠, 거기도. 뭄바이에는 가보셨습니까."

나카무라는 끄덕여 보였다.

"그렇지요."

"타지마할은 어떠셨습니까?"

여행지에 관한 질문을 몇 가지 연거푸 받았지만, 나카무라는 그저 끄덕일 뿐이다. 여유작작한 미소가 그저 바보 같이 웃는 얼굴로 보이기 시작한다. 정교하게 프로그래밍 된 로봇이 어긋나기 시작하고 있었다. 매스컴 앞에 나오려면 좀 더 주도면밀한 준비가 필요했을 텐데, 나와 류사이의 내분이 준비도 되지 않은 차를 위험하게 출발시켜버린 탓이다.

"엘레판타석굴도 보셨을 테죠. 델리 교외의 그거 말이에요."

"그렇지요."

위험하다——.

나는 두 사람에게 시계로 시선을 떨어뜨리는 몸짓을 해 보이고서 말했다.

"다음 스케줄이 있습니다. 슬슬 괜찮을까요."

"촬영을 포함해 1시간이라는 약속을 받았습니다만."

편집자가 나를 향한 반감이 담긴 어조로 말한다. 사진촬영은 인터뷰 전에 호텔 정원에서 끝냈다. 확실히 그것을 포함해 아직 45분밖에 지나지 않았다.

"우리들을, 오오시로 선생님을 모욕할 목적의 취재라면 더는 받을 수 없습니다. 애초에, 이렇게 멀리 불러내진 것만으로도, 이쪽은 스케줄상 굉장히 폐가 되고 있습니다."

아직 젊은 편집자가 아이같이 입술을 삐죽였다.

"이쪽을 지정하신 건 그쪽이잖아요. 초상사진을 찍을 거면 후지 산을 배경으로 찍으라는 조건을 붙여서."

류사이가? 그래서 아까 사진촬영 때, '후지 산과 함께 찍지 말라'는 나의 지시에, 묘한 얼굴을 했던 건가. 후지 산을 배경으로? 대지의 모임이 만들어온 이미지는 그런 게 아니다. 그래선, 유상 무상한 종교 조직과 똑같아져 버린다. 역시 그 남자가 이대로 주도권을 쥐게 해선 안 된다.

"아무튼, 이걸로 실례하겠습니다."

게재할 원고는 사전에 체크하고 싶다는 나의 요구에, 그들은 애매하게 말을 흐렸을 뿐이다. 취재를 요청해왔을 때는 호의적이고 저자세처럼 보였지만, 이야기를 들었다는 사실만 손에 넣어버리면 이제 이쪽에 영합할 필요는 없다는 건가. 우호적인 기사는 기대할 수 없을 것 같다. 쓸 내용은 이미 결정되어 있으리라. '화제의 신흥종교 교주, 그의 맨얼굴을 파헤치다' 그런 타이틀을 내건 기사.

세게 나가면, 게재 중지를 요구할 수 있었을지도 모른다. 하지만 나는 그렇게 하지 않았다. 어떤 기사든, 나올 때마다 입회 희망이나 문의전화가 울린다. 게재된 내용의 좋고 나쁨과는 상관없이. 노출 자체가 내용 이상으로 중요하다. 1만 명이 기사를 읽고 9만 9천 명이 혐오한다 해도, 새로운 천 명의 찬미자를 얻을 수 있다.

내가 일어서자, 이때만은 나카무라도 동조한다. 이제야 살았다는 얼굴로. 라이터가 불쑥 나직하게 나카무라에게 말을 건넸다.

"캬 하루 헤."

나카무라가 고개를 갸웃거린다.

"힌디어로 잘 지내세요, 라고 말한 건데요."

"아아."

나카무라는 완전히 잊고 있기라도 했다는 듯 의젓하게 웃어 보였지만, 여성편집자는 이제 웃음을 건네지 않았다. 우리들 등 뒤를 향해 들으라는 듯이 말한다.

"저 사람, 이상해."

나카무라가 아니라, 내 얘기다.

호텔 출입구에는 신위대가 뒷짐을 지고 정렬해, 교주 오오시로를 기다리고 있다. 입구 여기저기에는 2인 1조의 가디언이 흩어져, 주위를 향해 경계의 눈빛을 보내고 있다. 완전히 야쿠자 출소식이다.

승차장에 하이브리드 자동차가 바짝 세워지고, 마츠다 에이지가 뒷좌석 문을 열었다. 결국, 나와 나카무라는 직접 말을 나누지 않았다.

신위대에 둘러싸여 차에 올라타려는 뒷모습을 향해 말을 건넸다.

"수고."

야마자키 료이치로 돌아와 그렇게 말하고, 1초도 지나지 않아 사무국장 키지마의 어조로 덧붙인다.

"하셨습니다."

나는 그의 인생을 바꿔 버렸다. 감사한다고 그는 말하지만, 그것은 감사받아야 할 일이었을까. 정말로.

나카무라가 돌아보았다. 내 얼굴을 마주 바라본다.

그 시선은 내 미간도 콧등도 아닌, 똑바로 눈동자를 관통해 왔다. 처음 만났을 때와 다르지 않은, 어른의 눈 같지 않은 맑은 눈이다.

"고마워."

나카무라의 목소리는 여러 가지 사정이 바뀌고, 또 여러 가지 사정을 알게 된 지금도, 홀딱 반할 정도로 깊고 인상적이었다. 차 안으로 모습이 사라진 다음에서야 나는, 그 한 마디가 처음으로 나카무라의 목소리를 들었을 때와 같은 말이었다는 사실이 생각났다.

주차장으로 걸어가려는데 신위대 중 한 명이 양손을 펼쳐 내 앞을 가로막았다.

"오오시로 선생님께서 출발하십니다. 전송을."

혀를 차고 싶은 걸 참으며, 신위대와 나란히 승차장에 서서 나카무라를 태운 하이브리드차가 출발해 비탈길 밑으로 사라질 때까지 기다린다. 손님과 보이가 기이한 시선으로 쳐다보았다. 신위대도 좀 어떻게 해야 하는데.

"수고하셨습니다."

신위대가 인사를 건네 온다. 주먹과 주먹을 맞대는 합장. 진부하다는 생각에 초기엔 사용하지 않았지만, 회원들 사이에서는 공식인사로 부활해간다. 가디언은 나를 완전히 무시하고 있다.

주차장에 늘어선 아웃도어용 왜건과 고급 세단 틈에서 외톨이처럼 개성 없는 하얀 밴을 출발시킨다. 호텔을 나서니, 파도 하나하나에 여름빛이 깃든 벨벳을 깐 듯한 바다가 내려다보였다.

꼬불꼬불한 비탈길을 매끄럽게 내려간다. 오른쪽에 있던 바다가 왼쪽에 펼쳐졌다. 요즘 나라는 존재를 지워버리고 싶었던 우울한 기분이, 아주 조금 개운해진 것 같았다. 옛날에는 이 근처 바다에 자주 왔었지. 당시 연인이었던 미나코를 조수석에 태우고.

아무튼, 오랜만에 먼 곳까지 나온 외출이다. 6시부터 강습회에 얼굴을 내밀 생각이었지만, 오늘은 도장에 나가지 말고 해안선을 달리며 그대로 돌아가고 싶다. 대지의 모임 재건축을 구상하면서. 류사이는 나를 쫓아내면 교단이 자기 것이 될 거라 믿는 모양이지만, 그렇게 간단히 될 리가 없다. 확실히 저 남자에게도 일정한 지지 세력은 있지만, 상급회원들에게는 아직 내 쪽이 인망이 있다. 영향력 있는 KAZZ나 요시에 카야는 나를 따라올 터였다.

구릉이 이어지는 긴 비탈길이다. 첫 번째 커브 앞에서 브레이크를 밟았다.

스피드가 줄어들지 않는다. 다시 한 번 밟는다. 브레이크 페달이 힘없이 바닥까지 닿았다. 뇌수가 얼어붙는다. 차는 감속하지 못하고 커브에 돌입했다.

핸들을 힘껏 튼다. 차선을 크게 벗어나며 커브를 돌았다. 눈 밑에는 아직 S자가 몇 개나 이어져 있다. 나무숲의 녹음이 불길하게 빛나고 있었다.

사이드브레이크를 당겼다. 비탈길에서는 그다지 효과가 없었다. 기어를 중립으로 넣는다. 그래도 기세가 붙어버린 차는 멈추지 않는다. 정지한 것은 나의 사고 회로뿐이다.

바로 왼쪽 커브. 도로반사경에 반대 차선에서 오는 차가 비쳤다. 클랙슨을 누르며 핸들에 체중을 실어 중앙선을 넘어가려는 차체를 도로 돌아오게 만든다.

택시가 눈앞에 나타났다. 눈을 희번덕거리는 운전사의 얼굴이 똑똑히 보였다. 나도 똑같은 얼굴을 하고 있을 테지.

콤마 1초, 고작 몇 센티미터의 차이였으리라. 노란색 차체가 내 차 옆을 스치고 지나갔다.

핸들을 왼쪽으로 꺾었다. 바위 표면에 접촉해 스피드를 떨어뜨리기 위해서다. 위험하지만 벼랑 밑으로 떨어져 죽는 것보다 낫다.

사이드미러가 부서져 날아갔다. 격렬한 진동과 차 옆면이 바위 표면에 깎이는 날카로운 금속음. 벼랑 아래로 튕겨 날아가지 않도록 필사적으로 핸들에 매달린다. 오른쪽으로 가고 있던 속도계가 간신히 왼쪽으로 움직였다. 하지만 감속시키는 것만으로도 힘에 부쳤다.

비탈길 아래 4차선 도로가 보이기 시작했다. 신호는 붉은색.

듣지 않는 브레이크 페달을 계속 밟는다. 다시 한 번 바위 표면에 차체를 문질렀다.

멈추지 않는다. 나는 빨간 신호가 켜진 교차점을 향해 일직선으로 활주했다.

밴의 옆면으로 클랙슨이 날아든다. 왼쪽에서 대형 트럭이 달려왔다. 핸들을 꺾어도 시간을 맞출 수 있을 것 같지 않다. 그대로 직진한다. 기도할 신이 필요했다. 눈앞의 광경이 스톱모션처럼 보였다.

급브레이크를 밟는 소리가 나고, 클랙슨이 울리고, 욕설이 날아들었다.

아마 이것도 몇 분의 1초 차이였으리라. 트럭이 돌입하기 직전에 내 차는 교차점을 빠져나갔다.

그대로 폭주했다. 길은 간신히 평평해진다. 갓길의 턱을 몇 번이나 타고 오르게 만들어 차를 감속시킨다.

간신히 정차했다. 힘이 빠진 몸을 핸들에 기댄다. 접착된 것처럼 달라붙어 있는 두 손이 떨리고 있었다. 그 떨림은 온몸으로 전해져, 나의 뼈와 근육과 내장을 뒤흔들었다. 뺨을 타고 흘러내린 땀이 방울 져 가슴과 허벅지를 적셨다.

몸만 핸들에서 벗겨 내듯이 떼어내 돌아보았다. 교차로는 아무 일 도 없었다는 듯, 쥐죽은 듯 조용하다. 트럭은 나에게 항의하기보다 목적지로 서둘러 가기를 우선한 모양이다.

비탈길 아래에 자그마한 차가 세워져 있었다. 검은 전기자동차다. 내가 시선을 멈춘 순간, 사이드 윈도가 올라가더니 교차로 왼쪽으로 꺾었다. 4개의 시트는 선글라스를 쓴 검은 양복으로 비좁게 가득 들어차 있었다.

가디언이다.

녀석들, 나를, 죽이려, 했다.

이걸로 끝일 리가 없다. 주위에 인기척이 전혀 없다는 사실에 나는 공포를 느꼈다. 도망쳐야 해. 안전벨트를 잡아 뜯듯이 풀고, 운전석에 서 기어 나왔다. 차를 버리고 달렸다. 우선 누구라도 좋으니까 나와 녀석들이 아닌 사람들의 눈이 있는 곳으로.

전철을 타고 도쿄로 돌아가는 동안에도, 낭떠러지가 어두운 입을 벌린 커브 길이, 택시 운전사의 크게 뜬 눈이, 잡아 뜯기듯이 날아가 는 사이드미러가, 범퍼를 거대한 아가미처럼 번뜩이며 돌진해오는 트럭의 모습이 머릿속에서 되풀이되어 플래시백 했다. 심장은 평소 리듬을 잊었다. 차 안은 지나칠 만치 냉방이 되고 있었지만, 나는 계속 목덜미에서 땀을 흘렸다.

가디언이 나를 죽이려 한 이유가 뭐지. 정식 경호 스태프로 등록해

주지 않았다는 사실에 대한 불만인가. 그 정도 이유만으로 사람은 사람을 죽일 수 있는 걸까.

류사이의 지시인가? 그렇다 해도, 역시 나는 믿을 수 없었다. 가디언의 대부분은 사설 SP를 모집했을 때 내가 직접 면접했던 무리들이다. 체육계 특유의, 단순하지만 소박한 청년들뿐이었다. 살인인 줄 아는 행위에 가담할 사람처럼 보이지는 않았다.

거기까지 생각하다 나는, 그렇게 만든 것이 나 자신이라는 사실을 깨달았다.

그들이 주저하지 않는 것은 종교단체의 일원이기 때문이다. 세간과는 다른 모럴(moral)과 룰을 만들어내, 그것이야말로 사회적인 규범과 이 나라의 법률보다 더 중요한 것이라고 그들에게 가르쳤기 때문이다.

류사이가 특기인 심리유도술을 구사해 선동했는지도 모른다. 키지마가 교단을 배신했다. 키지마는 죽음으로 속죄해야 할 비법(非法)한 신적(神敵), 악기(惡氣)의 근원이라고.

색깔은 가지각색이지만 사이즈는 거의 비슷한 지붕들이 늘어선, 교외 어디에나 있는 주택가가 눈앞을 흘러간다. 창문 바로 너머에 있는 평범하고 평온한 그곳이, 지금 내게는 너무나 멀고 멀어 보였다.

전철이 도쿄로 들어가 터미널 역에 도착했다. 내가 죽임을 당할 뻔했다는 사실을 아는 건, 현재로선 그들과 나뿐. 위험한 상태다. 하지만 지금의 나는 경찰을 의지할 수 없다. 누군가에게 전해줘야 한다는 걸 깨달았다.

누군가에게 —— 하지만 누구에게? 생각나는 사람은 전무에 가까웠다. 4천 명의 회원을 가진 지금도 휴대전화에 몇 개 없는 등록번호

속에서, KAZZ를 불러낸다.

──아, 안녕하세요, 수고하십니다. 어땠어요, 취재.

"지금 어딘가."

──아직 도장입니다. 슬슬 나갈 거예요. 오늘은 밤중까지 저쪽에 들려볼까 해서요.

저쪽이라는 건 9월에 오픈하는 제2도장 얘기다. 직접 만들었던 현재 도장과는 달리, 이번에는 자금을 잔뜩 투입했다. 모든 것을 프로에게 맡길 생각이었지만, 간단한 내장은 KAZZ와 그의 유지들이 몸소 직접 하고 있다. '초심을 잊고 싶지 않다'. 그렇게 말하며.

"잘 들어."

──무슨 일이에요. 목소리가 어두운데요.

KAZZ의 느긋한 목소리를 듣고 있는 사이에 마음이 바뀌었다. '나는 죽임을 당할 뻔했다'고 전화로 갑자기 말해봤자 누가 믿을까. 안 그래도 요즘 내 모습에 고개를 갸웃거리는 이들이 많다. '수행이 부족하다' '키지마 사무국장의 언동이 묘하다' '목소리에 탄력이 없다, 표정도 빈곤하다' '우울증이 아닐까'. 그런 얘기를 소곤거리는 목소리가 귀에 들어오고 있었다.

저 사람, 이상해. '에어리어'의 편집자가 내뱉은 말이, 부메랑처럼 돌아와 나를 푹 찌른다. 류사이는 나를 자살처럼 보이게 해서 죽이려 하는지도 모른다.

결정했다. 제2도장으로 가서 몸을 의탁하자.

"아니, 나중에 얘기하지. 아직 돌아가는 중이야."

──어라, 오오시로 선생님하고 같이 있는 거 아닌가요.

"아아."

—— 도장에는 얼굴 비추실 거죠? 늘 저 혼자 있어선 규율이 서질 않아요. 오늘은 카야 씨가 올 테니 떠나는 게 아쉽지만요.

"늦게 참가하지. 나중에 제2도장에 들를게."

—— 제2에요? 아, 그럼, 기다리겠습니다. 아, 맞다. 키지마 씨 앞으로 고바야시라는 사람에게서 몇 번이나 전화가 오고 있어요.

"고바야시?"

—— 여자였어요. 야마자키 료이치 씨 있습니까, 라고. 키지마 사무국장님의 현세명(現世名)이죠, 야마자키라는 거.

"아아."

누구인지, 알았다. 믿어지지 않았지만, 다른 사람은 생각할 수 없다. 이곳에 있는 키지마라 불리는 자신이 다른 사람처럼 느껴졌다. 눈앞의 현실이 허구처럼 느껴진다. 현실에서의 나는 이미 차와 함께 추락해서, 벼랑 위에서 사람들이 말을 건네고 있는 것이다. 혹은 재작년 겨울에 길바닥에서 동사해, 머리 위에서 이름이 불리고 있는 거다. 야마자키 씨, 야마자키 씨, 야마자키 료이치 씨.

—— 연락을 바란다고 합니다. 번호는 들어놨어요. 휴대전화가 아니라 시외 국번이었어요. 키지마 사무국장님 요즘 피곤하신 거 같고, 묘한 쪽 전화면 곤란할 거 같아서 일단은 다시 걸어달라고 양해를 얻었지만요, 혹시나 싶어서.

KAZZ가 의미심장하게 어미를 흐린다.

"뭐야, 혹시나 라니."

—— 왜 있잖아요, 전에 키지마 사무국장님이 얘기해 주신, 헤어진 부인이 아니신가 해서.

"설마."

아니, 그 설마다. 처녀 시절의 성 고바야시. 미나코밖에 생각할 수 없다.

―― 메모는 해 뒀는데요, 지금 번호, 부를까요.

"……아니, 됐어."

새삼스레 연락을 취해서 뭘 하겠나. 옛날과는 사정이 다르다. 할 얘기도 없다. 할 수 없는 얘기들만 있다. KAZZ는 내 말을 무시하고, 천천히 번호를 읽는다. 지금 곧 전화해 주라는 듯이.

모처럼의 호의지만, 연락할 수는 없다. 남에게 죽임을 당할까 봐 쫓기고 있는 남자인데. 미나코가 지금 어디에서 무엇을 하고 있든 이미 사는 세계가, 말 그대로 다르다. 내 귀는 번호를 듣기 거부했다. 하지만 머리는 그것을 열심히 암기하고 있었다.

인근 역에 도착했을 때는, 사철연선의 나지막한 시가지 너머로 해가 숨어들고 있었다.

자택으로 향하는 발걸음을 서두른다. 어두워지기 전에 모든 걸 끝내고 싶었다. 틀어박힐 생각은 없다. 습격할 곳이 하나로 모아질 뿐이다. 짐을 정리해 집에서 나가는 편이 상책이라 생각되었다.

일단 대지도장으로 간다. 그곳이라면 스태프들이 있다. 지금 시각이라면 회원들도 몰려들어 있을 터다. 오늘은 요시에 카야가 수강하는 날이니 그녀를 노린 구경꾼 회원들도. 신위대에게 경호를 부탁하자. 가디언에게 대항하기 위해, 그들을 끌어안고 있을 필요도 있다. 상급회원 등용을 슬쩍 비추면 된다. 강습이 끝나면 제2도장으로 간다. KAZZ와 그의 심복들, 나도 잘 아는 멤버들이 한밤중까지 작업하고 있다. 지금 내게 있어 생각할 수 있는 가장 안전한 장소다. 오늘의 일에 관해 어떻게 말을 꺼내면 좋을지, 아직 결정하지 못하고 있지만.

자택 맨션까지 걷는 5, 6분이 몇 배나 길게 느껴졌다. 저녁에도 인적이 드문 주택가 길을, 가디언의 모습이 없는지 확인하면서 걷는다. 검은 양복과 선글라스. 액션 영화를 흉내 내는 것으로밖에 보이지 않는 패션의 덩치 큰 남자들은, 어디에 있든 눈에 띌 터다. 그들의 유치함이 지금은 작은 구원이었다.

걸어가면서 자신이 취해야 할 행동을 머릿속으로 몇 번이나 시뮬레이션했다. 문을 열면 구두를 벗지 않고 올라가 골방에서 백을 꺼낸다. 작은 백이면 된다. 최소한으로 갈아입을 옷과 들고 다닐 돈, 예금통장을 쑤셔 넣는다. 컴퓨터와 모임 운영에 관한 사무국에서는 다룰 수 없는 종류의 데이터도. 아무튼, 일 초라도 빨리 모든 것을 끝내고, 집을 나선다.

나지막한 언덕 위에 맨션이 보이기 시작했다. 사람은 보이지 않는다. 평소에는 시간을 들여 무거운 발걸음을 옮기는 비탈길을, 도망치는 토끼처럼 한걸음에 달려 올라간다.

엘리베이터에 올라타려는 순간 습격당하면 끝장이다. 바깥 계단을 이용해 내가 사는 5층으로 올라갔다.

바깥 복도에 사람이 없는 것을 확인하고, 키를 꺼낸다. 꽂아넣으려다가, 손이 멈췄다. 시야 어딘가에 위화감이 느껴졌다. 어디지. 자그마한 위화감이다. 가령, 방에 걸어놓은 풍경화 속의 구름 모양이 약간 달라져 있는 듯한, 그런 정도의. 하지만 확실한.

다시 자물쇠로 시선을 떨어뜨렸을 때, 위화감의 정체를 깨달았다.

열쇠 구멍에 생긴 자그마한 흠집이다. 평소 주의해보지는 않지만, 무의식적으로 매일 시선이 가는 곳이다. 흠집은 아직 생긴지 얼마 안 되었고, 내가 만들었다는 기억도 없었다.

문에 귀를 가까이 댄다. 소리는 나지 않는다. 지나친 생각인가. 그렇다면 망설이고 있을 시간은 없었다. 나는 열쇠를 꽂아 넣었다.

하지만 돌리지 않았다. 열쇠를 넣은 순간, 아무도 없을 터인 방 안에서 희미한 소리가 났기 때문이다.

숨을 삼키고, 소리를 내지 않도록 열쇠를 뽑는다. 방 안에서도 누군 가가 ——아마도 여러 명의 사람들이 숨을 죽이고, 문이 열리며 내 모습이 나타나기를 기다리고 있다——.

녀석들은 이곳에 잠복하고 있었던 것이다. 차 내부에 농간을 부린 이들이다. 불법 침입 따위는 일도 아니리라. 4천 명이나 되는 집단이 다. 어지간한 직종의 사람들이 모여 있다. 문 따기 프로가 한두 명 있어도 이상하지는 않다.

발소리를 죽이며 바깥 계단으로 돌아왔다. 심장 소리가 들리지는 않을까 가슴을 누르면서. 금방이라도 문이 열리고 가디언들이 덮쳐 올 것 같아서, 목덜미에 차가운 전류가 흘렀다.

길거리로 나가 좌우를 돌아본다. 어디나 위험한 곳처럼 느껴졌다. 택시를 잡자. 대로로 향하는 왼쪽으로 발걸음을 향한 순간, 비탈길 아래, 대로와 교차하는 부근에 세워져 있는 차가 보였다.

검게 칠한 전기자동차. 창문에 선팅이 되어 있다. 마치 야쿠자 차의 미니카 같다. 재빨리 오른쪽으로 발걸음을 돌린다. 언덕길 위의 골목 길로 뛰어들 생각이었다.

차 안의 무리들은 이쪽을 눈치채지 못한 것 같았다. 회원들 사이에 서 나의 트레이드마크라고 여겨지는 짙은 색 양복을 벗는다. 변장용 선글라스나 모자를 준비해오지 못한 것이 후회됐다. 발걸음이 빨라지지 않도록 주의했지만, 뒷골목으로 다가가니 인내심이 바닥났다. 마지막에는 달음박질이 되었다.

골목길을 전력 질주했다. 이곳을 지나 다시 왼쪽으로 꺾으면 대로로 나갈 수 있다. 한두 길 앞에서는 위험하다. 두 개의 갓길을 지나쳐 세 번째 모퉁이에서 꺾기로 하고, 발걸음을 더욱 빨리했을 때였다. 길 저 끝에서 사람이 지나쳐갔다.

두 사람이다. 흰색과 검은색, 두 가지 색상 옷. 살았다. 신위대다.

하지만 나는 그들에게 말을 걸려던 목소리를 목구멍에서 도로 끌어 당겼다.

신위대 바로 뒤에 선글라스를 쓴 검은 양복이 보였기 때문이다. 이것도 2인조. 발을 멈추고 오른쪽 담장에 몸을 바짝 붙였다. 거리는 20미터도 되지 않으리라. 거친 숨소리가 되어 튀어나오려는 숨을 억지로 밀어 넣는다. 폐도 심장도 찌부러질 것 같다.

머리도 의심으로 찌그러지고 있었다. 신위대와 가디언이 함께 행동하고 있다. 어째서?

이유는 한 가지밖에 떠오르지 않았다. 신위대도 나를 쫓고 있다. 가디언과 손을 잡고.

차를 잡을 수 있는 도로는 위험하게 느껴졌다. 가려면 반대 방향이다. 왔던 길을 더듬어 첫 번째 길을 왼쪽으로 꺾는다. 골목길과 큰 차이 없는 폭의 주택가 길이다. 사람은 전혀 없다. 해 질 녘이 지난 어둠 속에 조금이라도 몸이 녹아들도록 허리를 구부리고 걷는다. 녀석들은 대체 몇 명인 걸까. 회원이라면 신위대는 12명. 가디언은 그 이상이다. 길 양쪽으로 이어지는 집들 중 한 채로 뛰어들어가 도움을 청할까, 반은 진심으로 그렇게 생각했다.

이 길 끝은 T자로다. 어느 쪽으로 가야 할까. 1대 다수인 지금의 내게 뭔가 어드밴티지가 있다면, 이 근처의 지리를 잘 알고 있다는 사실뿐이다.

오른쪽으로 꺾으면 맨션 앞의 비탈길로 거꾸로 돌아가게 된다. 하지만 다소 통행인은 있다. 운이 좋을 때의 얘기지만.

왼쪽으로 꺾으면 맨션에서는 멀어지지만 한쪽에는 공장의 높은 담장이 이어지고, 더욱 적막한 길을 걸어가야 한다.

어떻게 하지? 스스로는 결정하지 못하겠다. 누군가가 결정해 주었으면 싶었다.

모퉁이에서 얼굴만 내밀어 좌우를 살핀다. 오른쪽 끝에는 역시 통행인이 있었다. 하지만 그 커다란 실루엣은 어둠 속에 검은 양복이 녹아든 가디언이다.

선택의 여지는 없었다. 왼쪽으로 나아간다. 한시라도 빨리 이 길을 빠져나가고 싶었지만, 뛰면 눈에 띄어 버린다. 내 발걸음은 어중간하게 빠른 발걸음이 됐다.

이 길을 빠져나가 오른쪽으로 나아가면, 다른 사철전철역이 있는 번화가가 나온다. 거기서 도장으로 향하는 것이 상책일지도 모른다.

앞쪽에서 헤드라이트가 다가왔다. 차선이 없는 일방통행로다. 길가에 몸을 붙여 보내려 했던 나는, 그 동그란 라이트가 작고 간격이 좁은 것을 깨닫는다. 소형차다. 무척 느긋한 속도. 게다가 이쪽으로 다가오고 있는데, 전혀 소음이 없다.

전기자동차.

위험해.

돌아갈까. 아니, 반대쪽 길에는 가디언들이 있다. 이대로 걸어가는 수밖에 없었다. 눈에 띄지 않는 보폭으로 얼굴을 돌리고. 주위는 이미 어두워졌다. 상대편은 아직 나를 눈치채지 못했다, 아마도.

왼쪽에 민가가 있다. 주민인 척하며 저쪽으로 들어가자. 앞으로 열 몇 걸음이다. 차와의 거리는 5, 60미터.

앞으로 대여섯 걸음. 공포가 나의 심장을 움켜쥐었다.

차가 밤눈에도 파스텔 톤의 스카이블루라는 걸 알 수 있는 거리까지 다가왔을 때, 등 뒤에서 날카로운 외침 소리가 들렸다.

"있다."

차가 급정지했다.

눈앞에 죽음이 떠올랐다. 그것은 문자도 영상도 아니었다. 빛이 닿지 않는 구멍 같은 어둠이었다.

운전석에서 머리가 튀어나왔다. 긴 머리카락이 흔들리는 머리다.

"타요."

목소리보다 먼저 조수석 문이 열린다. 얼굴을 내민 건, 요시에 카야였다.

"빨리."

다가오는 발소리에 등을 떠밀려 문을 열고 올라탄다. 가디언과 신위대가 한 덩어리의 그림자가 되어 달려오는 것이 보였다. 4명, 5명, 아니 그 이상이다. 외등에 비친 그 모습은 마치, 옷을 입은 고릴라와 대형 침팬지 무리 같았다. 내가 조수석으로 뛰어오름과 동시에, 요시에는 차를 후진시켰다. 일방통행로에, 게다가 역주행하기에는 지나치게 빠른 속도로.

일방통행로 입구까지 돌아오자 핸들을 크게 움직여 차를 돌렸다. 진입로에는 다행히 차의 모습은 보이지 않았지만, 있든 없든 상관없다는 운전이다.

　날렵해 보이는 체구의 신위대 중 한 명은 이미 눈앞까지 닥쳐오고 있다. 요시에가 기어를 바꾼 순간, 차체로 몸을 날려 왔다. 전기자동차의 자그마한 차체가 흔들렸다. 가디언의 거대한 몸이 돌진해온다. 조수석의 손잡이로 팔을 뻗어왔다.

　요시에가 액셀을 힘껏 밟자 전기자동차가 피트에서 튀어 나가는 F1 자동차 같은 기세로 달려 나간다. 옷을 입은 고릴라와 침팬지가 잠시 차와 나란히 달려왔지만, 외침과 함께 후방의 어둠 속으로 사라졌다.

　차는 첫 번째 파란 신호에서 좌회전하더니 이어서 우회전했다. 요령 좋게 내 맨션에서 멀어져간다. 목소리가 나온 건, 우회전을 마친 차가 속도를 간신히 늦추고 난 다음이었다.

　"고마워. 덕분에 살았어."

　평정을 가장해보았지만, 소용없었다. 내 숨소리는 아직 거칠었고 목소리는 한심하게 떨리고 있었다.

　"저, 운전이 특기거든요. 사무국은 마츠다 씨가 아니라, 저를 드라이버로 고용하는 편이 좋았지 않았을까요."

　가벼운 농담을 해 보이지만, 농담으로는 들리지 않는다. 요시에의 목소리도 떨리고 있었기 때문이다.

　"왜, 이곳에."

　전방으로 향하고 있던 눈이, 평소보다 더욱 동그랗게 떠져 있었다.

　"강습회 도중에 갑자기 발표가 있었어요. 키지마 씨를 제명 처분한다고. 모임에 대한 용서받을 수 없는 행위가 발각되었다고 하면서."

　"누가 그런 소리를."

류사이가 얼굴을 내민 건가. 내가 없는 틈을 노리고.

"오사나이 사범대리?"

"아니요, 오오시로 선생님께서. 본인의 입으로."

류사이에게 무슨 소리로 구슬려진 거냐. 나는 몇 시간 전 나카무라의, 옛날 같다고 생각했던 시선과 말을 떠올렸다. 그건 내게 이별을 고했던 건가.

"믿어줘. 나는 아무것도 하지 않았어. 용서받지 못할 일을 한 건 오사나이 쪽이야."

"물론 믿어요, 저는. 신위대 따위에게 키지마 씨를 넘겨주고 싶지 않아."

"지금 도장으로 가서, 모두에게 설명하겠어."

여기서 차로 가면 고작 몇 분이다. 류사이를 규탄하는 건 자신의 죄도 인정하는 것이다. 그리고 그것은 대지의 모임 진짜 모습을, 자신이나 류사이나 나카무라의 정체를 자백하는 것이기도 하다. 하지만 얘기하고 싶었다. 진실을──. 할 수 있다면 모든 것이 나의 망상이 만들어낸 것이라는 사실을 인정하고, 무릎을 꿇고서라도 사죄하고, 용서를 구하고, 모든 것을 없었던 일로 해주길 바랐다.

요시에가 핸들을 쥔 채로 고개를 저었다.

"그만두는 게 좋을 거예요. 모두 오오시로 선생님의 말씀을 듣고 살기등등해 있어요. 가디언이나, 오사나이 원리주의파의 사카모토 씨들이 선동하고 있거든요. 모임에 해를 끼치는 키지마파를 일소하자고. 자리에 없었던 KAZZ씨도 의심받고 있어요. 무슨 짓을 당할지 몰라요."

눈앞에 자그마한 산처럼 보이는 울창한 나무숲이 보이기 시작했다. 이케가미 혼몬지 절이다.

차는 혼몬지 절로 향하는 다리를 건너 강을 따라 난 길로 들어선다. 낮에도 사람이나 차가 잘 다니지 않는 길이다. 요시에는 차 앞을 응시하며, 백미러를 확인하고 나서 브레이크를 밟았다. 작게 하지만 깊은 숨을 쉬고, 내 얼굴을 돌아본다.

"무슨 일이 있었는지 얘기해 주세요. 제가 설명할 수 있는 일이라면, 제가 돌아가서 모두를 설득하겠어요."

어둠 속에서 커다란 눈이 유리구슬처럼 빛나고 있었다.

그 눈을 보니, 말할 수 없었다. 애초에 어디서부터 얘기하면 좋을지 짐작도 가지 않았다.

길 너머에서 헤드라이트가 다가왔다. 자그마한 둥근 라이트다. 요시에가 기어에 손을 대고 속삭인다.

"머리를 숙여요."

시키는 대로 했다. 요시에도 목을 움츠린다. 전기자동차 운전석은 좁다. 이마가 그녀의 소매 없는 어깨에 닿았다. 오른쪽에 깜빡이를 켠 차가 경트럭이라는 것을 알고, 둘이 나란히 숨을 토한다. 요시에의 숨이 내 머리카락을 흔들었다.

"나를 믿어 주겠어?"

"네에."

"그 말이면 충분해. 고마워."

유명 여배우를 상대로 아니꼬운 대사를 토한다. 지극히 평범한(지금이니까 말할 수 있지만, 정말로 평범한) 전직 샐러리맨에 노숙자로까지 추락한 내게, 정말로 꿈만 같은 순간이다. 이 순간만큼은, 아주 잠시의 한순간만이라도, 신을 만들었다는 사실을 신에게 감사해야만 할지도 모른다. 어차피 이렇게 된 거, 최후의 순간만은 멋지게 보이자. 나는 안전벨트를 풀고 요시에게 등을 돌렸다.

"이만 가볼게. 함께 있으면 자네한테 피해가 가. 나는 당분간 어딘가로 사라지겠어."

그게 제일 좋겠다는 생각이 든다. 잠금장치를 해제한 순간이었다. 등 뒤에 부드러운 무게가 실렸다. 요시에 카야가 내 목에 팔을 감아 왔다.

"가지 마세요."

머리카락 향기인지, 향수인지, 희미한 남국의 꽃향기가 콧구멍에 닿는다.

"내가 대지의 모임에 들어온 건, 키지마 씨가 있었기 때문이에요."

돌아보자 숨이 닿을 듯한 거리에 카야의 얼굴이 있었다.

"처음 말을 걸어 주었을 때의 일은 지금도 잊지 않았어요."

내 얼굴을 똑바로 바라본다. 크게 눈을 깜빡이고서, 자신이 무슨 행동을 했는지 그제야 깨달았다는 듯 눈을 크게 뜨고, 내게서 몸을 떼어냈다.

"얘기해 줘도 괜찮잖아요. 나에게만이라도."

눈동자는 여전히 내게 매달려 있었다. 마주 볼 수가 없어, 전방의 어둠 속으로 시선이 방황한다. 얘기해 버리면 편해질 테지. 하지만 그건 그녀를 배신하는 말이다. 종교적 상위자를 향한 존경심을 연애 감정이라고 착각하고 있는 그녀의 마음도.

나는 망설였고, 그리고 결국, 말했다. 편해지고 싶었다.

"대지의 모임은 내가 만들었어."

카야의 두 눈동자가 커진다. 조급하게 되풀이되던 깜빡임이 사라졌다.

"……물론…… 키지마 씨의 존재는 중요하고 생각해요."

"그런 의미가 아니야. 처음부터 지금까지 정말로 내가 만들었어. 생각해낸 건, 재작년 말이야. 오오시로 선생님 —— 나카무라 군과 알게 되고 나서였지. 둘 다 노숙자였거든. 뿐만이 아니라 나도 노숙자 였어. 길거리생활에서 빠져나오고 싶었어. 그의 용모와 목소리를 살려 교주로 만들고, 종교단체를 만들 수 없을까 하고 생각했어. 길거리 점술가였던 오사나이를 스카우트한 것도 나야."

고개를 숙여버린 카야가 천천히 고개를 젓는다. 내 말을 몸속에서 뿌리쳐내듯이.

"갑자기 모든 걸 믿으라고 하는 건 무리라고 생각해. 이제 와서 이런 소리를 하는 건, 회원들에 대한 배신이라는 것도 알고 있어. 하지만 사실이야. 실은 나카무라 군의 말에는, 시나리오가 있거든 ——"

"역시."

내 말을 가로막으며 다시 고개를 옆으로 젓는다. 외등 불빛에 어렴 풋이 윤곽이 그려지는 머리카락이 흔들리고, 아까보다 강한 향기가 감돌았다. 무슨 꽃향기인지 이제야 알았다. 대지의 모임 심벌 플라워, 오오시로 고향의 꽃, 히비스커스 향기다.

"그 말은 해서는 안 될 말."

요시에의 목소리가 낮아졌다. 얼굴을 들고, 말을 잃은 나를 응시한 다. 어둠이 세세한 표정을 숨기고 있었다. 아니, 원래부터 아무런 표정도 없었는지 모른다.

"믿고 싶지 않았지만, 오오시로 선생님께서 말씀하신 게 맞았군요.

키지마 씨는, 자신이 대지의 모임을 창조했다는 망상에 사로잡혀 그것을 퍼뜨리고 있다고. 오늘, 매스컴 앞에서도 무심결에 말했다고 하더군요. '오오시로 선생님은 제대로 말을 못한다, 정상이 아니다' 라고."

"잠깐, 기다려봐. 아니야, 내가 하는 말이 진짜라고."

나를 향한 커다란 눈동자는 아무것도 보이지 않는 유리구슬이었다.

요시에가 한 손을 내밀어 왔다. 뭔가가 쥐어져 있다. 휴대전화보다 한층 커다란 무엇인가. 정체를 깨닫기 전에 요시에의 손끝에서 불꽃이 튀더니 옆구리에 충격이 느껴졌다. 손가락으로 살을 비틀어 뜯는 듯한 아픔이었다. 지금까지 경험한 적이 없는 아픔은 나의 뇌까지 마비시켜, 몸에 신호를 전달할 능력을 빼앗았다.

눈앞에 두꺼운 안개가 꼈다. 목소리도 나오지 않는다. 유일하게 제대로 움직이는 귀만이, 요시에가 백을 뒤지는 소리와 그 뒤를 이은 그녀의 목소리를 듣고 있었다.

"키지마 전 사무국장을 확보했습니다. 혼몬지 총문 근처에요."

문에 몸을 부딪쳐 차 밖으로 굴렀다. 일어나려 했지만, 잘되지 않는다. 온몸에서 끈적거리는 땀이 뿜어져 나온다. 선명해지지 않는 흐릿한 시야에 운전석에서 나오는 요시에의 실루엣만이 떠올라 있었다.

"믿고 싶었는데. 오해를 푸는 걸 도우려고 왔는데. 듣고 싶지 않았어. 키지마 씨의 거짓말 따위. 대지의 모임은 내겐 둘도 없는 것. 나의 또 하나의 목숨. 아무리 키지마 씨라 해도, 그걸 더럽히는 것만은 용서할 수 없어요."

울음 섞인 목소리였다. 긴 머리카락을 나풀거리는 실루엣이 천천히 다가온다.

"일어서세요. 스스로. 가능하면 더 상처 입히고 싶지 않아."

전기충격기가 불꽃을 내뿜는 소리가 났다. 전기 모기 퇴치기가 해충의 침입을 막으며 태워 죽이는 소리와 똑같았다. 새로운 일격이 올 것을 각오했지만, 위협하는 소리가 이어졌을 뿐이었다.

근육이 지방으로 바뀌어 버린 듯 축 늘어진 두 팔에 있는 힘껏 힘을 주어, 몸을 일으킨다.

"나는 대지의 모임을 배신할 수 없어. 그러니까 당신을 도망치게 할 수도 없어요."

그 말은 내게, 도망치라고 말하는 듯이 들렸다. 갓 태어난 어린 동물처럼 간신히 한심하게 일어섰다. 흐릿한 시선 끝에서 요시에가 말했다.

"가련한 사람."

검은 그림자가 된 요시에 카야에게에서 나온 그 한마디는, 다른 누군가의 말을 듣는 것 같았다.

나는 그녀에게 등을 돌리고, 뛰기 시작했다. 관절통을 앓는 여든 살 노인보다 지독한 발걸음으로. 부끄러운 비명까지 흘리면서. 어두운 길은, 나쁜 꿈처럼 느껴졌다.

요시에는 쫓아오지 않았다.

녹이 슨 손잡이에 매달려 혼몬지 절의 돌계단을 오르는 건 고문에 가까웠다. 힘이 풀린 다리는 악몽을 꿀 때처럼 앞으로 나아가질 않는다. 하지만 도장으로부터 한시라도 빨리, 1미터라도 멀어지려면 경내를 가로지르는 것 외에 방법이 없었다.

몇 개나 되는 가람이 웅크리고 있는 어둠 속을 밤자갈에 발이 채이면서 달려갔다. 산소가 부족해 몽롱해진 머리로, 나는 정면으로 보이는 대가람에 기도하고, 일찍이 모친이 독실하게 믿었던 신에게 기도했다.

　효험이 있었는지 어땠는지, 경내를 빠져나가 도장과 반대 방향인 왼쪽에 있는 쥐죽은 듯 조용한 돌계단을 내려갈 무렵, 이미 호흡은 한계에 달했지만 두 다리에 조금씩 힘이 돌아오기 시작했다. 한쪽은 묘지다. 밤에 걷기에는 으스스한 곳이지만, 지금의 나는 죽은 이들보다 살아있는 인간이 더 무서웠다.

　다 내려가자 주택가가 나왔다. 집집마다 불이 켜지고, 어디선가 음악이 흐르고, 다른 어디에선가는 아기가 울고 있었지만, 길에는 인기척이 없다.

　어디로 도망치면 좋을까. 요시에가 이곳에 있다고 통보해 버린 지금, 안전한 장소 따윈 어디에도 없다. 인기척 없는 길을 걸어가기도 불안했지만, 도장에서 완전히 멀어질 때까지 넓은 길로는 들어서지 않는 편이 좋을 듯싶었다. 멀리 돌아가 제2게이힌 국도로 나가기로 했다.

　휴대전화를 꺼내 KAZZ에게 연락을 취한다. 벨 소리는 울렸지만, 좀처럼 받지 않는다. 20번 울렸을 때 단념했다. 그는 무사할까.

　가끔 마주치는 그림자가 누구든 전부 수상쩍게 보였다. 얼마 전, 후지와라 소스케의 비서에게 나는 호언장담해 보였다. 지역구내에 사는 회원은 약 2천 명이라고. 그때는 부풀려 말한 숫자였지만, 고작 2주 만에 실제로 2천 명을 넘었다. 게다가 지역구내에서도 특히 이 부근 일대는 대지의 모임 구역이다.

국도와 붙지도 떨어지지도 않은 거리에 있는 샛길을, 시나가와 구(區) 방면을 향해 계속해서 걸어간다. 슬슬 괜찮을 테지. 가로등이 밝은 상점가에서 왼쪽으로 꺾었다.

한적한 상점가였다. 폐점시간이 지나 셔터를 내린 가게도 많다. 나는 유모차에 에코백을 걸고, 이쪽으로 걸어오는 젊은 어머니에게조차 몸을 긴장시켰다.

다시 바지 주머니의 휴대전화를 더듬었지만, 쥐기만 했을 뿐 손에는 들지 않았다. KAZZ와 연락이 되면, 너는 어떻게 할 생각이냐. 그와 만난다? 있는 곳을 가르쳐준다?

못한다. 요시에가 말했던 'KAZZ도 의심받고 있다'는 말이 덫이라면 어떻게 하지. 정말이라 해도 그는 오오시로와 나, 어느 쪽을 따를까. 나는 이미 KAZZ조차도 신용할 수 없게 되었다.

밤바람은 차가웠지만, 나는 엄청나게 땀을 흘리고 있었다. 젊은 어머니가 수상쩍다는 시선을 흘깃 보내온다. 얼굴을 돌리는 대신에, 아기를 어르는 몸짓을 해 보였다.

유모차 안의 아기는 인형이었다.

여자가 에코백을 치켜들어 내게 내던진다. 스치기만 했는데도 어깨가 저리다. 백 안에 들어있는 건 분명 돌이다. 여자를 자세히 보니, 아직 고등학생 정도의 나이였다. 나는 제2게이힌 국도를 향해 뛰어 도망쳤다. 등 뒤에서 여자의 목소리를 들었다.

"키지마, 발견했습니다."

숨바꼭질 놀이하며 흥분한 아이의 목소리다. 신위대도 가디언도, 나를 향한 추적을 천진하게 즐기고 있는 것이리라. 오오시로 선생의 명령이라는 대의명분하에.

국도로 나가 보도를 달려간다. 알코올에 절은 마흔 넘은 몸은 이미 한계였다. 달려가면서 택시 불빛을 찾았다.

아직 운은 나를 버리지 않았다. 길 건너편에서 '빈 차' 램프를 밝힌 택시 한 대가 다가오는 것이 보였다. 손님을 찾는 느릿한 속도다.

손을 들려던 순간, 떠올랐다. 회원 중에 지역 택시 운전사가 몇 명이나 있다는 사실을. 운에 이익이 좌우되는 사람은 종교에 빠지기가 쉽다.

한번 품어 버리니, 의심은 어두운 늪의 공기 방울처럼 차례차례 끓어오른다. 다가오는 타이밍이 지나치게 좋다는 생각이 들기 시작했다. 램프가 '개인'이라는 점도 수상쩍었다.

그만두자. 나는 들려던 팔을 내린다. 만약 저게 회원의 영업차라면, 즉시 호송차가 되어 버릴 터.

차는 안 된다. 지하철?

조금 돌아가면 니시마고메 역이 있다. 잠시 걸어가면 마고메 역. 아니, 입구에 잠복하고 있을 가능성이 높다.

버스가 제일 안전할지도 모른다. 정류장 가까이에 숨어, 도착하면 바로 올라타는 거다. 지금 시각이라면 승객도 그럭저럭 많다. 사람 속에 뒤섞이면 안전하다. 이 근처에는 모습이 눈에 띄는 국도 변 외에도 버스 정류장이 있었었다.

샛길로 돌아가 어렴풋한 기억에 의지해, 버스 정류소를 찾는다.

의외로 가까이에서 발견했다. 초등학교 교정 앞이다.

조금 떨어진 신사 앞에 우두커니 서서 버스가 도착하길 기다렸다. 다행히 정류소에는 몇 사람인가가 줄을 서 있다. 행선지가 어디인지는 모른다. 아무튼, 이 거리에서 벗어나기만 하면 어디든 좋았다.

나는 호흡을 가다듬고, 세안하듯이 양손으로 몇 번이나 얼굴의 땀을 훔쳤다. 주먹으로 허벅지를 두드려, 두 다리를 꾸짖는다. 배열(排列) 파이프가 되어 버린 목에 끈적이는 침을 삼켜 흘린다.

길 건너 버스의 헤드라이트가 보이기 시작했다. 서둘러 정류장 줄의 끝에 섰다.

승객은 많다. 서 있는 그림자도 보인다. 다가오는 표시등의 행선지는, 여기서는 먼 JR 선의 터미널 역이었다. 고마운 일이다. 지갑에서 동전을 꺼낸다.

수중에 있는 돈은 5만 정도. 통장은 들고 나올 수 없었지만, 카드로 2, 30만은 더 찾을 수 있을 터. 일단 도쿄를 떠나자고 나는 결심했다.

동전 주머니에서 동전을 집어내고 있으려니, 내 앞에 선 사람이 돌아보았다. 짧은 머리카락에 뿔 같은 웨이브가 말린 실루엣. 나는 백 엔짜리 동전을 떨어뜨려 버렸다.

"어라, 키지마 씨."

츠보이 가즈코였다. 골프백을 옆에 내려놓고 있다. 그 하나 앞에서 이쪽을 돌아본 사람은, 요시오카 마사에다. 그 앞의 얼굴도, 또 그 앞의 얼굴도, 버스 정류장에 늘어서 있던 모두가, 내가 잘 아는 부인부의 상급회원들이었다.

"어서 갑시다, 도장으로."

츠보이가 만면에 웃음을 띠고 향해온다. 두 손으로 골프 퍼터를 쥐고. 나는 소리를 이루지 못하는 비명을 지르며 정류소에서 도망쳤다. 그리고 계속해서 달렸다. 어디인지 이미 짐작도 가지 않는, 어둠 속을.

36

만약 이 세상에 정말로 신이 존재하고 그 신이 정말로 만물의 창조주라면, 구원은 기대하지 않는 게 좋다. 만물의 창조주에게 어째서 인간만을 구원할 이유가 있을까. 슬슬 다른 생물들을 구원하기 위해 인간에게 벌을 내리려 해도 이상하지 않은 시절이다.

올해의 이상할 정도로 더웠던 여름을 보내고, 아직 11월인데 금방이라도 눈이 흩날릴 듯 추운 하늘을 올려다보며, 나는 진심으로 그렇게 생각했다.

도쿄에서 도망친 지 3개월이 지났다. 벌거벗은 나무가 눈에 띄기 시작한 공원의 벤치에 앉은 나는, 날이면 날마다 두꺼워지는 낙엽 양탄자를 바라보며, 좀 더 남쪽으로 이동하는 게 좋을지 멍하니 생각한다.

갖고 있는 돈, 마지막 1만 엔을 깼다. 얼마 전까지는 값싼 캡슐 호텔에 숙박했지만, 그 1박의 1,980엔도 힘들어져, 지난주부터 인터넷 카페로 바꾸었다. 인재등록을 한 파견회사로부터의 알선 메일은, 열흘 전부터 들어오지 않는다. 이 공원에는 매일 아침, 일용직 일꾼을 찾는 모집꾼이 얼굴을 내밀지만, 43세가 된 내가 일을 얻은 것은 이 거리에 자리를 잡은 한 달 동안 단 두 번이었다. 게다가 일당은 이것저것 뜯겨, 하루 6천 엔 정도. 모든 건 내일을 기대하는 수밖에 없다.

나는 머리를 짧게 자르고 수염을 기르고 있다. 다른 사람으로 보이길 기대하면서. 사사키 하루미의 사건은, 4개월이 지난 지금도 내가 아는 한 표면화되지는 않았지만, 나는 경찰보다 대지의 모임이 더듬는 감시의 눈길 쪽이 무서웠다. 요전에는, 전국에 체인점을 가진 서점에 어스 워즈가 진열된 것을 발견했다. 그 최근호에 따르면, 10월 말 현재 회원수는 8천8백 명. 그 모두가 용서할 수 없는 교의 위반자인 나를 쫓고 있다.

말단 회원들은 극히 평범한 사람들이라도, 중핵은 광신화 되고 있음이 틀림없었다. 무엇보다 실질적으로 지휘하고 있는 이는 류사이와 사범대리 특별보좌관에 임명됐다는 미츠오카다. 두 달 정도 전, 유통기업 그룹의 전 회장 부인이 운전사와 함께 사고사했다는 신문 기사를 읽었다. 그녀의 이니셜은 K. 무슨 죄가 됐든, 붙잡힌다면 사법 당국 쪽이 훨씬 낫다는 사실은 분명했다.

11월은, 심술이라도 부리듯 발 빠르게 밤이 찾아온다. 도쿄보다 일몰이 늦은 이곳도 6시가 지나면 공원의 산울타리 그림자는 사람의 모습과 구별이 되지 않는다.

밤 공원에 오래 있는 건 금물이다. 나는 인터넷 카페가 심야요금이 될 때까지 시간을 보내기 위해, 번화가로 발길을 향한다. 일단 밥을 먹자.

얄궂게도, 도망자 생활을 하는 지금이 대지의 모임을 운영하던 시절보다 몸 상태가 더 좋다. 온기를 얻으려 온종일 걸어 다닌 탓인지, 캡슐 호텔의 관 같은 공간이나, 인터넷 카페의 130도 이상으로는 몸을 눕힐 수 없는 리클라이닝 시트가 맨션의 침대보다 잠자리가 더 편했다. 한 번 잠들면 방을 나가야 하는 시간에 아슬아슬하게 맞춘 알람 소리로 두들겨 깨워질 때까지 푹 잠든다.

주량도 줄었다. 돈도 얼마 없고, 싼 술은 너무 마시면 토하기 쉽다. 덕분에 2년 동안 완전히 사라져 버렸던 식욕이 돌아왔다.

100엔짜리 맥도날드나 편의점 도시락으로 할까, 요즘 선택지는 그 두 가지다. 하지만 유니클로의 후리스로는 버틸 수 없는 차가운 바람을 맞다보니 따뜻한 쌀밥밖에 떠오르지 않게 되었다.

머리라기보다 혀가 기억한다. 따끈따끈한 쌀알의 기억이 위장을 울린다. 사치는 오늘까지만 이라고 결심하고, 나는 정식집 포렴을 걷고 들어갔다. 뒷골목의 멋들어진 외장과는 인연이 없는, 싼 가격과 푸짐한 양을 기대할 수 있는 분위기다.

가게 안은 의외로 넓고 한산했다. 테이블석 중 하나가 3명 일행으로 채워져 있을 뿐. 카운터가 아니라 난방기에 가까운 테이블을 고른다. 750엔짜리 로스카츠 정식으로 할까, 680엔짜리 굴튀김정식으로 할까 망설이다. 결국 굴튀김정식을 주문한다. 대신 된장국을 280엔짜리 돼지된장국으로 바꿨다.

가게 한쪽 천장 부근에 놓인 자그마한 텔레비전에서는 저녁 시간 이후 주부 대상의 뉴스 프로그램이 나오고 있다. 눈앞으로 닥쳐온 중의원 선거 특집이었다. 모레 있을 공시(公示)를 앞에 두고, 화제를 모으는 후보자가 소개되고 있었다.

——도쿄 선거구의 화제는, 뭐니뭐니해도 이곳이지요. 격전이 예상됩니다. 태풍의 눈인 유신당 후보에 더해, 여배우 요시에 카야 씨도 대지의 당에서 출마를 표명했습니다.

화면에 베이지색 양복으로 몸을 감싼 요시에가 비쳤다. 류사이도 결국, 후지와라와의 사이를 되돌리지 못한 모양이다. 캐스터의 말에 해설자가 대답한다.

—— 예에, 요시에 씨는 대지의 모임으로부터 전면적인 지지를 받고 있습니다. 직전 조사에서는, 무시할 수 없는 예상 득표수가 나왔습니다.

음성이 제거되어 요시에의 목소리는 들을 수 없었다. 기자의 질문에 귀를 기울이는 비스듬하게 45도 앵글로 비친 얼굴은, 지나치게 조심스러운 화장과 답답한 옷을 빼도 역시 아름답다. 석 달 전보다 다소 턱이 가늘어졌다. 입술이 늠름하게 다물려 있고 크게 뜬 눈동자는, 눈앞의 한 점 외에는 아무것도 보이지 않는 듯하다.

화면이 바뀌어 윈드브레이커를 맞춰 입은 군중이 비쳤다. 오렌지 일색의 등에 다크블루로 '대지'라는 글자가 춤추고 있다. 돼지된장국을 가져온 정식집 아저씨가, 텔레비전을 향해 콧방귀를 뀐다.

"대지의 모임이구먼."

나는 크게 끄덕이며 찬성을 표했다.

"바보라니까, 저 녀석들."

돼지된장국은 혀가 얼얼할 정도로 뜨겁고, 안심이 잔뜩 들어있다. 주인장이 무척 빠른 발걸음으로 주방으로 돌아간다. 고개를 움츠린 모습을 보고 그제야 나를 향한 시선을 깨달았다.

옆자리 테이블에 앉은 한 사람이, 나를 노려보고 있었다. 아니, 한 사람이 아니다. 세 사람 모두. 아직 20대 중반으로 보이는 젊은 남자들이었다. 안쪽 자리의 니트 모자가 젓가락을 내동댕이치며 일어선다.

"당신, 뭐라 했나."

"에?"

"뭐라 했냐고, 묻지 않았나."

앞쪽 금발이 손가락을 울린다. 손목에 대지의 모임 미산가가 감겨 있었다. 안쪽으로 왼쪽에 앉은, 혼자 양복을 입은 샐러리맨도 목소리를 높였다.

"그냥 안 둔다."

이 녀석 넥타이는 히비스커스 무늬다. 주인장은 자신이 부추긴 주제에, 모르는 척하는 얼굴로 담배를 피우고 있었다.

"싸움이라면 밖에서 하게."

금발이 가게 밖으로 턱짓한다. 나는 고개를 옆으로 젓고 홀드 업하듯이 가슴 앞에서 양손을 펼쳤다.

"농담이야."

5개짜리 굴튀김을 본의 아니게 2개 남기고, 남자들에게서 얼굴을 돌린 채 허둥지둥 가게를 나갔다.

밤의 번화가를 배회하며, 요금이 할인되는 오후 11시를 기다린다. 그저께부터 이용한 인터넷 카페의 심야요금은 파격적인 980엔. 다만 6시간밖에 있을 수 없다.

주말 거리에는 인파가 많았다. 어제보다 젊은이들의 모습이 눈에 띈다. 저 파격적으로 싼 인터넷 카페가 만실이 아니면 좋겠는데.

인터넷 카페에서 나는 귀중한 수면시간을 줄이며 정보를 수집하고 있다. 필요한 건 물론 대지의 모임에 관한 정보다.

'대지의 모임'으로 검색을 해봐도, 어차피 처음에 나오는 건 모임의 홈페이지. 거기에 이어지는 것도 신자의 블로그, 혹은 각본으로밖에 보이지 않는 '외부인'의 찬미 목소리뿐이지만.

주간지 '에어리어'에 '애매한 경력'이 공격받고 난 후로는, 교주 오오시로가 매스컴에 등장하는 일이 없어졌고, 그 대신 인터넷상의 노출이 늘었다. 대지의 모임은, '일부의 특권자에 의한 편중된 정보의 오물을 아무 데나 버리는' 매스컴을 비판하고, '우리 한 사람 한 사람의 육성이 만들어내는 새로운 미디어'로서 인터넷을 칭찬하고 있었다. 휴대전화로 교주 오오시로의 트윗을 팔로우할 수도 있다. 누구의 육성인지는 모르겠지만.

하지만 참을성 있게 검색하는 사이에, 어젯밤, 한 블로그에 이르렀다.

『대지의 모임 박멸위원회』

'대지의 모임·그 속임수의 테크닉' '교주 오오시로의 정체를 폭로' '집금(集金) 시스템을 파헤친다' '대지의 모임(빌어먹을) 현황 리포트/시즌4' 이런 소제목이 나열된 블로그였다. 이전의 고발 블로그와는 타이틀이 다르고 디자인도 세련됐지만, 이이무라 타쿠토가 만든 것임은 금방 알았다. '위원장의 일기'라는 제목을 클릭해 보았다.

8월 11일

키지마 사무국장이 파면되었다는 뉴스가, 대치(大痴)의 모임 홈페이지에 발표되었다. 제1급 교의 위반자라고 한다. 신적(神敵)이로군. 불쌍하게도. 어차피 상층부 사이에 권력투쟁이 있었고, 거기서 깨졌을 뿐일 것이리라 생각한다. 나는 전직 청년부의 제1호 회원이니까(어차피 알고 있을 테지), 무지하고 가련한 너희보다 내부사정에 밝으니 말이다.

친애하는 대치의 모임 회원 제군들, 단언하마.

키지마 전 사무국장(본명·야마자키 료이치), 오사나이 사범대리(펜네임·니시키오리 류사이), 어느 쪽이고 빌어먹을 사기꾼 녀석이지만, 홈페이지에서 거짓말쟁이라고 불리는 키지마가 하는 말이 진짜야. 그게 진실이다.

아마 키지마 씨는 이제 깨달은 것이라 생각한다. 대치의 모임 '바보x2' 스러움. 바보들의 무시무시함을.

키지마 씨, 어딘가에서 이걸 읽고 있나.

신적(神敵)노릇 하느라 수고 많으십니다. 괜찮아. 걱정할 필요 없어. 대치의 모임에 내일은 없으니까.

9월 18일

매일 협박이 계속되고 있다. 인터넷상에서 내 주소가 공개되었을 때보다 더 심하다. 조직적인 폭력이라고. 나도 신적이라는 게 된 모양이다. 어제는 실외 가스관에 구멍이 뚫렸다(가스관에 차단장치가 달린 것도 모르는 거냐. 너희들은). 누구 짓인지 알고 있어. 엄청 큰 체구에 검은 양복을 입은 2인조. AM 3:00이니까 자고 있을 줄 알았어? 당치도 않지. 범인은 비디오카메라에 똑똑히 찍혔다고. 야간고화질 모드로. 영상은 증거로 경찰에 가져갈 거지만, 상관없을 테지?

하지만 경찰은 의지할 수 없으니까. 어머니는 쇼크로 자리에 누워버렸고. 이제 집을 공격해도 소용없어. 나는 집을 나가기로 했거든.

새로운 주소? 하하하. 너희들에게 가르쳐줄 리 없잖아. 주소 같은 건 없을지도 몰라. 괜찮아. 길바닥 위에서도 살아갈 수 있어. 그걸 가르쳐 준 건, 다름아닌 너희들, 대지의 모임이다.

10월 7일

그러니까 말했잖아. 집 대신 이곳을 아무리 공격해봤자 소용없다고.

트랩을 설치해뒀으니까 말이야. 섣불리 접속하려고 하면, 바이러스에 감염될 거다.

불태우든 축제를 벌이든, 이 블로그는 폐쇄하지 않아.

어디까지나 진실을 추구하기 위해서. 내 목소리를 모두가 듣게 하기 위해서. 아직 벗어날 가능성이 있는 대치의 모임 회원을 구하기 위해서.

대치의 모임에 속아 입회해버릴지도 모르는 선량한 시민을 구하기 위해서.

나의 활동을 응원해주는 사람도 나오기 시작했다. 전(前) 대치의 모임 회원 중에서도 몇 명이나. 거짓말이 아니야. 나는 혼자가 아니야.

자, 와라. 대치의 사자(死者)들.

8월 말, 자연 대체요법 호메오파시(Homeopathy)가 과학적 근거가 전혀 없다며 세간의 비난을 뒤집어쓰는 소동이 일었다. 이것을 추천하고 상품도 판매했던 대지의 모임도 적지 않은 타격을 받았다.

하지만 9월로 들어서자, 교주 오오시로의 어머니가 일찍이 미야코의 유타였다는 사실이 화제가 되었다. 매스컴에 등장한 나카무라를 닮은 단정한 얼굴의 모친은, 마치 시나리오를 읽는 듯 소년 시절에 있었던 오오시로의 불가사의한, 신비한 언동에 관해 이야기했다. 그리고 추궁하는 질문을 받자 미야코 섬의 방언을 내질렀다.

타쿠토의 고군분투도 허무하게, 대지의 모임은 세평을 되풀이하며 비대해져 갔다. 파열의 예감으로 떠는 풍선처럼.

류사이가 하는 일이다. 회원수 7천8백 명은 부풀린 숫자가 틀림없지만, 실제 숫자가 1만 명을 넘어설 날도 그렇게 멀지는 않으리라.

'어스 워즈' 최신호에는 대지의 탑 착공이 발표되었다. 내 구상보다 규모도 작고, 디자인도 싸구려같이 변경되었지만, 건설비는 회원의 기부로 충당되고 참배요금은 '마음'에 따라. 류사이 녀석, 반대했던 주제에 남의 아이디어를 갈취하고 있군.

실현된다면 꼭 보고 싶다. 그리고 엉망진창으로 파괴해 주고 싶다.

내가 설계를 의뢰했던 건축가는 말했다.

"구조물로서는 상당히 약하군요. 사람이 이용하는 건물로는 아마 허가가 나오지 않을 거예요."

내년 말에는 완성된다는 탑이 내가 만들게 시켰던 설계도를 바탕으로 하고 있다면, 부수는 건 어렵지 않다. 기중기나 화약이 좀 있으면 가능하다. 그렇게 설계되었으니까.

만약 탑이 완성되면, 설계의 불비(不備)나 모임의 방침 변경, 아무튼 그럴듯한 이유를 붙여 파괴한다. 나는 처음부터 그럴 생각이었다. 탑을 만들고 싶었던 건, 붕괴하는 모습을 보고 싶었기 때문이다.

해 주지——.

차가운 바람을 맞으며 후리스 옷깃을 세우고 걷는 나는, 요즘 한참 잊고 있었던 삶의 목적을 새로 얻은 기분이었다. 나는 대지의 모임 창시자이자, 모임의 괴멸을 노리는 파르티잔(Partisan)이다.

10시 58분. 만실이지 않기를 기도하며 번화가 구석에 있는 인터넷 카페로 발길을 향했다.

애니메이션이 그려진 극채색 전구 간판에 얼굴이 물들만한 거리까지 다가갔을 때. 2층에 있는 가게에서 계단을 내려오는 일행을 깨닫고, 나는 멈춰 섰다.

옆에 있는 편의점에 들어가는 척하며 곁눈질로 그들의 모습을 쫓는다. 역시. 하마터면 딱 마주칠 뻔했다. 정식집에 있던 3인조였다.

평범한 손님이라고는 생각되지 않았다. 방금 인터넷 카페에서 나왔으면서 녀석들은 거리를 횡단해 이번에는 건너편에 있는 인터넷 카페로 들어간다.

나를 찾고 있다. 조금 전에는 짧은 머리와 수염 덕분에 살았던 모양이다. 지령이 내려졌으리라. 키지마를 찾을 거면 인터넷 카페를 뒤지라고.

류사이는 일찍이 내가 인터넷 카페에서 숙식했었다는 사실을 알고 있다. 슬슬 돈이 떨어져 되돌아갈 때가 됐다고 예상한 것이 틀림없다. 내가 이용했던 2년 전과는 달리, 지금의 인터넷 카페는 심야 이용 시 신분증 제시가 필요하다.

이제 인터넷 카페에는 묵을 수 없다.

11월 21일

대치의 모임 제군들에게 보고가 있다.

우리들은 드디어 결성하기로 했다. 우리들이라는 건 나와, 너희들이 일찍이 경애했던 전직 청년부의 리더, 라스터맨☆KAZZ 및 그의 끝내주는 동료들이다. 그의 양해를 바탕으로, 이곳에 이름을 적었다.

바로 그 KAZZ군이라고. 팬도 많았었잖아. 쇼크냐. 그럼, 이쪽으로 오라고. 더욱더 많은 참가를 바란다. 모두 함께 대치의 모임에, 정의의 철권을. 어디로 참가하면 되냐고?

하하하. 아지트는 당연히 비밀이지. 이 블로그의 '오오시로 멍청이 PHOTO 걸작선'이 제1차 후미에[20]다. 그걸 확실하게 해낸 인간에게만, 다음 관문을 가르쳐 주겠다.

키지마 씨—— 이제 종교 네임은 버렸을 테니, 야마자키 료이치 씨겠군.

---

20) 踏み絵 : 에도시대 그리스도 교도들을 색출하기 위해 예수·마리아 등의 상을 새긴 판자 등을 밟게 하여 신자가 아님을 증명하게 했던 행위, 또는 그 상을 가리킨다.

이걸 보고 있나. 야마자키 씨도 우리들과 합류하지 않겠나.

함께 싸우자. 녀석들을 때려 부수자.

우리의 아지트를 가리키는 암호는 '이불 나르기'다. 야마자키 씨라면 알겠지.

아 맞다, 말하는 걸 잊었군. 우리의 새로운 교단 이름은——.

한밤중이 가까워지자, 밤바람이 더욱 차가워졌다. 냉기는 옷깃과 소매의 작은 틈도 놓치지 않고 숨어들어와, 얼어붙은 손가락과 등줄기를 더듬고 간다. 겨울이 다가온다. 하지만 걱정은 하지 않는다. 내게는 무일푼이라도 살아갈 기술이 있다.

마이 홈용 건축 재료인 종이상자를 조달할 곳은 이미 확보해 두었다. 공원 근처의 잡화점 뒷문에서 마음껏 고를 수 있다. 침구와 방한 장비가 될 에어캡 충전재는 전기제품판매장의 옆 골목.

당장 필요한 건 철사였다. 나는 뒷골목을 걸어가 손에 잡히는 대로 쓰레기 집하장을 뒤졌다.

철사는 없었지만, 다섯 번째에서 금속 옷걸이가 손에 들어왔다.

좋아, 이거면 돼.

옷걸이를 해체해 훅 모양으로 만든다. 그것을 손에 들고 번화가로 돌아왔다.

이곳의 거리 인파는 도쿄와 다르지 않다. 몇 십 걸음을 걸을 때마다 음료, 술, 담배, 온갖 종류의 자동판매기와 마주친다.

한 대 한 대, 앞에 멈춰 서서 동전 반환구에 손가락을 집어넣는다. 그렇게 쉽게 동전을 주울 수 없다는 건 안다. 이건 작업의 제1단계일 뿐이다. 제2단계로 나는 몸을 웅크려 콘크리트와 자판기 받침 사이 틈으로 옷걸이를 찔러 넣는다. 등 뒤에서 쿡쿡 웃음소리가 들려왔지만, 신경 쓰지 않는다. 처음 하는 일도 아니다. 경험은 사람을 강하게 만든다.

타쿠토와 KAZZ들의 아지트는 야마가타다. 수강료를 내지 못하게 된 타쿠토가 이불 나르는 아르바이트를 했다고 하는 온천마을. 친구가 없는 그가 내게만 알려 준 장소다.

그곳으로 가야 할지 어떨지, 나는 망설이고 있다. 이제 더 이상 트러블에 말려들고 싶지 않다는 것이 이유 중 하나. 또 하나의 이유는 돈이었다. 지금 내가 있는 후쿠오카에서 그들이 잠복해있는 야마가타 산간까지 가려면, 약간 돈이 부족하다. 돼지된장국 한 그릇만큼. 그것을 알면서 나는 돼지된장국을 먹어 버렸고, 먹고 난 순간 또다시 망설이기 시작하고 있다.

후쿠이까지라면 갈 수 있다. 미나코가 사는 곳이다.

여전히 휴대전화에 등록돼있지 않은 미나코의 전화번호가 어른거리지만, 늘 그랬듯이 그 선택지를 머리에서 몰아낸다. 이건 이유를 모르겠다. 그녀를 트러블에 끌어들이고 싶지 않기 때문인지, 내 마음의 문제인지. 다만 잊지 않도록, 늘 그랬듯이 몇 번인가 번호를 마음속으로 외운다.

한참 동안은 캔 뚜껑이나 끄집어낼 뿐이었지만, 몇 번째인가 술 자동판매기 밑에서 키홀더가 달린 열쇠가 나왔다. 응, 술 쪽은 되겠어. 술에 취해 손끝이 미덥지 못하게 된 이들이 이용하는 경우가 많다. 옛날의 나처럼. 그 후로는 술 자판기에 특히 정성을 들였다.

음식점, 풍속가게, 파친코가게, 번뇌의 수만큼 네온을 밝히는 도로의 모든 자판기를 뒤졌지만, 소득이 없었다.

여기서 포기할 만큼, 지금의 나는 무르지 않았다. 자아, 다음으로

가자.

한 길 앞의 도로 양쪽, 어느 쪽으로 가야 할지는 하늘에 맡기기로 했다.

어, 느, 곳, 으, 로, 갈, 까

한 마디마다 손가락을 좌우로 흔든다.

신, 의, 말, 씀, 대, 로.

흐음, 오른쪽인가. 왼쪽보다 약간 불빛이 쓸쓸하지만. 뭐, 좋아. 시간만은 잔뜩 있다.

오른쪽으로 꺾어 작업을 재개한다.

첫 번째는 우유 자판기였다. 어디에 있는지, 어떤 녀석인지도 모르는 신에게 기도하고 나서, 옷걸이를 찔러 넣는다.

페트병 뚜껑들과 함께 동전이 굴러 나왔다.

오――. 100엔이다.

모래의 왕국 · 끝

모래의 왕국 (下)

초판 1쇄 발행 2012년 6월 20일

지은이 오기와라 히로시
옮긴이 장세연

발행인 박광운
편집 박재은
디자인 장형준
용지 세종페이퍼
인쇄 정민P&P
제본 정민문화사

발행처 도서출판 손안의책
출판등록 2002년 10월 7일 (제25100-2011-000040호)
주소 서울 강북구 수유3동 167-86 현대쉐르빌 303호
전화 02-325-2375 **팩스** 02-6499-2375
홈페이지 http://www.bookinhand.co.kr, http://cafe.naver.com/bookinhand
이메일 book@bookinhand.co.kr

ISBN 978-89-90028-78-5 04830

* 이 도서의 국립중앙도서관 출판시도서목록(CIP)은 서지정보유통지원시스템 홈페이지
(http://seoji.nl.go.kr)와 국가자료공동목록시스템(http://www.nl.go.kr/kolisnet)에서 이용하실 수 있
습니다.(CIP제어번호: CIP2013007115)」